單讀

One-way Street

徐泓 著

燕东园左邻右舍

上海文艺出版社

序

据《北京青年报》报道：

2021年12月底，北京市完成首批历史建筑示范挂牌，包括政协礼堂、民族文化宫、北京大学、清华大学等63栋（座）历史建筑，实现北京历史建筑挂牌"零"的突破。

北京大学入选挂牌的建筑有：
燕南园51—66号楼

北京大学入选并完成挂牌的建筑有：
燕东园21—24号楼、31—37号楼、39号楼、40号楼

标志牌中央显示建筑名称，左上角附有北京历史文化名城保护徽标，正下方显示建筑编号、公布时间、公布单位及平面示意图等信息。

满目沧桑的小楼被这标志牌重新照亮。
当故人逝去，历史缄默，还有建筑在说话。

我的父亲徐献瑜，1945年9月燕京大学复校后任数学系主任。

我出生时家住燕京大学燕南园59号。1946年深秋，我家搬进了燕东园40号，那一天正好是我出生后的第一百天，民间的说法"过百日"。从那时至今我一直住在燕东园40号。环顾四周，整个园子里像我这样老资格的住户，可能仅此一家了。

必须提起笔来，为燕东园这些小楼，为曾经住在楼里那些不应被遗忘的老一辈学者，为发生在楼里那些不应被湮没的往事，留下一份追索与记录了。

目录

001　壹　百年沧桑

031　贰　造型相似的五座小楼

067　叁　一个甲子的友谊

111　肆　"鸟居高林"

183　伍　先生之风　山高水长

241　陆　毕竟是书生

293　柒　庭院深深深几许

331　捌　"划规"与"故居式"保护

395　玖　最后的挽歌

485　拾　渐行渐远的背影

519　后　记

百年沧桑

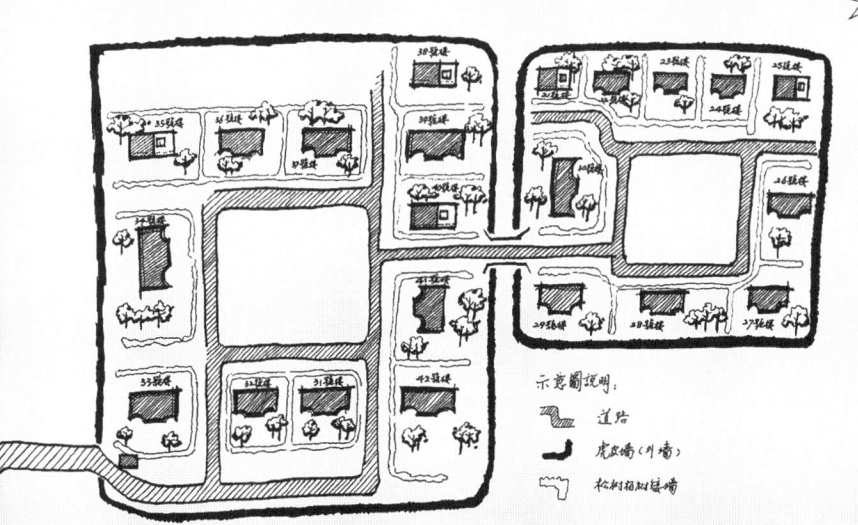

燕南园与燕东园，先后是燕京大学、北京大学的高级住宅区。近百年间，这两个园子里住过任教于燕京大学、北京大学的许多知名学者教授，文科、理科、工科的都有。

　　燕东园在东门外，距离校园约有一里地，是1926年动工的。除了23号（1928年建成）、32号、39号、41号（1930年建成）之外，其余十八户都是1927年建成就入住了。

　　燕南园在校园里，第二体育馆南侧，它比燕东园建成晚一些，1927年只建成入户了51—54号、59号、61号。

　　燕南园和燕东园都建在高地上，进园子都要上个缓坡，它们又被称为南大地、东大地。这是老燕京人传统的叫法，到了1952年全国高校院系调整，燕京大学被撤销，北京大学迁进以后，就逐渐改口了。

　　燕南园、燕东园的宿舍绝大多数采用美国乡间别墅模式，即西部条木式风格（Western Stick Style），灰砖小楼，棕红窗框，有阳台，带一个修剪整齐的松柏绿篱围着的小院。每栋楼前钉着一块黑底白字的小木牌,用阿拉伯数字标着楼号。

两个园子面积不同,燕南园占地48亩,燕东园占地77亩。建筑布局、园艺设计也有差异。若简单地做个比较,燕南园小而幽深,燕东园大而阔朗。

园内诸景

在亚洲基督教高等教育联合董事会的档案资料里,存有一份燕东园规划设计平面图。绘制于1925年7月18日。

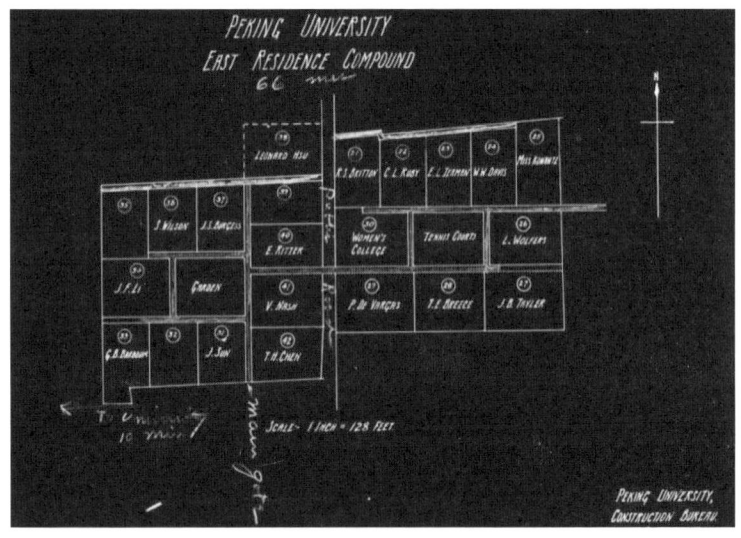

图1-1 燕东园规划设计平面图(East Residence Compound, 1925)

我家搬进来时,燕东园基本就是这个格局:它由分别建在两块高地上的两个住宅群组成,中间以一座水泥砌的桥连接起来,分成了桥东、桥西两部分。

桥东有十栋小楼，排号自21号至30号，次第而立，石板路连接，围成一圈，各家小院的门都朝中心开，中间三分之一是草地网球场，三分之二是游戏场，内有一个大秋千架，两个小秋千架，一个竖梯加横梯的天梯，一个大转盘，一个方形沙池，还有一个跷跷板。印象最深的是网球场（后来荒成一片草地）东边石板路旁，种着十几棵枫树。金秋时节，火红如炬，绚丽异常。

桥西有十二栋小楼，排号自31号至42号，也是次第而立，石板路连接，围成一圈，各家小院的门都朝中心开，中间那片空地据说早期设计为足球场，后来变成大草坪，长满了坚韧的羊胡子草，春天夏天，草地上星星点点开着小黄花、小白花。

燕东园子弟们的多篇忆旧文章，都提到了连接桥东桥西的那座桥，赞它为燕东园最美的景致，称其为燕东园的标志性建筑。

燕东园没有水面，它其实是一座旱桥，横跨在一条无水干沟之上。桥面宽约三四米、长四五米，东西斜坡20多度，平日可步行或骑自行车穿过，小轿车也可通行。桥两侧以半人高的实心桥壁为栏，桥栏边角竖有四根不到两米的棱形锥柱，各顶一盏圆形玻璃路灯。燕京老住户的孩子们称此桥为"三马路四灯球"。

燕东园整体由一道虎皮墙围住，只有一个正式出入的大门，即两大扇铁栅栏的西门。住桥东的人家出行，先要过桥到桥西，这桥是必经之路。

我家40号就在此桥西坡的脚下，院子里有长达七八米的东墙，不是松柏树篱，而是虎皮墙上加铁丝网，墙不高，可以扒着半弧形的墙头往下看，下面就是那条干沟，起码有一丈深。在我的印象里，上世纪50年代这是一条人行车走的土路，经常有人拉着排子车通行，还有装着货的骡子车、驴车过往。

图1-2 建设中的燕东园

上面这张照片题为《建设中的燕东园》，大约摄于1927年。照片中燕东园小楼的全貌已经矗立而现，只是园林建设、种树栽花还没有开始。令我惊讶的是远景中的西山山脉清晰可见，当年的自然环境竟如此明澈清朗。

到了上个世纪三四十年代，燕东园里的树都长起来了：乔木类的榆树、槐树、松树、枫树、柳树、杨树、白皮松等；果木类的桃树、杏树、枣树、柿子树、樱桃树；灌木类的榆叶梅、珍珠梅、连翘。三月底繁花压枝的丁香沁人心脾，四月底黄刺玫开得泼辣热烈——这是燕京大学的校花，每年校庆日（4月25日）

正逢黄刺玫怒放。

文化学者邓云乡老先生在《文化古城旧事》中描述这里的环境:"(园中)大树是不少的。在这些老树荫下,盖了近三十幢灰砖两层楼小洋房,又用围墙围了起来,这便是燕东园。当年燕大的中外知名教授大多都是住在这里的。那在当年真可以说是首屈一指,连清华南院的教授宿舍也是比不上的。"*

燕东园各家都有一个用松墙围起来的院子,院子里几乎都有独特的一景,比如桥西38号院里有一百多竿竹子,桥西32号院里有一大架紫藤萝,桥东27号院里有大草坪,中间一棵高大的圣诞松。我家院子里有七八棵山桃树,挺立峭拔,和近邻41号院里两棵树冠茂密的杏树相得益彰,每年开春不久,先桃后杏,接踵开花。而桥西37号后院的三棵大榆树还有故事:上世纪30年代这里住着燕京大学校长陆志韦先生一家。陆先生的女儿陆瑶华回忆:"当年燕东园里那些男孩子们,把我家院子里的三棵榆树根据高度定为一号、二号、三号,教我们女孩子爬树,从低的往高的爬。"三十年以后,这三棵榆树已经长得粗壮高大,正逢1960年代"三年困难时期",只见那几年春天,37号院子里总聚着不少大人小孩,举着竹竿打榆钱儿。那一片片挨挨挤挤的榆钱儿,既可生吃,也可掺上面粉做菜团子、蒸发糕。我才知道榆钱儿不是花,而是榆树的种子,怪不得它的营养价值高。燕东园住户大都是教授,那时还得到国家的额外补助(每人每月肉2斤、白糖1斤、甲级烟2条、鸡蛋2斤),还享有凭票购买"高价糖果""高价点心"

---

* 邓云乡:《文化古城旧事》,河北教育出版社,2004年,第396页。

的特权，但不少人家，尤其"半大小子"多的人家，还是需要打榆钱儿来解解饥荒。试想当年园子外的平民百姓"勒紧裤腰带"度日，又是何等的艰辛？

燕东园里有古树。直到2000年代古树普查，正式编号的还有两棵古油松，均属二级，一棵位于36号小楼与37号小楼中间的空地上，另外一棵位置稍微往东一点，正好在37号小楼的西侧院墙边。燕东园还有不少处于古树标准上下的桧柏、油松、白皮松、槐、榆、银杏等。

园子里的果树也有各自的故事：1950年代桥西34号楼上住着金岳霖先生，他家门口有棵枣树不知得了什么风水，结出的枣又甜又脆。逢到枣子熟了的时候，园子里的男孩子们就结伙来打枣，在院子里吵闹成一团。这时金先生会踱步出来，挥手让大家先回家，说一会儿就把枣儿送过来。果然不久，金先生家的大师傅就一家一家地上门送枣。

男孩子们结伙偷杏也是一绝，桥西38号院里有一棵大杏树，桥东26号后院也有三棵杏树，都是目标。一到杏熟了，男孩子们就商量夜里出击，趁月黑风高，拿着杆子去打杏。这样的夜战从1940年代延绵到1960年代初，经历了两代燕东园子弟，始终乐此不疲。

先生们之间送杏的故事更加暖心。桥东26号后院的杏树结的果实特别甜。洪谦先生赶在孩子们来摘之前，总要先摘一篮子送给桥西31号的冯定先生。后来冯家搬到燕南园，每当杏子熟的时候，洪先生还是挑好一篮子让大儿子骑自行车送到冯家。两位先生信仰不同，冯定先生是坚定的马克思主义哲学家，而洪谦先生是逻辑实证主义"维也纳学派"的传人,但两人私交很好,情深意笃。

成府攻略

燕东园虽然孤悬校外,但它与燕京大学是一体的,比如园内的自来水供应,直接来自未名湖畔的博雅塔,电力照明也是由校内总配电室直接供应110伏电。那时燕京大学、清华大学和海淀一带的电力,由实业家冯公度[1]先生所办的北平电灯公司供应,该公司在石景山永定河畔有一个发电厂,两路高压线中有一路在青龙桥设有变电站,以保证燕京大学、清华大学的供电。那个年代是北平盐业银行放款支持这家电灯公司,而我的外祖父韩诵裳正是盐业银行经理,我听母亲几次说过:你外公很清楚燕京的电灯亮不亮。

燕东园,原来就叫东大地,在成府村的地界上。据查,成府在明代就是一个村落了。清代由于皇家园林圆明园建在附近,很快发展为繁华的集镇,建起了许多民宅。也因乾隆十一子成亲王建了府邸,故有了成府的地名。

我找到一本金勋[2]先生写的《成府村志》,是手写复印本,此书好像从来没有出版过。书里对东大地有些说道,原文如下:"昔日为太监营房,道光初间作厂,拆去砖瓦,运往圆明园改建值房之用。北为许家大门,再东为范姓,夏季粘扇子,在刚秉庙后院开银花纸作坊。东大地西北角为果子李记,前植伏地楸树二棵。东南临刚秉庙,地名吉永庄,庙北太安庄。"此段文字中最有价值的信息是：东大地在清乾隆年间为太监营房，直至道光年间初期作废，拆去木料砖瓦，运往圆明园改建值房之用。

《成府村志》还有一段记载，大意是美籍牧师瞿伯曾收买成府地皮房屋，图上有标号：47号为东大地郭记、48号为东大地果子李、49号为东大地高宋二家、50号为东大地许记、51号为东大地袁记、52号为王三套、53号为东大地西段空地、54号为东大地东段空地、55号为朱家坟地。东大地的前身，不仅有前朝贵族、太监的居所和墓地，也有成府村普通村民的家宅，还有闲置的空地，来源很复杂。据说司徒雷登（John Leighton Stuart）当年买下这77亩地很不容易，颇费周折，最后还是留下了两处没有征下来的院子。

据记载，成府村的庙也不少：关帝庙、刚秉庙、幼慈宫、太平庵、兴隆寺、已觉寺、广惠宫等。据东大地时期的老住户回忆，蒋家胡同东口至少到1937年还有一座喇嘛庙，曾经见到过喇嘛出入，在庙前向南处有一口井，供成府街住户、东大地院外住户取水饮用。

在今天燕东园南侧吉永庄的位置，曾经有一座刚秉庙，关于它的故事更多。住在桥西37号杨晦先生的次子杨镰回忆，他们家1952年搬到燕东园时，小庙还在，就在燕东园南墙外几十步远，他还进去过。红学家周汝昌先生认为这和《红楼梦》庚辰本脂砚斋批语中提到的"刚丙庙"应该是同一个地方，刚丙当作"刚炳"，这个庙是明朝司礼太监刚炳（绰号刚铁）为自己建的生祠。*

---

* 刘宁：《燕东园小楼的近现代学人》，原载于《澎湃新闻》，2020年2月6日。

1927年，身为清华国学导师的王国维[3]在颐和园投湖自尽，曾停灵于此。到场送行的除王国维家属和清华国学研究院的学生外，还有清华教授吴宓[4]、梅贻琦[5]、陈达[6]，北大教授马衡[7]，燕京教授容庚，以及梁漱溟[8]等学术界名人。当他们行完礼站在灵堂的两侧时，陈寅恪[9]到了，表情凝重，一言不发，向围拢到身边来的同学点头致意，便拨开众人，缓缓走到王国维灵前，"咚"的一声跪下，行起了三跪九叩的大礼。

在刚秉庙的周遭，高低错落的全是乱坟岗子。清朝这一带是太监的坟茔地，刚秉庙供奉的就是太监的祖师爷刚炳。生前他们捐资修葺该庙，兴旺香火，有些老年太监从宫里出来也住在这里，死后就埋葬在庙的周围，成为太监们的义地。太监古称"中官"，故当地人称此地为"中官坟"。我们这些1950年代前后搬来住的燕东园二代，从小都被大人用"鬼火""鬼打墙""鬼叫门""鬼找替身"之类言语吓唬过。后来北京大学在这片土地上建起了教职员工住宅区——中关园，从此"中官儿"变成了"中关"。

成府村给东大地（即燕东园）住户留下深刻印象的，当然不是这些庙宇、坟地、"中官儿"，而是它生机勃勃、热气腾腾的民间烟火气，存在于胡同小巷里、存在于买卖街市中。那么当年的成府究竟是什么模样呢？

《成府村志》说：村内胡同多，主要胡同从北向南依次为书铺胡同、赵家胡同、蒋家胡同、槐树街胡同、太平庵胡同、刘家胡同、前吉祥胡同、后吉祥胡同等。这些地名我们从小就耳熟能详，上北大附小时不少同学就住在这些胡同里。《成府村志》里还详细标注了坐落在各街道、各胡同的店铺名称，从功能看有：鞋铺、棚铺、剃头铺、烟铺、桶铺、砖瓦铺、药铺、饼铺、烧饼铺、煤铺、杂粮店、油盐店、猪肉铺、羊肉铺、豆腐坊、粉坊等，可谓应有尽有，距成府街三四里外的各村住户都来这里采买日杂用品。

成府村的生意发达、买卖兴隆是有历史的，从清同治至光绪庚子年一直如此。为了保卫皇家园林圆明园的安全，清廷专门设置了"圆明园八旗内务府三旗护军营"。《成府村志》说，其中三旗营房就在成府东，与本村连界，该旗为内务府包衣三旗，每月每人供职五天，其余二十五天在家做生意，每户都有一技之长，小本经营，闲人很少，人性和蔼，挺讲规矩。

还有一份史料可以佐证：1924年陈达《社会调查的尝试》*中附有一幅由清华测量班测绘的《成府地图》。这幅地图有16开纸大小，图例包括道、井、树、门、石墙、河流六项内容（实际图中还标有桥等地物），标注的地名有菜园、兴隆寺、成府街、东大地、小坟地、燕京大学等近20余条。测绘者是清华学校"一九二四测量班"的金龙章[10]、周培源[11]、黄育贤[12]和涂治[13]，由清华教授罗邦杰[14]指导。请注意，这幅地图竟是周培源先生上清华大学时完成的作业。

谈起当年住在东大地如何解决吃穿用度，老住户们都说：在生活上，由于西邻成府，买菜、买鸡、买肉都很方便。1930年代

---

* 陈达：《社会调查的尝试》，原载于《清华学报》第1卷第2期，1924年。后收录于《民国时期社会调查丛编》一编，乡村社会卷（第2版），福建教育出版社，2014年。

吃鱼不易，就靠有时有挑担小贩到各家兜售河中捕到的活鱼。那时没有公共汽车，稻香春商店很会做生意，每周派人从城里骑车到各家出售南货，很受欢迎。

邻近的清华园里也没有菜市场。据当年清华大学体育教师夏翔[15]先生的女儿、现年92岁的夏元庆回忆，成府有一个店铺叫如意馆，清华园各家会提前一天向他们订菜，第二天早上他们送过来。她记得蔬菜种类很多也很新鲜，他家每天只订4两猪肉（当时一斤是16两），就够一家三口人吃的了，有荤有素。

在成府村几十条胡同里，蒋家胡同是最大的也是建筑质量最好的一条胡同。这条胡同东西走向，水泥铺路，是校内通往燕东园（东大地）的必经之地。胡同东起一座尼姑庙——太平庵，西至沟沿的一座小石桥，长百余米，胡同中段路北有几棵高大的槐树，浓荫笼罩着几座大宅门。胡同南北侧共有十个门牌号，北侧从东往西数1至5号是五个宅院，南侧从西往东数6至10号也是五个宅院。

蒋家胡同北侧中间的三座四合院，门牌号依次为2号、3号、4号，即安家宅院。安家原籍河北东安县，同治年间重修圆明园九洲清晏，他家的安鹏为工头，而且他家还承包了颐和园佛香阁的修缮。传说他们家将此工程中的木材、砖、石等倒运回来，修建了这三座四合院。每个院子都很气派，入门有影壁，前后两个南北跨院，东西厢房，走廊的彩画类似颐和园的长廊。

2号院后来租给燕京大学作为教员宿舍，不少学者住过这里。其中以号称弟子三千的历史学家邓之诚[16]先生为最，他从1945年直到1960年病逝，在蒋家胡同2号院住了十五年。本来燕京复校后，学校向他提供了东大地或者南大地的洋楼，但他执意选择四合院。他中意的蒋家胡同2号院确实别具一格：如意门，砖雕花饰，门外两侧有门枕石，石上各有卧狮一对。进大门后，影壁、屏风门、垂花门，里院开阔呈正方形，正厅五间，一明两暗各一间耳房，前廊后厦，正厅、厢房和二道门之间有抄手游廊相连，形成一条避雨雪的环形通道。

邓之诚先生比我父亲年长二十三岁，他们有一个共同的嗜好是下围棋，经常相约手谈，切磋"黑白之道"，结为"忘年交"。我妹妹徐浣从网上找到《五石斋文史札记》，是邓老的遗作，他的二儿子邓瑞整理，在三十二札（1951年4月26日—冬月初二日）部分里看到仅短短的一个暑假里，在6月17日、7月26日、8月19日、8月21日、9月2日的日记中都有"招徐献瑜来弈棋"等字样，其中9月2日那天写："晨，朱宝昌、徐献瑜来弈棋，遂竟一日。"*三人杀得昏天黑地，整整下了一天棋。

据我父母说，我还在襁褓之中就被抱着给邓之诚先生看，他仔细端详说："此女双眉过目，聪明如我一般。"可惜我对邓爷爷没什么印象了，只隐约记得他有几根长寿眉，后来心中惊恐：他说我双眉过目，难道说我也长了长寿眉？

出蒋家胡同西口，过了一道石板小桥，路两边店铺林立，有修车铺，有粮店，有菜站，有副食店，有裁缝店，紧西头路北

---

* 邓之诚遗作、邓瑞整理：《五石斋文史札记》（三十二），原载于《中国典籍与文化》2009年第70期，第124页。

是一家饭馆，与燕京东校门相对，中间隔了一条马路和水渠，渠上盖三块条石，拼成平桥，沿着小渠东侧种了一行槐树。这个饭馆的招牌为"长盛和"，因掌柜的姓常行三，故被称为"常三饭馆"，做的都是家常菜，但物美价廉，还有几手绝活儿。在老燕京的师生中口碑极好，一直传至北大。我父亲单身的时候，经常去"常三"吃饭。到了北大时期，这家饭馆越做越小，好像还换了一位女掌柜，后来它的主体部分逐渐变成杂货铺，长条柜台上卖糖果烟酒、罐头水果、汽水冰棍等。我也去买过东西，就是几分钱半斤的酸枣面儿。而我对常三饭馆和东校门之间那段平桥和水渠，最后的记忆停留在这样一幅画面上：1958年一场大暴雨，积水没过了平桥，沟渠成了一条水流奔涌的小河，水面上漂着好多西瓜。

燕东园在西郊，距离市中心很远，算是乡下了。1940年代，东大地住户进城办事或访亲问友，要坐校车来回，或者雇洋车（三轮车）。1950年代以后，有了公共汽车线路，一条是32路*，始发自颐和园经西苑后向南开，途经北大、海淀、黄庄、农科院、魏公村、白石桥、动物园到终点站西直门；另一条是31路**，也始发自颐和园，经西苑后向东开，在燕东园附近有清华大学、海淀（蓝旗营）两站，然后继续向东，经过清华园、五道口、八大

---

* 1947年，北平的第一条郊区线路（东华门至颐和园开通），它是32路、332路的前身，后改为从西直门、动物园到颐和园。

** 1950年初，市区的线路从1路开始正式编号，郊区的公交线路从1954年1月开始，以首末站命名。1956年12月，郊区线路从31路开始正式编号，由此"西颐路"改为31路，"京颐路"改为32路，"颐香路"改为33路。1961年，原西颐路公交车改名为31路，1972年改名为331路。

学院、小西天、新街口到终点站平安里。

燕东园各家进城主要靠32路。我猜测，32路的路线，就是原来燕京大学校车往返城里城外的前半段路，燕大校车进西直门以后，继续前行，终点在东单基督教青年会。校车原来跑的从燕京大学到西直门那段石子路，后来铺为柏油大道。我还记得，32路曾跑过从匈牙利进口的伊卡路斯30型（Ikarus 30）客车，前面长车厢有两个门可上下车，后面挂着的小拖车只有一个门，等车要对着三个门排队。我家逢年过节进城去外公家拜年问安，必须坐32路。而我母亲任教于北京师范大学，她每天上下班要赶的是31路。

燕京东大地

研究燕东园的住户群，要先划一条线，以1952年7月全国高校院系调整*为界，在此之前是燕京大学的东大地住宅区，在此之后是北京大学的燕东园住宅区。还有一点说明：燕东园共有二十二栋洋式小楼，其中二层楼的十七栋，一层楼的五栋。在燕京时期，基本都是一家住一整栋楼。北大时期，结束了一家住的历史，多改为两家共住。有些小楼分为上下层，一户一层；有些小楼从中间分开，一户一半。

先说燕京时期：

---

* 1952年6月至9月，中央政府大规模调整了全国高等学校的院系设置，把效仿英式、美式构建的高校体系改造成效仿苏联式的高校体系。院系调整后，全国高校数量由1952年之前的221所下降到1953年的183所。

上世纪80年代中期,有几位在东大地时居住过的"燕二代"着手抢救历史,他们查询了相关的档案及史料,试图整理出一份燕京时期东大地住户的材料,但结果不甚理想。他们留下了一份说明:

> 1926年前还没有关于燕东园的住户档案可查。另外,1937年卢沟桥"七七事变"后,很多败兵及难民路过郊区,为安全起见,有些燕东园住户暂时搬入校本部去住,也有住在蒋家胡同的感到不安全,而搬入燕东园住一段的;同时,校方请了一些少壮年轻教师入住燕东园数月,做保卫工作,故从1937年至1941年间,档案中只有住燕东园的户名,却无相应住宅的门牌号。到1941年12月珍珠港事变突发,大学被迫关门,燕东园的住户也随之被迫迁出。自1945年秋在北平复校到1948年间,并没有关于燕东园的档案记载。自1949年起有档案可查,但由于有些楼房住宅改为两家合住(好在这些楼房内都有两部楼梯),新住户迁入,老住户有的换住房或搬出燕东园,档案的记载就有遗漏或不清楚之处,总之,档案并不完整,也不详尽。

在这次写作中,我尝试从史料与回忆文章中再细细筛查,争取打捞出更多在这些小楼里住过的学人。我首先把目光盯在外籍教授身上。

从以往的资料可知,司徒雷登先生主持燕京大学,尤其办学的早期,聘请过许多外籍教授。到1934年在110名正副教授中还有外籍教员44名。他们多数住在南大地，也有一些住在东大地。但由于各种原因，这些住户极少被提及。这次我在几位老"燕二代"的帮助下，把在东大地住过的外籍教授名单大致搞清楚了。

96岁的胡路犀阿姨是原燕京大学生物系主任胡经甫教授的女儿，在东大地前后两次住了十七年。她交给我一份名单。她的女儿黄英说，老太太查阅了燕京的早期资料，翻了厚厚的《燕京大学史稿》*。

名单如下：25号住的是英国的韩懿德（Ethel M. Hancock），26号住的是美国的吴路义（Louis E. Wolferz），27号住的是美国的窦维廉（William H. Adolph），28号住的是美国的步多马（Thomas Elza Breece），29号住的是瑞士的王克私（Philipe de Vargas），30号住的是美国的米德（Lawrenle M. Mead），32号住的是日本的鸟居龙藏，41号住的是美国的戴维斯（Walter W. Davis）。

这份名单与我此前采访赵景伦先生所回忆的吻合了。赵景伦先生是原燕京大学宗教系主任赵紫宸先生的儿子，他在东大地里也住过十多年。他说："桥东有六栋小楼住过外籍教师：25号、26号、27号、28号、29号、30号。"还说："窦维廉的孩子Deedee跟我们打柳条仗，打得不亦乐乎。"他特别提到："Prof. Wolferz夫人说得一口北京土话。自己上街买菜，说'我要一只年纪轻轻的小姐鸡'。"他提到的窦维廉，正是住在27号的William H. Adolph。

---

* 张玮瑛等主编、燕京大学校友校史编写委员会编：《燕京大学史稿（1919—1952）》，人民中国出版社，1999年。

这位美国人曾任燕京大学校务委员会代主任，东大地建成之初，他主持园内的社区管理，组织了网球队，筹集资金建起了儿童游戏场。而那位能讲一口有趣北京土话的Prof. Wolferz夫人，住在桥东26号，她的先生有一个中国名字：吴路义。

1950年10月，中国人民志愿军出兵朝鲜。中美两国兵戎相见。1950年12月19日，中共中央发布了《中央对教会学校外籍教职员处理办法的指示》，燕京大学的外籍教师按照规定必须离开。为了轻装远行，他们把许多家具、日用品、食品留给了邻居们。

我记得1951年初，我家突然多了好几件家具，一对西式的高背床、两个西式柜子，还有几把造型别致的椅子，圆形椅面，带有一个略呈弧线的小椅背，没有椅子把手。我们的床上还多了几条毛毯，两条白色的，一条墨绿色的，厚实又柔软，边角上隐隐有英文字母，父亲说这是美国大兵用的军毯。

现在我明白了当年家里突然出现许多美国货的原因，也记起了母亲曾带着我去南大地63号，送别她的老师音乐系主任范天祥（Bliss Wiant）夫妇。范天祥先生自费修建的南大地63号，和周围那些西洋小楼不同，他采用中式建筑风格，建起了雕梁画栋的三合院，栽上数丛竹子，用柏树墙围起来，自称"范寓·忆春庐"。范天祥夫妇的三子一女均出生于北京，而且起的都是中国名字：范燕生、范雷登、范瑟闻、范泽民，他们都是在南大地63号长大的。

在这次写作翻阅各种资料时，我意外地从"燕二代"关家麒的回忆文字*里挖出了一份燕大时期东大地住户的名单。他记录的视角很奇特，他的父亲关长信先生当年供职哈佛燕京学社，关家有一段时间住在燕京东校门外的蒋家胡同1号院，正把着蒋家胡同路北东口。住在东大地的教授们，每天到燕大校内授课或办公，必须穿过蒋家胡同，几乎天天都要从他家门前经过，日复一日，年复一年，来来去去，留下了他们的脚步与身影。关家麒细心地记录着他们的名字：谢玉铭、陈其田、林嘉通、徐淑希、赵占元、刘廷芳、黄国安、林启武、胡经甫、李荣芳、赵紫宸、陆志韦、赵承信、陈在新、戴文赛、沈志远、李欧、洪谦、翦伯赞、蔡镏生、马思聪、徐献瑜、孙令衔、俞大纲、林耀华、高名凯、张东荪、廖泰初、林汉达、蒋荫恩、张景瑜、孙瑞芹。可惜这份名单做不到对应地标出每位先生所居住的楼号。

　　我继续试图从资料与文章的字里行间和蛛丝马迹中，拎出来那些与22栋小楼和房主有关的信息，做拼图、对比和推论。直到2022年4月，我终于联系上陆志韦先生的女儿陆瑶华阿姨，她给了我一份东大地最早的住户名单，22栋小楼家家有主。我大喜过望，有了这份名单托底，我初步地完成了从1927年至1952年燕京时期东大地的住户统计表。

---

* 关家麒：《朗润园与镜春园的喜乐悲愁》，原载于《燕大校友通讯》第47期，2006年9月。

北大燕东园

再说北大时期：1952年7月全国高校院系调整，燕京大学撤销，组建后的新北京大学迁址燕园。对这一重大的变革，燕东园的反应很快也很直接：一些人家搬走了，更多的人家搬进来。

新搬进来的人家，一部分是老北京大学的教授，从城里沙滩中老胡同32号老北大宿舍搬来的张景钺、曾昭抡、冯至、贺麟、朱光潜、周炳琳、游国恩、孙承谔等，还有从东四十条39号老北大宿舍搬来的赵迺抟、樊弘、潘家洵、马坚等；另一部分是清华大学并入北大相关院系的教授，如罗大冈、王乃梁、李宪之、周一良、吴达元、杨业治、浦江清等。一时间园里人气很旺，那些二层楼的房子都改为两家居住，一家住一层或者对开分一家住一半（好在原来的设计就各有各的进出口），于是人出人进，园子里热闹起来。在我们小孩子的眼里，一下子结识了许多新的玩伴儿，去桥东游戏场打秋千、玩转盘、爬天梯都要排队了。

没过几年，大约1956年至1958年间，燕东园里又有了一轮搬进搬出，住户的格局再次调整。在当年几个男孩子的记忆里，这次搬家的消息是从金岳霖先生的蛐蛐罐里透露的。

金岳霖先生刚搬进来时住在桥西34号楼上，后来又迁至桥东21号楼的西半边儿。他一辈子独身，只带着一位厨师住进来，那时候叫大师傅，一般为留学归来的教授服务的厨师都是中西餐全能，金家大师傅烤的面包非常好吃。

燕东园里草木深深，盛产蛐蛐。满园子的男孩子都喜欢捉蛐蛐斗蛐蛐。他们意外地发现金岳霖先生竟是玩蛐蛐的高手，不过他可不是在园子里满世界地捉，而是到城里蛐蛐市场上买，回家再和蟋蟀玩家们一起琢磨怎么养，怎么斗。

有一天，园子里风传"金岳霖先生要搬家了"，只见他家的院子外突然摆出了几十个特大号的蛐蛐罐。住在桥西39号的经济系主任樊弘教授的儿子樊平，按捺不住好奇心，偷偷跑到金家院子外，拾起一个澄浆蛐蛐罐仔细端详，灰色、圆柱形，直径有十六七厘米，高十厘米左右，里面还装有配套的小碟、小水槽，规整精致，显然出自宫廷。他爱不释手，但最终还是放回了原处。没过几天，金家的院子里外，空空如也，那些澄浆蛐蛐罐一个不剩，跟着金岳霖先生搬走了。

后来，我听说了金岳霖与林徽因[17]的故事，回忆起金先生住在燕东园的时候，梁思成、林徽因夫妇先后住在清华园新林院8号和胜因院12号，两家往来虽然不像在城里住前后院那么方便，但北大几处教职工宿舍还数燕东园距离清华园最近，只有一条马路相隔。1955年4月林徽因病逝，金岳霖先生以一幅广为流传的挽联为她送行：一身诗意千寻瀑，万古人间四月天。不久他就离开燕东园，搬家到城里住了。

私下有人议论：金先生搬家的原因是林徽因不在了，他已经尽完了守候的责任。但我翻查了相关的材料，发现和金先生同一时间搬出燕东园的还有好几家，如桥西31号的蔡仪先生、34号的潘家洵先生、41号的何其芳先生、42号的罗念生先生、桥东22号的贺麟先生等。这是因为1955年6月中国科学院建立了学部体制，哲学社会科学学部为四个学部之一，下设七个研究所，上述诸位学者陆续被调至各所任职。1957年哲学社会科学学部从中国科学院所在地中关村搬出来，迁至建国门内贡院一带办公，于是这些先生们也脱离了北大，随之搬进城里安家落户。

与此同时，燕东园又搬进了新住户，打头的几位是响应祖国召唤、突破重重阻力从美国归来的科学家：

年长一代的是1955年6月回国的声学家杜连耀教授，他与我父亲同年，1934年毕业于燕京大学，1946年燕京复校后曾任燕京物理系副教授，1948年赴美国宾州州立大学留学获博士学位。归国后杜连耀先生担任了北大无线电系主任，与分离七年的夫人儿女团圆，阖家搬至燕东园桥西39号楼的二层，也就是我家的右舍。他带回了全燕东园第一台苏制记录牌14寸黑白电视机，在很长的一段时日里，每到周末，孩子们三个一群、五个一伙，抱着小板凳、拎着小马扎，来到杜家，挤进那不大的电视间，看球赛、看电影、看话剧。

中年一代的是1956年12月回国的计算数学专家董铁宝教授和夫人生物学家梅镇安教授，他们携在美国出生的两子一女，绕道大西洋，行程万里，历时三个月才回到祖国，双双任教于北大，全家住进燕东园桥西41号一层，也就是我家的左邻。我们都好奇地迎接三个小"美国佬"：8岁的董昭、6岁的董迈、4岁的董恺。还记得胖乎乎的老三，一张口中英文夹杂，土话俚语混搭，可爱之极。

青年一代的是1957年底回国的半导体专家、被园里老人称为"美国小博士"的黄敞教授夫妇，他们住进了桥东23号。夫妇二人各骑一辆英国蓝翎牌自行车。他们有一个男孩，叫黄迪惠，刚回国时，小家伙只吃面包抹黄油。黄夫人也告知北大：吃不惯中餐。于是北大开设了专家食堂解决归国专家的吃饭问题。

1956年至1958年正是北大办学轰轰烈烈之际，教工宿舍新建的速度赶不上需要，学校动员老住宅区挖潜，燕东园的22栋小楼都腾出不少房间，由原来的一家、两家住基本改为三家住了，一些青年教员随之住进来。我们家那时候就腾出了后院的三间房，交校房管科统一分配或周转。我记得有中文系何慎言老师一家短期住过。后来是北大附中教政治的饶毅老师一家子和我们长期为邻，一直住到1980年左右。

1966年6月，校园秩序大乱。燕东园作为资产阶级教授、反动权威的住宅区，自然成为"革命""造反"的靶子。各小楼被强行"掺沙子"，一下挤进了若干户人家，有各院系革委会分配来的，也有自找上门强占的。原来的老住户们那时都气短胆小，赶紧主动腾房。我家先腾出走廊西边的三间房，私下找到39号邻居杜连耀伯伯家协商，请他们搬进来，以防被外人乱插。后来我们两家又各腾出一间房，让一位青年教员的四口之家搬进来。

1966年底，我和大学同学步行串联，从长沙到韶山、到井冈山、到瑞金、到韶关，走了两个多月，返回北京已是冬天。记得我到家时，是从后院走后门进来的，那时已经几家合住了，后门的洗衣房成了我们家的厨房和饭厅。父母和弟妹们正挤在一张黑色八仙桌边吃饭。那些日子里40号全楼最不堪重负的是卫生间，一个卫生间每天要解决三个家庭男女老少18人的"方便"问题。

同样的拥挤无序、人员混杂，存在于每一栋小楼中。1966到1976的十年，燕东园到底承载了多少住户，成了一笔糊涂账，恐怕没有人能够统计得清楚。

因此，本书对22栋小楼住户的追索和记录截止到1966年夏天。每栋小楼所附的住户表包括燕京时期（1927—1952）和北大时期（1952—1966）。

找到这样一张富有时代特征的照片，定格了老燕东园子弟们最后的告别：

图1-3 老燕东园子弟1968年春在天安门前合影

天安门前合影的十一人，其中九人从小在燕东园长大。他们的父母都是北京大学知名的教授学者，如左1王英平，家住桥西31号，父亲王子昌是北大地球物理系教授；左4李之林，家住桥西33号，母亲周珊凤是北大西方语言文学系（以下简称"西语系"）教授；左6董迈，家住桥西41号，父亲董铁宝是北大数力系教授；左8樊平，家住桥东25号，父亲樊弘是北大经济系教授；左9李焰，家住桥东24号，爷爷李汝祺是北大生物系教授；左11马志学，家住桥东25号，父亲马坚是北大东语系教授。

我的两个弟弟徐澂（左3）、徐浩（左5）都在照片中。徐澂说："这是1968年初春的某一天，我们送贺铭宽去青海，从火车站回来，路过天安门时照的。"

贺铭宽是北大附中老初三的。他家住在燕东园桥西32号楼下，他的父亲贺剑城是北京大学东语系党总支书记，朝鲜语专家。徐澂说，贺铭宽去的是青海锻造厂，当时第一批分配的，去了不到一年，锅炉爆炸死了。

拍完此照不久，这帮子弟们（老三届）在第二批、第三批分配时就都离开了燕东园，赴黑龙江屯垦戍边或山西、陕西下乡插队了。1971年我们的父辈也相继离开北京，离开燕东园，下放到"五七干校"劳动。我的父亲去了北大的江西鲤鱼洲"五七干校"，母亲随她任教的北京师范大学去了山西临汾"五七干校"。

一个时代结束了。燕东园书香门第的世外桃源，从此消踪匿迹，一去不再复返。

[注释]

1	冯公度 （1867—1948）	本名冯恕，字公度，祖籍浙江慈溪，生于顺天府大兴县（今北京大兴）。清朝官员，一品翰林。实业家、书法家、收藏家。历任清海军部参事、军事司司长、海军协都统等要职。1905年创办京师华商电灯股份有限公司，为中国最早的民族电业。
2	金勋 （1882—1976）	生于海淀营造世家。家中开设天利木厂多年，先辈曾承担圆明园、长春园的建筑工程。熟悉西郊园林建筑，曾绘制《圆明园鸟瞰图》《圆明园复旧图》。
3	王国维 （1877—1927）	浙江海宁人。与梁启超、陈寅恪、赵元任号称清华国学研究院的"四大导师"，是近代享有国际盛誉的著名学者。中国新学术的开拓者，在文学、美学、史学、哲学、金石学、甲骨文、考古学等领域成就卓著。1892年考中秀才。曾赴日本东京物理学校学习。其代表作有《人间词话》《观堂集林》《红楼梦评论》等。
4	吴宓 （1894—1978）	陕西泾阳人。西洋文学家、比较文学家。1917年留学美国，先后就学于弗吉尼亚大学和哈佛大学，并获哈佛大学比较文学硕士。1921年回国，先后在东南大学、清华大学、西南联大、云南大学、北京大学、燕京大学任教。1950年后长期执教于西南师范学院，任外语系、中文系、历史系教授。
5	梅贻琦 （1889—1962）	天津人，祖籍江苏武进。物理学家、著名教育家。第一批庚款留美学生，1914年毕业于美国伍斯特理工学院，学成归国历任清华大学教员、物理系教授、教务长。1931年至1948年担任清华大学校长，其中1937年至1946年主持西南联大校务。1955年在台湾新竹清华大学创建原子科学研究所并任该校校长。
6	陈达 （1892—1975）	浙江余杭人。1912年入北京清华学校留美预备班。后赴美，于1923年获哥伦比亚大学社会学博士学位。归国后参与筹备清华大学社会学系。历任西南联合大学社会系教授、系主任，清华大学社会学系教授。
7	马衡 （1881—1955）	浙江鄞县人。金石学家、考古学家。早年在南洋公学读书，曾学习经史、金石诸学。1922年任北京大学研究所国学门考古研究室主任，同时在清华大学、北京师范大学、北京女子师范大学任教。1925年10月故宫博物院成立后，曾兼任临时理事会理事、古物馆副馆长，1934年4月任故宫博物院院长。
8	梁漱溟 （1893—1988）	生于北京。哲学家、教育家、社会活动家。1906年入顺天中学堂学习，1911年加入京津同盟会。1917年至1924年执教于北京大学哲学系，1929年至1937年积极参与乡村建设运动，接办《村治月刊》，创建"山东乡村建设研究院"。主要著作有《印度哲学概论》《东西方文化及其哲学》《中国文化要义》等。

9	陈寅恪 （1890—1969）	江西修水人。历史学家、古典文学研究家、语言学家、诗人。1902年随兄衡恪东渡日本，入日本巢鸭弘文学院。1910年考取官费留学，在欧美多所著名大学学习，具备了阅读蒙、藏、满、日、梵、英、法、德、巴利、波斯、突厥、西夏、拉丁、希腊等十几种语言的能力。回国后，先后任教于清华大学、西南联大、香港大学、广西大学、燕京大学、中山大学等校。他一生致力于魏晋南北朝及隋唐史的研究。代表性著作有《隋唐制度渊源略论稿》《唐代政治史述论稿》《元白诗笺证稿》《金明馆丛稿》《柳如是别传》《寒柳堂记梦》等。
10	金龙章 （1903—2000）	云南永仁人。机电工程专家。1924年毕业于清华学校，赴美留学。1927年先后获得麻省理工学院电机工程学士、硕士学位。归国后任上海西门子公司工程师。抗战期间出任云南省政府委员。1938年大力帮助西南联合大学落脚昆明，并创办云南纺织业。1950年迁居波士顿。
11	周培源 （1902—1993）	江苏宜兴人。流体力学家、理论物理学家、力学家、教育家和社会活动家。1924年毕业于清华学校，1927年在美国加州理工学院学习，1928年获博士学位。1929年回国后任清华大学物理系教授、教务长、校务委员会副主任，1952年任北京大学数学力学系教授，之后相继任北京大学教务长、副校长和校长，中国科学院副院长。
12	黄育贤 （1902—1990）	江西崇仁人。水利发电专家。1924年毕业于清华学校，后赴美留学。1926年毕业于美国加利福尼亚理工学院土木工程系。1929年获美国康奈尔大学研究院土木工程硕士学位。回国后一直主持水力发电工程建设，是中国水力发电事业先驱者之一。
13	涂治 （1901—1976）	湖北黄陂人。农学家、植物病理学家。1924年毕业于清华学校，赴美留学。1929年获美国明尼苏达大学研究生院博士学位。回国后先后任岭南大学、西北农业专科学校、新疆高级农校、新疆学院任教。1952年参与组建中国人民解放军新疆八一农学院（今新疆农业大学）。
14	罗邦杰 （1892—1980）	广东大埔人。建筑师。1915年获美国密歇根大学工程系学士，1917年获硕士，1918年获美国麻省理工学院矿冶工程系硕士。1928年获美国明尼苏达大学建筑工程系学士。回国后，曾任清华学校教授、大陆银行驻行建筑师。
15	夏翔 （1903—1991）	江苏丹阳人。体育教育家。1926年毕业于东南大学。1933年至1941年任清华大学、西南联合大学讲师。1941年至1946年留学美国，先后在斯普林菲尔德大学、哥伦比亚大学等学校学习、研究体育。回国后长期任教清华大学，1964年当选中国田径协会副主席。

16	邓之诚 （1887—1960）	江苏江宁（今南京）人。历史学家。1921年起，专任北京大学史学系教授，又先后兼任北平师范大学、北平大学女子文理学院史学教授。1930年后任教燕京大学历史系，1952年并入北京大学历史系。著有《骨董琐记全编》《中华二千年史》《清诗纪事初编》等。
17	林徽因 （1904—1955）	浙江杭州人。建筑学家、作家。1924年留学美国，获宾夕法尼亚大学美术学院学士学位，后就读耶鲁大学戏剧学院舞台美术系。回国后她与丈夫梁思成先后创建了东北大学建筑系和清华大学建筑系，历任东北大学建筑系教师和清华大学建筑系教授。1931年至1946年，夫妇两人受聘于北平中国营造学社，合作完成了晋、冀、鲁、豫、浙、川、滇等数省几百处古建筑的调查。新中国成立后，还参与了中华人民共和国国徽和人民英雄纪念碑的设计工作。

(贰)

造型相似的五座小楼

燕东园的灰砖小楼，被花木簇拥，被绿荫掩映，一年四季都很入画。

上文说过，二十二栋小楼大体分为两种类型：

第一种类型是二层楼（也就是楼房），共十七栋。因内部格局略有差异，面积不等，各楼的形态也有所不同。30号小楼体量最大，可算三层楼，在园子里独一无二；也有两两相似的，如39号楼与32号楼、42号楼与29号楼。其他小楼也各有千秋。

第二种类型是带有较大顶楼的一层楼（也可称为平房），共五栋。我家的40号楼，位于桥西，紧靠旱桥脚下路北的那个院子，就是带顶楼的一层小楼。在燕东园属于这种楼型的还有桥东21号、25号和桥西35号、38号。

桥西40号
徐献瑜、韩德常夫妇

走进我家大门,推开走廊右边的黑色木门,一间二十平方米的房间,朝东两个单幅的玻璃窗,朝南一对双玻璃窗,阳光充沛。这是父亲母亲的卧室。下面这张照片就是在主卧拍摄的,估计搬家刚一落定,父母就兴冲冲地拿起相机,立此存照,给我留下了这张百日照。

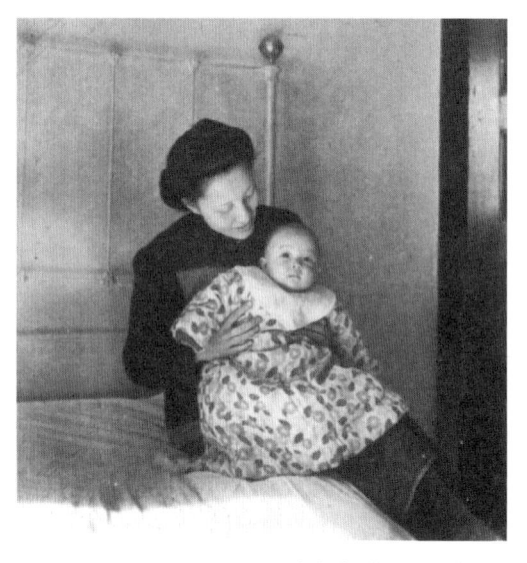

图2-1 母亲和我,摄于1946年11月

我家这种带顶楼的房子,有一个讲究的木楼梯,沿着它可以从一层上到顶楼。一层有客厅、饭厅、卧室、书房、阳光房(我们称它玻璃屋子)、厨房、浴室、洗衣房、下房及若干储藏间。顶

楼面积不小,有两间卧室和一个盥洗室。楼顶呈坡型,夏天屋顶的瓦被晒透,楼上会很热。冬天则很暖和,春秋天也舒服。小时候我们家一到冬天就搬到楼上住。

楼内的格局与设施基本是西式。客厅、饭厅中间是打通的;客厅墙角有壁炉,上有烟道,通向楼顶的烟囱。小时候听母亲说,圣诞之夜,圣诞老人会骑着扫帚从烟囱里钻进来,给孩子们送上圣诞礼物。我们也确实在枕边找到过放在一只袜子里的礼物。真的有圣诞老人来过吗?

我家这间客厅、饭厅,1950年代在北大数学力学系的老教授中还挺有名气,那时丁石孙[1]先生(1984至1989年任北京大学校长)还是个年轻人,按照党组织的安排,担任系里民盟小组负责人,他后来多次说过:"我的兵都是教授呀!有江泽涵[2]、段学复、徐献瑜、吴光磊[3]、程民德[4]、胡祖炽[5]等,一共七八个人呢!民盟本身有个系统,但在系里由共产党管。当时民盟的主要活动是学习苏联,而系里年纪大一点的民盟成员认为苏联并不怎么样。我作为小组长,很重要的工作就是开会说服大家要学习苏联。因是民主党派,大家畅所欲言,气氛轻松热烈。徐献瑜教授住燕东园40号,客厅宽敞,大家就在那里开会。加之徐家大师傅菜做得特别出色,有时会后众人美餐一顿,堪称锦上添花。"

我对家里的窗户和窗帘印象极深。燕东园小楼的玻璃窗是上下推拉的,上半部为一横两竖的格子窗,下半部是整扇的玻璃。但不论向上推,还是向下拉,都只能开一半窗。窗户配有钢丝纱窗,还有卷轴式的纸质窗帘,一面深绿,一面浅棕,典型的美国建筑风格。这次写作时,窗户成为我识别一些老照片是否在燕东园拍摄的标志性细节。

图2-2 我们兄弟姐妹四人在家门口台阶上的合影
自左至右:老三徐澂、老大徐泓、老四徐浩、老二徐溶

我家门前有三级花岗岩砌的台阶。上了台阶,打开两扇对开的纱门,还有一间过渡的小房间,然后再打开一扇纱门,才是带有井字格玻璃窗的正门,红木质地,圆圆的黄铜把手,七十年来不知有多少双手转动过它,至今它仍然闪光发亮。据说燕东园各楼的五金构件,和燕京大学校内的建筑一样,都是当年司徒雷登要求从美国进口的,地板、门窗使用的主要木料也是从美国进口的红松。

对我家这扇红木质地、黄铜把手的正门,中国科学院院士杨芙清也有印象。她1955年从北大数力系本科毕业,留校分配到新建的计算数学专业攻读研究生。她的导师正是我的父亲,据她回忆:"第一次拜见导师是在北大燕东园40号——一座在小桥旁、掩隐在绿树丛中的小楼。带着期望而又忐忑不安的心情,我敲开了门,一位高高的、身材清瘦的老师,带着亲切的微笑打开了那扇带有纱门的单扇户门,他牵着我的手,带我走进明亮宽敞的客厅中,好像长辈牵着孩子的手一样,一股暖流消除了我的不安,我像回到了家中。"

她也记得我们:"先生家孩子很多,当然都比我小,很热闹,在这个家中我不觉得拘束。"而我们对她的印象是1959年她从苏联留学归来的时候:家里来了一位穿布拉吉的漂亮大姐姐,梳着两条大辫子。

燕东园各家小楼还带着一个小小的后院,从这里直接进后门,就到了厨房和洗衣房。厨房有个中间两个灶眼、右边带烤箱的烧煤球的大灶,大灶的左边还连着一个小锅炉,供应楼下楼上盥洗室所用的热水。

最有意思的是洗衣房,单独一间,在北窗下有两个连着的大洗衣池,水泥砌的台子,高度及大人的腰间,一左一右各放一个大水缸。小时候我们喜欢踮起脚尖扒着池边,看里边是否有冷水镇着的西瓜,或者等待下厨房上蒸锅的螃蟹。

我家院子里栽种了一大片草莓,一畦一畦的,院子里的水龙头按时沿着畦梗灌溉,一看就是有行家里手在侍弄。父亲搬进燕东园40号以后,就把他单身时为他做饭的张贵请到家里来,继续做大师傅。张贵当时40多岁,家住西山冷泉,不知何时学得一手烹饪功夫,中西餐都会做。他就是丁石孙先生夸赞的"徐家大师傅"。张贵到我们家以后，不仅掌勺，还把一些粗活儿都包了，再有闲暇，他就除草整地，收拾出一个菜园子，除了搭架的黄瓜、豆角、西红柿，还种起当时并不多见的草莓。

张贵很喜欢小孩，自己没有，收养了一个亲戚的孩子叫丁柱子。张贵来我家不久，我的弟弟妹妹相继降生：老二徐溶生于1948年7月，老三徐澂生于1950年3月，老四徐浩生于1951年9月，家里瞬间人丁兴旺。张贵一人忙不过来，就把老伴儿也从冷泉接来，夫妻两人一起在我家打工。不知为什么，我们对张贵直呼大名，却称他的老伴为"张奶奶"，她扎着绑腿，面相比张贵老不少，也喜欢孩子，一心一意地带着我们。我们小时候和张贵、张奶奶比和父母更亲近。

桥东21号
林启武、朱宣慈夫妇

桥东21号，和我家的房型一模一样。下面这张照片里，尽管有茂林修竹掩映，但屋顶阁楼的三扇小窗泄露了天机，对照我家的照片，是否一模一样？走进楼内，举目望去，楼道、楼梯、客厅、卧室等，皆为熟门熟路，仿佛走进了我自己的家。

这栋楼里住着林启武、朱宣慈夫妇。他们都是老燕京，1934年毕业于燕京大学社会学系，同班同学结为夫妻，1935年司徒雷登先生在临湖轩为他们当的证婚人。林家有二女林朱、林盈，一子林林，都比我的年龄大，最小的女儿林盈出生在1943年。

我母亲最爱讲林盈来探望我的故事："我们刚搬来不久，一天有人轻轻敲门,开门一看是林伯伯家的林盈。她说:'我要找你们家的泓泓玩。'我告诉她:'泓泓还小,等她长大了,才能和你玩。'她点点头,离开了。过了好一阵子,我们出门,只见林盈一个人坐在台阶上,赶忙问:'你干什么呢?'她说:'我等泓泓长大啊!'"

图2-3 林家在21号楼前的合影,摄于1994年
自左至右:林朱、林启武、朱宣慈、林盈

1946年,我家与林伯伯家前后脚搬进燕东园,两家关系一直很好。父亲和林伯伯一起打桥牌,他说:林启武脑子特好使,每张牌都记得一清二楚。林伯伯高兴了就喊我父亲"徐长子",因为我父亲身高超过一米八,燕京老熟人都这么称呼他。

林伯伯会画漫画。我家里至今存有林伯伯给我父亲自制的漫画生日卡，署名为"075"。我母亲和林伯母也很谈得来，她们都喜欢种花。林伯母把自家的院子整成了花园，一丛丛郁金香养得极好。

图2-4 林启武夫妇1946年在21号楼前的合影

上面这张照片里，左侧墙壁上有一个从楼顶通下来的排雨水的管道，白铁皮做的，这个物件也是识别燕东园建筑的一个细节性标志。

林伯伯是泰国华侨，1907年生于泰国叻丕府。1924年归国就读于广州培英中学，1927年考入北平燕京大学社会学系。毕业后，学校看中他出色的体育天赋，让他留校在体育教育部任教。他不愿放弃原专业，在教体育的同时继续攻读社会学，终获硕士学位。1935年燕京大学送他赴美深造，三年以后他获得哥伦比亚大学体育教育学硕士学位，至此他拥有了社会学、体育教育学两个硕士学位。学成回国后，林伯伯一直在燕园从事体育教学。老校友们都记得，在燕京大学时，他培养了一支威震平津、享誉华北乃至全国的篮球队——燕队，新中国成立后的第一支国家篮球队里，有三名队员来自林伯伯的燕队。而在北京大学，他继续教体育，一直工作到80岁才退休。

在我们眼中，林伯伯是一位体育健将：中等个头（身高一米七）、清瘦精干、腰板笔挺、肤色微黑、双目有神。他好像什么运动项目都会：篮球、排球、羽毛球、乒乓球、游泳、滑冰、体操，在田径场上长跑、短跑、跳高、跳远比赛也都拿过名次。他形容自己："我年轻的时候，是见山能爬，见水能游。"

如果不是听父亲母亲说，我们谁也不会想到，如此生龙活虎的林伯伯竟是一位癌症患者。1952年，林伯伯在一次运动中伤了跟腱，打着石膏做检查时，发现患有直肠癌。手术很成功，但肛门在手术中被摘掉，从此肠胃改道，在腹部切口造瘘排便。

我听林盈回忆："父亲刚出院的时候，正赶上肃反运动，有些会必须参加，他不得不拿着一个充气的小橡皮圈去开会，把它垫在身下，裤子上经常是血。"林盈说："那时我不懂事，埋怨父亲'又带着你的屁垫儿'。"父亲回答："NO！这是Donut（甜甜圈）！"后来伤口好了，老爷子练出了一套处理这个新生理功能的生活方式，健康地活到104岁。我真想查查，林伯伯是否创造了带着肛瘘生活六十年的吉尼斯纪录。

林伯伯后来在北大很出名，90岁、100岁的生日，校领导们都纷纷出面，为老爷子致辞祝寿。他是一位传奇人物，创造了中国体育史上的好多第一：他1950年把六人制排球引入中国，1958年把国际射箭技术及规则引入中国，同时也是把门球运动引入中国的第一人。他对中国羽毛球运动发展的贡献最大，1936年他就把羽毛球运动引入中国，1950年代翻译出版了羽毛球规则；第一个在中国培训出羽毛球国际裁判的人，还是带着中国羽毛球队出国打比赛赢冠军的第一人。1986年世界羽毛球联合会授予林伯伯"发展世界羽毛球运动重大贡献奖"。1987年林伯伯80岁生日时，国家体委和中国羽毛球协会在首都体育馆为他举办了盛大的庆祝会，国家体委授予他"体育运动一级奖章"，表彰他是"杰出的体育教育家"。

林伯伯低调又谦虚，从来不张扬。我们很久以后才知道他拥有这么多的"第一"，而我们上小学和中学时最喜欢的运动"板羽球"，竟然也是林伯伯在1940年代发明的。当时正是抗日战争时期，燕京大学迁校成都，物质生活条件艰苦，体育运动设施简陋。林伯伯受到苗族青年以小竹管插三五根鸡毛、用木板拍击的启发，对羽毛球进行了改造，设计了木制的椭圆形球拍，将三根白色羽毛插在圆状木托或橡皮托上，制定了比赛规则，将其命名为"板羽球"。这项新颖的运动首先在成都燕大兴起，不久在成都、重庆、西安等大城市迅速流行开来，后来几乎成为一项全民运动。我还记得我在一零一中学上高三的时候，每到课间休息，全校教室前的空地上几乎都摆开了板羽球搏杀的赛场。

在燕东园，林伯伯以教育子女练体育出了名，他带着三个孩子在北大东操场跑四百米，练跳高、跳远。在自家院子里，他找到两棵相距二十多米的大柳树,把一根大圆木桩子架在树杈上,让三个儿女在木桩子上走,锻炼他们的平衡性。他每天对着两个女儿喊:"俯卧撑20个!"对着儿子喊:"引体向上20个!"经典的家庭体育比赛是摔跤,三个孩子每天都要和父亲摔跤,必须把对方摔得"五体投地"才算赢。当孙女外孙女们都长大了的时候,林伯伯又拿摔跤来"选孙女婿",他让孙女们把各自的男朋友领回家里跟他摔跤,把他打败了,他才认可。

1990年,我的母亲去世,为给父亲做伴,我搬回燕东园住,于是和林伯伯林伯母接触多起来。那时横亘在桥东桥西之间的那条深沟已经被填平,我们两家直线距离不过一百米。他俩都已是耄耋之年。我常见到林伯伯推着一辆二八式自行车,灵活地从左边一迈腿蹬起来就走,去他原来工作的东操场、未名湖滑冰场巡视,也经常看到他和林伯母在自家的院子里侍弄花草。

林伯母朱宣慈当年是燕京大学社会学系的高才生,毕业后到协和医院社会服务部工作,这是一家专为穷困病人和妇女儿童服务的机构。林伯母参与了这个机构的创办,干得有声有色。历史记录中有如下文字:"浦爱德还将北平协和医院社会服务部的组织形式和医务社会工作模式推广到南京、济南、上海等地的多家医院,成为1950年代以前中国和亚太地区医务社会工作的开拓者。比如,她曾派最好的社工人员朱宣慈去南京鼓楼医院辅导医院社会福利工作。"*1952年，协和医院社会服务部被撤销，这一年所有大学的社会学专业也都被取消了。主要原因是当时有人认为共产党领导下的社会主义中国不存在社会问题。林伯母回到北京大学，在图书馆做英文、俄文编译直至退休。

老两口文化修养都很高，生性幽默乐观，对生老病死尤其看得通透。林伯母好几次面对满院子的花草，指着几棵繁花似锦的果树对我说："我们将来走了，就埋在这树底下，环境多好，不就是上天堂了吗？"林伯母走在了林伯伯的前面。我妹妹徐溶代表我们参加了告别仪式，送的花篮的白缎带上写着："爱花的林伯母一路走好，天堂有花等着您。徐家子女。"这时林伯伯的脑子已经有些糊涂了，好多天他都在找："宣慈在哪儿？宣慈在哪儿？"林伯母的骨灰盒放在阁楼，他总想爬楼梯上去看看。

进入百岁之后，林伯伯仿佛返老还童了。他本来就周身一派绅士风度，后来更加彬彬有礼：路上见到我们姐妹几个，他总是谦恭地"女士优先"，甚至不忘脱下头上戴的棒球帽。据家里的护工说，老爷子去医院看病，坐公共汽车都给女同志让座。护工担心他走丢了，不让老爷子自己出门，但这哪儿关得住淘气的林伯伯。他经常一个人溜出来，在院子里逛来逛去，登上院门外边的人行天桥看汽车。遇到熟人，他打招呼聊天常常冒出一口流利的英文。是的，英语世界回来了；每天吃甜点、喝咖啡的洋习惯回来了；喜欢抱一抱、"亲来亲去"的洋规矩也回来了。弥留之

---

* 彭秀良：《被尘封的国际友人浦爱德》，原载于《文史天地》2012年第二期，第39—43页。

际，病榻上的林伯伯微笑着，做鬼脸，努起嘴来，要亲亲。

2014年以后，我接手编辑《燕大校友通讯》，在好几篇回忆1947年的"反饥饿、反内战、反迫害"燕京学生游行的来稿中，都发现有"陆志韦校长派林启武老师跟着学生上街游行，生怕出事"的表述。

21

住户名单　　　　　　　　　　1926年—1966年6月

东大地时期
- 谢玉铭　燕京大学物理系主任、教授
- 张舜英
- 陈其田　燕京大学经济系主任、教授
- 林启武　燕京大学男生体育部教授
- 朱宣慈　协和医院社会服务部

燕东园时期
- 林启武　北京大学体育教研室教授
- 朱宣慈　北京大学图书馆职员
- 金岳霖　北京大学哲学系教授、中科院哲学所研究员
- 龚人放　北京大学俄语系教授
- 曹　贺　苏联驻中国大使馆武官处中文教员

桥东25号
赵占元、胡梦玉夫妇

图2-5 桥东25号

  燕东园桥东25号，与我家和林伯伯家的房型基本一样，只是没有阁楼。我从耶鲁大学神学院图书馆里找到一张它刚落成时的照片，对比一下，可以清晰地看出它没有那个开着三扇小窗户的阁楼。

  上世纪40年代至50年代初，这里住着赵占元、胡梦玉夫妇。燕京大学非常重视体育，专门设有体育部，赵伯伯当时任体育部男部主任，可能比林伯伯的资历还老。他1923年入美国密歇根大学体育系，1927年毕业后回国，历任苏州东吴大学教授、体育部主任和上海暨南大学教授、体育部主任，1934年应聘到燕京大学任教授。赵伯伯应聘之后，燕京大学开始确立大学一、二年级体育课为必修课的制度，并建立了从教学计划、教学内容、教学方法到成绩考核统计表的一套完整的体育教学体系，堪与隔壁清华大学马约翰教授倡导的体育教学媲美。

赵伯伯教射箭、骑马、橄榄球等，还在颐和园昆明湖教游泳。我很小的时候就听说，校内第一体育馆东操场西北角那几个天桥，还有四尺、七尺、十尺的障碍墙，都是赵伯伯一手设计和改造的。1937年"七七事变"以后，他给男生上体育课，加进了打日本人的实战训练，亲自教授学生们爬高翻墙的技术。

赵家也有三个孩子，也是一男二女：赵汝敖、赵汝光、赵汝彬，三个人都跟着我母亲学过钢琴。不过他们大放异彩的地方是未名湖的冰上。赵家的孩子和林家的孩子年岁相仿，他们经林启武伯伯的亲自教练，个个都成了冰上运动的高手，每年冬天在燕园未名湖的冰场上，林家和赵家的哥哥姐姐们都会大显身手，滑出了一道道绚丽的风景线。

未名湖冰场早在上世纪三四十年代就是北京城有名的滑冰场之一。文化学者邓云乡老先生称之为"北京最高级的、最美丽的冰场"。而老北京的名门贵胄唐鲁孙先生则这样写道："到了隆冬十月未名湖结冰，溜冰场一开幕，冰镜清辉，莹澈似玉，男女交错，共舞同溜，矫若惊龙，飘若醉蝶，人新衣香，交织成趣。比起城里公园北海几处溜冰场的众生喧闹，品流庞杂，要高明多啦。"*

1940年和1941年的冬天，燕京大学生物系主任胡经甫教授的

---

* 唐鲁孙：《唐鲁孙作品集05：老古董》，广西师范大学出版社，2017年，第134页。

女儿胡蓿犀阿姨还不到20岁,也在未名湖上溜冰。她记得在男生体育馆(即第一体育馆)西边,未名湖东岸,有一个出租冰鞋、冰刀的摊儿,方便没有冰鞋的人租用。每天傍晚或清晨,都有校工在冰上清扫和泼水,以维护冰场。她记忆中尤其深刻的是一位清朝遗老在未名湖滑冰:那是个老头,长长的白胡子,穿着短打的翻毛皮袄(毛在里边,白皮在外边),冰鞋似是冰刀绑在靴子下边,滑得很好、很自在,令人瞩目。

1950年代住在燕东园桥西37号楼的孙才先,是北大化学系主任孙承谔先生的二儿子,他详细地描述了另一种冰上运动:滑冰车。他说,冰车都是自己做的,从做饭或冬天烧锅炉用的劈柴里挑些小木板,钉成小车,下面钉上用来绑脚手架的镀锌粗铁丝(这种铁丝当时叫"豆条"),然后锯上两小段圆木柱,圆心上钉上去头的大钉子,再把钉头磨尖,做成冰叉,制作就完成了。到冰上,坐在冰车上,两手各拿一个冰叉使劲杵冰,就能滑得非常快。

从燕京到北大,林伯伯一直是滑冰课的老师。学生们眼中的林启武教授"个子不高,瘦瘦的,两眼炯炯有神"。课上他要求会滑的与不会滑的两两组成一组。结课要经过考试,林伯伯打分很认真,他给一位初学者的右脚打了4分,左脚打了3分,评点是"左脚向后蹬的力度不够"。那时学生的体育科目规定,一、二年级冬天要上滑冰课,期末考试时要绕着冰场滑行一千米左右。

林家和赵家的两个男孩子林林、赵汝敖学滑跑刀,从高小时上冰场,很快就能俯下身子、两手背后,绕着冰场跑大圈,互相追逐,像闪电般掠过。他俩后来又都进了冰球队,穿上了学校专门订购或定做的特殊冰鞋。冰球比赛的地方在未名湖湖心岛与南岸临湖轩之间。冰球队员进攻的速度极快，时而包夹合围，时而单刀截击，比其他竞技比赛紧张多了，一旦打起比赛，经常招来大批大批的观众。林林哥哥后来成为我国冰球运动的第一批国家级裁判，曾执法世界冰球锦标赛。

林家和赵家的四个女孩子学的是花样滑冰，只要她们出现在镜面般的冰场中心，滑行几步就会把众人的目光吸引过来：她们时而以娴熟灵活的步伐滑出"8"字图形，时而单足独立滑出优美的燕式平衡。据行家评价，她们的花滑技术"不但在北大无人可比，在国内也是出类拔萃的"。林朱姐姐、赵汝光姐姐后来都入选了北京花样滑冰队。

林盈姐姐就更不简单了，她从3岁起（那时她还坐在我家的台阶上等泓泓长大呢）就被父亲带上了未名湖冰场，14岁时因出色的花滑技术被选中出演电影《冰上姐妹》中的花样滑冰运动员李小玲。其实在此之前她已经走上了艺术之路，她1954年考入中央音乐学院少年班，与殷承宗、盛中国是同学，然后就读于中央音乐学院钢琴系。她与电影的缘分始终没有断，22岁在电影《烈火中永生》中扮演孙明霞，之后在电影《伤逝》中扮演女主角子君。后来还有新的片约在手——《人到中年》里的女主角陆文婷，但林盈姐姐放弃了，她已决定出国发展，她先到了父亲的出生地泰国，然后在加拿大定居了。

七十多年以后，燕东园早已面目全非，各楼多次更换房主。如今仅存的燕京老住户，就剩我们家和林家。林盈姐姐每年有半年时间一定要回国在燕东园21号度过。她说："我没法改变自己的心意，我总觉得燕东园21号才是我的家，父母虽然没有了，但这个地方，这些东西，还是家的感觉，非常留恋。"

我俩也终于等到了"一起玩"的时候。

25

住户名单　　　　　　　　　　　　1926年—1966年6月

东大地时期
- 寇恩慈（Emma Konantz）　燕京大学数学系教授
- 韩懿德（Ethel M. Hancock）　燕京大学数学系教授
- 赵占元　燕京大学男生体育部主任
- 胡梦玉　司徒雷登校长秘书
- 李　欧　燕京大学数学系教师
- 王　平　燕京大学生物系教师

燕东园时期
- 马　坚　北京大学东语系主任
- 马存真　北京大学附属中学俄语老师

桥西35号

乍一看，这栋楼和我家以及桥东21号林伯伯家一模一样，但仔细端详，有个不同：我们两家的阳台南面、西面都装上了玻璃窗，改装成一间大大的阳光屋，而35号楼没有，保持了名副其实的阳台。

经汇集各方资料，可以确认有以下几户曾在这栋小楼里住过。

刘豁轩教授

寻找这位老住户得到的线索，来自燕京大学校史中的一段重要的史实。1941年12月7日，日本偷袭珍珠港，向美国宣战，发动了太平洋战争。第二天清晨，驻北平的日本宪兵队和伪警就包围了燕京大学，禁止人员出入。当晚他们按照黑名单开始抓人，有十一名学生被捕，七名教授被关押。这七名教授中，张东荪、陆志韦、陈其田、赵紫宸、赵承信、林嘉通我都听说过，只有刘豁轩的名字是陌生的。后来我终于找到一句关于刘豁轩的信息："1941年12月8日晚上他被日本宪兵从东大地35号家中押走。"

于是我不仅确切得知刘豁轩曾经住过35号楼，而且了解到七名教授被关押的详情。最初看到的叙说是：1941年12月8日夜晚，日本宪兵队强行闯入陆志韦、赵紫宸、张东荪、赵承信、陈其田、刘豁轩和林嘉通七位教授在东大地的住宅，野蛮地进户抓人，把他们押送到学校贝公楼关起来。但后来赵承信的第一手信息对这个叙说有所校正，据他回忆，1941年12月8日下午，由于被怀疑参加抗日活动，他与张东荪、陈其田、陆志韦、赵紫宸一道被日本宪兵扣留在贝公楼。晚上，刘豁轩和林嘉通亦一同被扣于法学院办公室。看来只有刘豁轩和林嘉通是从东大地家中被押走的。次日下午四点，这七名教授和十一名燕大学生先是被转送至西苑日本宪兵分队，随后又被载重汽车拉至位于沙滩红楼的日本宪兵总部，经过搜身核查，除衣裤外，不留一物，被扣押在地窖子内的拘留所里，后来又被关在北平日本陆军监狱，半年多以后才被释放。*

经过进一步查找刘豁轩的资料，发现他于1936年即入职燕京大学新闻系，担任了该系的第五任系主任。与四位前任的履历不同，他是著名报人出身，也是第一个没有出洋留过学的本土学者。1928年从南开大学新闻系毕业后，刘豁轩即进入天津《益世报》主持编辑部工作，1934年做到总经理、总编辑。当时这份报纸与《大公报》《申报》《民国日报》被称为"民国四大报"。

1936年，刘豁轩从报馆辞职，来到燕京大学。据《燕京新闻》1936年3月17日报道："记者昨走访该氏，据称彼现因体力关系，辞去《益世报》职务，将在此暂作休养，彼对中国新闻事业，甚抱乐观，谓新闻与教育事业并重，将来政治如上轨道则报纸成为极重要之读品矣。"他任教燕京大学后，先后开设了报学概论、报业管理及营业、中文编辑、新闻学史等课程，带着学生们编辑出版《燕京新闻》周刊，边学习边实践。他在燕大年刊《报学》上发表论文，1941年夏天主持整理了《燕大的报学教育》

---

* 可参看《天津文史资料选辑》第42辑，天津人民出版社，1987年，第145页。

小册子,专题讨论改造中国新闻教育的问题。

我发现刘豁轩先生竟是一位新闻教育改革的先行者,他当时提出的不少观点,至今仍闪烁着理性、科学的光彩。比如他高度重视通识教育,他认为:"健全的大学报学教育,与其他部分的大学教育最不同之点,便是报学教育对其他部门的大学教育的依赖性特别大……大学四年的一百三十六个学分,对于一个报学学生,每一个学分都有同等的分量,所以报学教育的成功与失败,报学教育以外的大学教育要负四分之三的责任。"在他的设计下,燕大新闻学系的专业课程与通识课程的比例长期保持在1:3左右。可惜太平洋战争爆发,这个改造新闻教育的计划生不逢时、胎死腹中。

抗日战争胜利后,1946年刘豁轩先生重回天津主持《益世报》。

孙令衔、杨苾夫妇

这家住户的信息来自我父亲生前给杨绛[6]先生的一封信:"孙令衔住过燕东园,先住在30号,后来搬到35号。我爱人常去看你妹妹杨苾。"杨绛先生在回信中也说:"我常到他家去,因为令衔是我妹夫,你想必知道。"

我父亲和孙令衔先生、杨绛先生有一段特殊的交情,他们在东吴大学读书时是同班学友。1932年上海"一·二八事变"之后,东吴大学因为学潮停课,开学遥遥无期。这一年初春,杨绛先生和好友周芬以及同班的三个男生——我父亲徐献瑜及沈福彭、孙令衔，结伴自苏州北上，前往北平燕京大学借读。到燕京以后，经过考试，我父亲插班进了燕大物理系，孙令衔和沈福彭进了燕大化学系，周芬进了燕大中文系，而杨绛先生与他们分道扬镳，转学到清华大学英文系了。

在《听杨绛谈往事》里有这样一段讲述。"阿季考试一完，便急着要到清华去看望老友蒋恩钿，孙令衔也要去清华看望表兄，两人同到清华，先找到女生宿舍'古月堂'，孙君自去寻找表兄。……晚上，孙令衔会过表兄，来古月堂接阿季同回燕京，表兄陪送他到古月堂。这位表兄不是别人，正是钱锺书[7]。阿季从古月堂出来，走到门口，孙令衔对表兄说'这是杨季康'。又向阿季说'这是我表兄钱锺书'。"*

钱锺书和杨绛的第一次见面，偶然相逢，却好像姻缘前定。

留在燕京的孙令衔在大学毕业后，继续读研究生，1934年获燕京大学理学硕士学位后出国留学，1937年获美国康奈尔大学哲学博士学位。他是精细有机化工方面的专家。他1939年回国，先到东吴大学担任化学系教授、化工系主任，1949年又回到燕京大学任教，担任化工系主任，住进了东大地，和我家成为近邻。那时孙令衔已与杨绛的七妹杨桼喜结连理，成了杨绛的妹夫。这段姻缘的详情不晓，听说是经杨绛先生一手撮合的。

1952年全国高校院系调整，燕京大学撤销，各院系并入八所高校，孙令衔去了天津大学，任化工系教授，后来还当过天津大学图书馆馆长。"文革"中，孙令衔遭受凌辱，据杨绛先生

---

* 吴学昭：《听杨绛谈往事》，生活·读书·新知三联书店，2008年，第70页。

给我父亲的信中说,"他只为交了两个有问题的朋友,张东荪和费孝通[8],受到牵连,自杀三次未遂,又加上重重的折磨才去世的"。

杨达潘、于爱慈夫妇

住在35号的杨大夫和杨伯母在燕东园知名度很高。

杨大夫肥头阔面,大腹便便,园子里的顽童私下里叫他"杨大胖子",不过当面谁也不敢,都毕恭毕敬的。一是他年纪大,辈分高,比我的父母年长一辈;二是他的医术精湛,拿手的是外科,据说凡是由他做的阑尾手术,一看手术床单就知道,上面血痕的位置几乎永远一致。杨大夫兼看内科、小儿科,也手到病除。园子里诸家的孩子们但凡有个头疼脑热、跌打损伤的,大人带着上门求医,杨大夫一律来者不拒。再加上杨伯母会做"世界上最好吃的冰激凌",每年夏天哄得各家孩子们大快朵颐。她热心肠,爱管事,马路扫得是否干净、松墙是否该修剪了,她都张罗着关照着。为了保护桥西那片大草坪,她几乎每天都要和那些调皮的男孩子斗智斗勇。但直到这次写作时,我才发现自己对这两位可敬的老人的来历竟一无所知,甚至叫不出杨大夫的名字。

今年已经92岁的表姨邝宇宽告诉我:"杨大夫叫杨达潘,他原来在城里开一家私人门诊,杨太太于爱慈做护士。后来他二女儿长大了,替她妈做护士。我和杨家小女儿是小学和中学同班同学。"

邝宇宽表姨的母亲（我母亲的六姑）上世纪20年代曾留学美国，回国以后在协和医院做了一段时间营养师，和医生们都认识。邝表姨和杨大夫小女儿上的明明小学，收的学生大多是协和医院大夫的孩子。邝宇宽表姨回忆："听我妈说，杨大夫快60岁的时候，想找个退休养老的地方，不想再开私人诊所了，经陈意（当时的燕京大学家政系主任）介绍，来到了燕京医务处。"1952年以后在北大校医院，他又干了十年，站手术台，看门诊，疑难杂症都找他，杨大夫几乎成了"镇院之宝"。他还带出了一个徒弟：北大校医院院长孙宗鲁大夫，那真是外科手术的一把好刀，青出于蓝而胜于蓝。

35号杨家，在我们的记忆中很清楚，除了阳台不一样，进去之后房间的格局和我家一模一样，过道的西边是客厅和饭厅，我妹妹徐溶特别记得饭厅靠墙摆着一个超大号的冰箱："杨伯母就是从那里拿出冰激凌，一小球一小球的，好吃极了。"

邝宇宽表姨1950年考上了燕京大学生物系，她经常去杨大夫家。她还记得大二、大三时每到期末考试，她都和她的男朋友吴鹤龄到杨大夫家复习功课，学习的房间正是阁楼上三扇小窗向南开的那间屋子——和我家一模一样，那是阁楼上面积最大、朝向最好的房间。我家冬天搬到楼上住的时候，这里是父母的卧室，窗下摆着一张单人的布面大沙发，父亲坐在上面读书看报。

而我只记得到35号找杨大夫看病，看病的房间好像在过道东边的书房，也就是我家楼下主卧室那个位置。不知为什么，我小时候受点惊吓就会发烧。有一次我在园子里的旱桥上玩，碰到一只狗，我害怕摔了一跤，把嘴和牙都磕破流血了。回家以后母亲让我夹上水银体温计，红道很快就超过了38度，母亲马上拎着我去敲35号大门。记得杨大夫拿起听诊器，放在他胖胖厚厚的大手里，捂了一会儿，然后在我的前胸后背扣扣听听，又拿压舌板让我张嘴"啊——"。别的都记不得了，只有"焐热听诊器"这个细节依然清晰。三十几年后，我供职中国新闻社，在采访协和医院的名医吴蔚然[9]、方圻[10]、林巧稚[11]等人时，他们的学生、助手都会提到"冷天查房，老师一定要先把听诊器焐热了"的细节，原来这是那一代名医的宅心仁厚。

严仁赓、叶逸芬夫妇

1959年以后，严仁赓教授卸任北京大学副教务长的行政事务，回到经济系任教，他的家从燕南园50号搬到了燕东园桥西35号（杨大夫家则搬到桥西31号，没过几年就搬出燕东园了）。

严仁赓先生是名门之后。他的祖父严修[12]先生，倡导新式教育，与张伯苓[13]一起创办了独具特色的南开系列学校：小学、中学、女校、大学，被誉为南开的"校父"。严修先生家当年与我母亲的祖父家"天成号韩家"、我母亲的祖母家"乡祠卞家"同为天津的望族世家，并结为通家之好。严修先生还是我母亲两个姑姑的"月下老人"，抛出红线成全了韩四姑韩升华与傅铜、韩五姑韩咏华与梅贻琦的婚姻。大家族讲究排辈分，算来算去，严家的仁字辈和我母亲是一辈人，文字辈和我们是一辈人，我们和严家多多少少都有点沾亲带故。

严仁赓伯伯幼年丧父，兄弟姐妹六人：严仁和、严仁清、严仁荫、严仁赓、严仁英[14]、严仁斌，他是老四，按照家族大排行是老八。他从小在祖父严修先生身边长大，接受了严格的家教。严仁赓伯伯说："祖父不仅要求我们成为高尚的人、有益于人民的人，而且希望我们每人都能学有一技之长，成为德智兼优、体魄健全、琴棋书画无所不能的全面发展的人，这也正是他三十年办学的基本方针。"

严仁赓伯伯回忆在天津祖宅时，祖父为他们延师教授武术，聘名师杨芝华等人教授昆曲，要求他们每人至少掌握一种民族乐器的演奏技术，还请刘棣怀[15]、吴清源[16]指点他们学围棋，延聘名画家刘子久[17]指点国画基本功。"还要求我们每周练习大字和写一篇信稿，亲自批阅圈点……我们咸受其益。"*

严家六兄妹后来个个学有所成，他们手足情深，到了晚年更是聚会不断。

---

* 参看《天津文史资料选辑》第61辑，天津人民出版社，1994年，第150—151页。

图2-6 桥西35号院子里的合影
后排左起：严仁赓、严仁荫、高少敏（严仁斌之夫）、王光超[18]（严仁英之夫）
前排左起：叶逸芬、严仁斌、严仁清、严仁英

  严仁荫的儿子严文凯这样描述过家庭的聚会：开始是在奶奶留下的位于羊肉胡同的老宅，后来在四姑严仁英的新家华侨公寓（四姑父是王光美的哥哥王光超），有时这种聚会也移师到北大燕东园八叔家，八婶叶逸芬的福建糟肉得到大家的一致好评。到聚会的高潮，严家兄妹会乘兴玩一把，有吹箫笛的、有拉京胡的，有唱京昆的，老生、青衣的唱段都有，不承想严仁赓伯伯竟爱唱青衣。

  严伯母叶逸芬也是名门之后。她的祖父正是中日甲午海战中"靖远号"军舰管带（即舰长）叶祖珪。她曾把祖父在"靖远号"

上用过的银壶，赠给军事博物馆陈列。她举手投足温婉端庄，自带一种贵族气质。她在经济系资料室工作，英俄文兼通，上个世纪五六十年代常常有学生以查资料为借口，进门来一睹叶逸芬老师的风采。在他们的眼里，叶老师红唇淡妆，衣着入时，上下班手里总提着一个讲究的手袋，对待学生礼貌亲切。

在我们燕东园二代的眼里，哪怕在"文革"时期，严伯母也保持着一份体面，收拾得整洁利落，头是头，脚是脚，没有一处马虎。

严伯伯与他的哥哥严仁荫1930年代都曾赴美留学，他学的是西方经济学，在哈佛大学获得博士学位，严仁荫学的是分析化学，在威斯康星大学获得博士学位。1952年院系调整，严仁赓、严仁荫分别从浙江大学和清华大学来到未名湖畔，任教于北京大学。

严仁赓伯伯当过一段时期北大副教务长，负责研究生教育。老革命出身的江隆基[19]校长是他的直接领导人，还是他的入党介绍人。可惜的是，1958年在极"左"思潮的影响下，江校长竟被指为"右倾保守"，受到批判，被从北大调至兰州大学，离开了北京。严仁赓伯伯也受到牵连，回到经济系教书，预备党员资格也被取消了。1970年代末，严伯伯的问题得到平反，并被告知，他被正式接受为中共党员，党龄从1956年预备党员期开始算起。当天，严伯伯就叫严伯母到银行取了一笔钱，把从1956年至今的党费一次性交给了党组织。而江隆基校长的冤案1978年4月才得以平反，当时已身患重病的严伯伯在病榻上撰文深切怀念："隆基同志严于律己，诚以待人，光明正大，不徇私情。他只身从西北来到北大，连一个秘书也没带，用自己的模范行动为干部树立榜样。……我作为北大的一名教师和干部，得益最多，感情最深的还要属隆基同志。"

严伯伯是位著名的经济学家，新中国成立之前，主要从事中国地方财政调查研究，之后主要从事世界经济研究。1950年代中期，他在北大开了一门财政学的课，据听课的同学回忆，严仁赓先生戴着金丝边眼镜，风度翩翩，温文尔雅，慢条斯理，讲课一板一眼。但当时学苏联"一边倒"的气氛很浓，财政课没有开多久，就上不下去了。是啊，与政治经济学、资本论相比，财政学哪儿有什么理论呢？直到1959年，北大按照周恩来总理指示设立世界经济专业，严伯伯到这个教研室准备讲授美国经济这门新课，一身学问才派上用场。但此时医生发现，他患有冠心病，此后几年，他又患了其他几种慢性病，不得不放下工作，住在医院或疗养院里养病。

严伯伯严伯母膝下无子，抱养一女，取名文苓，视如己出，给予了她良好的教育，并很早就把她送往国外深造。都说"养儿防老"，但严伯伯严伯母即便进入晚年，体衰多病，仍然坚持自理，没有把文苓叫回来留在身边。我们都为他们无私的爱而感动。

严伯伯在桥西35号的生活还是丰富多彩的。严文凯说："八叔收藏有不少78转的黑胶老唱片，很多都是马连良、谭鑫培、梅兰芳、程砚秋等名角的唱段，这些京剧老唱片和西方古典音乐唱片放在一起，记得其中还有几张日版的唱片，写着'動物の謝肉祭'，八叔说这是法国作曲家圣桑的《动物狂欢节》组曲。"

严伯伯没有一张样板戏的唱片，他很明确表示"不喜欢京剧现代戏，没有京剧味儿"。

严家住桥西35号时，满院花草繁盛。窗台上、阳台上摆满了各色的令箭荷花，还有米兰、文竹、仙人掌等。院子里栽着桃、李、杏、枣、樱桃和葡萄，还有紫藤萝花、珍珠花等。院里的草坪永远都修理得整整齐齐。

严文苓说："我父亲格外喜欢种植花草。每年春天，院内小路两旁都盛开着他种的各种颜色的花。我们家的花草可以说是燕东园园内最美的。"

严仁赓、叶逸芬夫妇长寿。严伯伯于2007年去世，严伯母于2009年去世，享年都是97岁。他们走后，没有两年的工夫，桥西35号的院子就荒芜了，只剩下杂草丛生，老树枯枝。

35

住户名单　　　　　　　　　　1926年—1966年6月

东大地时期
- 刘豁轩　燕京大学新闻系主任
- 黄子通　燕京大学国学系教授
- 孙令衔　燕京大学化工系主任
  杨　黍
- 杨达潘　燕京大学校医务处
  于爱慈

燕东园时期
- 严仁赓　北京大学教务长、经济系教授
  叶逸芬　北京大学经济系资料室

[注释]

1　丁石孙
（1927—2019）

上海人，原籍江苏镇江。数学家、教育家、社会活动家。1950年毕业于清华大学数学系，留校任教；1952年进入北京大学数学力学系，先后担任助教、讲师、教授，系副主任、主任；1982年至1983年在美国哈佛大学数学系进修；1984年至1989年担任北京大学校长；1998年至2008年担任第九届、十届全国人民代表大会常务委员会副委员长。

2　江泽涵
（1902—1994）

安徽旌德人。数学家、教育家。1926年毕业于南开大学，1927年赴美国留学，1930年获得哈佛大学数学系博士学位，1931年回国后任北京大学数学系教授，1934年至1952年担任北京大学数学系主任。其间1937年至1946年曾在西南联大数学系任教。1952年以后任北京大学数学力学系教授，几何代数教研室主任。

3　吴光磊
（1921—1991）

黑龙江宾县人。数学家。1943年毕业于西南联大数学系，并留校任教。1946年后任教于清华大学数学系。1952年后在北京大学数学力学系任副教授、教授。

4　程民德
（1917—1998）

江苏苏州人。数学家、教育家。1942年毕业于浙江大学数学系，后赴美国留学前往普林斯顿大学数学系攻读博士学位，1949年获得博士学位，1950年回国执教于清华大学数学系，任副教授、教授。1952年转至北京大学数学力学系任教授，数学分析与函数论教研室主任，1955年至1966年任系副主任。1978年至1988年任北京大学数学研究所第一任所长。

5　胡祖炽
（1921—1986）

湖南长沙人。数学家、力学家。1943年毕业于西南联大。主要从事偏微分方程差分方法、计算数学与计算数学教育的研究。曾任北京大学数学力学系教授、计算数学教研室主任、《计算数学》编委会委员等。

6　杨绛
（1911—2016）

（本名杨季康）江苏无锡人。作家、翻译家、外国文学研究家。1932年毕业于苏州东吴大学，之后考取清华大学外文研究院。1935年与丈夫钱锺书赴英法留学。1949年受聘于清华大学外文系，1952年入职中国科学院文学研究所外文组，后长期担任中国社会科学院外国文学研究所研究员。译著有《吉尔·布拉斯》《堂吉诃德》，著作有《干校六记》《洗澡》《我们仨》等。

7　钱锺书
（1910—1998）

江苏无锡人。中国现当代著名学者、翻译家、作家。1933年毕业于清华大学外国语言文学系。1935年赴英法留学，获牛津大学艾克赛特学院副博士学位。回国后历任西南联合大学、上海暨南大学教授，中央图书馆英文总纂，清华大学教授。1952年以后任中国科学院文学研究所研究员、中国社会科学院外国文学研究所研究员、中国社会科学院副院长。主要著作有《谈艺录》《宋诗选注》《管锥编》及小说《围城》等。

8	费孝通 （1910—2005）	江苏吴江人。社会学家、人类学家、民族学家、社会活动家。1928年考入东吴大学医预科，1930年转入燕京大学社会学系，1933年毕业后考入清华大学社会学及人类学系研究生。1936年赴英国留学，获伦敦经济政治学院博士学位。1938年回国后，曾历任云南大学、西南联大、清华大学社会学教授。1945年至1952年任清华大学副教务长、1952年任中央民族学院副院长，1978年后，主持重建社会学工作，任中国社会科学院民族研究所副所长，社会学研究所所长、名誉所长。1983年6月，当选中国人民政治协商会议全国委员会副主席，1988年至1998年担任第七届、第八届全国人民代表大会常务委员会副委员长。
9	吴蔚然 （1920—2016）	江苏常州人。医学家、外科专家。1938年至1946年先后就读于燕京大学、北平协和医学院、华西协和大学等，获得理学学士学位、医学博士学位。1948年至1973年在北京协和医院工作。1973年调入北京医院，历任外科主任、副院长、名誉院长等。
10	方圻 （1920—2018）	安徽定远人。心血管病专家、医学教育家。1938年至1946年，先后就读于北平燕京大学、北平协和医学院等，获医学博士学位。1948年5月起在北京协和医院工作，历任内科副主任、主任、协和医院副院长、名誉院长。
11	林巧稚 （1901—1983）	福建厦门人。医学家、医学教育家，现代妇产科学的主要开拓者之一。1921年考入北京协和医科学院，1929年获北京协和医学院医科学士学位及美国纽约州立大学医学博士学位。1932年起，先后赴英国曼彻斯特医学院、伦敦大学医学院、美国芝加哥大学医学院进行妇产科学研究。1940年以后任北京协和医院妇产科主任，1959年先后任北京妇产医院院长、中国医学科学院副院长。
12	严修 （1860—1929）	字范孙。天津人。教育家、学者。1883年中进士，后入清翰林院任职，1894年任贵州学政。主张废除科举制度，兴办师范教育、女子教育，是推进教育现代化的先驱。戊戌变法失败后，辞职返乡，与张伯苓一起创办了南开系列学校。1919年创办了南开大学，被称为"南开校父"。
13	张伯苓 （1876—1951）	天津人。中国现代职业教育家、体育活动家。1894年毕业于天津北洋水师学堂，后获得上海圣约翰大学、美国哥伦比亚大学名誉博士，曾受教于美国教育家、哲学家杜威等人。将教育救国作为毕生信念，是南开系列学校开创者之一，1919年至1948年出任南开大学校长。
14	严仁英 （1913—2017）	天津人，祖籍浙江慈溪。妇产科、妇女保健学专家。1932年考入清华大学生物系，1935年考入北平协和医学院，师从林巧稚，1940年博士毕业。1948年被派遣去哥伦比亚大学进修，1949年末回国从事医护工作。历任北京医学院教授，北京医学院第一附属医院妇产科主任、院长等。

15	刘棣怀 （1897—1979）	祖籍安徽桐城，生于南京。围棋名家。1959年第一届全运会围棋赛第一名，1962年11月当选中国围棋协会副主席。
16	吴清源 （1914—2014）	福建福州人。围棋名家，世界围棋革命的推动者与实践者。14岁东渡日本，开始职业棋手生涯，1940年开始称雄日本棋坛二十年，又号"昭和棋圣"。
17	刘子久 （1891—1975）	天津人。画家、博物学家。1920年毕业于北平中央陆军测量学校高等制图班，同年参加中国画学研究会，受教于著名国画家金城，学成后曾任职于北京湖社画会、天津市美术馆、中国美术家协会等机构。从事山水画创作的同时，热心中国画教学及艺术设计工作。
18	王光超 （1912—2003）	天津人。皮肤病、性病学家。1940年毕业于北京协和医学院，获医学博士。1948年赴美，在纽约哥伦比亚大学医学中心皮肤科深造。后多年任职北京大学第一医院皮肤科主任，多年从事皮肤病、性病临床治疗、教学和科研工作。
19	江隆基 （1905—1966）	陕西西乡人。教育家。1925年考入北京大学，1927年留学日本，考入明治大学经济系就读。1931年留学德国，进入柏林洪堡大学经济系。从1937年起，先后担任陕北公学、华北联大教务长，延安大学副校长等职。1952年至1958年任北京大学党委书记兼副校长，1959年调任兰州大学党委书记兼校长。

叁

一个甲子的友谊

杨晦先生比冯至先生年长六岁，两人是终生的挚友。

1920年代他们曾共同创办文学刊物《沉钟》。1950年代初，他们再度相遇，两人同到北京大学教书，杨晦担任中文系主任，冯至担任西语系主任。

两家都住进了燕东园，杨家在桥西，冯家在桥东。两家住的楼型也基本一样，两层小楼，从中一分为二，只不过杨家从37号楼朝东的门进，住楼的南半部分；冯家从22号楼朝西的门进，住的也是楼的南半部分。

桥西37号
杨晦、姚冬夫妇

北大中文系在1952年全国高校院系调整中获益极大，吸纳了四路八方的中文泰斗级人物。全校各系百余名正教授，中文系占了十分之一以上，可谓大师云集。而这个系在北大文科各系中录取学生的分数线也是最高的,被戏称为"天下第一系"。

杨晦先生当了十六年这个系的掌门人,好多届的学生都听过"老主任"的课,他的门下也带出了不少研究生。

杨晦先生素来以诲人不倦出名,桥西37号杨家院子的大门朝南开,进出的拜访者多多,其中学生们来得最勤。

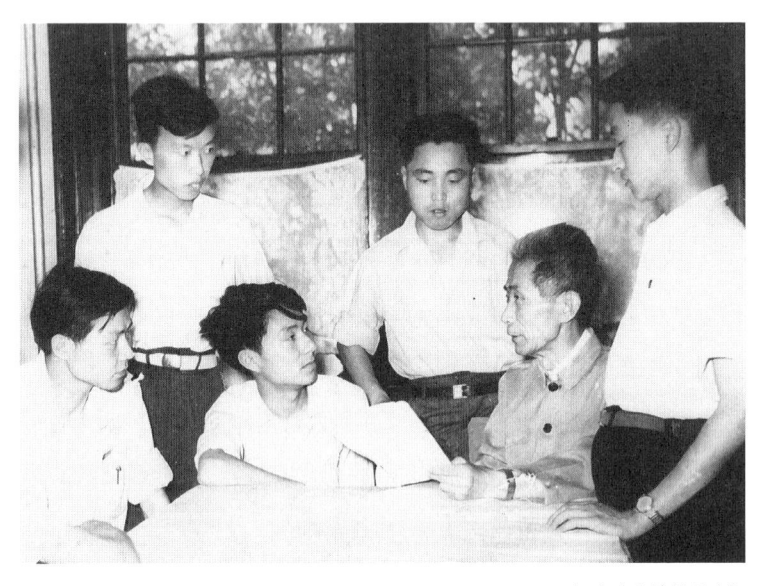

图3-1 杨先生和他的学生们

在学生的回忆中,走进杨家,扑面而来的就是那幽幽的书香。房间里、过道上都是书架,上面摆满了线装古书。1955级的学生费振刚说:"有一次,他要给我一本参考书看,就领我上楼,到他的书房,我见他满屋藏书,满案头都堆满书籍和文稿,感叹他的博学和勤勉。他曾经给我们年级开一门专题课,讲九鼎,旁征博引,竟讲了一个学期也没有讲完。"

胡经之和谢冕,也是杨晦先生1950年代的学生,现在已经成为大师级学者,他们也曾描绘过在37号小楼里的见闻。

胡经之先生说:"我是在1952年秋见到晦师的,那年我被北京大学中文系录取,在此之前,只闻其名,未见其人。我以为大学教授或是西装革履,或是长袍马褂,威赫森严,高不可攀。可是我见到的晦师,却是穿了一身灰青布衣中山服,我的第一印象,这是一位亲切慈祥、平易近人的忠厚长者。当时,我是这门课程的课代表,负责师生沟通,从此我就常出入于他的燕东园寓所(37号),直到1983年。其间还有两年,我就住在他家的客厅里,停电时常能秉烛夜谈。"

在谢冕先生的笔下,缓缓地展开了一幅画面:杨晦先生的家是真的常去的。杨先生家客厅宽敞,庭院幽深,一般小型的会议为了让杨先生少走路,往往选择在杨府召开。每当此时,教授夫人姚冬先生总会款款走进客厅,为客人倒茶,为花瓶插上园中新剪的鲜花,随即退出。不退出的只有杨先生的小公子杨铸,当年大约三四岁,腻在杨先生身上,为所欲为,全然无视在场的客人。

杨晦先生有五个儿子,名字起得别致:老大杨锄、老二杨镰、老三杨斧,杨小四生得俊秀,大眼睛,常被杨伯母打扮成小女孩,可惜因病早夭,来不及记住他的名字,杨小五就是"腻在杨先生身上为所欲为"的杨铸了。

我和杨家老二杨镰幼儿园同班,到了上小学的时候分开了,那一年北大附小对入学年龄要求格外严格,只收1946年9月以前出生的孩子，后来放松一点儿宽限到了年底。杨镰是1947年2月出生的，被不容分说地卡下去了，还要再上一年幼儿园。当时谁也没有料到这一卡，竟成了我们日后命运的分野。我搭上了"文革"前末代大学生的车，而杨镰被卡在高考的门外，成了上山下乡"老三届"中的"老高三"。

杨伯母比杨晦先生年轻不少，我第一次听到"师生恋"这个词，说的就是他们夫妻。印象中的杨伯母非常喜欢种花，自家宽敞的院子里种满了四季花草，姹紫嫣红，还常常到我家院子里和母亲切磋园艺。我妹妹徐溶说："杨伯母长得很漂亮，高挑的身材，皮肤很白，挺爱说话的，但杨小四去世以后，就很少见到她了。"

园子里的男孩子们对杨晦先生的印象很好，觉得他没有架子，愿意和孩子们搭讪。1966年下半年，学校全部停课闹革命了。燕东园里有一帮半大小子（后来被称为"老三届"），是当时所谓的"资产阶级反动权威的子弟"，参加不了红卫兵，于是他们常常聚在一起。我的大弟弟徐澂，一零一中学老初三的，他说："我们都是逍遥派。就在咱们家前面的草地上，踢球、打垒球、下棋，什么象棋、围棋、五子棋都下。混日子。"

住在桥东25号的马志学（马坚先生的小儿子），北大附中"老高三"的，他说："'文革'期间打破了年龄和学校的界限，我与咱园子里一些初中生就是在逍遥中熟识的。诚如你弟弟所言，也就如此吧，浑浑噩噩，吃饱了混天黑。"

汇集的地点就在杨晦先生家院门口，公共草坪北边的一条长石凳周围。当时理发店也去不了，他们就彼此为对方理发。有一次，我弟弟徐澂手举个推子正忙乱着，杨晦先生笑吟吟地从院子里走出来，看了一会儿说，"给我也理理发吧"。我弟弟胆子大，在"太岁头上动起土来"，推子下去才知道杨晦先生头发的厉害，一根根支棱着，又硬又粗。好歹理完了，杨先生摸着坑洼不平的头顶，连说，"挺好，挺好"。

杨晦先生个子不高，身材清瘦，一头花白的浓发，呈"怒发上冲冠"状。他的学生们都说，先生的面容与鲁迅先生有点像，拥有鲁迅一般"一生到老志不屈"的品格。

杨晦先生1899年出生于东北辽阳的贫苦农家，1917年考入北京大学哲学系，和邓中夏[1]、谭平山[2]、陈公博[3]、朱自清[4]、潘菽[5]等是同班同学。在1919年五四爱国运动中，他是最先爬墙进入赵家楼的热血青年之一。从北大毕业后，他就走向了社会，辗转于几个学校教书。由于深切感受到那个时代的黑暗，风雨如晦，他将自己的原名杨兴栋改为杨晦。

这次在翻阅史料中，我在北京大学新闻学研究会的一份名单中找到了杨兴栋的名字。1918年10月14日由北大校长蔡元培发起的这个新闻学研究会，曾办过两期学员班，请来徐宝璜[6]、邵飘萍[7]主讲。听讲一年获得证书者有二十三人，听讲半年获得证书者有三十二人。1919年10月17日《北京大学日刊》上公布了该会发证书的名单，在三十二人的名单上就有杨兴栋的名字，与他相隔两三行的还有一个人的名字是毛泽东。

著名的新闻史学者方汉奇教授在《新闻学研究会》一文中分析会员情况时写道："会员中年纪最大的是谭鸣谦（即谭平山），入学前就已经当过中学校长，一副老学究模样。年纪最轻的是杨兴栋，当时才19岁，是哲学系二年级的学生，身材瘦小，一口东北口音，脸上还时时流露出稚气。"*据说对这位当时最年轻的会友，毛泽东在事隔二十多年后还记得很清楚。

1937年抗战全面爆发，杨晦先后在江西、广西、西北联大、重庆中央大学任教，讲授《现代文学》《文学批评》。抗战胜利后，随中央大学复校到南京。1948年11月经中共安排拟从香港转道解放区，因故滞留香港数月。在港期间杨晦先生留下了一些珍贵的照片。

图3-2 杨晦先生与左翼作家在一起，1949年初摄于香港
自左至右：端木蕻良[8]（左1）、臧克家[9]（右2）、
楼适夷[10]（后右1）、张慕辛（后右2）

这张照片摄于1949年初的香港，杨晦先生与左翼作家在一起。杨晦先生身着白色衬衫束深色领带，标志性的浓发直立，精神抖擞，身边站着的是大儿子杨锄，膝上抱着的是二儿子杨镰。

---

*　方汉奇：《报史与报人》，新华出版社，1991年，第227页。

图3-3 杨晦夫妇和孩子们，1949年摄于香港

  这张照片家庭气氛浓浓，杨晦夫妇带着孩子们站在香港住所的小露台上，三个孩子从左至右依次为1945年出生的杨锄、1947年出生的杨镰、被端庄秀丽的杨夫人姚冬抱在怀里的杨斧。小婴儿好像还在酣睡中，从时间算，三子杨斧大概是在香港出生的。

  1949年杨晦先生和一批左翼作家回到北平，出席了中华全国文学艺术工作者代表大会。1950年6月他加入了中国共产党，同年秋天获任北京大学中国语言文学系主任，一直到1966年前，是历届系主任中任期最长的。杨晦先生的办学理念对中文系的建设和发展有重要影响，在他的推动下，1959年北大中文系增加了古典文献专业，和文学、语言两个专业构成了"三足鼎立"的专业体系。

  杨晦先生一直强调文学与语言的"有机联系"。当时大部分学生对语言学缺乏兴趣，要求分专业，杨晦坚决不同意，反复跟大家辩论。他性格直率，说话毫无遮拦，对当时的诸多文艺理论都提出自己的思考、批评，一时间成为学生们的主攻焦点，文史楼里曾贴满针对他的大字报。

在这次写作中，我才知道当年中国社科院院长胡乔木对杨晦先生有一个评价，说他"半生寂寞"。显然指的是他的后半生。为什么？我试着找到了这样一个时间节点：大概是在"大跃进"过去后的1960年代初，晦师退出文坛，潜心于中国文艺思想史的研究，带研究生，逐渐走向"沉寂"。

翻看了一些研究杨晦先生的文章，对此也只有一些含糊其词的分析，提及他讲过一些"不合时宜"的话，做过一些"不合时宜"的事。前者举的例子：在当时学术批判流行"破字当头，立在其中"时，杨晦先生力倡"立字当头，破在其中"，他说，批判容易，立起来难。立，就要自己花功夫深入研究。再说，学术界也要与人为善，人家花了心力做了研究，就不要轻易否定人家。后者举的例子：杨晦先生要求学生把学问做扎实，不要老写批判文章。他态度鲜明地表示：北大中文系绝不培养姚文元等人！

当"千万不要忘记阶级斗争"的口号又响亮起来的时候，杨晦先生遭到两个星期的批判，心力交瘁。以他倔强的个性，是一定要把是非弄个明白的，于是他决定重读《马克思恩格斯全集》，而且要阅读原著。为此，65岁的杨晦先生开始学习德文。教德文的老师是现成的——他的老朋友、桥东22号的冯至先生。那段时间杨晦先生就是在冯至先生指导下学习德文，钻研马克思主义的。

到了1966年，中文系开会批判杨晦搞修正主义，他与学生们展开辩论，用德文版、英文版、俄文版和中文版的马恩全集据理力争，说明他的观点符合德文版原意，而中文版是从俄文版转译的，俄文版有许多不准确的地方。学生们理屈词穷，喊了一通"打倒杨晦"的口号，要把他轰出去，他竟不愿离开，一边被拖着，一边口里叫着："年轻人，我是爱你们的!"

早在1920年代两人相识之初，冯至对杨晦就有一句颇为传神的评价："在一般人面前沉默寡言。若是遇见他所憎恶的人，往往神情枯冷，甚至厌形于色。但是在朋友与青年学生中间，他内心里则是一团火。"

冯至先生1921年考入北大预科。据冯先生回忆，1923年秋天，他是在北大国文系教授张凤举[11]的家里结识了杨晦先生，两人一见如故。那时杨晦先生已从北大哲学系毕业，刚由厦门集美学校转回北京孔德学校教国文课。孔德学校校址当时在北京东华门内北河沿，与北京大学第三院毗邻，他住在学校里，居室的窗子正对着文学院操场。傍晚，冯至到操场散步，经常将杨晦的窗子敲开，一内一外，两人靠着窗口交谈。暮色合围，谈兴未尽，冯至便越窗而入，两人继续畅聊。*

通过冯至，杨晦认识了陈炜谟[12]、陈翔鹤[13]。1925年秋天，这四位文学青年在北海公园湖畔，商定要办一份文学刊物。夕阳西下，晚钟敲响，他们受到启示，为刊物命名为《沉钟》，也取自德国作家格哈特·霍普特曼的童话象征剧《沉钟》，意在以剧中主人

---

* 相关回忆可参看冯至：《书海遇合》，湖南大学出版社，2017年，第77页。

公坚韧不拔的精神自勉。按照分工，陈炜谟和陈翔鹤写小说，冯至写诗，杨晦写剧本，此外还翻译一些外国文学，大家共同为新文学做点切实的工作。

从1925年创刊到1934年停刊，《沉钟》断断续续坚持了八年多。鲁迅当时也在北大兼课，虽然他1926年以后去了上海，但始终和《沉钟》保持联系，几乎每期都看。《鲁迅日记》中记载，杨晦、冯至和鲁迅多有交往，常到家中请求指点。

鲁迅对《沉钟》给予了高度评价："看现在文艺方面用力的，仍只有创造、未名、沉钟三社，别的没有，这三社若沉默，中国全国真成了沙漠。"在《野草》最后一篇《一觉》中，鲁迅动情地写道："《沉钟》就在这风沙澒洞中，深深地在人海的底里寂寞地鸣动……我爱这些流血和隐痛的魂灵，因为他使我觉得是在人间，是在人间活着。"*1935年，鲁迅在上海还说："沉钟社确是中国的最坚韧、最诚实、挣扎得最久的团体。"

无论外界的风云如何变化，杨晦与冯至彼此推心置腹，谈学论道，感世伤时，忧国忧民，君子之交始终如一。

杨晦与冯至先生的友情恩泽下一代。1967年底，杨晦先生的二儿子杨镰将要下乡插队，和燕东园那一拨"老三届"去黑龙江、山西、云南不同，他被招工到新疆哈密巴里坤军马场"接受再教育"。临行前杨镰和冯伯伯告别，冯至先生听说他要去新疆，吩咐保姆用热毛巾捂湿抄家时被贴在书柜上的封条，轻轻揭下来，

---

* 鲁迅：《一觉》，收录于《野草》，北方文艺出版社，2020年，第119页。

从书柜中取出一本竖排繁体字的书送给了杨镰:"这是瑞典人斯文·赫定[14]写的在新疆的探险发现。工作之余你读读,可以加深对新疆的历史文化的认识。"这本书就是瑞典探险家斯文·赫定的自传《我的探险生涯》(又译作《亚洲腹地旅行记》)。

杨镰在天山北麓当了四年牧马人,每天干的活儿是放马和"压生马"(把自由散养的野马调教成可以被人类骑乘的良驹)。工作之余他孜孜不倦地啃读着《我的探险生涯》,翻了一遍又一遍,从旧到破,直至几乎可以背诵。斯文·赫定作为地理大发现时代最后的古典探险者,从1890年到1935年的四十五年间,先后五次来到中国边疆进行探险考察,翻越雪域高原、横穿戈壁荒漠、发现古城楼兰、寻找罗布泊,填补了地图上的未知空白。杨镰的心追随斯文·赫定而去,他默默定下了一个目标:赫定走过的文明遗迹,自己也要重新标注。他说:"现在想起来,冯伯伯是有意识地培养我走这条路……这本书就伴随我从北京前往新疆,又从新疆返回北京,成为我进入丝绸之路核心区域的'通行证'。"

杨镰1972年入新疆大学中文系学习,毕业后分配到新疆一个煤矿做基层工作。1981年中国社科院文学所招考研究人员,他以第一名的成绩被录取,研究方向是元代文学。离家十二年后方得返京,杨镰的西行梦并没有就此中断。1984年他自费以塔克拉玛干为主线,对罗布泊做了一次实地考察。从此他对西域的探险活动一发不可收拾:他重走赫定的路线,曾经11次进入罗布泊,4次入楼兰,47次去新疆探险考察。2000年杨镰和中国社科院科考队重新发现了楼兰王室的墓地——小河墓地,2005年他又发现了只在斯文·赫定游记中有所记载、却已无人知道具体所在的"谢别斯廷泉"。

1970年代初,新疆博物馆人员称发现了唐代的"坎曼尔诗笺",郭沫若信以为真,撰文给予高度评价,将其编入多种唐诗选本,写入中国文学史和中学历史教科书。杨镰经过学术论证和实地调查,证明"坎曼尔诗笺"是新疆博物馆两名工作人员在古代纸张上臆造的假文物。参与造假的一位当事人,在杨镰耐心说服下,良心发现,写下承认伪造"坎曼尔诗笺"的书面材料,一桩有名的学术公案最终水落石出。

2016年3月底,一则噩耗传来:"中国社科院文学所退休研究员杨镰在新疆吉木萨尔县结束讲学后,乘车返回500多公里外的伊吾县,不料由于超速行驶发生车祸,在被送往医院的急救车中去世。"一时间海内外燕东园发小们"哭杨镰"的祭文、悼念文章不断刷屏。小学中学时代的杨镰音容笑貌跃然而出:他是燕东园的孩子王,中学时他因为身材瘦长而获得了一个绰号"竿儿",他遇事较真儿,他讲哥儿们义气。他能言善辩特别会讲故事,他爱画画、会篆刻。他喜欢下棋,我弟弟徐浩回忆和他下围棋:"'文革'逍遥,每午饭后,邻居杨镰三声口哨,我持木棋盘,他携黑白子,相约石凳,盘上厮杀,如入无人之境,有时天暗下来,移至路灯下,争个输赢。"

图3-4 杨镰在新疆军马场

朋友圈里流传着一张杨镰在新疆军马场的照片，英气勃勃，青春洋溢，永远定格了他与新疆宿命般的深情。

杨铸赶去乌鲁木齐参加了杨镰的葬礼。直到今天他和我谈起杨镰的不幸遇难仍然充满了痛惜之情，他说，二哥对新疆的文史考察与探险纯粹出于热爱，不计功利，他已经出版了《杨镰西域探险考察文集》。这本书收录了二哥历年所写的探险纪实类文章80多万字，内容涉及新疆的地理、资源、环境、历史、文化、考古等诸多领域。在他家里还堆满了没有来得及整理的资料，满壁整柜的书籍和DVD，如果能够再给他一些时间，不知他会拿出多少研究成果。

杨铸也介绍了杨镰在社科院文学所进行的元代文学研究：退休前由他主编的元代诗歌文献总集《全元诗》已由中华书局

正式出版。全书有2200万字，分为68册。从1985年启动，历时二十八年，共有十七位编者参与，其中，由杨镰及夫人张颐青完成的工作占六成左右。查找资料时我也读到了复旦大学中文系陈尚君教授对《全元诗》的评价："我觉得杨镰的学术成就还没有被学界充分认识。"他和杨镰是同代人，作为《全唐诗补编》《全唐文补编》的辑校者，当然清楚这种古籍文献整理工作的艰辛以及意义所在。

由下面这张照片，我和杨铸重新回到他的父亲杨晦先生以及燕东园37号的话题。

照片正中坐在椅子上的杨晦先生戴着眼镜微微昂着头，并肩而坐的杨伯母那时已年过半百，但风韵犹存，笑意盈盈，怀里抱着的正是她的第一个孙女。

杨铸帮我一一辨认着围在父母身后的诸位，从左至右分别是：二姐的大儿子、大哥杨锄、大嫂、二姐杨江城、杨铸、二姐夫、三哥杨斧。站在父亲身边的小男孩是二姐的小儿子。杨铸叹了口气："这是我们家最后一张合影，那年秋天母亲就去世了。"

图3-5 杨晦先生一家合影

照片中没有杨镰夫妇,那时他们还在新疆。1981年夫妇二人调回北京到社科院上班,一直住在燕东园37号。杨铸1973年从黑龙江兵团考入首都师范大学中文系,1976年毕业留校教书,也一直住在燕东园37号。父母走后,兄弟两家合住了近二十年,到2001年才搬出了这栋小楼,离开了这个院子,从此告别了燕东园。

在燕东园各家中能够做到"子承父业"的并不太多,但杨晦先生家实现了:杨镰是学者,又继承了父亲的作家事业,出版了三部以新疆为背景的长篇小说,其中《千古之谜》被台湾学者评为"中国第一部考古探险小说"。杨铸1997年调入父亲当年主持的北京大学中文系,历任副教授、教授,教文艺理论(和父亲当年的专业领域也相同),走上了与父亲后半生相似的学术之路。

37

住户名单　　　　　　　　　　　1926年—1966年6月

东大地时期	胡经甫	燕京大学生物系主任
	老黛西	
	徐宝谦	燕京大学哲学系教授
	陆志韦	燕京大学校长
	刘文端	

燕东园时期	孙承谔	北京大学化学系主任
	黄淑清	北京市科学技术协会
	杨 晦	北京大学中文系主任
	姚 冬	北京大学留学生办公室
	王维城	北京大学哲学系教授、中科院哲学所研究员
	盛澄华	北京大学西语系教授

桥东22号
冯至、姚可崑夫妇

燕东园里有一位诗人学者——德语文学专家冯至伯伯。冯伯母姚可崑也是德语教授，不过不在北大，她任教于北京外国语学院德语系。

冯家有两个女儿，大女儿冯姚平生于1936年，搬入燕东园时她在城里住校读高中，我几乎没有见过她，只知道有这么一位大姐姐，当时热衷于报名参军当女飞行员，后来因视力考核不合格，未能圆梦，1954年被选派去苏联莫斯科化工机械学院留学了。

图3-6 冯至先生全家在燕东园22号楼前合影

小女儿冯姚明生于1946年，和我同岁，但上学早一年，比我高一个年级。她天性好动，淘气得像个男孩子，会想出好多点子带着我们疯玩儿。她家的院子花木繁茂。冯姚明多年以后还记得："我家院子四角都修了花池，种满了开黄花的萱草（燕东园好多人家院子里都有这种花）。院门口和楼门口都有藤萝架，春天垂下清香的淡紫色花串，家里拿来做藤萝饼吃。"

而给我留下最深印象的是：她家草坪上有两棵高大的、分出多个大树杈的白皮松，冯姚明带着我们几个女孩子爬树，每人各找一个树杈坐上去，玩耍或者看书。后来我在比我们小十岁的燕东园女孩子们的回忆里，也找到了爬上白皮松玩耍的情节，看来这个游戏还不是我们的专利。

冯姚明和住在桥西41号的何三雅（何其芳的大女儿）关系最好，比姐妹还亲。不知她用什么法术，三下五除二，就让胆小害羞的三雅开朗活泼起来。我记得她俩很快就学会了同骑一辆自行车，三雅双脚站在左脚蹬上，冯姚明坐在车座上用右脚来蹬车，在燕东园的那座桥上来回溜坡儿。一旦车技娴熟了，她俩就搞"恶作剧"，骑到并肩而行的大哥哥大姐姐身后，一阵车铃响把他们惊开，嗖地从中间穿过。

我最羡慕冯姚明的不受拘束，自由自在，什么都不吝，好像没有人管她。确实，冯伯伯工作很忙，还经常出国。冯伯母在北京外国语学院教德语，平时住在学校教工宿舍，周六下午回家，周一早上就走。偌大的家里经常只有她一个人。直到几十年后的今天，我和冯姚明谈起往事的时候，才知道当时的她，一个不满十岁的小姑娘，夜里独自一人躺在床上也害怕过："老房子的地板咯吱咯吱，风吹得北边窗外的槐树和南边窗外的竹子飒飒作响。

我娘（她和她的姐姐都称母亲为娘）骂我胆小，要我锻炼自己的胆量。"

那时我们经常去冯姚明家，都是上楼去玩。从她家后门进去，穿过厨房，走进楼道，右手就是楼梯。好奇的是楼道里有一个带门的小窗户。冯姚明说，这楼房当年的设计很有意思，我家和楼那半的邻居家之间有个小格子样式的空间，两家各有一个小窗户，原来是放电话的地方，两家共享一个。后来学校给每家都安了电话，这里就成为两家日常沟通交往的窗口了。

住在22号楼那一半的正是著名哲学家贺麟先生。两家在北大宿舍中老胡同32号时就是老邻居，同时搬到燕东园仍互为芳邻。冯姚明说：我爸或者贺伯伯有点事，都会敲敲小窗户，两人开窗就聊起来，有时候倚在窗口讨论半天。我娘也用这个窗口，不过大多是贺伯母敲敲窗户找我娘，递过来一盘新出锅的菜肴，于是我们就知道今天是贺伯母亲自下厨了，她会做一手好川菜。

楼下一层是客厅、餐厅和玻璃房；楼上有两间房，大间是冯伯伯的书房，常掩着门。在我的记忆里，燕东园各家主人的书房都是不让孩子们进去的。但我为了借书看，进过冯伯伯的书房。那时的我，小学二年级，初识几个字，如饥似渴地到处找书看。得知三雅的父亲何伯伯、冯姚明的父亲冯伯伯都是著名诗人，一个研究中国文学，一个研究外国文学，心想他们家里一定好书多。我到三雅家多次借书以后，又开始打冯姚明家的主意。冯伯伯的书房果然更像图书馆，满壁都是高大的书柜。整齐排列、琳琅满目的书，让我踮着脚尖看花了眼。而且冯家几乎每一个房间、客厅、饭厅、阳光屋、冯伯伯的卧室、冯伯母和冯姚明的卧室,都放着书柜和书架。见到我的茫然与狼狈,冯姚明慷慨地打开一个壁橱门说:"这里的书还没有上架,都是各出版社送来的,你再挑挑!"我进去一看,地上、架子上堆放着一摞摞的新书,有中文的、有外文的,有些还是硬皮的精装本。那些书名我听都没听说过,有些字还认不全,更无从下手,最后只借了一本《格林童话》。当时的我暗暗下了决心:等我长大了一定要把这些书都看一遍。

冯至伯伯是燕东园里的名人,我很早就知道他被鲁迅先生称赞是"中国最优秀的抒情诗人"。他1923年加入林如稷等人创办的文学团体浅草社*,1925年和杨晦、陈翔鹤、陈炜谟等成立沉钟社,出版《沉钟》周刊、《沉钟》半月刊和《沉钟丛刊》。1930年留学德国,就读柏林大学、海德堡大学,1935年获得海德堡大学哲学博士学位。学成归来,他先后在同济大学、西南联大、北京大学教书。从1952年开始,他在北京大学西语系担任了十二年系主任,直至1964年调任中国社会科学院外国文学研究所所长。

燕园里留下了许多关于冯至先生治学与任教的佳话:

"学外国文学的人要懂得中国文学",这是冯至先生旗帜鲜明的主张。他多次修改教学计划,每次都强调两件事:第一,西语系的学生一定要打好扎实的外语基础;第二,学外国文学的人一定要学好中国文学。

---

* 浅草社,沉钟社前身。因《浅草》刊物而得名。由林如稷、陈炜谟、陈翔鹤、冯至在1922年春成立于上海。以刊行"自叙传"式抒情小说为主,1925年停刊。

他桃李满园，培养了一大批优秀的德语人才。学生们说："冯先生为人很突出的优点是他的平等意识。"大家都记得他的笑容："那是一种独特的令人产生敬意的微笑。"

冯至伯伯每天走路上下班，上午九点准时到西语系所在地北大民主楼的办公室，下午在家里读书、伏案笔耕。正是在燕东园22号居住的日子里，他重译出版了《哈尔茨山游记》《海涅诗选》，编选了《杜甫诗选》，出版了论文集《诗与遗产》等。在冯姚明的记忆里，夜里她有时候起床，走近父亲的书房，从门缝中看到的总是台灯下烟雾缭绕、父亲伏在书桌上写作的背影。

冯至先生从西南联大时期开始研究歌德和杜甫，1948年出版了《歌德论述》，1952年出版了《杜甫传》，有评价说，"他对杜甫和歌德的研究成果在中国学术史上均有开创性意义"*。1962年是杜甫诞辰1250周年，世界和平理事会把杜甫列为世界文化名人，首都文艺界于4月17日举行纪念大会，冯至先生在大会上做了专题学术报告《纪念伟大的诗人杜甫》。

他多年的助手严宝瑜教授说，为了准备这个报告，冯先生连续两天两夜通宵达旦地工作，由于缺少睡眠和过度疲劳，第三天晕倒在未名湖畔上班的路上，幸而被经过的路人及时发现。

谢冕1955年考入北大中文系，后来留校教书，成为研究中国新诗史和新诗理论的著名学者。他曾写过一篇文章记述了他和冯至先生的第一次见面：

---

* 马嘶：《冯至先生的一次演讲》，收录于《燕园师友记》，北京燕山出版社，1998年，第73页。

"记得是入学的第二年,我接到冯至先生的邀请,让我去他的寓所'谈谈'。冯至先生是大专家、西语系主任,我是刚入学的中文系学生,他的召唤让我很紧张。怀着惴惴不安的心情,我来到燕东园。师生二人那日的对谈,谈了什么我已忘了,大体还是与诗歌有关的吧。记得清楚的是,我当时问他,为什么人文版的《冯至诗选》不收《十四行集》?他对我的提问沉吟良久而报之微笑,不答。对此我很不解,一直是个疑团。后来,也许是在他去世之后想起,才发现自己当年的无知与唐突:冯先生当时正在受批判,当然也包括了对于'十四行'的否定,对于我这样的年轻人,他又能回答什么呢!"*

这段文字勾勒出一个不拘年辈、不拘学科、自由对谈的学术交流场景。冯至先生慧眼识人,平易和善,不耻下问。但透露出的另一个信息或许更重要:冯至先生在那个年代里曾经受到过批判,他的学术思想以及他的创作,例如他的人生代表作《十四行集》曾被否定。十四行是西方诗歌中格律最为严谨的诗体,冯至之前的中国新诗人也曾尝试运用,但都没有成功。冯至先生首先从形式上挑战了这种不可能,然后从内容上把"诗"与"思"结合起来,将"一个敞开的世界,平原、山川、道路、河流、岛屿、城市,无穷无尽地展现在我们眼前"**,体现沉思的诗人身在其中的新诗意境。但就是这个成功的突破,曾经惨遭批判。看来冯伯伯在燕东园的学术生活并不平静。

---

* 谢冕:《燕园旧踪考》(二),原载于《中华读书报》,2018年5月10日。
** 江弱水著、张辉等编:《秘响旁通:比较诗学与对比文学》,复旦大学出版社,2016年,第140页。

在写作本书的过程中,我和冯姚明多次通话,根据记忆,搜寻着她家一些生活的细节:"记得你家柜橱里摆着好多洋娃娃,好像还有一个色彩绚丽的俄罗斯套娃?"

冯姚明回答:"是啊,我爸爸有一个嗜好,他每次出国访问,都会从出访国买一个洋娃娃带回来。我们给这些洋娃娃都起了名字,和我与姐姐的名字一样,在父母姓的后边,加上她的国名。比如姚匈、姚罗、姚奥、姚非等等,摆了一柜子。最后一个是男孩,那是1959年从东德带回来的一个光溜溜的黑人婴儿,会点头,会闭眼睛,非常可爱,大家都喜欢他,讨论他的名字,虽然是德国'出生',可是不能叫姚德,最后决定叫姚非,纪念他的'原籍'。"

可惜,满柜子的娃娃们在抄家时都被砸烂了。

我想起那几大屋子的书,连忙问,书呢?

冯姚明说,那时我爸已经在学部外文所工作了,幸好我爸和娘事先把一些私人书信烧毁了。外文所的"造反派"担心北大学生去抄我家,抢先一步到家里来,用封条把书架书柜都封起来了。

1959年冯家的大姐姐冯姚平从苏联留学回来了,分配到一机部("第一机械工业部"的简称)通用机械研究所工作。1961年她在燕东园22号结了婚。她对家里书的下落做了详细的补充:

"1970年7月我父亲要随学部去河南的干校,这时家里的人分散在各处,妹妹姚明夫妇在四川,我带着两个孩子随着研究所'战备搬迁'到合肥,我娘随外语学院在湖北沙洋干校,北京只剩下父亲一个人,而燕东园家里又挤进了三户人家。别的东西都可舍弃,就是这么多书,没有办法。父亲向学部提出,能否在城里给他个房子放书。他先挑选了一些对外文所有用的文学、哲学等方面的书,装了六大麻袋,列出清单,捐给外文所。然后把其余的书装满六个大木箱,装不下,又用绳子捆了无数捆,搬出了燕东园22号。这些书,在爸爸去世以后,遵照他的遗嘱,外文的捐给了社科院(外文所),中文书,除了自己留用的一部分外,包括他的手稿、资料等,捐给了现代文学馆。"

说到冯至先生的晚年,我看到他在1991年写下一首名为《自传》的诗:

> ……
> 五十年代我否定过四十年代的创作
> 六十年代、七十年代把过去的一切都说成错。
> 八十年代又悔恨否定的事物怎么那么多,
> 于是又否定了过去那些否定。
> ……
> 到底应该肯定什么,否定什么?
> 进入了九十年代,要有些清醒,
> 才明白,人生最难得到的是"自知之明"。

我还发现有几篇文章谈到,冯至先生晚年常对人说起自己一生有两个"心病"。一个心病是1958年时文艺界领导要他写的批判艾青[15]的文章,他说"人家进行创造性劳动,一个帽子扣下去对人家人格不尊重",违背了他做人的准则。另一个心病是1958年他和几个青年同事接受任务在几十天内编出一部《德国文学简史》,水平不齐,作品粗糙,而且有的地方不得不接受了一些当时所谓政治正确的观点,他觉得有愧于自己的学术良心。

1992年冯至先生病重住进协和医院。他听说艾青先生也住在协和医院,并住同一层,虽已步履维艰,仍坚持让小女儿冯姚明搀扶着去看望艾青,两位老人一见面,都竖起大拇指互相致敬,前嫌顿释。

1993年,也是在病榻上,外文所打算编一本集子为冯至先生祝寿,要拍一张他的著作合影(书影)放在集子里。冯至先生特别叮嘱大女儿冯姚平:不准拿《德国文学简史》那本书。

冯姚平退休后,一直参与编辑出版父亲的著作,还写了多篇回忆父亲母亲的文章,主要是西南联大时期和1946年以后住在中老胡同宿舍的老北大时期,有很多珍贵的第一手资料。她在一篇文章里提到父亲一生钟情于对歌德和杜甫的研究,但留下了很多遗憾:1948年父亲将1940年代的文章结集、出版了《歌德论述》之后,对歌德的研究就中断了,直到1978年才得以继续,到1986年出版了《论歌德》。这中间的三十年,不论是歌德,还是杜甫,都是不能、也无法研究的。

冯至先生痛惜时光的流逝,到80多岁时仍然超负荷地工作。病危期间,他说的最后一句话:"我还要做很多工作,可惜都做不了了。"

在这次写作中，我还得知了冯伯伯冯伯母动人的爱情故事：

正是他视为兄长的杨晦先生热心地牵线搭桥，冯至先生认识了在北平女子师范大学国文系读书的姚可崑，金风玉露一相逢，便胜却人间无数。1930年两人情定终身之后，冯至先生一个人远赴德国留学。1932年10月，姚可崑从女高师毕业，攒够了去德国的旅费，乘游轮抵达威尼斯。冯至从柏林赶来，在风光旖旎的水城，一对恋人分别两年之后终于相会了。冯至把未婚妻接回柏林，却做了一个不寻常的决定。他们一起住到城市的西郊，但是住在了不同的街道，冯至住的那条街叫"鸣蝉路"（Zikadenweg），他为姚可崑租了另一条街的房屋，那条街名叫"落叶松路"（Larchenweg）。

为什么做这样的分居安排？他在给杨晦兄的信中写道："可崑已经到柏林一个月了，她住在我的附近，我们的生活很好。但我常常有不知所以的不安，生怕自己失掉了自己。因为两个人常在一起，是容易任意把自己抛掷的。这中间各人保持着个人的境界，要有一番修养。"*

姚可崑被柏林大学附设的德语进修班录取为正式的学生。她每天八点到十点准时上课，下了课即到一栋以黑格尔命名的阅览室去做作业。"中午冯至来找我，一起去食堂吃午饭。饭后乘高架电车回西郊，我回我的落叶松，他去他的鸣蝉路。"在如此甜蜜又保持"个人境界"的节制式"留德伴读"中，姚可崑修完了柏林大学和海德堡大学的政治、哲学、文学以及艺术史等多门课

---

* 姚可崑：《我与冯至》，广西人民教育出版社，1994年，第21页。

程。而冯至博览群书，完成了博士论文，获得海德堡大学哲学博士学位。

冯姚平说："我娘不是红袖添香的伴读人物，她也是来认真学习的。她聪明，事业心强，她终生的遗憾是，在海德堡大学的学业没能学完，跟着父亲回国了。"

另一段故事发生在昆明的杨家山。正是1941年前后，抗战到了最艰苦的时候，日军飞机几乎天天来轰炸，每次跑警报，冯至夫妇只带两样东西：一个是女儿冯姚平，另一个是装着译稿的小皮箱。生活也很清苦，一家人经常处于贫病交加的窘况。自1940年10月昆明遭受大轰炸，冯家在城里的房子被炸毁，他们就彻底搬到杨家山林场茅屋，一直住到1941年末。

"出昆明大东门，沿去金殿的公路走七八公里，到了小坝，往前越过左边的菠萝村，顺着倾斜的山坡上曲曲折折的小路，进入两旁松林茂密的山谷，便看到几座连在一起的山。茅屋所在的山，叫杨家山，茅屋附近，有一泓清泉，长年不断，滋养着周围的树林。"* 冯至夫妇一度把家搬至这里，安排下简单的床板桌凳，预备了一些米和木炭、一个红泥小火炉，靠墙摆了几只肥皂木箱。

夜晚，万籁俱寂。在木板架起的桌面上，夫妇俩一边一个，展开几本书，守着一盏菜油灯，深深地沉潜在工作中。冯至曾有诗曰："孤灯暗照双人影，松树频传十里香。此影此香须爱惜，人

---

*　王邵军：《生命的思与诗——冯至的人生与创作》，人民出版社，2020年。

间万事好思量。"*

他们的创作与研究进入旺盛的时期，冯至酝酿与完成了一生中最重要的著作：诗集《十四行集》、散文集《山水》、中篇历史小说《伍子胥》、《歌德论述》以及数篇学术论文、杂文等。姚可崑也完成了德国诗人卡罗萨的《引导与同伴》和德国学者阿尔伯特·赫尔曼的《楼兰》等书的翻译。夫妇两人还合译了《维廉·麦斯特的学习时代》。

图3-7 冯至、姚可崑夫妇合影

1952年以后，冯至先生在北京大学，姚可崑先生在北京外国语学院，分别主持着两所高校的德语教学与科研，并从事翻译工作，夫妇双双做出了开创性的贡献。

执子之手，与子偕老。冯至夫妇被称为"永远的伴侣"。

---

* 姚可崑：《我与冯至》，广西人民教育出版社，1994年，第88页。

徐淑希、刘文庄夫妇

桥东22号小楼还埋藏着另一个家庭的故事。

这家是最早入住燕东园（那时叫东大地）的住户之一。这家的主人活跃在1920年代至1930年代，后来"书生从政"，离开了东大地，离开了大学校园，走上了另一个舞台。如果不是北大新闻网的一则消息，许多人，包括燕京的老人们，都已经忘记了他。

（北大新闻网报道）2021年6月11日，北京大学燕京学堂在静园三院举行仪式，授予燕京学堂特聘教授、中国外交部前副部长何亚非"徐淑希讲席教授"。

图3-8 徐淑希先生

徐淑希！这个名字穿过近九十年的岁月，唤醒了厚重的历史记忆。

在网上找到他的一张单人照，尽管像素极低，模糊不清，但仍然不掩其英武之气，且看两道浓眉下那双炯炯有神的眼睛。

徐淑希,广东人。18岁时他的家就是革命党人在汕头活动的一个重要据点。1911年武昌起义,徐淑希参加了光复潮州、汕头的革命军。但随着各股势力争权夺利,他对时局的发展越来越不满和失望,于是萌生退意,到香港读书,随后赴美留学,先后在耶鲁大学和哥伦比亚大学取得硕士学位(1919年)和博士学位(1925年)。1923年他被燕京大学聘为首位专职副教授,受命回国组建政治系,获博士学位后他正式出任燕京大学政治学系主任。这是中国高等教育系统设置的第一个政治学系。

徐淑希亲自讲授国际法,同时精心设计政治学系的课程,并配备优质的师资。翻出当年的课表,可以看到:吕复[16]讲授宪法与比较政治、萧公权[17]讲授中国及西方政治思想史、李祖荫[18]讲授行政法、郭云观[19]讲授法学通论及民法、潘昌煦[20]讲授刑法原理、梁仲华[21]讲授地方政府运作等等。*几位教授基本都是留日或留美学成归国的政治学、法学大家,讲课内容集中于宪法、法制与法治等。对这份课表的研究让我有所领悟,原来当时的政治学是以法学和宪制为核心的。

徐淑希唯一的欠缺是,普通话讲得很糟糕,只会讲一口粤语,他上课只能用英语,日常交际也只能说英语,即使跟夫人刘文庄女士也是用英语交谈。为了解决语言问题,他专门请了一个教外国人学汉语的北京人做老师,学习普通话,每天早晨上课一小时,课本用的是《论语》。

---

* 参见吴其玉:《徐淑希先生和燕大政治学系》,原载于燕大文史资料,1990年5月,现收于张玮瑛等主编、燕京大学校友校史编写委员会编:《燕京大学史稿(1919—1952)》,第304页。

徐淑希是远东问题专家。1925年他在美国哥伦比亚大学完成的博士论文《中国及其政治实体：一项有关朝鲜、满洲和蒙古的中外关系研究》，就是以中国与日、俄、美等国在东北亚地区的利益与争端为研究对象。他强调东北地区对于国家安全的重要性，指出，"满洲显然像中国的咽喉一般重要，在满洲问题上向日本妥协，无异于将中国放入其近邻的怀抱中，必被置于死地"*。

1929年10月，徐淑希作为中国代表团的主要发言人，在日本参加了第三次太平洋国际学会的京都会议（简称"京都会议"）**，由于东北问题的敏感和紧迫，中日与会者在京都会议上的交锋充满了火药味。徐淑希与日本刚刚卸任"南满洲铁道株式会社"副总裁的松冈洋右激烈论战，他皆列举事实，状态甚温和，而发言则颇深刻，松冈洋右被驳得恼羞成怒。各国代表得以了解东三省的真相。虽然这是一次民间外交性质的学术交流，会议并未就东北问题达成共识，但它成为"无硝烟的战场"和中日两国后来在联大论战的预演，对国际舆论产生了重要影响。***

徐淑希的远东问题研究，为中国在"九·一八"事变后的对日本侵略暴行的揭露提供了法律依据。此后他写下17卷关于远东问

---

* Hinckley, Frank E. "China and Her Political Entity: A Study of China's Foreign Relations with Reference to Korea, Manchuria and Mongolia". By Shühsi Hsü. New York: Oxford University Press, 1926. pp. xxiv, 438. Index. *American Journal of International Law*, vol. 23, no. 4, 1929, pp. 904-905., doi:10.2307/2189774.

** 太平洋国际学会（Institute of Pacific Relations）由关心太平洋地区政治、经济、文化、外交等问题的知识界和商界人士组成的非政府的民间学术组织。1925年在纽约与夏威夷共同发起成立，商议太平洋国家间的问题。

*** 王美平：《太平洋国际学会与东北问题——中、日学会的交锋》，原载于《近代史研究》，2008年第2期。

题的鸿篇巨著，其中1939年编辑出版的《南京安全区档案》*收集了当时留在南京的外籍人士通过文字、摄影、摄像等方式记录下的日军暴行，仅暴行报告就有428件，还有69件国际委员会向日方递交的公函。此书原为英文，后被翻译成中文和日文，作为揭露南京大屠杀暴行最有力的证据之一，在东京审判确认日军罪行时起到了重要的作用。

1932年11月，徐淑希被任命为南京国民政府国防设计委员会首批三十九位委员之一，主要研究对日外交。1936年，徐淑希在任教十一年以后，正式从燕京大学辞职，应聘为南京国民政府外交部高级顾问，走上了职业外交官的道路。

当时一批职业的外交官在任，都有欧美留学的背景，精通几国外语，拥有法学或政治学博士学位，有些人还是国际大法官，像徐淑希这样"学术抗日""书生从政"的人不在少数。在1920年代初至1940年代末复杂的国际环境中，中国有这样一批职业外交家，在国际谈判中、在国际组织或驻外大使任上，或在参与民间外交活动时，留下了前仆后继的足迹。

徐淑希有三个儿子：徐元约、徐福承、徐启昌。我赶紧撒网，在老"燕二代"中寻找可能的知情人，最后终于联系上陆志韦先生的小女儿陆瑶华阿姨。她在通过了朋友验证以后给我留言写道："真高兴能和你建立微信，在我的记忆里你是一个文静的小姑娘，父亲瘦高戴眼镜，妈妈教我弹钢琴。我已是92岁的老太太

---

* 徐淑希编，夏鸣译：《南京安全区档案》(Documents of the Nanking Safety Zone)，上海—香港—新加坡：Kelly & Walsh，1939年，美国国家档案馆藏。

了，退休在烟台大学，老伴走了，女儿在美国，地道的空巢老人，还身患骨癌。好在我是个没心没肺的人，快乐地疼痛着。"

我赶紧打过电话去，听筒里传来的声音中气十足。几句寒暄过后，陆阿姨很快就沉浸到对东大地生活的回忆中了，朗朗笑声伴随着滔滔不绝的讲述。原来她家和徐淑希家有亲戚关系："那是我姨妈家。元约、福承、启昌是我的表哥。"

她的父亲陆志韦与徐淑希是连襟，俗称"一担挑"：陆志韦娶了燕大宗教学院刘廷芳教授的二妹刘文端，徐淑希娶了刘廷芳教授的三妹刘文庄。

图3-9 刘廷芳（后排左三）、陆志韦夫人刘文端（前排右一）、徐淑希夫人刘文庄（前排左一）

且看上图：前排右一是陆志韦夫人刘文端，她肄业于燕京大学；前排左一是徐淑希夫人刘文庄，她毕业于南京金陵女大。照片后排左起第三人正是刘廷芳：身着深色中式长衫，戴一副深色圆框眼镜，相貌端正，气度儒雅。

这位刘廷芳在上个世纪二三十年代可是一位了不起的人物：1911年赴美留学，在美八年，先后就读于哥伦比亚大学和耶鲁大学，获哥大教育心理学的博士学位，被聘为纽约协和神学院的助教，据有关记载，他是在美国神学院教授非中文课程的第一个中国人。1919年回国后，他应司徒雷登之邀参与了燕京大学的创办，先后创建主持了燕京大学宗教学院、燕京大学心理系，并召唤了一批优秀的学者汇聚到燕京旗下。司徒雷登夸赞刘廷芳"在建校初期帮助物色了学校所需要的中国人，从而为确定燕京的办学方针起了重大作用"*。

1922年，他参与组织中华全国基督教会，任理事。此后他历任中华全国基督教大学委员会主席、中华基督教教育协会主席。历史上还有这样一个特殊的记录：1925年3月12日，孙中山先生逝世。3月19日孙中山灵柩移至中央公园社稷大殿公祭。移灵之前，按照基督教丧礼将举行安息礼拜，即家祷礼，是逝者与家属的宗教告别仪式，参加者多为孙、宋两边的家族成员。除亲属外，当时的国民党要员汪精卫、吴稚晖、戴季陶、李石曾、于右任等也应邀出席。这个安息礼拜的主礼者，正是当时北京大名鼎鼎的基督教牧师兼燕京大学神学院院长刘廷芳。为了不使外人干扰葬礼，刘廷芳教授组织了三百名燕大学生护卫灵堂。**

刘廷芳为两位妹妹操办的基督教洋式婚礼，在当时也首开

---

* 冯克力主编：《老照片》（第99辑珍藏版），山东画报出版社，2015年，第23—24页。

** 相关记载可参看龚铭、张道有主编：《中山先生的一天》，中国国际广播出版社，2017年，第153页。

风气之先：1921年10月6日和7日，陆志韦和刘文端、徐淑希和刘文庄两对新人的婚礼先后在崇文门内燕京大学礼堂举行。婚礼布置与中国传统婚仪不同，礼堂的一端挂着一幅花幛子，幛子上满挂榆叶，中间摆了十几盆洋绣球花，天花板如同蔚蓝色的天空，上有闪闪的启明星。两对新人的主行婚礼牧师都由燕大校长司徒雷登担任，证婚人为：范源濂[22]、张伯苓、金邦正[23]、韩安[24]、陶孟和[25]、刘廷芳、曾国治、杜威[26]（当时正造访中国的美国著名哲学家、教育家）。司徒雷登站立中央，新郎新娘分立他左右，按照基督教的婚礼仪式办完了婚仪，全部时间仅用十多分钟。如此简洁明快的婚仪在坊间一时传为美谈。*

刘廷芳先生没有住过东大地，但陆瑶华阿姨还是先说起他："我舅舅英年早逝，1942年他因肺结核病重，不得不离开中国赴美就医，至1946年8月，病情恶化，逝世于美国新墨西哥州一家长老会疗养院里，终年56岁。"

陆瑶华阿姨又说到姨夫徐淑希：从1940年起，徐淑希任联合国安理会中国副代表、国民政府外交部亚西司司长。后移居台湾，晚年定居美国，1982年在新泽西州病逝，那一年90岁。

陆瑶华阿姨也说到几个表哥："元约表哥走得早，福承表哥前几年还来过北京，不过2019年也去世了。他每次回国都要回北大，回燕园。"

根据陆瑶华阿姨提供的这个线索，我从北大新闻网查到，徐

---

* 当天婚礼的具体报道可参看陈远：《燕京大学（1919—1952）》，浙江人民出版社，2013年，第75—77页。

福承先生曾担任华美协进社主席，长期主持美国戴氏基金会（J. T. Tai & Co. Foundation）的工作。戴氏基金会多次向北京大学慷慨捐资支持"章文晋奖学金""国际高等教育交流基金""燕京学堂发展基金"等项目，2015年追加捐赠了"徐淑希讲席教授基金"。在燕京学堂北大静园三院的二层走廊，有一块玻璃展板，纪念着徐淑希、徐福承父子。

我和陆瑶华阿姨保持了好几个月的微信联系，她很热情，但也能感觉到她的寂寞。我们第一次通上微信，她就说，"寄一张你的照片给我，讲讲你的现状，能和你联系，心里热乎乎的"。

我麻烦过她好几次，请她辨认老照片，主要是张东荪先生家的、赵紫宸先生家的，她的回应总是又快又果断。我得知她家是第一个搬进东大地的，就问她能否提供东大地第一批住户的名单。这个回复延迟了数天以后终于来了，当我看到那份长长的名单和回复时，不禁眼里一热，指下立即敲出"辛苦了"和一连串的鲜花与感谢。

名单如下：

21陈其田、22徐淑希、23李丙华、24容庚、25寇念慈（应为寇恩慈）、26吴路义、27窦维廉、28布多马、29王克斯、30米德、31胡经甫、32田洪都、33黄国安、34李荣芳、35黄仔通、36赵紫宸、37陆志韦、38许仕廉、39张宏军、40杨开道、41戴维司、42谢誉明（应为谢玉铭）

过了2022年的春节，我没有再收到陆瑶华阿姨的微信。5月底，我接到胡蕗犀阿姨的微信：陆瑶华已经于5月14日走了。

22

住户名单　　　　　　　　　　1926年—1966年6月

东大地时期
- 徐淑希　燕京大学政治系主任
- 刘文庄
- 胡经甫　燕京大学生物系教授
- 龙承云（继室）　协和医院护士长

燕东园时期
- 贺　麟　北京大学哲学系教授，后调入社科院哲学所
- 刘自芳　1956年去世
- 黄人道（继室）　首都师范大学副教授
- 冯　至　北京大学西语系主任
- 姚可崑　北京外国语学院德语系教授
- 严宝瑜　北京大学西语系教授
- 吴琼瑁　北京大学西语系副教授

[注释]

1	邓中夏 （1894—1933）	湖南宜章人。马克思主义理论家、中国共产党和中国工人运动的早期领导人之一。1917年考入北京大学中文系，1919年参加五四运动，1920年3月参与发起并组织了北京大学马克思学说研究会，1923年参与创办上海大学，任教务长。后成为中国共产党早期组织成员。
2	谭平山 （1886—1956）	广东高明人。民主革命家。清末入两广优级师范学校，并加入中国同盟会。1917年入北京大学哲学系。次年毕业后，任教于广东高等师范学校，与陈公博等在广州创办《广东群报》，任新闻编辑。1921年加入中国共产党。
3	陈公博 （1892—1946）	祖籍福建上杭，生于广东南海县（今广州市）。1920年毕业于北京大学哲学系，在广州创办宣传新思想、马克思主义学说及社会主义的《广东群报》。后赴美，毕业于哥伦比亚大学经济系。曾为中国共产党第一次全国代表大会代表。
4	朱自清 （1898—1948）	祖籍浙江绍兴，生于江苏东海。文学家，以官话白话文的散文和新诗著称。1916年考入北京大学预科，1917年升入北京大学哲学系，1922年和俞平伯等人创办《诗》月刊，是新诗诞生时期最早的诗刊。1925年起任清华大学中文系教授。1931年留学英国，学习语言学与英国文学。后任西南联合大学、清华大学中文系教授及主任。著有散文《背影》《荷塘月色》等。
5	潘菽 （1897—1988）	江苏宜兴人。心理学家、教育家，中国现代心理学奠基人之一。1920年毕业于北京大学哲学系。1921年至1927年在美国留学，先后获印第安纳大学硕士学位和芝加哥大学博士学位。1927年回国后，任教于第四中山大学（前身东南大学，后来改称中央大学，今南京大学）心理学系。1951年任南京大学首任校长，1956年南京大学心理系并入中国科学院心理研究所，任所长。
6	徐宝璜 （1894—1930）	江西九江人。新闻教育家、新闻学者。1912年毕业于北京大学，后考取官费留美，于密歇根大学攻读经济学及新闻学科目。1916年回国，在北大任职，1918年与蔡元培、邵飘萍等发起成立北京大学"新闻学研究会"，并增设"报学"课。1920年后，相继任教于北京民国大学、朝阳大学、中国大学、平民大学。提出了衡量新闻价值的三项原则。其所著《新闻学大意》是中国最早提出"新闻六要素"说的论著。
7	邵飘萍 （1886—1926）	浙江金华人。民国时期著名报人、中国新闻理论的开拓者之一。1909年毕业于浙江高等学堂师范科。1917年创办"北京新闻编译社"，1918年创办《京报》。著有《实际应用新闻学》《新闻学总论》等。

8	端木蕻良 （1912—1996）	辽宁昌图人。作家、《红楼梦》研究者。1932年考入清华大学历史系，同年加入"左联"，发表小说处女作《母亲》。1933年开始创作长篇小说《科尔沁旗草原》。1940年至1942年在香港主编《时代文学》和《大时代文艺丛书》。1949年9月从香港回到北京。曾任北京市作家协会副主席。
9	臧克家 （1905—2004）	山东诸城人。现代诗人、作家、编辑家，中国现实主义新诗人物之一。1923年考入山东省立第一师范，开始习作新诗。1930年考入国立青岛大学，期间创作了《难民》《老马》《罪恶的黑手》等诗篇。1933年出版了第一部新诗集《烙印》，1934年出版诗集《罪恶的黑手》。著有诗集《泥淖集》《春风集》等，散文集《乱莠集》等。1956年曾任中国作家协会书记处书记。
10	楼适夷 （1905—2001）	浙江余姚人。作家、翻译家、出版家。1928年入上海艺术大学就读，后赴日修习俄罗斯文学。早年参加太阳社，后历任《新华日报》副刊编辑、《抗战文艺》及《文艺阵地》编辑、《时代日报》编辑、人民文学出版社副社长等。著有《挣扎》《她的彷徨》《适夷诗存》等，译有《但顿之死》《灰姑娘》《芥川龙之介小说十一篇》等。
11	张凤举 （1895—1986）	江西南昌人。作家、文史学家、批评家、翻译家。早年留学日本京都帝国大学、法国巴黎索邦大学。曾任教于北京女子师范大学、北京大学。与郭沫若、郁达夫等人于1921年在日本发起文学社团"创造社"，所著《鲁迅先生》为中国早期研究鲁迅最重要的论著之一。
12	陈炜谟 （1903—1955）	四川泸县人。作家、翻译家。1927年毕业于北京大学英语系。历任北京中法大学孔德学院英文讲师、重庆大学教授、四川大学外文系教授。1949年后任四川大学中文系教授、系主任。著有短篇小说集《信号》《炉边》，译有《老屋》《当代英雄》《在世界上》等。
13	陈翔鹤 （1901—1969）	重庆人。作家、出版家、文史专家。1920年入上海复旦大学外语系学习。后转入北京大学，攻读英国文学和中国文学研究生。曾任四川大学教授，中国社会科学院文学研究所研究员。筹办并长期主编中国古典文学研究领域的重要刊物《文学遗产》。
14	斯文·赫定 （Sven Hedin, 1865—1952）	瑞典人。地理学家、地形学家、探险家、摄影家、旅行作家。发现了喜马拉雅山脉、雅鲁藏布江、印度河和象泉河的发源地。领导了1927年到1935年间的中国瑞典联合科学考察。1900年发现了罗布泊与塔里木盆地沙漠中的楼兰古城遗址。
15	艾青 （1910—1996）	浙江金华人。现代诗人。1928年考入杭州国立艺术院绘画系，后留学法国。1932年初回国，在上海加入中国左翼美术家联盟，从事革命文艺活动。1933年创作长诗《大堰河——我的保姆》，1942年赴延安，任《诗刊》主编。1979年任中国作家协会副主席。1985年获法国文学艺术最高勋章。

16	吕复 (1878—1955)	直隶保安州（今河北省涿鹿县）人。法学家、教育家。1905年留学日本，明治大学法科毕业。1928年任燕京大学政教系教授，后历任广州中山大学、重庆中央大学法学院社会学系教授，北平中国大学校长。
17	萧公权 (1897—1981)	江西泰和人。中国政治学与社会史家。1920年赴美留学，硕士和博士分别毕业于密苏里大学哲学系、康奈尔大学政治哲学系。曾任教于燕京大学、清华大学政治系，1949年任华盛顿大学远东研究所客座教授。著有《中国乡村》《康有为研究》等。
18	李祖荫 (1897—1963)	湖南永州人。法学家。1927年入日本明治大学法学系。1930年，回国后任燕京大学讲师，同时兼任北京大学讲师。新中国成立后，参与《宪法》《婚姻法》等重大法规的起草和修改工作。组织编写《清史刑法志注释》和《中国民法史书目简介》。
19	郭云观 (1889—1961)	祖籍福建泉州，生于浙江玉环。法学家。1915年毕业于国立北洋大学法律系，1917年入美国哥伦比亚大学研究院修毕法学课程，先后任职于燕京大学、清华大学、复旦大学、东吴大学等校法学院教授。
20	潘昌煦 (1873—1958)	江苏苏州人。法学家、政治家。1898年中进士，毕业于日本中央大学法律科。回国后历任翰林院编修，燕京大学法律系教授，清华大学政治学教授。
21	梁仲华 (1898—1968)	河南孟县人。教育家、社会活动家。1922年毕业于燕京大学法律系，倡导"乡村建设研究"。后任燕京大学教授，主讲"乡村建设"和"法治史"。1952年转任四川大学历史系教授。
22	范源濂 (1876—1927)	湖南湘阴人。教育家。早年就学于长沙时务学堂，师从梁启超。后求学日本，入东京高等师范学校学习，之后入日本法政大学法政科。1905年参与创办清华学堂，并在京师大学堂任教。1923年出任北京师范大学（原北京国立高等师范）第一任校长。
23	金邦正 (1887—1946)	安徽黟县人。教育家、林业学者。1909年入康奈尔大学林科，主修森林学。1914年毕业，获林学硕士和理学学士学位。与胡适、任鸿隽等人成立"中国科学社"，并出版《科学》《科学画报》等刊物。1917年至1920年，任国立北京农业专门学校校长，之后出任清华学校（清华大学前身）校长。
24	韩安 (1883—1961)	安徽巢县人。林学家，中国近现代林业事业的奠基人之一。1907年夏天赴美国深造，先后就读于康奈尔大学文理学院和密歇根大学林学，分别获得理学学士和林学硕士学位。是中国留学生中第一个林学硕士学位获得者。后任国立北京农业大学森林系主任，参与编辑中国第一份农林期刊《农林公报》。

25	陶孟和 （1888—1960）	祖籍浙江绍兴，生于天津。社会学家、教育家。1906年前往日本东京高等师范学校学习教育学，后赴英国伦敦大学政治经济学院攻读社会学和政治学。1912年与梁宇皋合著的《中国的乡村与城镇生活》，为中国社会学最早的著作之一。1913年取得经济学博士后执教于北京高等师范学校、北京大学、燕京大学等，1945年任中研院社会研究所所长，1949年10月任中国科学院副院长、社会研究所所长。
26	约翰·杜威 （John Dewey, 1859—1952）	美国哲学家、教育家、心理学家。与查尔斯·桑德斯·皮尔士、威廉·詹姆士一起被认为是美国实用主义哲学的重要代表人物，现代教育学的创始人之一、机能主义心理学派的创始人之一。其思想曾对二十世纪前期的中国教育界、思想界产生过重大影响。

肆

"鸟居高林"

燕京大学时期桥西有"鸟居高林"之说，讲的是从东大地西门进来五十米，左转上几级石阶，踏上一条通往中心草坪的小路，小路的两侧分别是32号和33号，连同32号东边的31号，三栋小楼都有一簇簇竹林围绕。31号住的是社会学家林耀华教授，32号住的是考古学家鸟居龙藏教授，33号住的是语言学家高名凯教授。这三家被称为"鸟居高林"，既是谐音，也讨个"竹林三贤"幽雅高逸的情趣。

桥西32号
鸟居龙藏先生

1936年9月，日军强占了北平的西南门户丰台镇。1937年7月7日，卢沟桥事变爆发。7月29日北平沦陷，许多国立大学和私立学校都已关闭，燕京大学也处于日本军队的包围之中。

燕京大学校园里升起了美国星条旗，校门口贴出公告：日本军队禁止入内。司徒雷登以校长的名义向驻北平的日本占领军当局致函,宣告燕京大学是美国财产,坚决反对日军进入校园搜捕爱国进步学生。并表示,燕京大学不会逃离包围着它的危险,不会南迁、要在北平继续办下去。*

燕京大学成为唯一留在沦陷区而不受日伪管制的大学。

占领当局对此无可奈何,提出要派日籍教师来燕京大学教课,司徒雷登表示宁可关门也不牺牲学校的独立性,拒绝了当局的人选。后经陆志韦先生提议,燕京大学自己邀请了日本专家鸟居龙藏作为客座教授来燕大从事研究工作。于是1939年,69岁的鸟居龙藏和家人搬进了东大地桥西32号。

鸟居龙藏先生(1870—1953)是日本著名的人类学家、考古学家。他自1895年第一次踏入中国东北地区,到1951年从北京回到日本,与中国考古学结缘近五十七年。他的人类学和考古学调查,有一半是关于中国的,最重要的成就也是在中国做出的。

鸟居龙藏先生特立独行,向往学术自由,认为自己是"一个在野民间的学者"**,从未倚靠学校的毕业证书或身份头衔来讨生活。1924年他以自己的家庭成员为主,创办了"鸟居人类学研究所",开始独立的考古田野调查。在东大地32号居住时,1939年至1941年期间,他带领妻子君子、女儿幸子、儿子龙次郎再次到东北地区和大同等地,多次进行考古调查。

---

*　相关史实可参看郝平:《无奈的结局——司徒雷登与中国》,北京大学出版社,2002年。

**　鸟居龙藏:《鸟居龙藏全集》vol.12:341,1975—1976年朝日新闻社出版,转引自黄智慧:《鸟居龙藏的生涯》,收录于远流出版社台湾馆编:《跨越世纪的影像》,第21—32页。

鸟居龙藏先生坚定地反对侵华战争。到燕京大学后，他埋头治学，不与占领当局合作。1941年12月7日太平洋战事爆发，第二天日军查封了燕京大学，并强令住在东大地的各家中国教授搬离。搬家需要有日文出具的"运家具出东大地西门"通行证，鸟居龙藏先生为邻居家一一开了证明材料作保。封校的同时，一批爱国教授与学生被捕。鸟居龙藏先生"白发苍然，双目含悲，站在西校门边，颤巍巍地向被捕的燕大师生深深鞠躬"*。随后他不顾一切设法营救被关押的师生，营救失败后，他又拼尽全力保护燕京大学的书籍和珍贵资料。

1945年10月燕京大学复校后，鸟居龙藏一家还住在东大地32号。日后成为著名考古学家的安志敏，当年还是大学毕业生，留在燕京大学历史系当助教。1948年至1950年间，每逢周末，他都会骑上自行车，从西单东斜街的住处直奔燕京大学东大地的鸟居龙藏居所，向先生求教，常常一谈就是两三个小时。他倾听先生的考古经历和有关见解，随时提出问题，都会得到先生的充分解答。他很满足，借此机会还练习了日语。

鸟居龙藏先生一家是1951年搬出东大地32号返回日本的。两年以后，鸟居龙藏先生因病去世，寂寂无闻地卒于东京。

---

* 覃仕勇：《隐忍与抗争：抗战中的北平文化界》，北京时代华文书局，2015年，第50页。

高名凯、陈幼兰夫妇

鸟居龙藏先生搬走后，住在33号的高名凯先生要求换房，全家搬进了32号。

图4-1 摄于1947年，最小的女儿高熹还未出生
左起：高俊、高名凯、高环、高苏、陈幼兰

高伯伯是燕京大学国文系主任，他家有四个孩子，一男三女。其中老三高苏，比我只大一岁，我的母亲叫她"小人儿酥"，说她特别像当时一种酥糖的糖纸上印的小胖孩。她那时不过一岁多，高家的保姆抱着她找我家张奶奶串门，我母亲到后院来，看到了穿裹成一个棉花包的高苏，圆鼓鼓的脸蛋脏兮兮，被冷风吹得都皱了，赶紧打热水给她洗脸洗手，抹上厚厚的凡士林。高苏的父母留学法国，1940年6月取海路坐船回国，因战事困扰，在海上、亚非地区沿岸漂泊数月，1941年1月才回到北平。据说高伯母路经非洲某地时染上了病，从1950年代以后就卧床不起了。母亲一直心疼高家的孩子从小疏于照料，后来我和高苏结为发小和闺蜜，

母亲每次看到她时，都会感慨，"小人儿酥"又长大了。

我和高苏的闺蜜情在小学毕业后有了新的发展。1959年9月我们一起考进北京市一零一中学。当年燕东园我们那一届女孩子只有我俩考上了这所学校，于是我们相约一起上学，每天早上背个书包，穿过整个北大校园，沿未名湖畔一边走一边复习功课。湖水波光粼粼，岸边垂柳依依。

记得那几年，不知多少个晚上我好像长在了高苏家里。1958年秋冬之际，北京电视台开播不久，高伯伯就买了一台苏联产的电视机，为了给重病卧床的高伯母多一点快乐。高家成为燕东园里最早拥有电视机的家庭之一。他们家的电视放在一上楼的大过道靠西墙角的一个大木箱上。正方形的过道空间不大，三面墙壁各有两个门，分别通向几间卧室。打开南面那个门，向阳的房间就是高伯伯的书房。

弹指一挥间，六十多年过去了，当年的情景却还历历在目：我匆匆吃完晚饭，踩着七点钟的点，赶着去高苏家，开门爬楼梯，一眼就看到柜子上的电视机，高家一家人围在电视机前，招呼我挤进去坐下来。

我只在这个场合见到过高伯母陈幼兰，她一直是病中的模样，很难想象她青年时的姿容与情致。要知道，她早年留学法国，曾获里昂大学艺术史硕士学位，与高伯伯相遇时，她任里昂大学图书馆馆长助理，已经在法国生活和工作了九年。而高伯伯当时是整天泡在图书馆里埋头苦读的一个中国留学生。他们日久生情。

听高苏说过，她的爸爸是福建人，家境贫寒，12岁父母双亡。我翻查了一些资料，发现高伯伯的父亲是美以美教会的牧师，高伯伯从小学到中学都是在教会学校，靠半工半读完成学业的，后以优异的成绩考入燕京大学哲学系，1935年毕业升入燕大研究院哲学部深造。1937年又由燕京大学派往世界语言研究中心的法国巴黎大学专攻语言学，师从著名的汉学家马伯乐[1]先生。

高伯伯留学法国正逢"二战"期间，他曾在柏林、布鲁塞尔、巴黎颠沛流离，但始终没有放弃读书研究，坚持完成了学业，1940年5月以论文《汉语介词之真价值》获得文科博士学位。6月10日，在巴黎沦陷前四天，他偕新婚妻子陈幼兰与中国学生三十余人乘法轮离开马赛回国。就在这一天，意大利对英法宣战。他们所乘坐的轮船无法由地中海经苏伊士运河东航，只能绕道非洲好望角。正是在非洲滞留时，高伯母不幸染上一种皮肤病（后来发展为无法治愈的痼疾）。他们历经七个月，直到1941年初才抵达北平。

《燕京新闻》第7卷第21期刊发了一则《高名凯抵校》的新闻："国文学系新聘助教高名凯，已于上星期日（二月二十三日）下午抵校。将于下星期二日晚于临湖轩教职员讨论会中出席讲演云。"《燕京新闻》第7卷第22期则于第二版整版刊载了《高名凯归国历险记》。

1941年12月太平洋战事爆发。燕京大学被日军查封，教员们四散各寻出路，高伯伯一家迁居北平城里。他担任了中法汉学研究所研究员："我每日到所和甘茂德子爵（Vicomte de Kermedec）共同研究中国文字，翻译中国小文，六小时的疲惫工作之后，白天的剩余时间又得花费在生存的挣扎上。"*所谓"生存的挣扎",指的是翻译巴尔扎克的小说以赚稿费维持小家庭的生计。那时沦陷区经济凋敝,物价飞涨。应朋友之邀,高伯伯开始为上海的书店翻译巴尔扎克小说。"回家时还能抽出时间来翻译,平均每日译四五千字。"那几年高伯伯先后翻译出版了《欧也妮·葛朗台》等二十多部巴尔扎克著作,译作数量甚至超过了翻译巴尔扎克《人间喜剧》的傅雷先生。

我在翻查资料时找到美籍汉学家梅祖麟先生写的一篇文章,他是燕京大学国学院院长梅贻宝(清华大学梅贻琦校长的五弟)的独子,当时家住朗润园。其中有这样一段文字可为高伯伯的上述经历作注:"有一天发现家里客厅壁炉台上多了一粒子弹壳。父亲(梅贻宝)解释道:高名凯教授来访,子弹壳是德军进入巴黎时他在街头捡到的,特地送赠留作纪念。还有,我常在东安市场的一家书铺站着读外国翻译小说。有一套巴尔扎克的《人间喜剧》(包括《高老头》)特别有吸引力。封面设计新颖,印刷精良,译者署名'高名凯'。"**

高伯伯的翻译得到高伯母的大力支持,在一本书的译序结尾处,高伯伯专门提及:"我译巴尔扎克小说集时,得吾妻陈幼兰女士的帮助甚多。她给我解决了许多疑难的问题,甚至于替我翻

---

* 梅祖麟:《高名凯先生在燕京大学(1931—1949)》,收录于北京大学汉语语言学研究中心《语言学论丛》编委会编:《语言学论丛》第44辑,2011年,第329—330页。

** 梅祖麟:《高名凯先生在燕京大学(1931—1949)》,收录于《语言学论丛》第44辑,第332页。

译了好几段。"*

在高伯伯赴法留学与回国就职的经历中,可以看到高伯母不可或缺的身影。再读高苏兄妹四人的回忆文章,看到以下段落便格外感动:

> 当年我们的母亲放弃在法国的工作,跟父亲一起回国,患难与共,互敬互爱。不幸的是,母亲40岁时就重病缠身,卧床不起。父亲对她一如既往,情深如故,没有和母亲吵过一回嘴。我们的父母谈话很风趣,有时他们谈起"悄悄话",就用法语,对我们在场的小孩子"保密"。(母亲)在法语、文学、艺术等许多方面与父亲拥有共同语言。他们酷爱法国文学,迫切希望把法国著名作家巴尔扎克的作品介绍给中国读者……父亲和母亲喜欢共同鉴赏中国字画,他们曾把共同收藏的海瑞的砚台献给了故宫。**

我记得放电视机的那个大木柜子就是高家收藏书画的地方。后来有学人根据《邓之诚文史札记》***研究高名凯的书画收藏情况,指出,"从1944年至1959年前后十五年间,高名凯携示邓之诚先生的书画达数十百件,囊括宋、元、明、清各代,真赝杂出"。

---

* 高名凯:《〈杜尔的教士〉译序》,海燕书店,1949年,第2页。
** 高佽、高环、高苏、高熹:《我们的父亲高名凯》,收录于福州闽都文化研究会编:《左海风流〈闽都文化〉精选本·人物卷》,海峡文艺出版社,2019年,第255页。
*** 邓之诚著、邓瑞整理:《邓之诚文史札记》,凤凰出版社,2012年。

由他所藏的书画钤记中,能看到他常用的七种印章,其中有一枚即为"高名凯陈幼兰同赏"。*

回忆文章说:"母亲还经常强忍病痛支持父亲的工作。60年代初,母亲去世前不久,我们放学回家跑到楼上母亲房间,看见床头柜上放着父亲的手稿,母亲正在竭尽全力用颤抖的手帮父亲校对文稿。"**

1961年5月11日,高伯母病逝,安葬于八宝山人民公墓,高伯伯写了千字文的墓志铭,特请著名书法家郭风惠书写并镌刻于墓碑上。五年以后,墓碑与墓地不幸被彻底毁坏。

图4-2 摄于1961年,左起:高苏、高熹、高环、高名凯、高俟

---

*　申闻:《丹青生计》,原载于《东方早报》,2013年12月29日。

**　高俟、高环、高苏、高熹:《我们的父亲高名凯》,收录于《左海风流〈闽都文化〉精选本·人物卷》,第255页。

高伯母去世后，高伯伯带着四个孩子到颐和园去玩了一次，留下了一张珍贵的合影。高苏说，这是他们和爸爸唯一的一次游玩。那一年，高苏上初中二年级，姐姐高环上高中二年级（她也在一零一中学），哥哥高俊19岁，妹妹高熹只有12岁，上小学六年级。

高伯伯是著名的理论语言学家、汉语语法学家。他先后供职于燕京大学与北京大学中文系，在燕京大学他任国文系主任，在北京大学他任中文系语言教研室主任。他的学术研究与贡献也主要分为两个时期：在燕大主要从事汉语语法研究，在北大主要从事普通语言学理论研究。

史料中有这样浓重的一笔：在1940年代后期，中国语言学界的三位学者几乎同时发表著作——王力[2]先生的《中国现代语法》、高名凯先生的《汉语语法论》、吕叔湘[3]先生的《中国文法要略》，三本专著奠定了中国传统语法的学术基石，标志着现代汉语语法研究的成熟。高伯伯的这本书稿是在沦陷区的北平，对着一盏蓝色的飞利浦电灯，在炮火中完成的。[*]战争没有毁掉中国的学术，反而激发了它的新生。

我在燕东园里见到的高伯伯正当英年，面庞清癯而眼神明亮。他工作起来废寝忘食，那时就听说，高名凯先生著述宏富，写文章快是出了名的。有人计算过，从1940年在巴黎发表博士学位论文算起，直到1960年初，高伯伯平均每年都有一部语言学的专著（包括译著）问世。在北京大学官网上，对中文系语言学教

---

[*] 梅祖麟：《高名凯先生在燕京大学（1931—1949）》，第330页。

研室介绍的第一段即：首任主任高名凯先生在短短十年时间内，出版了包括《普通语言学》《语法理论》《语言论》在内的多本语言学专著，几十篇论文，而且均有很大影响，这些著作也奠定了语言学教研室理论"结合"中国语言实际的学术独立风格，延绵至今。

我也听我的父亲说过"高名凯文笔好，出手快"，但他讲的是另一段往事："当年有一个平津十校的抗日救国宣言就是他起草的。"我查到了此事的原委。1935年中国共产党发表"八一宣言"号召"共同抗日救国"，在北方学校中最早起来回应的是燕京大学学生。10月22日，燕大召开全体师生大会，通过了一项重要提案，向即将在南京召开的国民党四届六中全会发出呼吁，提出"开放言论自由，禁止非法逮捕学生"的要求，号召大家"共肩责任，奋起求存"。11月1日，《平津十校学生自治会为抗日救国争取自由宣言》公开发表，大大激发了学生们的爱国热情。这篇文章，最初就是由当时燕大哲学系研究生高名凯用浅近的文言起草的。

儿女们心中永远铭记着在燕东园32号狭窄的书房里伏案写作的父亲：

"他的书桌上下左右都是半翻开的或翻开的带有记号纸条的许多书籍。书桌中央是他书写的厚厚的书稿，右手边是一个深灰色的六角形烟灰缸，里面布满了长短不齐的烟头和烟灰。他爱吸烟，而且是酷爱，好像不吸烟就不能思考问题，不能生活。一旦思维告一个段落，便捻灭一个烟头。他的周围是五六个装满各国文学书籍的书架。在书房内还有一个贮藏间，里面装满了父亲的手稿。他爱思索,而且十分敏锐。他很少离开书房,就是在晚上也总是写作。他在伏案工作的照片上题写了四个字:日日如是。他的书写能力是极为惊人的,有时一晚上能写一两万字。虽然那时我们年龄都很小,但看见爸爸繁忙的工作情景,我们从来不敢前去打扰。我们知道父亲的工作十分重要。只有当他要我们帮他买烟时,我们才会到书房接过几角钱,很快跑出门,到离家不远的郭家小铺去购'恒大'或'大前门'牌的香烟,然后迅速跑回家,一声不吭交他手里,完成任务。

"他工作起来全神贯注,以致时常在开饭时,保姆招呼父亲来吃饭,他总是好像没听见,第二次、第三次招呼过,他才匆匆下楼,旁若无人,呆呆地在饭桌上,胡乱夹一些饭菜送到嘴里。看得出来,他根本不知道饭菜的味道。"*

学生们对高伯伯讲课也有回忆,说他声音洪亮,热情洋溢,抑扬顿挫。不过他普通话不过关,福建口音很重,把"课"说得像"括"。但学生们非常佩服高伯伯的外语能力,他能看十二种外语的参考书,用四种外语写作。讲语言学引论时,他一会儿讲到梵语和古斯拉夫语的关系,一会儿又讲到英语和德语所属的日耳曼语族、法语和西班牙语所属的拉丁语族,一会儿讲到汉语和越南语、朝鲜语并非同源,藏语才和汉语同为一族,一会儿又讲到已经消失的西夏语,还有古高德语、斯瓦希里语……学生们听得瞠目结舌,很多语言的名字都是头一回听到。记笔记的速度也跟不上他的语速,两堂课下来,日复一日,中指上磨出一块茧子。

---

* 高侠、高环、高苏、高熹:《我们的父亲高名凯》,第255—256页。

一位从工厂来的学生说，怪不得把知识分子也叫作劳动者，记一堂笔记比上一天班还累。*

学生们心疼高名凯先生，一届传一届地叮嘱，高先生子女多，而且师母陈幼兰先生痼疾在身，长期卧床，家庭负担很重，要尽量少去打扰。但高伯伯还是不辞劳苦地关注着教师同仁和学生们的教学和生活，同时坚持着自己的科研、教学和翻译工作。我看到在一篇追念高伯伯的文章中描述了这样一个细节：我们经常在他热情而憔悴的面庞和目光中看到极力掩盖着的焦虑和不安。最明显的是他的嘴唇，总是干得像是蒙了一层皮屑，从来没有正常滋润过。**

1962年底高伯伯积劳成疾病倒了，被确诊为肝炎。从1963年春起，他前后三次住进北京医院，1964年10月以后，转为亚急性肝萎缩，最终医治无效，于1965年1月3日病逝。

高苏对我说，父亲在病床上强忍病痛吟诵文天祥的诗句：人生自古谁无死，留取丹心照汗青。这14个字是他给我们的遗言。

高伯伯生于1911年，病逝于1965年，终年53岁。我一直深深地痛惜英年早逝的高伯伯，他是累死的。

---

*　宋春丹：《北大中文55级：校长马寅初说决不向专以压服不以理说服的批判者们投降》，原载于《中国新闻周刊》，2019年，第892期。
**　周绍昌：《永远的"高老头"——缅怀高名凯先生》，收录于北京大学中文系、北京大学中国语言学研究中心：《高名凯先生学术思想研讨会——纪念高名凯先生诞辰100周年论文集》，2011年，第247页。

段学复、雷彬如夫妇

1965年夏秋之交,北大数学力学系主任段学复一家从朗润园158号搬到燕东园桥西32号小楼。

段伯伯和我父亲彼此很熟悉。1952年院系调整,北大数学力学系是由老北大、清华、燕京三校的数学系合并而成的。当时老北大数学系主任是江泽涵,燕京大学数学系主任是我的父亲徐献瑜,清华大学数学系主任是段学复,在这三位中,段学复最年轻。据当时的系党总支书记林建祥教授回忆,如何确定北大数力系主任人选原本是一大难题,院系调整中很多系都在确定系主任人选时颇费周折。但北大的江泽涵先生、燕京的徐献瑜先生明确地主动让贤,表示应该由清华年轻有为的段学复来担任,事情解决得相当顺利,这也为系里营造了很好的风气,使得段学复先生日后能够放手工作。*段伯伯也不负众望,从1952年到1981年,做了二十九年北大数学力学系主任。

段伯伯长期从事代数学研究,是"群表示论"的奠基人。他生于1914年,陕西华县人。1936年毕业于清华大学,曾在西南联大任教。1939年上半年,他考取了留英公费生,可由于"二战"爆发,留英无法成行,几经波折才于次年9月到达加拿大,进入多伦多大学。同时入学的还有郭永怀[4]、钱伟长[5]、林家翘[6]等。段伯伯1941年获加拿大多伦多大学硕士学位,转而赴美留学,

---

* 相关情况可参看丁石孙口述、袁向东等访问整理:《有话可说——丁石孙访谈录》,湖南教育出版社,2013年,第70页。

1943年获美国普林斯顿大学博士学位，之后又继续做了两年博士后研究。

这期间，段学复担任数学大师外尔[7]教授的助教，参与了导师的理论研究项目，获得了一些突破性的成果。因此，当1946年段伯伯启程回国时，外尔再三挽留。段伯伯说："但我想念祖国和清华园。在我们那一辈留学生看来，学成回国是理所当然的事，不会为是否回国产生什么思想斗争。当时'进出自由'，不仅学术资料交流很方便，而且清华还规定：教授服务七年可以出国休假一年，或进修或进行研究。我并不觉得回国会对自己的前途和学术发展构成什么障碍。"* 1949年初春，导师外尔再次给段伯伯来信，邀请他回美国发展，给他安排职位，段伯伯还是选择了留在大陆，留在清华园，迎接新中国的诞生。

段伯伯家搬到燕东园时，我已经上大学一年级了，平时住校，周末回家，和园子里邻居关系逐渐疏离了。但我还是很快就听说了新搬来的段伯母雷彬如在清华附中教语文，是有名的"教授夫人帮"中的一位。原来，当时的清华附中教师队伍有一奇观，汇聚了不少北大清华名教授的夫人。仅在语文教研组里，除段学复夫人雷彬如老师外，还有钱伟长夫人孔祥瑛老师，常迥[8]夫人王漱琪老师，陈樑生[9]夫人高恬惠老师，徐继曾[10]夫人史雯霞老师。当然最出名的还属教英语的周培源夫人王蒂澂老师。她们腹有诗书气自华，个个都是风度不凡、独当一面的教学高手。我

---

* 丁石孙、袁向东、张祖贵：《几度沧桑两鬓斑，桃李天下慰心田——段学复教授访谈录》，转引自李红惠：《民国时期国立大学学术休假制度研究》，商务印书馆，2017年，第153页。

就此留意了一下，发现燕东园里还有两位伯母也是优秀的中学老师，马坚教授夫人马存真执教北大附中，王子昌教授夫人朱令宜执教北京市第十九中学。

段家有四个孩子，一头一尾是儿子，中间两个是女儿：段大明、段蕾、段昭、段大亮。段大亮搬进新家时才九岁。他对32号的院子印象极深，在一篇回忆文章中写道："小楼满墙茂盛的爬山虎，数百余平方米庭院中挂满廊架的紫藤萝、散发幽香的几株丁香、黄艳艳的迎春花和黄刺玫，还有让我垂涎的枣子和樱桃树。院子西边夹杂种着一排柏树、国槐和枫树。庭院周围的柏树围墙不高，园中遍地是绿绿的羊胡子草，还有星落其中不知其名的野花。"*他发现，其中一种花结的种子像颗小地雷，当时觉得很神奇，后来知道其学名是紫茉莉。

提起桥东游戏场和桥西大草坪（燕京时期的设计是足球场）这两块近千平方米的公共场地，段大亮的心情更加雀跃，那里简直是孩子们的"天堂"。他一口气报出当时男孩子们玩过的游戏：攻碉堡、捉迷藏、打雪仗、扇三角或拍洋画、抓马赛克、斗蛐蛐、拔杨根儿、抽汉奸、招老杆（蜻蜓）、粘知了、弹弓打鸟……可能因为家里有两个姐姐，他对女孩子们的游戏也不陌生：跳皮筋、跳房子、抓羊拐、丢沙包、踢毽子、翻绳儿……不过他最羡慕的还是兄长们玩的垒球和打杆，还有风靡一时的弹球，他说："园子里有位兄长身怀绝技，十几米之外能弹中几厘米大小的玻

---

* 段大亮：《燕东园的回忆》，收录于张从、冯宋策等主编：《再话燕园风雨时》，时代文献出版社，2022年，第314页。

璃球,现在想起来都令人叫绝。"

段大亮没能等到自己可以玩上垒球和打杆,搬进新家一年以后,"文革"就开始了。燕东园每座小楼都见证了那个时代的疯狂。许多人家从外边搬进来"掺沙子",每座小楼都挤满了好几户。没过多久,各家院子里的花树、果树几乎被毁尽,桥东的游戏场设施残破不堪,桥西的大草坪荒草丛生。各栋小楼也因年久失修墙皮脱落,污渍斑斑。屋顶漏雨,上下水管道堵塞,热水和暖气系统也废弃不能再用。各家各户开始装烟囱、安炉子,一下子退回到民国时期的老北京,用煤饼或煤球烧水、做饭兼取暖。

1972年中美关系解冻,一些美籍华裔科学家陆续回国访学或探亲。他们点名要见亲属,要见老同学、老朋友。这就倒逼着不少单位抓紧落实知识分子政策,起码先要解决他们的住房被占被毁的问题。于是,燕东园里的一些小楼开始腾房或者装修了。"看到哪家有动静,"段大亮说,"我们这帮小孩子就偷偷议论:这家要有外国人来了。"

1972年9月,美籍华裔著名数学家陈省身[11]先生携夫人郑士宁女士来32号楼段学复家做客。据段大亮回忆,说是做客,也就是坐一坐,说说话、叙叙旧。以当时的条件和环境,是不可能有什么更合适的安排了。

段伯伯和陈省身先生交情颇深。1939年出国留学前,两人一起在西南联大教书。1941年段伯伯在美国普林斯顿攻读博士时,陈省身先生也在该校高级研究所做研究员。1946年年初,陈省身在上海主持中研院数学研究所的筹备工作,段伯伯自美国归来路过上海。陈省身先生后来回忆说："老段从普林斯顿回国路过上海，停留很短的时间，我还是聘他做中研院的兼职研究员，指导曹锡华，1947年春天，曹跟我去了清华做助教，他就成了老段的学生了。"*他俩共同带出了一个出色的学生曹锡华。

图4-3 段学复与陈省身摄于燕东园32号楼前

在段大亮的记忆中，32号小楼的客厅里，"家父接待过众多教育界科学界的前辈、朋友、同事：华罗庚[12]、周培源、江泽涵、许宝騄[13]、柯召[14]、钱伟长、程民德、闵嗣鹤[15]、徐献瑜、万哲先[16]、丁石孙、杨乐、张广厚、陈景润……我也有幸目睹这些科学巨匠的风采"。他也见过一些大学生或痴迷的数学爱好者，邮寄信

---

* 张继平：《我心中的数学完人——忆陈省身先生》，原载于《天津日报》第12版，2021年7月。

件甚至直接登门讨教有关数学的各种问题。1980年代家喻户晓的速算天才史丰收，最初就是被科学院数学所的老师带到他家，段大亮站在父亲身后，一直盯着看史丰收演示速算法，觉得神奇极了。

段伯伯比我父亲年轻四岁，也是瘦高个子，腰板直直的。他高度近视，戴的眼镜有瓶底那么厚。路上见到他，走得非常近了问候："段伯伯好!"他也会一愣，需定睛再辨认一番。他的学生张继平说："老师的眼睛近视非常严重，看电视只能模模糊糊地看个影子，但在批改我的博士论文时，从英文拼写到标点符号，所有的问题都在手稿上改得清清楚楚。"*

段伯伯晚年视力更差，要靠家人给他读报读信。有一次读到《北京科技报》（1997年5月29日）转载的一篇短文《近代的高考谜题》，讲的是1932年清华大学新生入学考试，陈寅恪先生为考查学生的文学水平出的对联试题：上联为"孙行者"，考生对的下联五花八门，诸如"猪八戒""牛魔王""沙和尚"，等等，答对的考生屈指可数。读到这里，段伯伯让停一停，他找出一份历年有关此事的纪录给家人看。原来，当年陈先生曾出三副对联为题，只有"孙行者"这个题的传说甚多，有对"王夫之"的，有对"王引之"的，有对"胡适之"的，等等。家人不解段伯伯为何会关心此等小事，还记了笔记。于是段伯伯缓缓说出了其中的秘密——原来当年答案正确的考生名单中就有1932年算学系新生

---

* 韩芳、赵泽民等：《张继平：用有限人生发掘数学的无限魅力》，原载于"北京大学新闻网"，2020年2月24日。

段学复,他的对联谜底是"祖冲之"。

段家的大女儿段蕾说:"我父亲的古文功底好,有赖于家学传统。他对教书的喜爱也是从小就受到爷爷的影响。爷爷是个典型的文人,虽进士出身,并不喜欢当官,对教书有特殊的情感。'得天下英才而育之,一乐也'是父亲的信念,他终生以此为乐。"

图4-4 段大亮赴法留学前全家在燕东园桥西32号楼前合影
自左至右:前排段学复、雷彬如,后排段大亮、段昭、段蕾、段大明

段伯伯爱才、惜才是出了名的。他对学生的保护更为感人。段伯伯讲到1957年被迫将自己得意的学生宣布为右派,哽咽不

已。*那个动荡的年代，北大数力系一些很有才华的学生遭遇坎坷，身处逆境，段伯伯一直关注着他们的命运，形势稍有好转，就竭尽所能帮助他们。

2000年，段家搬离燕东园。2005年段伯伯病逝，享年91岁。

段家的四个孩子中有两个出国留学，段大亮在法国定居。每次回国，他只要有时间就会去燕东园的旧居故址看一看。2012年夏天，他获准进入32号小楼内，那时这个小楼已经挂牌为"北京大学统计科学中心"。

段大亮说："屋子里的变化不小，但基本布局仍跟几十年前一样。每走一步，心里都会紧一下，每一寸的地方都会涌出无数的回忆，眼前仿佛又晃过家人亲切而模糊的身影，耳边又响起熟悉而遥远的声音。"

---

* 李尚志:《数学家的文学故事》，原载于《数学文化》，第三卷第一期，2012年，第88页。

32

住户名单　　　　　　　　　　1926年—1966年6月

东大地时期
- 田洪都　　燕京大学图书馆馆长
- 鸟居龙藏　燕京大学特聘客座教授
- 高名凯
  陈幼兰　　燕京大学中文系主任

燕东园时期
- 高名凯
  陈幼兰　　北京大学中文系教授
- 段学复　　北京大学数学力学系主任
  雷彬如　　清华大学附属中学语文老师

桥西31号
胡经甫、老黛西夫妇

在这次写作中，对我帮助最大、提供历史性资料最多的是胡蓉犀阿姨。她的父亲胡经甫先生（1896—1972）被誉为中国昆虫学泰斗级人物。他1920年留学美国康奈尔大学昆虫学系，1922年获哲学博士学位，回国后，自1926年起在燕京大学任教。

他们家两度住进东大地。1927年刚住进去时，东大地还在建设中，他们先是挤住在别人家，后曾住在33号，1930年搬到31号，直至1941年，在桥西住了十五年；1946年至1951年，在桥东22号又住过三年。胡蓉犀生于1924年，她自幼是在东大地长大的。当年大人小孩都叫她Lucia，九十年以后，发小们提起她依然如此称呼。

在胡蓉犀的记忆中，父亲一天到晚非常忙，总是骑车往返于家和学校。每天早上六点，就听到他在书房里噼里啪啦快速打字的声音。七点边吃早餐边看报纸 Peking Chronicle（《北平时事日报》），随后即去生物楼（西校门南侧的睿楼，楼上是生物系，楼下是物理系）工作。中午十二点下课或下班回家，吃完午饭喝口茶，又于下午一点半前骑车赶回生物楼。傍晚回家吃完晚饭，七点多又去生物楼。当时燕京大学晚上十一点校供电总部拉闸，拉闸前暗一下，给个警告，然后全校熄灯直至翌晨，只有路灯通宵不灭。胡蓉犀说："父亲总是在熄灯后回到家，每天这个时候，我主动拿着蜡烛到家门口去迎他。"

胡经甫先生在燕大生物系（含医学预科）一直用英语讲授他

自己编的课本 *Invertebrate Zoology*（《无脊椎动物学》），用英语提问，并要求学生用英语回答。据当年的医预科生回忆，他强调自学，要求学生课前预习，课上再全覆盖式地密集提问。学生们称他是"苏格拉底教学法"，对他的课又爱又怕。无脊椎动物学需要记忆的知识点十分庞杂，但胡经甫先生不准学生记笔记，要求集中精力听课。他英文发音清晰端正，慢条斯理。他的课堂讲解重点突出，鲜明生动，富有感染力。他擅长板书绘画，"尤其是昆虫，大手一挥就在黑板上画出一只昆虫翅膀"*，必要时，"他能用双手同时在黑板上勾画图像"**。

图4-5 胡经甫全家摄于31号楼前院子里
左起：胡经甫、老黛西、胡蕗犀（Lucia）

---

* 宋春丹：《最后的燕京大学医预科生》，收录于《作家文摘：大家风骨》，现代出版社，2021年，第109页。

** 张玮瑛等主编、燕京大学校友校史编写委员会编：《燕京大学史稿（1919—1952）》，第930页。

31号楼院子里有一大片草地,四周种了各种花,还有竹林和藤萝,绕着松柏院墙种了桃树、柳树、榆叶梅。在暑假里,胡经甫先生有时会爬上高树,自己动手用锯子修剪树枝。

胡蓢犀说:"最有意思的是,夏天的晚上,父亲会在院子里拉一根电线,放一个他自己设计的诱捕昆虫的柜子,上部的中间有灯泡,四周斜放着玻璃片,下部放一个装有液体(大概是酒精)的大瓶子,利用昆虫的趋光性诱捕,第二天早上总有斩获。那时候住在东大地里的男孩子,都会将抓到的虫子、小动物送给我父亲。还有一次,为了给学生上解剖实验课,父亲吩咐家里的厨师到附近成府街卖菜的摊子上传话,要收购小狗,结果两天里31号的后院就送来了几十只收购的草狗。"

据胡蓢犀回忆,胡经甫先生热衷于在有山水林木的地方采集昆虫标本,他曾经带上她母亲去香山碧云寺、西山八大处、潭柘寺、妙峰山,当年这些地方都交通不便,他们要先骑一段自行车,然后骑驴。

胡经甫先生最喜爱的地方是卧佛寺北的樱桃沟,每年夏秋至少两次去采集标本,他说,这里的温度、湿度最适合昆虫的生长。有一种翅膀是黑色的蜻蜓只在这里有,北京其他地方还没有见过。

胡经甫先生住在桥西31号时,和同住在桥西的陆志韦先生(37号)、赵紫宸先生(36号)交往密切。翻翻资料即可知,他们三人先后毕业于东吴大学,是校友,还一度是燕京大学的"台柱子":赵紫宸先生任宗教学院院长,陆志韦先生任文学院院长,胡经甫先生任理学院院长。

在东大地他们更是牌友。胡蕗犀说:"我父亲爱热闹,家里人又少,周末常在我家做'竹城之战'。陆先生多是身穿衬衫、西服裤,手拿一本书,边看边从他家走过足球场直到我们家,招呼一声,推门而入。这时常有林昌善、吴采菱、薛慕莲等已在我家。有时赵紫宸夫妇或者李荣芳夫妇也会来,偶尔我母亲也会上桌打两圈。只有我的父亲总在桌上。我专管端茶倒水或看他们打牌。输赢记在一个小本子上,到大年三十晚上,在我家聚餐,赢家请输家,皆大欢喜。"

图4-6 摄于31号楼寓所内,胡经甫、老黛西夫妇

31号也给胡经甫先生留下了创痛。胡蕗犀说:"1932年2月,我4岁多的弟弟胡怀烈因患猩红热在协和医院去世,这对父母打击

很大，尤其是我母亲，终日想念活泼可爱的儿子，悲痛至极。"

1933年，胡经甫先生为此请了学术假（燕京大学有一个制度，教授连续任教或者从事科研工作六年，第七年可以带薪休假），带着夫人老黛西赴美在康奈尔大学做昆虫学客座教授。但回国后，夫人又患了心脏病。胡蕗犀说："我母亲有时一年要住协和医院一两次。即便出院回家，也常常几个月卧床不起。1940年1月，母亲突然病故，父亲极其哀痛，很快出现了血压高、牙齿脱落、失眠等症状。我那时在城里贝满女中住校读高一，不懂事，只看到父亲又开始喝酒。"

此时的北平已属沦陷区。据胡蕗犀说，在重重压力下，只有一件事给心灰意冷的胡经甫先生最重要的动力：他青年时代立下宏愿，要把全世界有关中国昆虫的文献搜罗齐全，编成一部名录，载明每一种昆虫的文献出处、同物异名、分类地位和地区分布等。这是一项浩大的工程，他从1929年启动，查阅了浩瀚的资料，编制了无数卡片，1933年完成初稿。* 带夫人到美国访学时，为了修订这本名录，他遍访了美国众多博物馆，回国前又顺访欧洲，参观了伦敦、巴黎、布鲁塞尔、柏林、威尼斯等地的博物馆。回国后，胡经甫先生继续修订昆虫名录，到1939年已出版了四卷，还有两卷在编。

"要出齐这部名录"，这个目标使胡经甫先生振作起来。借助各方面的支持，终于第5卷在1940年6月面世，第6卷在1941年5月面世。《中国昆虫名录》全书4286页，涉及昆虫20069种，从

---

* 宋立志主编：《名校精英：清华大学》，远方出版社，2005年，第138页。

1929年启动到1941年全部出版，历经十二年，为中国昆虫研究史树立起一块里程碑。

胡蒟犀说："父亲的这部巨著，诞生在东大地31号小楼。"

胡经甫、龙承云夫妇

胡蒟犀回忆，她家第二次住进东大地已是1946年4月，这次住在桥东22号。

1941年12月，胡经甫先生赴美途中因太平洋战事滞留在菲律宾马尼拉。他在那里投考了菲律宾大学医学院，被录取为医学院二年级正式插班生，当时他年已46岁。炮火连天的战争年代，胡经甫先生颠沛流离，几次转学，终于转回到重庆中央医院实习，最后在湘雅医学院获得了毕业资格。

胡蒟犀说："1946年3月，父亲和龙承云女士结婚。我的这位继母曾是协和医院传染病房的护士长。30年代初父亲、我和弟弟先后患猩红热，都住过协和医院，后来母亲又几次住协和医院，龙女士和我们家很熟悉了。而父亲从医之后，他们就有了更多的共同语言。"

1946年4月胡经甫、龙承云夫妇回到了燕京大学。那时胡蒟犀已从辅仁大学数学系毕业，胡经甫先生希望女儿就住在家里，而他本人这时已经成为通晓生物学、同时有医学临床经验的学者，在教课的同时，他主动在燕京医务处任妇科大夫，夫人同去协助。周末还在家里义务开诊，为东大地和成府街的住户服务。夫妇二人还兼任过清华校医院的妇科医生。

在燕京校友的印象中，胡经甫先生留下了这样的最后一份记忆。1948年11月底，平津战役开始。国民党军队节节败退。12月13日，北平西郊已炮声隆隆。燕京大学宣布停课，提前放寒假。为防止颓败的国民党散兵进校抢劫破坏，学校大门紧闭，学生按系组成护校队，在校内日夜巡逻。学校对东大地也派了学生护卫队，日夜轮值。寒冬时节，夜间气温很低。参加生物系学生护卫队的同学在回忆文章中写道："我们到东大地值夜班。胡经甫先生住在东大地，那时北平冬天非常寒冷，胡先生和师母把家中炉子烧得很旺，桌上摆满点心和饮料，反复嘱咐我们夜间值班时要轮流进屋取暖吃东西。本来严寒之夜在户外巡逻是件苦差事，由于胡先生和师母的照顾，成为温暖的记忆。"*

胡经甫先生1949年11月离开东大地迁居城里，两年后与燕京大学脱离了关系。1951年，他作为专家被邀请参加了反细菌战昆虫部分的工作，1953年，他应聘为中国军事医学科学院寄生虫系昆虫室研究员。1955年，他当选中国科学院学部委员（即院士）。从1956年开始，他搁置原本研究的特长，根据医学昆虫学的实际需要，带着学生采样、收集标本，以填补蠓、蚋、蚴的研究领域的空白。他为我国第一部《中国重要医学动物鉴定手册》审改文稿，并亲自编写了概论、白蛉、蠓、蚋、蚴五章，在出版署名时却谦居次位。

胡经甫先生病逝于1972年2月1日，享年76岁。胡蕗犀说："父亲和昆虫打了一辈子交道。他始终很乐观、很期待，认为中国的

---

* 《燕大校友通讯》。

昆虫学正面临无限发展的未来，昆虫学工作者将在辉煌的进程中前进。"

林耀华、饶毓苏夫妇

1946年，林耀华、饶毓苏夫妇搬进桥西31号楼。

此时的林先生虽然才30多岁，但已经是"老燕京"了。他1928年至1935年就读于燕京大学社会学系，1932年获学士学位，1935年获硕士学位，师从社会学系主任吴文藻[17]先生。当时他和同班的费孝通、黄迪[18]、瞿同祖[19]同龄、都属狗，被师母谢婉莹[20]（冰心）戏称为"吴门四犬"。

经师易得，人师难求。吴文藻先生是中国现代社会学、人类学和民族学的奠基人（吴宅当时在南大地66号），他非常重视人才的培养。费孝通晚年回忆说："吴老师不急之于个人的成名成家，而开帐讲学，挑选学生，分送出国深造。继之建立学术研究基地，出版学术刊物，这一切都是深思远谋的切实功夫，其用心是深奥的。"*果然，吴文藻先生带出来一个中国社会学的"燕京学派"（"燕京学派"是后人的称谓，吴文藻先生自称为"社会学的中国学派"）。

1936年，吴先生为林耀华争取到哈佛燕京社会学的奖学金，送他到美国哈佛大学深造，学习人类学、民族学。林耀华很感念

---

* 费孝通：《人间，是温暖的驿站：费孝通人物随笔》，北京联合出版公司，2018年，第136页。

在哈佛受到的严格训练:"哈佛的人类学实验室设备先进,标本齐全,从猿猴到各种族人类的骷髅、骨骼应有尽有。在实验室里,一项重要的学习内容是摸骨头。一个人身上的二百零六块骨骼,要一块块反复摸索,仔细观察,直摸到把每块骨头的任何一角碎片放在手上,能立即分辨出它属于人体哪个部位,是哪一块骨头。"*林耀华对这门课很感兴趣,学得认真,他说,打下的基础对后来从事原始社会史研究大有裨益。

1940年,林耀华先生在美国哈佛大学人类学系获哲学博士学位。他的未婚妻饶毓苏女士也在另一小城诺桑普敦的史密斯女子学院获经济学硕士学位。但她因患肺病需要暂时留美就医,林耀华也因此羁留哈佛,做些统计与助教类的工作,时而乘车探望未婚妻,往返于诺桑普敦和波士顿康桥之间。

就在这段时间里,他萌生了用英文以小说体裁写作的念头。第二年,《金翼》(The Golden Wing)的全书便脱稿了。《金翼》的全名为《金翼:中国家族制度的社会学研究》,这是林耀华先生运用人类学理论研究中国文化的一次大胆尝试。它不是一本小说,更像是一种记录,林耀华运用社会调查研究方法,汇聚了社会学研究所必需的资料,以此展示了种种人际关系网络,正如雷蒙德·弗斯[21]教授在《金翼》英文版导言中所写:"就构思来说,它的主题非常简单,却像竹叶画一样,其朴素的形式掩映着高水平的艺术。"**从1940年代到当下,《金翼》始终是国际上许多大

---

* 林耀华:《我在哈佛的读书生活》,原载于《读书》,1984年第5期,第134—135页。
** 林耀华著,庄孔韶、林宗成译:《金翼——中国家族制度的社会研究》,生活·读书·新知三联书店,2008年,英文版序言。

学社会学专业所列的一本主要参考书。*

　　林耀华先生1941年携妻回国任教，1942年出任成都燕京大学社会学系主任，1946年随燕京大学迁回北平，继续担任社会学系主任，把家安置在东大地31号。于是，三座相邻的小楼，各有竹林环绕，居中的32号为考古人类学家鸟居龙藏先生家，左邻31号为社会学系主任林耀华先生家，右舍33号为国文系主任高名凯先生家，东大地里对楼群唯一的雅称"鸟居高林"就是在1946年这样开始叫响的。

　　我翻阅了不少资料，都没有找到有关林耀华先生一家在31号小楼住时的具体文字记录或照片，也没有联系到他的后人。我只能根据零星的线索尝试勾勒出一些片段。在31号居住期间，1947年5月，继《金翼》之后，林耀华先生另一本名著《凉山彝家》出版。他在成都燕大三年中，投入到川康边界的边疆民族研究，先后进行了有关凉山彝族、（西康）北白马藏族、川康北界嘉绒藏族的田野调查。这本书以功能主义的视角横剖彝家的社会系统，分别描述了彝族社会的地理历史、亲属关系、经济状况、社会组织以及信仰意识等各方面的情况，并采用了比较视角进行分析论述、在每个章节中都贯穿了对彝汉社会交往互渗的观察。林耀华先生的这部著作，成为我国早期人类学民族志的代表作，也是凉山彝族研究的经典作品。

　　林耀华先生说过："田野是人类学的不二法门。"他始终躬行

---

* 关于林耀华与《金翼》的创作，可参见庄孔韶：《从〈金翅〉谈林耀华教授》，原载于《读书》，1984年第1期，第123—131页。

于田野。在东大地31号居住期间,他还完成了两次重要的边疆民族调查:1950年7月至9月,他带领燕大、北大、清华三校师生25人,到当时的呼纳盟进行蒙古族、达斡尔族的社会调查。1951年6月至1952年10月,他领导第一支国家学术团队对和平解放后的西藏进行了将近一年半的调查研究。*

我找到一份史料:1949年1月24日清华大学和燕京大学的教授张奚若、曹靖华、费孝通等52人联名发表"对时局宣言",表达了对中国共产党的支持与期待:"在获得了久已丧失的自由和安全之后,我们深切地体认到一种新气象的开展。我们为中华民族的光荣前途而鼓舞,我们为中国人民的新生曙光而欢腾……我们愿意和全国文教界人士共同为人民的教育而努力,为中国的全面解放而奋斗。"**在此份宣言上签名的燕京大学社会学系教授有严景耀[22]、雷洁琼[23]、林耀华、赵承信等。

1949年10月1日,燕京大学师生参加开国大典,队伍进入东长安门时全体高呼"中华人民共和国万岁""中国共产党万岁"。毛泽东在天安门城楼上回应"学生同志们万岁""燕京大学的同学们万岁"。不知林耀华先生是否在游行的队列中?

1952年6月至9月,全国高等院校效仿苏联式的高校体系,进行了大规模的院系调整。人文社会科学由于与紧迫的工业化建设不直接关联而被否定,社会学遭遇了"灭顶之灾",学科被撤销,

---

* 关于林耀华先生这部分学术经历的梳理,可参见潘守永:《林耀华评传》,民族出版社,2009年,第169—191页。

** 中原新华书店编:《时论选辑(第1集 真和平与假和平)》,中原新华书店,1949年,第66页。

一大批社会学学者集体失业,有的转行,有的遁入图书馆做资料员。当林耀华先生从西藏田野调查归来时,他面临的现实是燕京大学已经被撤销,他所在的社会学系已经合并到中央民族学院。

林耀华先生大约1952年底搬出东大地。一年前鸟居龙藏先生已经搬家回国,自此"鸟居高林"逝水流云,天地散尽。

冯定、蔡仪、浦江清

在林耀华先生之后,31号小楼与燕东园其他小楼一样,结束了一家居住的历史,改为两家共住。有些小楼分为上下层,一户一层;有些小楼从中间分开,一户一半。31号小楼属于后一种,一户从院子的北门进,一条短短的甬路直对着小楼的北门;一户从院子的南门进,也沿一条长长的甬路,走到小楼的西门。

粗略统计一下,进北门、在小楼东半部分的住户先后有浦江清先生、冯定先生、魏建功先生,住小楼西半部分的先后有蔡仪先生、王子昌先生。我就不逐家一一讲述了,写个总的印象记吧。

1958年初,小学五年级下学期时,我们班里来了个新同学冯贝叶,男生,小个子,很机灵,说话口气有点大。很快我们就知道了他是从干部子弟学校育英学校转学来的,先后转学来的还有他的弟弟冯宋彻、冯方回。他们的父亲是大名鼎鼎的马克思主义理论家、"红色教授"冯定。他们的家已经搬到了燕东园桥西31号。

冯定先生来北大是一个特例。1957年1月，冯定先生接到中宣部副部长张际春的电话，传达了中央领导人的讲话，大意为：有的人议政于朝，有的人论道于市，你冯定不要去搞什么行政职务、去当官，你的任务就是去北大研究现下的马克思主义。据说，冯定被点名到北大，与他在上海华东局工作时发表关于中国民族资产阶级的文章，引起毛泽东的注意有关。*有回忆文章提到，当时的领导人曾经这样说，"唯物主义和唯心主义可以争鸣，冯友兰[24]可以讲唯心主义，冯定讲唯物主义，'同冯友兰唱对台戏'"**。

于是冯定先生带着一位警卫员，到北大教书来了，还招收了全国高校第一批马克思主义专业研究生。那位警卫员姓乔，身材魁梧，总穿着一身笔挺的黑呢子制服，平常穿一双黑色敞口布鞋，只要首长有公事、外事活动，立马换上一双擦得黑亮的皮鞋，戴上白手套。

冯家老二冯宋彻很喜欢他们的新家："31号是带有花园的独栋两层小楼，周围用松墙隔开。小楼隔成两半，我们住东边，一楼有客厅、餐厅、厨房，还有杂物间。另有保姆及警卫员住的房间，客厅朝南连着玻璃花房。楼上有三间房间，是父母和我们兄弟三人的卧室及父亲的书房。"***

冯宋彻也在仔细观察燕东园子弟和他以往邻居家的孩子有什

---

* 冯贝叶：《毛泽东、邓小平关于冯定的几次表态》，收录于谢龙主编：《平凡的真理，非凡的求索——纪念冯定百年诞辰研究文集》，北京大学出版社，2002年，第170—176页。

** 张义德：《怀念我的老师冯定教授》，收录于谢龙主编：《平凡的真理，非凡的求索——纪念冯定百年诞辰研究文集》，第131页。

*** 卞毓方、张从等主编：《燕园梦忆》，广东人民出版社，2023年，第366—379页。

么不同。他说:"教授子女知书达礼,有着书卷气,且多才多艺,欣赏古典音乐,弹钢琴、拉小提琴在这样的家庭稀松平常。他们也喜欢体育运动,踢球、滑冰高手不少。"冯家在燕东园只住了短短的一年,但冯宋彻和他在这里结识的好几个同龄的伙伴,在后来"文革"的蹉跎岁月里患难与共,友谊长存。

图4-7 冯定、袁方夫妇在燕东园31号楼阳台藤萝架下

冯定先生的夫人袁方很有生活情趣。据冯宋彻回忆:"逢年过节(母亲)会在客厅摆上些小物件,壁炉上方挂起一串彩灯,很有节日气息。有时还会搞灯谜晚会,就是每人提供一些谜语,可以是现成的,也可以是自己创作的。如是自己创作的,父母还会加以点评,猜中了就会有巧克力等奖品。有一次我抽了一条谜语,谜面是'黑格尔开汽车'。母亲说这条谜语不是给你们猜的,是专门让爸爸猜的。最后父亲给出什么答案不记得了,我好像也不太

懂。但谜面我的印象深刻（也可能就是那一刻触发了我的哲学兴趣），后来我才知道黑格尔是唯心主义哲学家，开汽车就是司机，所以将其合起来就是苏联当时的外交部长维辛斯基（谐音）。"*

在冯宋彻对燕东园31号的回忆中，这段叙述引起我的注意："我们贴邻，住在31号西半边的，据父亲讲是著名美学家蔡仪先生。搬到燕东园父亲首先拜访的自然是蔡仪先生，不料竟数次不遇。"过程确实有点曲折，第一次冯定先生一天两次叩门，蔡先生都不在。第二次，冯定先生陪着任继愈[25]先生一起登门拜访，蔡先生还是不在。两人只好去拜访贺麟先生（住桥东22号）和洪谦先生（住桥东26号）了。直到几天以后，估计有旁人转告，蔡仪夫妇亲自上门来冯家拜访了，不巧有哲学系几人在家中开会，那时冯家客厅和书房里几乎整天都有会议或访客。冯定先生与蔡先生只握了手，蔡先生夫妇便作别而去。冯宋彻有些感慨：住在贴邻，父亲与蔡先生要想稍做晤谈，竟如此不易。

根据这个线索，我再次确认了蔡仪先生和夫人乔象钟女士曾经住过燕东园31号。其实杨晦先生的小儿子杨铸就几次提醒过我，但我孤陋寡闻，竟不知道蔡仪先生是著名的马克思主义美学家、文艺理论家。他1925年考入北京大学预科后接触文学，1926年加入共产主义青年团。1929年至1937年留学日本，毕业于东京高等师范学校和九州帝国大学，攻读哲学、文学和世界史。1937年回国参加抗日救亡运动，1945年加入中国共产党。他在青年时

---

*　冯宋彻：《冯定：人生就是进击》，原载于《北京青年报》，2022年9月。

代就与杨晦先生有过交往,也是沉钟社的一员,他写的小说《夜渔》《绿翘之死》《旅人芭蕉》都在《沉钟》刊物上发表。

住在燕东园31号时,蔡仪先生已调文学研究所任研究员、文艺理论组长。当时文学研究所在北大办公,他在北大中文系也讲一些课。学生这样形容蔡仪先生:"一位温和的长者,稍高的个儿,瘦瘦的,短头发,不分,穿一身旧的但洗得很干净的蓝色咔叽布中山装,脚上是一双黑色圆口布鞋,微笑着向我走来。"*

蔡仪先生外表文弱平和,骨子里却是一个在原则问题上强硬的"铁血汉子"。他与他最好的朋友杨晦先生之间发生在燕东园31号的一段往事值得记录下来:1954年,当时的教育部委托蔡仪先生为《文学概论》拟一个提纲,作为全国教材使用。提纲拟好以后,教育部要求蔡仪先生主持一个讨论会,有教育部的代表和北大的杨晦、钱学熙[26]等先生参加,会议地点就在燕东园31号蔡家的楼下客厅。那时全国高校一边倒地学苏联,苏联专家毕达可夫正在北大中文系讲授《文艺学引论》。会议开到第三天,杨晦先生发言提议:"应以毕达可夫的提纲为准,要讨论就讨论毕达可夫的提纲。"蔡仪先生很恼火,当即反驳:"教育部要我拟的提纲,又要我主持讨论,怎么能讨论其他的?何况我对毕达可夫的提纲还有不同意见!"两人争执起来,互不让步。这是蔡仪先生第一次在他敬重的老朋友面前发火,摆出了寸土不让的架势。

---

* 杜书瀛:《我所知道的蔡仪先生——纪念蔡仪先生百年诞辰》,收录于蔡仪著、杜书瀛编:《蔡仪美学文选》,河南文艺出版社,2009年,第442页。

翻看蔡仪先生的履历可知,他曾在周恩来领导下从事抗日救亡工作。皖南事变发生后,为适应形势的转变和发展,周曾提出:"有研究能力的人,尽可以利用这个机会,坐下来搞点研究,抓紧时间深造自己,深入研究几个问题,想写点什么书赶快把它写出来。"还说:"等革命胜利了,要做的事情多得很呢,到那个时候,大家更忙啦,你们想研究问题、写书,时间就难找啦!"*蔡仪响应号召,回到曾经关注的文学理论研究领域。他以在日本留学期间习得的马克思主义哲学基本原理、恩格斯对现实主义的理论阐发为基础,1942年写出了《新艺术论》,自此以马克思主义作为自己一生的学术追求和生命体认。在《丙寅杂诗》中,蔡仪曾回忆道:"六十年前旧红楼,授我新知慰我愁。指我人生新道路,终身努力苦追求。"**

在这次写作中,我才知道作为中国美学的两位宗师级人物,蔡仪先生和朱光潜先生的美学观点竟是完全相反的。早在1940年代中期,蔡仪先生就发表过长篇文章对朱光潜的美学思想进行批判,他俩被戏称为在美学问题上的一对"死敌"。尽管二人在学术观点上争得不可开交,但在现实生活中完全是另一码事儿了。在蔡仪主持编辑的《古典文艺理论译丛》中,朱光潜是一位特别重要的编委,在工作上也得到蔡仪的格外尊重。而朱光潜先生在帮肖像摄影家邓伟敲定拍摄名单时,一边翻看写在纸上的名人表,一边提醒:"你应该拍摄美学家蔡仪先生,有他的名字

---

* 张岂之主编:《侯外庐著作与思想研究(第24卷)》,长春出版社,2016年,第733—734页。

** 乔象钟:《蔡仪传》,文化艺术出版社,2002年,第305页。

吧？"*1952年至1957年，蔡仪先生和朱光潜先生同时住在燕东园，一个桥西，一个桥东，不知两家那时有无来往？

1950年代中期，北大学术空气活跃，全校开过热闹一时的擂台课：由持不同观点的两位老师讲同一门课。例如《红楼梦》，由何其芳先生与吴组缃[27]先生分别讲授；另一门就是美学，由蔡仪先生与朱光潜先生分别讲授。还有一门是"两冯打擂台"：哲学课由冯定先生与冯友兰先生分别讲授。何其芳先生（也在燕东园住过，后文将讲到）、蔡仪先生、冯定先生都是党内著名的马克思主义理论家。

两冯的擂台战，不仅体现在课堂上、文章中，后来冯定先生索性搬到冯友兰先生家的斜对面住了。1958年11月，冯定先生一家离开燕东园31号，搬至燕南园55号，而冯友兰先生就住在燕南园57号，两楼的位置恰成犄角状。两人做邻居不久，就成了朋友，可惜好景不长，没过几年，"文革"开始了，冯定先生、冯友兰先生一起弯腰低头接受大批判，两人一起被打倒了。

在做31号楼住户盘点时，我发现还需要再下力量打捞一位学者：北大中文系教授浦江清先生。他1952年搬进来，仅住了五年，1957年53岁时因病去世了。六十年后，他的女儿浦汉明和女婿彭书麟根据浦江清先生的遗稿，于2018年整理出版了《中国文学史稿》（四卷本），一问世即受到学术界关注，被认为是"大格

---

* 方宁编：《风雅颂：百年来百位老学人珍闻录》，新世界出版社，2007年，第176页。

局的中国文学通史",具有独特的学术价值:现有的中国文学史多为集体所著,个人独著极少,而这部史稿"却是一个人对着不同的时空"*的回响,它不仅表现了作者的博学,也记录了作者思想演变的过程。

我钻进材料堆里搜寻这位学人,发现他在民国时代并不声名寂寥——原来"清华双清"在朱自清之外的那位名师就是浦江清。

浦江清生于1904年,江苏松江人,1922年考入国立东南大学,1926年毕业。经吴宓推荐,到清华国学研究院国学门担任陈寅恪助教,1929年转入文学院中国文学系,任助教、讲师,讲授中国文学史。

浦江清学识渊博,精通英、日、俄、法、德、拉丁等多门外语,对西方的"东方学"文献有很深的研究,尤精于文史考证和文学史研究。为考订佛经,学习梵文,曾编写《梵文文法》。1933年与冯友兰同赴意大利、法国、英国游学,在伦敦博物馆抄录敦煌手卷,阅读东方考古学书籍。1934年回清华大学任教。

全面抗战后,他先是在长沙临时大学文学院任教,1938年任西南联大中文系教授。1940年送母回乡,滞留上海。不久,太平洋战争爆发。身在上海的浦江清先生决心穿越日军的封锁线,返回联大教书以不耽误1942年下学期的课程。这一段艰难的历程在他的《西行日记》中有详细记录:他跋山涉水,徒步穿越皖、

---

* 蒙木:《大格局的中国文学通史——读浦江清〈中国文学史稿〉》,原载于《光明日报》,2018年9月19日。

赣、闽边界，绕道南平、赣州、衡阳、桂林、贵阳等地，回到昆明，总行程8000余里，历时八个月。*

女儿浦汉明在整理父亲资料时对此感到非常震撼，她说："一向在我眼中显得文弱、随和的父亲，竟会那样坚毅、执着……跋涉的辛劳自不必说，还有火灾、空袭的威胁，再加上物价飞涨、小偷光顾，到了后来，旅费用尽，又生了疟疾、胃病，但他仍坚持不断向西行，从未想过回头。"**

抗战胜利后，浦江清1946年回北平清华大学，任文科教授。1948年暑假，朱自清病逝，他继任清华大学中文系代理主任。"清华双清"的名声就是这样传出来的。

浦江清研究中国古典文学，写有多篇大作：《八仙考》《花蕊夫人宫词考》等，《屈原生年月日的推算问题》是浦江清先生用力最勤之作，他认为郭沫若假定屈原生于公元前三四〇年正月初七日的结论"也只在疑似之间，未为定论"，于是从头学习高等数学和古代历法，以文史学科与天文历法、年代学等多学科的互通相攻，加之图表式、统计法以及现代天文学的高等数学演算，得出结论。后来学人评价，这篇文章结构宏阔，论证严密，"俨然带有了新兴的数字人文的色彩，从而迈越了乾嘉诸老的考据之学"***。

---

* 浦江清：《清华园日记，西行日记》，生活·读书·新知三联书店，1987年。
** 浦汉明：《魂牵梦绕忆清华——忆父亲浦江清先生》，收录于宗璞、熊秉明主编，杨振宁等著：《永远的清华园：清华子弟眼中的父辈》，北京出版社，2000年，第442—443页。
*** 刘石：《遗笺一读想风标——浦江清致施蛰存的信》，原载于《文汇报》，2021年11月3日。

浦江清先生在大学任教三十年,教中国文学史的时间最久,他的愿望也是写一本《中国文学简史》。他认真的教学态度,有趣的讲课内容,还有那潇洒的文人气质,令人印象深刻。据北大学生回忆:

"浦先生爱睡早觉。排课就排后两节,可老师还是起不来。每到此时学生就赶到他家帮他穿衣戴帽,再用自行车前推后拥驮他到教室。"

"身体素弱,常常躺在床上备课,但一进课堂,则精神抖擞,判若两人。所带研究生,都个别尽心指导,有时抱病,呼至床前辅导。"*

"浦先生的学问了得,不仅精通元曲明传奇,梵文、天文也不在话下。元曲讲到高潮处,就咿呀唱将起来。老师又是认真之人,耽误的时间一定回补,这就苦了拖堂的学生。肚子虽饿,可学问已饱。"

1957年暑假,北大安排浦江清先生去北戴河疗养,8月31日,他的胃部宿疾突发,送医院急救,因氧气不能及时运到,在手术台上即告不治,年仅54岁。和"清华双清"的另一位朱自清先生一样,最后夺命的疾病也是肠胃病。

这次写作时,方知"清华双清"两位先生的夫人——朱自清夫人陈竹隐、浦江清夫人张企罗,曾同在清华大学图书馆为图书编目,工作得有声有色。张企罗当年的分工是手抄卡片,她的毛笔字写得既工整又漂亮,而且效率奇高,半天就能抄录一百余

---

* 何惠明、王健民主编:《松江县志》,上海人民出版社,1991年,第1058页。

张。1954年，她随浦江清调到北大图书馆编目室，直至1966年4月退休。

1966年以前，31号小楼东半部分的住户还有魏建功先生，他是北京大学副校长，中文系一级教授，音韵学权威，新中国成立后主持编纂了《新华字典》。西半部分的住户是王子昌先生，他是著名的地磁地震专家，曾留学德国，获博士学位，1955年从南京大学调至北京大学，是北大地球物理专业的创建者之一。两位学者的知名度很高，可写的故事自然多多。只因我写31号小楼的住户，笔墨侧重于被时光遗忘的人，对魏建功先生一家和王子昌先生一家就略写了。在此表示抱歉。

31

住户名单　　　　　　　　　　　1926年—1966年6月

东大地时期
- 胡经甫　燕京大学生物系主任
- 老黛西
- 林耀华　燕京大学社会学系主任
- 饶毓苏
- 洪　谦　燕京大学哲学系教授
- 何玉珍　燕京大学化学系

燕东园时期
- 杨达潨　北京大学校医院
- 于爱慈
- 蔡　仪　中科院文学所研究员、北京大学中文系教授
- 乔象钟
- 浦江清　北京大学中文系教授
- 张企罗　北京大学图书馆编目室
- 冯　定　北京大学副校长、哲学系教授
- 袁　方　中央人民广播电台科教部副主任
- 魏建功　北京大学副校长、中文系教授
- 王碧书
- 王子昌　北京大学地球物理系副系主任
- 朱令宜　北京市第十九中学外语教师

桥西33号

桥西33号是一栋两层的小楼，南北走向，一层有一个朝东的大阳台，二层相同的位置是一间装有玻璃窗的阳光房。1952年全国高校院系调整，清华大学外文系并入北京大学西语系，杨业治先生搬进33号，住在二层。1958年左右，原清华大学外文系的另一位教授李赋宁先生，从北大中关园搬进燕东园，住在33号一层。

李赋宁先生在清华读书时，杨业治先生是他的老师，比他年长九岁。到北大以后，两人同在西语系，杨先生教德语，李先生教英语。师生兼同事的情谊与默契，让这栋小楼格外安宁与和谐。更有意思的是，杨业治先生的儿媳，是他从自己的女弟子里为儿子选中的；李赋宁先生的儿媳，也是他从自己的女弟子里为儿子选中的。

杨业治、林葆琦夫妇

杨业治先生在清华的资格很老，他1929年毕业于清华外文系，考取庚款赴美留学，在哈佛大学研究生院德语系学习，获文学硕士学位；1931年去欧洲，在德国海德堡大学日耳曼语文系进修，并兼修音乐。1935年8月，杨业治回国后即任清华外文系专任讲师、教授，开设"第一年德文""第二年德文""第三年德文""研究生德文""歌德"等课程。西南联大期间他任教授，主讲德语。1946年清华复校，他回到清华园，继续在外文系教德语。1952年院系调整后组成北大西语系,他任德语教研室主任,与来自老北大的冯至先生、浙江大学调来的田德望[28]先生,被誉为"三驾马车",为北大德语教学与科研奠定了扎实的专业基础,也为全国主要高校的德语专业培养出一批学术领军人物。

李赋宁先生很敬佩他的老师。据李赋宁先生说,杨先生除了德文外,还通晓两门古老的语言——拉丁文和希腊文,他对德语的方言也很有研究,在给北大学生上课讲授施托姆的《茵梦湖》时,还讲了有关低地德语的知识,因为施托姆的家乡在德国北部的石勒苏益格-荷尔斯泰因州。

杨业治先生先留美、后留德,自然也精通英语。《听杨绛谈往事》一书里有这样一段轶事:1952年,高校对知识分子进行思想改造,每个人都要"洗澡"过关。杨绛先生当时也从清华调到北大,她与杨业治先生原本相熟,但为了避嫌,要好朋友之间不便往来。运动中她懵懵懂懂,不知要检讨什么。有一次,杨业治先生在人丛中走过她的身旁,自说自话般念叨"Animal Farm",连说两遍,杨绛先生恍然大悟。经杨业治先生提示,她这才想起曾在课堂上介绍过英国小说《动物庄园》。于是她心里有数了,在检讨中做了说明,得以通过,还被全校学习领导小组公布为"做得好"的检讨。*

杨业治先生主要从事德国古典文学研究,翻译了德国古典作家莱辛[29]、歌德和浪漫派作家施莱格尔[30]等人的文艺理论作品,对德国诗人荷尔德林[31]的研究成果尤为突出。他在音乐、美学和

---

* 吴学昭:《听杨绛谈往事》,第256页。

哲学方面也均有涉猎。杨先生精通德语、英语、拉丁语、希腊语，还通晓法语、意大利语、俄语、希伯来语。我发现燕东园里在欧洲留过学的文科教授，如洪谦先生、朱光潜先生、吴达元先生、高名凯先生等，在外语方面都造诣极深，每人至少掌握六国以上的外国语，在各种语言间游刃有余。

杨业治先生的夫人林葆琦，上海大家闺秀出身，在清华附小工作，每天从燕东园北墙的一个小门进出，步行上下班，很辛苦。杨家有一子一女，夫妇两人对他们的培养很上心。我与他们在年龄上有差距，只记得杨先生的女儿叫杨行璧，在中央音乐学院教钢琴，33号楼上经常传出钢琴声，弹奏的曲目难度极大。杨业治先生在德国海德堡大学兼修过音乐，自然是古典音乐的行家，他翻译的奥地利著名音乐理论家爱德华·汉斯立克的名著《论音乐的美》，自1978年出版后，发行量近4万册。看来他的下一代从小就深受影响。

我在网上搜索发现，杨行璧在1954年以前就是中央音乐学院少年班第五班的学生（当时中央音乐学院初创不久，还在天津），她的同班同学有刘诗昆、鲍蕙荞。她1981年还在巴西里约热内卢国际声乐比赛获得"最佳钢琴伴奏奖"。后来我竟搜到了关于她女儿姜扬的信息，在奥地利当地侨报上有一篇报道："这是冬天的一个晴朗的下午，我们按约定来到了旅奥青年钢琴家姜扬的家中，对她进行访谈。站在我们面前的是一个娟秀、清纯的中国姑娘，我真的无法把她与众多的独奏音乐会、维也纳最高音乐学府的博士帽连在一起。可是，正是她……在维也纳国立音乐大学提前三年完成了学士、硕士学位，并将成为该大学第一个来自中国的钢琴专业博士毕业生。"

透过访谈,可知姜扬的母亲杨行璧曾是中央音乐学院的钢琴教师,父亲姜永兴是中央音乐学院音乐系的研究员,研究音乐图像学。她不到4岁就开始跟母亲学钢琴,10岁考进中央音乐学院附小钢琴专业。从中央音乐学院附中钢琴独奏专业毕业后,她来到维也纳,经过十个月的德语学习,在各国众多考生的角逐中,考入维也纳国立音乐大学钢琴系独奏专业。[*]

我猜想,既是德语专家、又酷爱音乐的杨业治先生,晚年时一定以自己的外孙女为骄傲吧。

和杨业治夫妇住在一起的是他们的儿子和儿媳,一对风度翩翩的伴侣。儿子杨行骏在清华大学电机系工作,儿媳孙凤城在北大西语系任教,是杨业治先生的学生也是同事。我在西语系校友返校的纪念册中,看到81届德语专业学生回母校聚会时的师生合影,他们称孙凤城老师是他们的恩师之一。

住在34号的游国恩先生一家与杨家是近邻,两家对门,只有一条小马路之隔。游先生的外孙马逢皋对杨先生印象深刻,他说:"杨爷爷身体一直不好,挺瘦弱的,但他坚持锻炼,很有毅力。每天下午,他在33号楼前的空地上,拿着一个羽毛球拍子,练习颠球,起码有半个小时。冬天最神奇了,他穿着冰鞋,颤颤巍巍站在未名湖冰场上,哈着腰,挪着步,挪不出方圆一两米。我们见到他都打招呼:'杨爷爷您又来站冰了。'现在回想,'站冰'对老年人真是一个危险动作,万一摔倒了呢?"

---

[*] 《青年钢琴演奏家姜扬》,原载于"律动钢琴网",2023年4月。

看似羸弱的杨业治先生高寿，他2003年驾鹤西去，享年95岁。

李赋宁、徐述华夫妇

住在杨业治先生一家楼下的李赋宁先生，1935年入清华大学外文系学习，抗战时期在西南联大继续学业，1939年考取清华大学外文系研究生，师从吴达元先生，研究17世纪法国古典主义文学。他毕业后留在西南联大外语系任教至1946年。此时美国国务院为中国学生赴美读研究生设立了奖学金，李赋宁先生通过考试入耶鲁大学研究院英语系学习，1948年获英国语言文学硕士学位，之后继续在耶鲁攻读博士，1949年通过了博士学位的资格考试。这时新中国成立，李赋宁先生放下手中已经完成了一半的学位论文，放弃博士学位，义无反顾地踏上归程。

他是为了遵从一个约定而毅然回国的。原来，李赋宁在西南联大时有三位志趣相投的同班同学：王佐良[32]、许国璋[33]、周珏良[34]。李赋宁在耶鲁大学留学时，周珏良在美国芝加哥大学留学，王佐良、许国璋在英国牛津大学留学。李赋宁与他们通信相约，四人一起回国执教，并做了美好的设想："我教中世纪，佐良教文艺复兴和莎士比亚，国璋教18世纪，珏良教19世纪。"* 果然，四人如约先后于1949年和1950年回到祖国。许国璋、王佐良、周珏良任教于新创建的北京外国语学院，李赋宁先后任

---

* 徐百柯：《民国那些人》，中央编译出版社，2007年。

教于清华大学、北京大学。在1980年代至1990年代对外开放、出国留学的英语学习热中，这四位学者的名字如雷贯耳，他们以饱满的热情、卓越的学识和人格魅力，鼎力支撑起英语教学与研究的辉煌时代，那时真可谓"天下谁人不识君"。

李赋宁先生长期担任北大西语系、英语系主任。他一贯倡导教授也要教本科生的基础英语课，甚至要教非英语专业学生的基础英语课。他以身作则，先后为本科生和研究生讲授了数十门基础课程，其中包括大学基础英语。

他在《如何提高大学生英语水平》一文中旗帜鲜明地主张："第一，我们必须在学好汉语的基础上来学好英语……第二，我们坚决反对奴化教育，必须建立并大力开展每门学科的中国学派，保证我们每门学科的学术独立性。"*

我以为，这个主张对现在不分青红皂白一窝蜂地推行所谓全英文教学的"国际化"趋势，仍然不失为一个清醒睿智的警示。

听李赋宁先生的课，对学生们来说是一种享受。他讲一口地道的英国英语，抑扬顿挫，一板一眼，特别好听。讲至兴奋之处，他表情和手势"协同作战"，很富感染力。

2008年北大开学典礼上，新东方的创始人俞敏洪代表校友发言，他说："我也记得我的导师李赋宁教授。他原来是北大英语系的主任，他给我们上《新概念》第四册的时候，每次都是把板书写得非常地完整，非常地美丽。永远都是从黑板的左上角写起，等到下课铃响起的时候，刚好写到右下角结束。"新东方的

---

* 李赋宁：《英语学习》，北京出版社，2018年，第25—26页。

另一位创始人王强也是李赋宁的学生,他表示,他将来当老师也要当李先生那样的老师。

李赋宁先生不仅是"英语教学泰斗",同时也是一位大学者,通晓英语、法语、德语、拉丁语、希腊语和古英语等多种外语,他的扛鼎之作《英语史》被誉为"英语史教学研究的里程碑"。在西方文学研究方面,他不仅擅长英国中古文学和16至17世纪文学,尤其是乔叟[35]研究和莎士比亚研究,而且在法国文学和古希腊文学研究领域也颇有建树。像李赋宁先生这样既精通西方语言学,又精通西方文学的学者,现在已经非常少见。不过在1950年代至1960年代的燕东园里,他尚且年轻,还属晚一辈,他的老师杨业治先生、吴达元先生都在,前辈学者冯至先生、朱光潜先生也在。他比前辈学者幸运的是,在学术盛年躬逢改革开放,于是厚积薄发,成就大业。

图4-8 李赋宁夫妇1960年代在33号楼阳台台阶上合影

  我们在燕东园里见到的李赋宁先生总是谦恭低调又儒雅的。他身材修长,举手投足一派绅士风度。他的夫人徐述华在北京石油学院任教,夫妇两人都骑自行车上下班,早出晚归。邻居游国恩先生的外孙马逢皋观察得十分仔细:"两人骑的自行车都是倒轮闸,李伯伯骑的是国产的青岛'国防'牌,李伯母骑的是进口的德国'钻石'牌女车。"

  李赋宁先生39岁才得一子,名叫李星,夫妇二人自然宠爱有加。李星是个秀气的小男孩,家里管得严,不放他出去玩。据马逢皋回忆,李星家在燕东园是玩具最多的,而且几乎每个星期都更新玩具。一到礼拜天,父母就带着他进城去了,晚上抱着新玩具回来。都是电动玩具,比如在澡盆里放水就可以跑的电动船。

马逢皋注意到小李星没有什么玩伴儿,于是冬天拉着他去未名湖滑冰,开始滑花样,后来学跑刀,小李星很快就能跑大圈了。

我的妹妹徐浣和她的闺蜜周启盈(住24号楼周一良先生的小女儿)去过李赋宁先生家,也和小李星玩过。她说:"我印象里,他是个学习很好的乖宝宝,父母的独宠,不是个爱说爱笑爱玩的孩子。但他跟我和周启盈曾在一起玩过。李星的妈妈温文尔雅,说话轻声细语,和颜悦色,是个安静的人。李赋宁先生高高的个头,进门就埋头伏案,感觉他家就一个字:静。"

李星回忆父亲的一个细节让我很感动:他小时候会走了还不会爬,年过四十的父亲就爬在草地上给儿子示范。忆及自己的童年,李星说:"父亲母亲都很忙,星期天是他们陪我玩的时间,其他时间他们或者上班,或者忙着看书,我去找他们,一般都是只说几句话,他们又去干自己的工作。父亲工作非常投入,写的字非常工整,我记得小时候经常听父亲说要'开夜车',当时还以为他会开汽车。邻居说父亲书房的灯总是最后才关。"*

李星后来就读于北大附小、北大附中,"文革"期间当过三年钳工。1977年,他考入清华大学,1983年自费赴美留学。后来他家从燕东园搬至朗润园,关于他的消息就不多了。

我直到这次写作搜集材料,才发现北京大学人文学部主任申丹教授竟是李赋宁先生的儿媳、李星的夫人。申丹教授继承了公公的衣钵,在北大学术声望很高,我听到过一个对她的评价,很有分量:如果按在国际学术影响力来排北大文科高手,第一名

---

* 李星:《忆父亲李赋宁》,原载于"中国教育在线",2022年8月6日。

就是申丹。我饶有兴趣地搜索，发现申丹教授是北大西语系英语专业77级的，李赋宁先生教过她，并为自己的独子相中了她做儿媳——正像楼上住的杨业治先生的儿媳是他自己的学生一样。不过李星和申丹的爱情经历了更多的考验：他们交往仅五个月就开始了两国分居的生活。申丹1982年秋赴英国留学，1987年冬取得爱丁堡大学博士学位后回到北大工作。而李星1983年秋赴美国留学，获德雷塞尔大学电机和计算机工程博士学位，1991年夏完成在德雷塞尔大学的博士后研究后，回到清华大学电子工程系任教。两人终于结束了八年的牛郎织女生活。

在申丹教授的口中，她的公公"有着非同寻常的平和心态，荣辱不惊，对自己取得的成就从不沾沾自喜，对'文革'中遭受的不公正待遇不加抱怨，日常生活中也不因任何事情动肝火。他没有脾气，没有责备，只有儒雅亲切的微笑，并常用自谦自嘲、幽默风趣给家里带来轻松愉快和欢声笑语"*。

李赋宁先生在80岁高龄的时候，写下自传《我的英语人生：从清华到北大》，其中讲述了李家三代与清华大学深厚的历史渊源。他的父亲李仪祉（1882—1938）是近代中国著名的水利专家，1909年即赴德国皇家柏林工程大学土木工程科留学，回国后曾主持治理黄河、扬子江和淮河，并制定了《陕西水利工程十年计划纲要》，筹划了"关中八惠"：泾惠渠、渭惠渠、洛惠渠、梅惠渠、黑惠渠、涝惠渠、沣惠渠、泔惠渠。1938年李仪祉先生

---

* 申丹：《人格的魅力——怀念我的公公李赋宁》，原载于《国外文学》，2004年第3期，第11页。

逝世，此时泾、渭、洛、梅四渠已初具规模，灌地180万亩，国民政府发了特令褒扬，自发参加送葬的民众达三万人之多。《大公报》发表短评称："李先生不但是水利专家，而且是人格高洁的模范学者，一生勤学治事，燃烧着爱国爱民的热情，有公无私，有人无我。"*

李仪祉先生重视教育，曾创办并执教于南京河海工程专门学校。1935年至1936年任清华大学名誉教授，并来校短期讲学。1933年清华大学建成水力实验馆，当时被称为"中国第一座水工试验所"，入口处匾额题写的"水力实验馆"就是李仪祉先生的手迹。

李赋宁先生是家中长子，从小受到良好的家教，家里重视他的品德修养和学业。他1935年考入清华大学，之后随校迁入西南联大，研究生毕业后在清华教书，出国留学回来仍然任教于清华，直至1952年院系调整，调至北大。前后算下来，他在清华大学度过了十三个春夏秋冬，这为他一生的学问、人品、修为奠定了坚实的基础。

而家里的第三代李星，也毕业于清华大学，留学八年后回到母校工作。他虽然没有继承祖父的专业，也没有继承父亲的人文学科，但参与了我国互联网早期研究与建设，1994年后出任CERNET（China Education and Research Network）网络中心副主任，联合全国高校的专家，建设了我国第一个全国性互联

---

* 闫文海：《风雨郑国渠：一渠清水，一段历史，一份情怀！》，原载于《澎湃新闻》，2021年4月。

网——中国教育和科研计算机网，并长期承担该网的技术工作。

对于互联网的技术问题，我几乎一窍不通，在这里就不再搬弄术语名词，只提供一条关于李星的最新信息来说明他的专业成就。2021年12月14日，国际互联网协会公布2021年"互联网名人堂"入选者名单，CERNET网络中心副主任、清华大学网络研究院原副院长、电子工程系教授李星入选。据悉，2021年互联网名人堂的21名入选者来自11个国家和地区。互联网名人堂顾问委员会主席格伦·里卡特（Glenn Ricart）指出："正是这些无名英雄让互联网成了今天的全球互联平台。这组入选者是有史以来最具全球性和多样性的。我们为每个人及其贡献感到骄傲。"

互联网名人堂由国际互联网协会创建于2012年，被认为是全球互联网社群的最高荣誉。此前有三位中国人入选，他们是中国互联网协会创会理事长、中国工程院院士胡启恒，中国科学院计算机网络信息中心研究员钱华林，清华大学教授、中国工程院院士吴建平。李星教授是第四位中国入选者。

岁月荏苒。李星今年已经66岁，头发花白，像父亲一样低调与谦和。他每天背着一个双肩包，典型的IT男打扮，行色匆匆，往返于清华园机房与家之间的路上。

周珊凤、李宗津夫妇

1966年冬天，正值"文革"，燕东园各小楼住户都被要求腾房。33号小楼腾房以后，搬进来的是同在西语系英语专业任教的周珊凤先生。据她的女儿李之清回忆："记得当时我们住在北大燕东园的时候,家里只有两个房间和一个楼梯间,父亲住一间,母亲和我们挤在另一个房间里……"

周珊凤先生的丈夫李宗津是一位著名画家,在燕东园33号居住期间,他曾经打算修改自己的成名之作《强夺泸定桥》,但由于没有工作的空间,只得把卧室当画室,将画挂在一整面墙上,他站在梯子上作画,子女在下面帮他洗笔。*

这时的33号楼挺和谐,三家住户不仅都是西语系的先生,而且他们都与清华大学有深厚的渊源。其中周珊凤先生更为特殊,她的父亲周诒春是民国时期著名的教育家,1912年4月就任清华学堂教务长,1913年任清华学堂校长,是清华大学第二任校长。他在任上的五年多,为清华增添设备、拟订方案,为日后清华从留美预备学校转型为现代大学做出了很多贡献。

我的两个弟弟徐澂、徐浩都与周珊凤先生的儿子李之霖相熟,常去他家玩。他们都说:"他的母亲对我们特别好,一听说是徐家子弟,格外热情和蔼。"现在回想,周珊凤先生一定知道我母亲的五姑父是清华大学校长梅贻琦,而梅贻琦与她的父亲周诒春是多年的至交好友。我母亲也知道这些渊源,曾感慨过,周珊凤老师可是大家子出身,真正的名门闺秀。

我记忆中的周珊凤先生举止优雅,容貌出众,一双漂亮的大眼睛,她的女儿、儿子都继承了这个优点。周珊凤先生1916年4月出生在上海,1935年读高二时,因学习成绩优秀,被校长

---

* 李之清:《历尽坎坷见真情——我的父亲李宗津和母亲周珊凤》,收录于《再话燕园风雨时》,第80页。

Alice Moore推荐，考取了美国闻名的布林茅尔女子学院（Bryn Mawr College）为中国女生提供的奖学金名额（该名额每隔四年才有一个）。1935年10月，她以"May Chou"的名字赴美留学，"成为该校第一个东方女生，并以全优的成绩毕业"。回国后，她先后在东吴大学和东吴附中教授英语。1942年，她辗转到了大后方的贵阳，在父亲周诒春创办的私立清华中学教书，也在这里认识了美术老师李宗津，两人坠入爱河。李之霖曾问过母亲，当年为什么会嫁给在同一所中学里教书的父亲，母亲说，因为她觉得父亲是个好人。*

李宗津先生才华横溢，是中国早期油画画坛上的代表性人物。徐悲鸿先生很看重他，也喜欢他开朗、豁达的性格，称他为"中国肖像画家第一人"。在美术界，有两幅新时代的油画巨作最为经典：一幅是董希文[36]创作的情景画《开国大典》，开创了新中国大事件写实油画的先河；另一幅就是李宗津创作的历史画《强夺泸定桥》，奠定了新中国革命题材油画的根基。

女儿李之清很早就发现了父亲和母亲的性格不同：父亲外向、热情、感性，但比较邋遢、随意；母亲则是外冷内热，十分理性，在生活中心细、整洁、低调，做事有条理。母亲常会唠叨父亲不拘小节，比如抽烟时会把烟灰乱撒到地上。两人从事的专业也不同，平时各干各的工作，没有什么专业上的交流。李之清举了一个例子：1950年代家里买了一台熊猫牌的收音机，她和

---

* 李之清：《历尽坎坷见真情——我的父亲李宗津和母亲周珊凤》，收录于《再话燕园风雨时》，第79页。

父亲常会听音乐节目。而收音机对母亲的作用就是听天气预报。"但父亲母亲感情很好,尤其在父亲遭难的时候,外表柔弱的母亲,表现出内心的刚强。"

李宗津先生后半生道路坎坷,从"反右"到"文革",吃尽了苦头。家庭的厄运起自1957年,李宗津先生和他的哥哥李宗恩[37]被错划成右派,他从教授四级降为七级,《人民日报》还刊登了点名批判他的文章。那年李之清13岁,李之霖7岁。当时不少夫妻迫于政治压力选择离婚,但周珊凤先生从来没有动摇过。"文革"期间,李宗津先生又被打成"黑帮分子",33号楼被抄家……几个燕东园二代都看到了当时的暴力场面。李之清说:"母亲总是以非常镇定的态度来对待家庭的变故。她用她坚定的理性努力维护着家庭的完整。让我们一直生活在一个比较安定的环境中。"*

在我弟弟这拨男孩子们的印象中,李宗津先生是一位备受尊敬的大画家,还有些神秘感。我弟弟徐浩多年以后回忆:"他家中挂有一肖像,坐藤椅,直视你,手持一香烟,烟头红中带着亮黄,被整幅画的昏暗底色衬托,格外突出。火光能在油画中这样展现,令人心头一震,真想伸手去摸摸画面以验其热度……五十多年过去,已记不清那是鲁迅的画像还是他本人自画像,但烟头上的火焰却留在心头,让人担心这火会真燃起毁了此画。"

---

* 李之清:《历尽坎坷见真情——我的父亲李宗津和母亲周珊凤》,收录于《再话燕园风雨时》,第83页。

图4-9 李宗津先生家中肖像

李宗津先生为燕东园留下了一幅珍贵的画作:《月亮门》。

燕东园每栋小楼都有一大一小两个院子,可称为外院和内院。内院傍楼而建,和小楼的后门相通,周边是用灰砖砌成的一人多高的镂空花墙,前后穿堂,两边墙上各有一个用砖砌成的中式圆形门洞,雅称"月亮门"。

这幅水彩画的正是33号小楼的月亮门,门外有几株茂密的大树,一个小姑娘正推着自行车去上学。

"这是我的表妹黄跃秋!"住在34号的邻居游国恩先生的外孙马逢皋指着画作说,"李伯伯经常坐在院子里写生,我的表妹黄跃秋和他成了忘年交。有一次,小秋正要去上学,路过33号,李伯伯在画画,一声'等一下'的招呼,把她叫住了,她被画进了这幅画里"。

图4-10 李宗津先生所画的燕东园33号楼月亮门

    这幅作品充分体现了李宗津先生的画风：色彩绚丽大气，具有一种特殊的文人书卷气。创作这幅画时李宗津先生已患直肠癌，后转移至肝部，于1977年5月去世。

    李宗津先生走后，周珊凤先生离开燕东园搬至中关园公寓，独自生活了二十九年。李之清说："母亲一生的事业就是做了一个非常优秀、深受学生喜爱和尊敬的英语老师。"*

    周珊凤先生还是一位语音专家。1962届英语专业学生袁明回忆："周先生为了校正学生的一个元音发音，经常会侧身站在学生旁边，全神贯注地倾听，她几乎是用音乐学院训练美声的精微细

---

* 李之清：《历尽坎坷见真情——我的父亲李宗津和母亲周珊凤》，收录于《再话燕园风雨时》，第79页。

致在培养我们。"1980年代北京外国语学院英语专业的学生吴桐在文章中也有这样的叙述:"有一次学校请了周珊凤阿姨来给我们讲有关英文语音的要领。那是我在搬离中关园后首次与周珊凤阿姨重逢。十几年未见,周珊凤阿姨已是两鬓如霜,但仍旧优雅从容,举手投足之间流露出她的良好教养,大家风范。"周珊凤先生主讲的那堂课给北外师生留下了不可磨灭的深刻印象,连在座的外籍教师都对她佩服得五体投地。*

周珊凤先生传授给学生的不只是她纯正的英文,更有她的严谨治学、从简生活的高尚品格。她的父亲周诒春先生说过:"择业不当贪货利、骛虚名,当以天性之所近,国家所急需,造福于人类为准绳。"父亲留给女儿一些股票,但周珊凤先生觉得那些钱不是自己的,为了纪念父亲,1991年她把钱捐给了清华大学,设立了"周诒春青年教师奖"。

李之清说:"母亲生于书香世家,日后又去美国留学,她深厚的文化底蕴、良好的教养和为人善良、谦和的品质,加上天生容貌秀丽、身材姣好,使她的气质更加超凡脱俗。母亲的这种气质一直是让父亲引以自豪的。"**

---

*　李之清:《历尽坎坷见真情 —— 我的父亲李宗津和母亲周珊凤》,收录于《再话燕园风雨时》,第79页。

**　李之清:《历尽坎坷见真情 —— 我的父亲李宗津和母亲周珊凤》,收录于《再话燕园风雨时》,第81页。

图4-11 李宗津先生为夫人周珊凤先生画的肖像画

在中央美术学院举办的一次回顾展上，展出了李宗津先生为夫人画的一幅肖像画。画中的周珊凤先生美极了。不少观众情不自禁在画前停下脚步，被画面蕴藉的深情爱意所吸引。

33

住户名单　　　　　　　　　1926年—1966年6月

东大地时期
- 黄国安　燕京大学男体育部创办者
- 高名凯　燕京大学中文系主任
- 陈幼兰

燕东园时期
- 杨人楩　北京大学历史系教授
- 张蓉初　北京大学历史系

- 杨业治　北京大学西语系教授
- 林葆琦　清华大学附属小学职员

- 李赋宁　北京大学西语系主任
- 徐述华　北京石油学院炼制系教授

- 周珊凤　北京大学西语系教授
- 李宗津　中央美术学院、北京电影学院教授

[注释]

1. 亨利·马伯乐（Henri Maspero, 1883—1945）

犹太人，生于法国巴黎。法国汉学家、敦煌学家。早年就学于巴黎东方语言学院，后在位于河内的法国远东学院任研究员。早期田野工作集中在越南，也涉及泰语和汉语。1920年至1945年出任法兰西学院汉文与鞑靼文、满文语言文学教授一职。1927年出版代表作《古代中国》。

2. 王力（1900—1986）

广西博白人。汉语语法学家、翻译家、诗人、散文家，中国现代语言学奠基人之一。1926年考入清华国学研究院，师从梁启超、赵元任等，1927年赴法国留学，1931年获巴黎大学文学博士学位后返国，先后在清华大学、西南联合大学、岭南大学、中山大学、北京大学等校任教授。著有《中国音韵学》《中国现代语法》等。

3. 吕叔湘（1904—1998）

江苏丹阳人。语言学家、语文教育家，中国现代语言学奠基人之一。1926年毕业于国立东南大学外国语文系。1936年考取江苏省公费赴英国留学，先后在牛津大学人类学系、伦敦大学图书馆学科学习。1938年回国后任云南大学文史系副教授。1950年至1952年任清华大学中文系教授、东欧交换生语文专修班主任。1952年起任中国科学院语言研究所研究员，中国社会科学院语言研究所所长、名誉所长。

4. 郭永怀（1909—1968）

山东荣成人。力学家、应用数学家、空气动力学家，"两弹一星"功勋奖章获得者。1935年毕业于北京大学物理系，1939年考取公费留学名额，1940年后留学加拿大多伦多大学、美国加州理工学院，1945年获博士学位。1956年回国后曾任中国科学院力学研究所研究员、中国科学技术大学化学物理系主任。

5. 钱伟长（1913—2010）

江苏无锡人。力学家、应用数学家、教育家。1931年入清华大学后转入物理系。1939年考取第七届留英公费生，1940年入加拿大多伦多大学，1942年获得加拿大多伦多大学应用数学系理学博士学位。1942年底转到美国加州理工学院喷射推进研究所做博士后研究。1946年回国后任清华大学教授，之后相继任清华大学副校长、上海工业大学校长、上海大学校长。

6. 林家翘（1916—2013）

祖籍福建福州，生于北京。美籍华裔数学家、天体物理学家。1937年毕业于清华大学，1941年于加拿大多伦多大学获硕士学位，1944年于美国加州理工学院获博士学位。1947年起任教于麻省理工学院，时间长达四十年。2001年被清华大学聘为教授。

7. 赫尔曼·克劳斯·胡戈·外尔（Hermann Klaus Hugo Weyl, 1885—1955）

德国数学家、物理学家和哲学家。发表过的论文涉及时间、空间、物质、哲学、逻辑、对称性和数学史。最先提出了无质量的粒子"外尔费米子"的存在，最早把广义相对论和电磁理论结合的人之一，20世纪最有影响力的数学家之一。

8	常迵 （1917—1991）	河南开封人。无线电工程学家、信息科学家。1940年毕业于西南联合大学。1943年获美国麻省理工学院硕士学位，1947年获哈佛大学博士学位。1947年回国后任教于清华大学。长期从事无线电技术领域的研究和教学工作。
9	陈樑生 （1916—2009）	福建省福州人。土力学专家。1934年至1938年在上海交大土木系学习，获学士学位。1941年留学美国，获得哈佛大学博士学位。"二战"后期加入了对日作战的美国海军陆战队任翻译。1948年应清华大学校长梅贻琦聘请，任教于清华大学，在清华大学建立了中国北方第一个土工实验室。
10	徐继曾 （1921—1989）	江苏宜兴人。法语教授、翻译家、教育家。1946年考入清华大学外国语言文学系，1950年毕业后任教于清华大学外文系，1952年调至北京大学西语系。译有卢梭《漫步遐想录》、普鲁斯特《追忆似水年华》第一卷等。
11	陈省身 （1911—2004）	浙江秀水人。美籍华裔数学家。20世纪世界最重要的微分几何学家之一。1926年考入南开大学数学系，1931年在清华大学攻读研究生。1934年赴德国汉堡大学学习，1936年2月获科学博士学位。1937年任清华大学教授，1949年任教芝加哥大学。1960年受聘为加州大学伯克利分校教授，并于1982年在伯克利主持创立了美国国家数学科学研究所，这是世界范围内最重要的数学研究中心之一。
12	华罗庚 （1910—1985）	江苏金坛人。数学家。主要从事解析数论、矩阵几何学、典型群、自守函数论、多复变函数论、偏微分方程等领域的研究，中国在世界上有影响力的数学家之一。1931年到清华大学工作，后到英国剑桥大学深造。1946年后，先后任普林斯顿高等研究院研究员、伊利诺伊大学教授。1950年回国，先后任清华大学数学系主任、教授，中国科学院数学研究所所长。
13	许宝騄 （1910—1970）	祖籍浙江杭州，生于北京。数学家、统计学家。1928年进入燕京大学化学系，一年后转入清华大学算学系。1936年赴英留学，在伦敦大学学院专攻数理统计。1938年获哲学博士学位，1940年获科学博士学位，同年底回国，受聘为北京大学教授，在西南联合大学任教。1945年至1947年先后在美国加州大学伯克利分校、哥伦比亚大学、北卡罗来纳大学任访问教授。1947年10月回国，一直在北京大学数学力学系任教授。
14	柯召 （1910—2002）	浙江温岭人。数学家。1933年毕业于清华大学算学系，1937年在英国曼彻斯特大学获博士学位。1938年回国先后任教于四川大学、重庆大学。1953年起历任四川大学数学系主任、副校长、校长。
15	闵嗣鹤 （1913—1973）	江西奉新人。数学家、教育家。1935年毕业于北京师范大学数学系。1937年起执教西南联大八年，1945年留学英国，入牛津大学后获博士学位。1948年归国任教于清华大学数学系。1952年院系调整后担任北大数学力学系教授。

16	万哲先 （1927—2023）	祖籍湖北沔阳，生于山东淄川。数学家。1948年从清华大学数学系毕业后留校任教，1950年调入中国科学院系统科学研究所，历任助理研究员、副研究员、研究员。
17	吴文藻 （1901—1985）	江苏江阴人。社会学家、人类学家、民族学家，主要从事中国社会学、人类学和民族学等本土化、中国化的研究与实践。1917年考入清华学堂。1923年赴美国留学，进入达特茅斯学院社会学系，获学士学位。1925年入美国哥伦比亚大学研究生院社会学系，后获博士学位。1929年回国后，先后任教于燕京大学、云南大学、中央民族学院。
18	黄迪 （1910—?）	福建福州人。1931年从燕京大学社会学系毕业，攻读硕士学位后留校任教。通过对清河试验区的调查与总结，写成《清河村镇社区——一个初步研究报告》（1938）一文，提出了"村镇社区"这一重要学术概念。1940年代，前往美国芝加哥大学留学，后任职于联合国。
19	瞿同祖 （1910—2008）	湖南长沙人。历史学家，以法律史和社会史研究著称。1934年获燕京大学文学士学位，后进入燕京大学研究院专攻社会史。1939年任教于云南大学，1944年在西南联合大学社会系兼任讲师。1945年赴美国纽约哥伦比亚大学中国历史研究室工作，后任哈佛大学东亚研究中心研究员、加拿大英属哥伦比亚大学教授。1965年归国，后就职于中国社会科学院近代史研究所。著有《中国法律与中国社会》《汉代社会结构》等。
20	谢婉莹 （1900—1999）	笔名冰心，福建福州人。作家、诗人、翻译家。1923年由燕京大学毕业后，到美国波士顿的威尔斯利学院攻读英国文学，专事文学研究。1926年获硕士学位后回国，相继在燕京大学、清华大学、女子文理学院任教。著有诗集《繁星》《春水》等，译有《飞鸟集》《吉檀迦利》等。
21	雷蒙德·弗斯 （Raymond Firth，1901—2002）	新西兰人类学家、民族学家。伦敦政治经济学院教授。英国功能学派代表人物之一。将经济学和人类学的理论相结合，以南太平洋所罗门群岛蒂蔻皮亚岛为田野点，写作了十余本著作以及大量论文。
22	严景耀 （1905—1976）	浙江余姚人。社会学家、犯罪学家。1924年考入燕京大学社会学系，1928年考取社会学研究生，1931年赴美留学，1934年获芝加哥大学博士学位，1935年回国，执教于燕京大学社会学系。1952年，参与筹办北京政法学院（即今中国政法大学），任该院国家法教研室主任。1973年，调任北京大学国际政治系教授。
23	雷洁琼 （1905—2011）	祖籍广东台山，生于广东广州。社会学家、法学家、社会活动家。1924年赴美留学，1931年获南加州大学社会学硕士学位，当年回国，先后在燕京大学、东吴大学、北京大学等校任教。曾任第七届、第八届全国人大常务委员会副委员长。

24	冯友兰 （1895—1990）	河南唐河人。哲学家、教育家、思想家。1918年毕业于北京大学哲学系，1924年获美国哥伦比亚大学哲学博士学位。回国后，先后任燕京大学教授，清华大学哲学系主任、文学院院长，西南联合大学教授、文学院院长。1952年后一直为北京大学哲学系教授。著有《中国哲学史》《中国哲学史新编》《贞元六书》等。
25	任继愈 （1916—2009）	山东平原人。哲学家、佛学家、历史学家。1938年毕业于北京大学哲学系。1942年于西南联合大学北大文科研究所研究生毕业。1942年至1964年在北京大学哲学系历任讲师、副教授、教授。1964年至1985年任中国社会科学院世界宗教研究所所长，1987年至2005年任国家图书馆馆长。著有《汉唐佛教思想论集》《中国哲学史论》等，主编《中国哲学史简编》《中国哲学史》《中国佛教史》等。
26	钱学熙 （1906—1978）	无锡阳山人。英文教授，曾以首席翻译的身份，参加板门店朝鲜战争停战谈判工作。幼时就读于苏州桃坞中学，初中毕业后自学中外文学经典。后自编《英文文法原理》，从事《道德经》《韩非子》《明夷待访录》等传统经典的英文翻译工作。后被聘为西南联合大学外文系讲师、北京大学外文系副教授。
27	吴组缃 （1908—1994）	安徽泾县人。现代小说家、散文家、学者。1929年考入清华大学。1935年后曾任冯玉祥的国文教师，国立中央大学国文系教师。1949年后历任清华大学、北京大学教授。著有长篇小说《山洪》，短篇小说集《西柳集》《饭余集》，散文集《拾荒集》等。
28	田德望 （1909—2000）	河北顺平县人。翻译家。1931年毕业于清华大学外国语文系，1935年毕业于清华大学外语研究所，后去意大利留学，1937年获佛罗伦萨大学文学博士学位，1938年在德国哥廷根大学修读德国文学。1940年回国后历任浙江大学、武汉大学外国语文系教授，北京大学西方语言文学系德语教授。译有《凯勒中篇小说集》《绿衣亨利》《神曲》等。
29	戈特霍尔德·埃弗拉伊姆·莱辛 （Gotthold Ephraim Lessing, 1729—1781）	德国戏剧家、戏剧理论家。德国启蒙运动时期最重要的作家和文艺理论家之一。为发展一种德意志的市民戏剧做出贡献，也是在德国创立莎士比亚评论的第一人。主要作品有《关于当代文学的通讯》《拉奥孔》《汉堡剧评》等
30	卡尔·威廉·施莱格尔 （Karl Wilhelm Friedrich Schlegel, 1772—1829）	德国诗人、文学评论家、哲学家、语言学家和印度学家，耶拿浪漫主义的主要人物之一。出版浪漫派文学杂志《雅典娜神殿》。
31	弗里德里希·荷尔德林 （Johann Christian Friedrich Hölderlin, 1770—1843）	德国浪漫派诗人，将古典希腊诗文移植到德语中。著有诗歌《自由颂歌》《人类颂歌》《致德国人》《为祖国而死》等。

32	王佐良 （1916—1995）	浙江上虞人。诗人、翻译家、英国文学研究专家。1939年毕业于清华大学外语系。曾任西南联合大学、清华大学讲师。1947年留学英国牛津大学。1949年回国后，历任北京外国语学院教授、英语系主任、副院长。著有《英国散文的流变》《英国诗史》《英诗的境界》等。
33	许国璋 （1915—1994）	浙江海宁人。英语教育家、语言学家。1936年从上海交通大学转入清华大学外文系，1939年毕业于西南联合大学。后赴英国伦敦大学及牛津大学，研究近代英国文学。回国后执教于北京外国语学院，历任英语系主任、外国语言研究所所长。著有《语言的定义、功能、起源》《语言符号的任意性问题》等，主编《许国璋英语》《外语教学与研究》等。
34	周珏良 （1916—1992）	祖籍安徽东至，生于天津。翻译家、教育家。1940年毕业于清华大学研究生院外文系。后任天津工商学院、女子文理学院、清华大学外文系讲师。1947年赴美国芝加哥大学深造。回国后历任清华大学外文系讲师、外交部翻译室副主任、北京外国语学院英语系教授，参加毛泽东著作与周恩来著作的编辑工作。译有《济慈论诗书简》《蒙太古夫人书信选》，主编《英美文学欣赏》《美国文学史》等。
35	杰弗里·乔叟 （Geoffrey Chaucer, 约1340—1400）	英国中世纪作家，被誉为英国中世纪最杰出的诗人之一，代表作《坎特伯雷故事集》《公爵夫人之书》。
36	董希文 （1914—1973）	生于浙江绍兴。油画家、美术教育家。1939年毕业于杭州国立艺术专科学校，后加入敦煌艺术研究所。1946年任教于国立北平艺专，后任中央美术学院教授，"人民英雄纪念碑"浮雕起稿组组长之一。代表作有《开国大典》《祁连山的早晨》《红军过草地》等。
37	李宗恩 （1894—1962）	江苏常州人。热带病学医学家、医学教育家。早年入上海震旦学校学习法文，后赴英国留学。1920年毕业于英国格拉斯哥大学，获医学学士和化学学士学位。1922年在伦敦大学卫生和热带病学院获得热带病学和卫生学博士学位。1923年至1937年任职于北平协和医学院，历任助教、副教授、教授、校长。

伍

先生之风　山高水长

桥西34号

燕东园桥西34号，是一栋二层小楼。它的造型与别的楼略有不同，有主楼和侧楼两部分，侧楼的楼顶从南向北呈坡度逐渐下斜。因而全楼的体量较大，南北占地较多。桥西大草坪隔马路往西一大片，都在它的院墙里。对比桥东游戏场隔马路往东那片地，就可看出面积上的差异，那一边同样的位置，是26号、27号两座小楼的栖居地。

张东荪、吴绍鸿夫妇

1946年至1949年，34号楼是燕京大学哲学系主任张东荪教授的住宅。

从下面这张珍贵的照片可以看到：34号楼的正门朝西，有两三级小台阶，单扇的纱门，然后是带有井字格玻璃窗的正门，红木质地,圆圆的黄铜把手,由此可以进入楼内。正门上边有一道遮雨的木门廊,廊的右边种了一株藤萝,从攀缘的虬枝看,有点年头了。门廊左边的墙上,钉着一块黑底白字的木牌,上书"34",这正是燕京时期东大地小楼门牌号码的统一标志。

图5-1 张东荪先生与家人合影

照片中共有六人,自左至右分别是:1. 张东荪先生,一贯的老夫子打扮,身着棉袍,戴着一副深色圆框眼镜,右手夹着一根香烟;2. 着西装、打领带的大儿子张宗炳;3. 张东荪先生夫人吴绍鸿女士,头发中分,脑后梳髻,笑容温煦;4. 站在正中央的老妇人是张东荪先生的长嫂潘氏(即张东荪胞兄、中国近代史家和词家张尔田先生的夫人);5. 尚未成年的小女儿张宗烨;6. 张宗炳夫人刘拙如女士。

这张照片摄于1949年,从六人的衣着和光秃秃的藤萝枝干看,应是在初春、深秋或初冬的某一天。那一年,张东荪先生64

岁。他被推上历史的前台,扮演起一介书生"义不容辞、勉为其难、搭补帮衬"的角色。

根据相关的传记材料记载,1949年1月6日,农历腊八,一个可以记入历史的日子。张东荪先生穿着长袍,戴着皮帽,手里握着用孙子们的玩具红缨枪和撕下的白被单做的小白旗,与傅作义的少将处长周北峰一道,乘车出西直门,经过万牲园(即动物园),到达国民党军队的前沿防线白石桥。他们步行越过前沿战壕,绕过地雷区,继续前行一百米,便见到了站在农业研究所(即农科院)正门前的解放军卫兵。随后两人乘卡车绕道海淀,在武装士兵的保护下,到达蓟县八里庄解放军平津前线指挥部,进行最后的谈判。

张东荪作为和谈第三方代表,见证了"围城解纽"(北平和平移交)的第一步:双方在《会谈纪要》上签字。*

1949年1月9日,解放军前线指挥部派车将张东荪先生送到东大地34号。家里人见他吓了一跳:"你什么时候出来的?"家人都以为他在城里大儿子张宗炳家中,哪知道他人不知鬼不觉地绕过海淀去了趟蓟县。"母亲接过父亲带回的对手所赠的礼物——一件狐皮袍子,不知是嗔还是赞:'三过家门不入啊。'"女儿张宗烨回忆说。而据张东荪先生的孙子回忆,祖父当时对蓟县解放区的印象很好:"他只是打趣了一下,他被安排在一间有大炕的屋子里。炕的一头烧得很热,他爬来爬去没睡好。"

---

* 关于张东荪与北平和谈参见董世桂、张彦之:《北平和谈纪实》,文化艺术出版社,1991年,第178—186页。

毛泽东进北京后，对张东荪曾说过："北平和平解放，张先生第一功！"但后来《别了，司徒雷登》一文发表，张东荪的反对"一边倒"向苏联的主张，受到严厉批驳。1950年燕京大学开展的知识分子思想改造运动，陆志韦、张东荪、赵紫宸成为重点整治对象。

运动开始后，张东荪一家被以调整住房为由，搬出了东大地34号，迁到校内的朗润园178号。

张东荪先生家在东大地先后住过两栋小楼，1930年代住在桥东23号，抗战胜利后，燕京复校，住到桥西34号。张家在东大地住的时候有什么故事呢？

其一，张东荪一直和他的兄长张尔田两家一起生活。

张东荪先生8岁丧母，长兄张尔田与他年纪相差一轮，对他抚教并施，一直共同生活。各自成家后，两家仍然住在一起，甚至钱粮不分，大奶奶（即上面照片中的潘氏）任由弟媳吴绍鸿主事当家。1930年秋，张府合家从上海迁居北平，张东荪先生应燕京大学校长司徒雷登之邀，任教于哲学系，1931年升任哲学系主任；张尔田先生则执教国文系，后因年高体弱，专任哈佛燕京学社研究生导师。1937年7月，卢沟桥枪声响起，北平许多高校南迁，张东荪收到了大后方不少学校的邀请，原本准备举家南迁，但因兄长张尔田体弱多病，不经劳顿，张东荪遂与兄长继续留在燕京大学任教。

燕京任教期间，张家住过几个地方。1934年至1936年，张家住在海淀镇北达园，最小的女儿张宗烨就出生于达园。1936年，张东荪先生向燕京大学请假去了广西，那段时间张家在城内的马大人胡同租房住过，当时钱穆[1]先生就住在这条胡同的西口，与张宅仅相距五户之遥，他和熊十力[2]先生常去张宅拜访，钱穆与张尔田谈经史旧学，在张尔田的书斋；熊十力与张东荪谈哲理时事，在张东荪的书斋。张氏兄弟藏书很多，张尔田的书架上全是成套的史书、词集，而张东荪的书架上除中外哲学名著，还摆着成套的诗书。据张东荪先生的长孙张饴慈回忆："说有万卷书，并不为过。祖父和伯祖父两个大书房，满满的，几十箱的古装书。祖父还有近千册的外文书。"

张东荪先生从广西回来后，全家就住进了东大地。后来张尔田先生患了结核，他怕传染给小孩，租住了王家花园。王世襄先生也记得，张教授向他家租住过王家花园，当时他在燕京大学读书，也住在那里。王家花园紧邻东大地，与桥东29号、28号的院子只有一道铁丝网相隔，还留了一个小门可以进出。

张东荪先生的小女儿张宗烨多次说过："我们一直不是一家过，大爷爷张尔田夫妇过世以后，家里还有一位孙辈们口中的'姨婆'——我母亲的妹妹。姨婆青年守寡，一直随姐姐住。1945年她的独子蓝文谨考入了燕京大学工学系。"因此在东大地时，从来都是一个人口众多的大家庭，寄住在张家的亲戚就没有断过。

其二，张东荪夫人吴绍鸿的治家之道。

1913年，张东荪奉"父母之命，媒妁之言"，回老家杭州迎娶吴绍鸿。新郎28岁，新娘只有17岁、出身于一个已趋衰败的苏州世家。这对由包办结成的伉俪，无花前月下、卿卿我我，却一生情深意笃。女儿张宗烨说:"爸爸和妈妈感情特别好,相爱终生。妈妈没进过学校,只粗通文字,一生就是相夫教子,操持家务……爸爸发的工资全交给妈妈,他自己唯一的一点开销,就是买点书抽点烟,而烟也是妈妈给他买好了的。吃的东西,家里知道他喜欢吃点清淡的,都是妈妈安排,穿的也是妈妈给他弄好,从里到外。"

夫妻两人年龄相差11岁,文化程度相距更甚,但和美相处,彼此多有默契。张宗烨很小的时候就发现,爸爸很愿意和妈妈谈天,什么都和她谈。夫妻俩之间讲的是家乡话,苏杭一带的吴语,而张东荪先生在公开场合以及对儿女讲话,从来都是讲带上海口音的官话。

张家孙辈记得,"奶奶说,跟他一辈子,始终担惊受怕。成亲第二天,一大早就走了。还有一天早上出门,中午拍来电报,已到上海"。这说的是张东荪20世纪二三十年代办报时的状况。而到1950年代,张东荪屡屡遭遇挫折,吴绍鸿以高度的警觉和质朴的常识严密地护佑着全家。女儿张宗烨记得:"妈妈一再发令:'谁都不要说话,什么都不能说。一句都不许说。'"

张家孙辈在选择各自学业的时候,也都牢牢记得奶奶这句话:"只许学科学。"言外之意是,绝对不要沾文科的边儿。他们说,这是奶奶的家训。

其三,张家子女出了两位优秀的核物理学家。

张东荪、吴绍鸿夫妇有三子一女:1914年出生的张宗炳,1915年出生的张宗燧,1920年出生的张宗颎,1935年出生的张宗烨。儿女们从小接受严格的教育,个个聪颖异常。张家老大、老二1930年同时考上燕京大学,那年张宗炳16岁,张宗燧15岁。燕京生物系主任胡经甫教授的女儿胡蕗犀说:"张宗炳是我父亲的学生。我父亲曾夸奖说,张家子弟绝顶聪明,一定学业有成。"果然,1935年,张宗炳和张宗燧从燕京大学毕业,分别以第一名的成绩考取了赴美、赴英的庚款留学生,三子张宗颎考入清华大学。孙辈们曾听奶奶说过,1935年是张家最快乐的一年。

图5-2 张家的子女
自左至右:张宗炳、张宗颎、张宗烨、张宗燧

老大张宗炳1936年赴美留学,在康奈尔大学读了两年即获得生物学博士学位。学成后立即归国报效,先在东南大学,后接着到西迁成都的燕京大学任教。

老二张宗燧1936年赴英留学,在统计物理学家福勒[3]门下,从事统计物理的研究,两年里发表了七篇论文,获得英国剑桥大学哲学博士学位。1938年,福勒推荐张宗燧去尼尔斯·玻尔[4]领导下的哥本哈根理论物理研究所工作。在这里,他受到现代物理学先驱人物狄拉克[5]、泡利[6]、罗森菲尔德[7]、威克[8]、穆勒[9]、威尔逊[10]等的影响，改变了自己的研究方向，开始从事新兴的理论物理学研究。*

1940年春，张宗燧接受了中央大学之聘，回到战时陪都重庆，任中央大学物理系教授。1945年抗战胜利，经李约瑟[11]推荐，他再次赴英，在1946年至1947年间，张宗燧在剑桥完成了四篇高水平的论文，并开设了"量子场论"的课程，这是中国人第一次登上剑桥大学的讲坛，宣讲量子物理学。**

1947年，北大校长胡适[12]建议国家拨款，集中专家和学者，在北京大学成立原子物理研究中心。他亲自出面，安排张宗燧这位"难得的人才"回国任教。虽然故土正是内战频仍、炮火纷飞，民不聊生，但张宗燧没有二话，说回来就回来了，在北京大学物理系任教。

转眼到了1952年。张家两位公子才华横溢，却恃才放旷；内心真挚坦率，但不谙世事。他们很难过知识分子思想改造这一关，"洗澡"不成，打入另册。张宗炳虽然被调到北大生物系，但不能搞科研，这位我国昆虫毒理学研究的奠基人之一，一度竟无用武之地。***

张宗燧则被从北大贬至北京师范大学。直到1956年，著名

---

* 李兴业、王淼：《中欧教育交流的发展》，山东教育出版社，2010年，第38—39页。

** 尹晓冬：《张东荪父子与北京大学》，原载于《科学文化评论》第12卷2期，2015年，第120页。

*** 尹晓冬：《张东荪父子与北京大学》，原载于《科学文化评论》第12卷2期，第117页。

的波兰理论物理学家英费尔德[13]到北京访问,提出疑问为什么把"张宗燧这么有才华的科学家放在一个师范大学",再加上华罗庚的帮助,张宗燧才被完全调到中国科学院数学研究所。*

1957年,42岁的张宗燧当选中国科学院学部委员(即院士)。只是后来出于各种原因,包括国防工业的保密规定,鲜见对张宗燧的卓越贡献,尤其对"两弹一星"卓越贡献的报道。不过可以从他带出的学生窥见一斑:核物理学家于敏[14]院士、核物理学家赵忠贤[15]院士、粒子物理学家戴元本[16]院士等。

张东荪、吴绍鸿夫妇唯一的女儿张宗烨,热爱物理,"除了物理,不问其他"。1956年7月,她毕业于北京大学物理系,此后一直在中国科学院原子能研究所和高能物理研究所工作,长期为她二哥的学生、被誉为我国"氢弹之父"的于敏教授当助手,科研成绩卓著,1999年当选为中科院数学物理学部院士。可惜这一切她的二哥看不到了——张宗燧于1969年6月30日不幸辞世。2015年张宗烨在《现代物理知识》上发表了两篇文章:《我的二哥张宗燧》和《在于敏先生的指导下成长》。

我有一位表姨傅素冉是张宗燧先生的第一任妻子,他们在1950年成婚,第二年生有一子张洪清,小名娃子,但没过几年,婚姻破裂,两人分手了。傅素冉是我母亲的四姑父傅铜先生的二女儿,辅仁大学化学系毕业,与张宗燧结婚时在北京农业大学农化系任助教,后来调入北京大学化学系。她的父亲傅铜先生在英

---

* 尹晓冬:《张东荪父子与北京大学》,原载于《科学文化评论》第12卷2期,第121—122页。

国留学时师从哲学家罗素，回国后在大学里教哲学，从1920年代中期就与张东荪先生相熟。不过，傅素冉表姨没有在东大地34号生活过，她结婚时，张家已经搬至朗润园了。

其四，"东师"：坚定的民主主义者。

张东荪先生到燕京大学教书时，已过"四十不惑"的年纪。他身兼学者、报人、政论家的三重身份，迥然不同于他在燕京大学的同事。张东荪先生早年留学日本，入东京帝国大学哲学系，回国后以一个独立思想者的姿态、"非党派者"的身份，积极参与办报。1917年，他任《时事新报》主编，该报的《学灯》副刊被誉为五四时期三大报纸副刊之一。1919年，他在北京创办《解放与改造》杂志（后更名为《改造》）；他还主持过《大共和日报》《中华杂志》《新中华》《甲寅》等多种时政刊物。在这些刊物上，他"铁肩担道义、辣手著文章"，发表了一系列针砭时弊的社论。办报的同时，他还先后任中国公学大学部、国立政治大学、上海私立光华大学的教授，讲授哲学课。*

来到燕京大学后，张东荪先生得以安心地从事终身热爱的教学活动，也实践着他二十年前向同侪的许诺："将来如有教育事业可为者，弟愿追逐于当世诸公之后。或兄等为社会活动，弟则以教育为助。"**他在燕京大学开设了多门课程：现代哲学、知识学、康德哲学、中国哲学史、伦理学、西方价值学，全面介绍柏拉图、霍布斯、洛克、贝克莱、叔本华、柏格森以及当代哲学

---

*　　参见尹晓冬：《张东荪父子与北京大学》，原载于《科学文化评论》第12卷2期，第113—114页。

**　　左玉河编著：《张东荪年谱》，群言出版社，2014年，第107页。

家孔德、黑格尔、马斯、克罗齐、李凯尔特等。*基于这些课程的讲义，他推出一本本哲学专著：《现代哲学》《认识论》《价值哲学》《近世西洋哲学史纲要》，并主编《唯物辩证法论战》，还有四部真正属于现代中国的哲学名著《知识与文化》《思想与社会》《理性与民主》《民主主义与社会主义》也相继问世。在当时学界已公认，"输入西洋哲学方面，范围最广、影响最大，那就算是张东荪先生了"。而在半个世纪以后召开的"张东荪与中西哲学比较"研讨会上，后辈的专家学者称张东荪先生"第一个建立了中国哲学的完整体系；第一个为中国哲学建立了'以知识论居先为方法'的全新的方法论；第一个把中国哲学家的哲学水准，提升到可与西方大师平等地、建设性对话的高度"。**

1931年至1941年，在45岁至55岁的十年间，张东荪先生迎来了自己的学术巅峰期。他的大量著述是在东大地23号小楼和王家花园完成的。

1941年12月7日，太平洋战事爆发，打断了张东荪先生正当旺季的学术生活。日本宪兵队闯入了燕京大学，七位教授被带走，后来被关在北平日本陆军监狱，半年多以后才释放。张东荪先生是七位教授中的一个。他在狱中"受够了苦痛与折磨"，"在死生的边缘往返打了几个转身"，始终不屈服日寇的淫威。同被关押的另一位燕大教授洪业[17]先生描述张东荪："张公谩骂如狂癫，涸

---

* 参见尹晓冬：《张东荪父子与北京大学》，原载于《科学文化评论》第12卷2期，第113—114页。

** 张耀南：《张东荪与中国哲学的现代化》，原载于《首都师范大学学报》（社会科学版），1999年第3期，第79—84页。

厕败寻执为鞭，佩剑虎贲孰敢前。"*

抗战结束后，燕京大学复校，张家又搬回东大地居住，这次住进了桥西34号。有个叫陈熙橡的青年学子，投张东荪先生的门下读研究生，兼做助教。

陈熙橡回忆说："我常到张家吃饭，因为有好些哲学系高级课程只得我一个学生，所以不用到课室上课，到时候便到张家吃饭，饭后随他到书房一坐，听老人家指导一番，从他的书架子上拿走一两本书去念，过一两个星期再来吃饭，再讨论，这样子念书，相信更胜于剑桥大学的导师制也。这是我在燕园前后八年最值得回忆的乐事。"**

陈熙橡敬佩先生不屈不移的治学精神，他认为："东师研究政治哲学，是纯粹学者的立场，后来与张君劢先生组织民主社会党，乃柏拉图之哲人从政的精神，是怀着入地狱的心肠，而不是为名利地位。东师是坚定的民主主义者，正因其如此，故被不民主的人，冒牌民主的人，目之为左派；但左派人士又认为他一点也不够左。原因是他主张社会主义，但社会主义政治之实际产生，不应出之于流血，不应出之于革命，而应出之于民主主义制度之逐渐演变。民主主义不局限于政治的范围，却是人类最高理性的表现在群居生活之精神也。"***

---

* 左玉河：《张东荪传》，山东人民出版社，1998年，第343页。
** 陈熙橡：《忆燕园诸老》，收录于陈明章：《学府纪闻：私立燕京大学》，南京出版有限公司，1982年，第164页。
*** 陈熙橡：《忆燕园诸老》，收录于陈明章：《学府纪闻：私立燕京大学》，第162—163页。

陈熙橡所说"东师"的政治哲学，是指张东荪先生当时提出的主张，他既反对国民党的一党专政和官僚资本，又不赞同用革命方式推翻国民党统治及剥夺地主土地重新分配的做法，认为应折衷于资本主义与共产主义，建立"一个资本主义与共产主义中间的政治制度"，这就是"中间性的政制"，即"政治方面比较上采取英美式的自由主义和民主主义，同时在经济方面比较上都采取苏联式的计划经济与社会主义这样的政治制度"。*

1949年末，张东荪先生搬出东大地，安家在北大校园内的朗润园178号。这是一栋朝南带暖阁的中式平房，先是张家独住，后来两家合住。

1958年，张东荪先生被迫辞去北大教授职务，调至北京市文史馆，家又被迁到位于北大东校门外一处杂役人员居住的大城坊37号。那是个标准的大杂院，院里住着三四户人家，分到张家名下的只有四间小北房。住户共享茅厕，水要从胡同里提。张家当时只提了一个条件：要有自来水。后来北大行政部门在院子里装了一个水龙头。据张宗烨回忆，房子"很老也很差，地上的砖都化成泥团了，东西搬过去都得长毛、烂掉"。这是张东荪夫妇最后的家。他在这里住了十年，夫人在这里住了三十年，度过了她一生最艰难的岁月。

1973年6月，在监狱中的病房里，这对老夫妻在分离五年后见面。长孙张饴慈回忆，爷爷对奶奶说："对不起。"奶奶说："一辈子也没听他说过这句话。"

---

* 　左玉河：《张东荪传》，第378页。

离世的一瞬间，张东荪先生口中频频呼着"姆妈，姆妈"。自1914年他们的长子诞生以来，张东荪先生就以孩子们小时候的口吻，呼叫他的妻，他这样呼她已有六十年。

游国恩、陈辅恩夫妇

张东荪先生一家搬走后，北大外文系教授潘家洵先生住进楼下一层，但没住多久，他就调至中科院哲学社会科学学部辖下的外文所，于是搬家进城。游国恩先生一家从桥东23号搬到桥西34号楼下。

图5-3 游国恩夫妇和外孙马逢皋在34号院子里合影

游家人口不多，两位老人带着两个外孙辈住，很安静。大的是男孩，叫马逢皋，1953年生人，上小学时和我家小五徐浼同届不同班，学习成绩很好，在班上数一数二的。小的是女孩，叫黄跃秋，1958年生人，和我家小六徐涟同届不同班。我的两个妹妹称呼游国恩夫妇为"游公公""游婆婆"。在燕东园里，我们小辈对诸家的大人都称呼伯伯、伯母，只有对几家年事较高的主人尊称公公、婆婆或爷爷、奶奶。

我印象中的游国恩先生是一位谦谦老者。我很少在园子里见到他，当时自己年少，也不知道他有多高的学问、多大的名气。直到1963年，我在一零一中学读高中时，教语文的老师在课堂上多次提起《中国文学史》四卷本，提起游国恩先生的大名。教我高二语文的蔡恬身老师，教我高三语文的王锡兰老师，他们都说："想学文科的，想报北大中文系的，要好好看看这套书。"这套书正是北大游国恩老先生领衔新编的大学文科教材。1965年，我考上了中国人民大学新闻系，学了文科中的新闻学，但后来由于种种原因，我一直没有学过这套教材。不过我发现，一直到21世纪初，不仅北大中文系，几乎全国高校的中文系，都把这本教材作为"标配"，按几代学子的说法"没学过四卷《中国文学史》，都不能说自己是中文系毕业的"。

在这次写作时，我才知道，《中国文学史》历经红、黄、蓝三个版本的演变，近几年作为"文化事件"受到学界关注，不少学者就此展开了对1950年代至1960年代文学史书写实践的追寻和讨论，而这跌宕起伏的全过程，都与游国恩先生息息相关。

1958年，北京大学中文系展开了对游国恩、林庚[18]、王瑶[19]、王力、高名凯、刘大杰[20]、朱光潜等各学科领军人物的学术思想批判。7月，"北大党委发出了大搞科研，苦战40天，向国庆献礼的号召"，组织中文系"1955级"文学专业的学生，集体编写教材,"参加的每个人都分配了一定的章节,大家凭着前两年学到的知识和写学年论文取得的初步科研经验,查阅原始资料和参考书"*,"用马克思主义的基本观点"编写出一部77万字的《中国文学史》,当年9月即由人民文学出版社出版,因为书的封面是红色的,所以这套书又被称为"红色文学史"**。

不料没到半年,风向有变,1959年初中共中央在北京召开教育工作会议,"会议认为,在1958年的'教育革命'中,党的领导建立起来了,师生对劳动的态度有了大变化……学术批判成绩很大,但批判得过多,打击面太广,比较粗暴"。会议提出,学校应该"贯彻教学为主的原则……发挥教师在教学中的主导作用,建立正常的师生关系",提出了不少纠正当时"左"的错误的意见和措施。5月,中央批转教育部党组《关于高等学校学生编写讲义问题的意见》,"指出学生的主要任务是学好学校所规定的课程,时间、精力主要应用在学习功课上……不要为编讲义而编讲义……更不要为了赶国庆献礼而仓促编写,粗制滥造"***。于是,这部出版不足半年的文学史启动了大范围的修订。

当时"55级"的学生,后来撰写回忆文章时也提到过这套书的修改,"次年六月,风向转变,决定把两卷本的红皮文学史,改写为四卷本的黄皮文学史,我们的老师也从被批判对象,转而成

---

* 漆永祥:《孙钦善先生学行述略》,原载于《传统中国研究集刊》第22辑,中国社会科学院出版社,2020年,第267页。

** 北京大学中文系1955级集体编著:《中国文学史》,人民文学出版社,1958年。

*** 余立编著:《中国高等教育史》(下册),华东师范大学出版社,1994年,第65—66页。

了编写的指导者"*。游国恩、林庚、吴组缃、季镇淮、冯钟芸、彭兰、吴同宝（即吴小如）、陈贻焮等古代文学教研室的教师都参加了编写工作。新的编委会也有六位教师加入，其中也包括作为"资产阶级学术"代表的游国恩先生。这版文学史修订后扩展到四卷，共120万字，资料性、学术性等方面确实大大增强。

到了1960年的冬天，国家政治经济开始全面调整，高等教育领域也试行了"高校六十条"，教材编写工作重新启动，中国文学史（包括古代文学史和现代文学史）是其中一个重大项目。这次的教材编写由集体编写改为专家主编负责制。周扬一锤定音，提议《中国文学史》由游国恩担任主编，游国恩提出王起（中山大学）、萧涤非（山东大学）、季镇淮（北京大学）等也一起担任，随后周扬又提出："费振刚是1955级的，参加过编写的全过程，他可以作为青年代表参加主编工作。"

"自1961年夏至1963年秋，两年多的时间里，教材编写组成员全部脱产，集中住在北京大学专家招待所。招待所坐落于校园北部的镜春园（实际为朗润园），远离尘嚣，是一处僻静所在，适宜读书写作。"**最后完成的四卷本教材，1963年7月由人民文学出版社出版，封面是蓝色的，被称为"蓝皮本"。封面主编署名

---

* 王水照：《福寿绵长——记吴小如先生》，收录于刘凤桥、程立主编：《吴小如纪念文集》（下），安徽文艺出版社，2021年，第980页。

** 马庆洲：《酬唱寄友情——游国恩、萧涤非二先生交谊考》，原载于《中华读书报》，2021年3月31日。

是：游国恩、王起、萧涤非、季镇淮、费振刚。*

"蓝皮本"在"文革"后又做了三次较大幅度的修订。1987年，这套教材获得国家教委颁发的"高等学校优秀教材特等奖"。主编之一费振刚在2002年（此时前四位主编已先后离世）最后一次修订的《再修订后记》中写道：

> 这部中国文学史编写于1961—1963年，正是"阶级斗争"高潮之间相对平静的时期，当时强调实事求是，注意吸收已有的研究成果，力求公允稳妥，再加上游国恩、王起、萧涤非、季镇淮四位老一辈学者广博的学识、严谨的学风、坦诚无间的合作态度以及对我们这些当时还是年轻学人的细心指导和严格要求，使得它虽然不能不有那个时代的印记，但它仍以内容全面、材料翔实、体例适当、便于教学，既有一定的学术深度，又符合教学规律的要求，而受到高等院校中文系师生的欢迎，至今出版已近四十年，发行量已接近二百万套，有不少高等院校仍用作中国文学史课程的教材。**

游国恩先生1899年生人，是一位国学功底极其深厚的老派学

---

* 关于《中国文学史》的编撰，参见洪子诚：《红、黄、蓝：色彩的"政治学"——1958年"红色文学史"的编写》，原载于《文艺研究》，2020年11月，第58—74页；方铭，马庆洲：《一史封皮三易色，此中甘苦费君探——费振刚教授访谈录》，原载于《文艺研究》，2013年1月，第70—80页；以群：《文学问题漫论》，作家出版社，1959年，第184页；马庆洲：《游国恩、萧涤非二先生交谊考》，原载于《中华读书报》，2021年3月31日。

** 游国恩、王起、萧泽非、季镇淮、费振刚主编：《中国文学史》第4卷，人民文学出版社，2002年，第458页。

者。他执教一生，总共开过二十多门课，主要课程有中国文学史、中国小说史、经学史、先秦文、楚辞、唐宋以降文、古代文艺故事等。在治学生涯的全盛时期，他曾经同时开设了十门课程，足见他对中国古代文学研究的博大精深。有评价说，"北大名教授云集，但古代文学研究的龙头无疑是游国恩先生"。

《中国文学史》的红、黄、蓝三个版本的故事，让人不禁心生感慨：游国恩先生一肚子学问，满腔的学术热忱，但在他最擅长的领域，学术命运是由政治运动的诉求所支配的，非他个人所能选择，更非他个人所能左右。

游国恩先生学问渊博，我在写何其芳先生时就发现这样一个细节：1956年上半年，文学所古代组的成员每逢星期一下午都要到燕东园何其芳先生家开会讨论《诗经》，"特请先师游国恩先生参加"。何其芳先生曾向游老请教研究《诗经》有哪些参考书，游国恩先生不假思索，当场就一口气列出了前人研究《诗经》的好几十种书籍。后来文研所就是按照这个书单买书的。

诗人李瑛回忆他1940年代在老北大中文系的求学经历时说："教文学史的是游国恩先生。先生比较瘦矮，但面色红润，目光炯炯有神，讲话声音最为宏亮；对古典文学烂熟于胸，在课堂上能随口背诵，不差分毫。下课后同学们总喜欢围着他问这问那，他有问必答，知识之广，记忆力之强，令人惊叹。"*

居家的游国恩先生，经常身着浅素色中式对襟小褂、中式裤

---

* 游国恩著、游宝谅编：《游国恩文史丛谈》，商务印书馆，2016年，第340页。

子，脚上是黑布鞋，随意又潇洒。他在燕东园过的是典型的书斋生活。

游国恩先生的一位学生这样回忆先生书斋的雅致："满院是花木翠竹，宛如世外桃源。他的书斋掩映在花木丛中，百叶窗上摇曳着扶疏的树影，虽是在白昼，却使我想起归有光描写的'三五之夜，明月半墙，桂影斑驳，风移影动，珊珊可爱'那种美好情致。进了书斋，窗明几净，一尘不染，古色古香，朴厚典雅。靠墙矗立着几个精致的玻璃门书橱，橱里是一函函一摞摞古旧的线装书，也有不少洋装书，镌刻着绿色隶书的箱装古籍尤显古雅清逸。墙上有一两帧字画，桌上有文房四宝。书斋也像它的主人那样，温柔敦厚，严谨整洁，又玲珑别透。"*

这次写作，我联系到了游国恩先生的外孙马逢皋，他从小就被父母寄养在外公外婆家，在燕东园长大成人，守在两位老人身边，先后在1978年6月和1979年3月为两位老人送终。

马逢皋告诉我："外婆的名字陈辅恩，还是外公给她起的。她比外公大两岁，1952年扫盲以后识的字。是个慈祥的老太太。"我听了不觉心中一动：陈辅恩，就是辅助游国恩的意思啊。

马逢皋说："外公外婆有三个孩子，老大是女儿游珏，就是我的母亲；老二是儿子游宝谟；老三是女儿游宝谅，就是我表妹小秋的妈妈。我和小秋被寄养在外公外婆家，一是因为我父母和姨姨、姨夫工作确实忙，二是为了给老人做个伴。我和我哥哥的名字都是外公起的，有典故的。我的哥哥叫马逢乐，取自伯

---

* 马嘶：《学人书情》，岳麓书社，2010年，第135页。

乐识马，相得千里马。历史上还有一个会相马的，叫九方皋，词条中记：九方皋曾受伯乐推荐，为秦穆公相马三个月，所以我就'逢皋'了。"

马逢皋的父亲马汉麟，毕业于西南联大，是游国恩的学生，也是一位著名的语言学家。闻一多[21]先生是他和游珏结婚时的证婚人。闻先生和游先生是至交好友，在青岛教书时闻家住楼上，游家住楼下。马汉麟后来在天津南开大学任教，1961年夏至1963年秋，马汉麟从天津被调来北京参加王力先生主持的《古代汉语》编写组，在北大专家公寓三楼编教材，当时游国恩领衔的《中国文学史》编写组就在一楼。

"父亲当年受迫害、身体不好，1978年就去世了，"马逢皋有些伤感地回忆，"我插队后参加工作早，这辈子没有上大学，父亲对此始终耿耿于怀。他不说什么，但时不时会到副食店的柜台前，看着售货员怎么卖猪肉。"

1972年8月，马逢皋作为下乡插队知青，第一批被招工回城，分在了海淀区商业服务局，到双榆树附近的一处副食店站柜台卖猪肉。后来他学了冷藏设备维修，又学会了开车，当上了大货车司机。直到1987年，他终于找到了一个机会，调到了北京大学出版社车队。我的表妹吴琳也在北大出版社工作，她说："马逢皋调进来时是普通司机，后来是我们车队的队长。出版社库房搬到大兴以后，马逢皋做了物流的调度。他对工作很负责，任务完成得很好，人缘不错，全社上下都尊称他'马哥'。"马逢皋在北大出版社干物流一直干到2013年退休，他说："拉着北大出版社出的书，我把半个中国都跑遍了。"

我问他："外公对你不考大学当工人，说过什么吗？"他说："外公一心做学问，家里的事都不管。我在他身边长大，但他从来不过问我学习上的事，当然我也挺让他省心。我记得他只去过一次北大附小，因为五一联欢活动我拒绝和女同学一起跳舞，老师通知家长到学校来。结果外公去了，惊动了北大附小，校长说：'怎么游老来了？'至于我没上过大学，去站柜台卖猪肉，他更多的是无奈吧。"

我在各种史料中搜寻着游国恩先生的踪影，无意中发现游先生的事迹经常被选入高考的语文试题，在各种模拟考卷中用的更多。在不断搜索时，我看到有一份高考语文练习题，在考察成语使用是否正确这一节里，竟有这样一道试题：

> 游国恩先生不问家事，自己躲进书房，钻入文学研究的世界，长吟短叹，目不窥园，不断地有新作发表，业内人士读了，赞叹不已。

这道题考察的是"目不窥园"这个成语是否运用得当。此题答案是："目不窥园"比喻埋头钻研，不为外事分心，专心致志，埋头苦读。运用正确。

"不问家事"，"目不窥园"，确实是游国恩先生书斋生活的真实写照。

燕东园里的小一辈还记住了这样一幅画面：游公公打得一手好太极拳，1976年以后气氛比较宽松时，常见他在桥西大草坪教一些老人行拳走势。游公公还爱下象棋，杨晦先生的小儿子杨铸记得，游公公经常上门找父亲下棋，他们用一副大号的象棋，棋子是木头做的，他现在还留着。

游国恩先生于1978年6月23日逝世，享年79岁。我看到这样的文字："他抱病主持修订《中国文学史》和对《离骚》的正文作校勘工作，直至逝世前一天。"*

除了《中国文学史》，《楚辞注疏长编》是游先生凝聚毕生心血的一部楚辞学研究著作。他是位纯粹的学者，对学术的研究和传承有强烈的使命感，他说："我搞《楚辞注疏长编》不是为了名利，而是为了给后人留一部可靠的资料，如果是为了名利，早就出版了。"从1959年到1965年，中文系派了两位青年教师给游先生当助手，整理编纂《楚辞注疏长编》所需的资料。马逢皋记得很清楚，系里搬来两张三屉桌安放在34号楼外公家一进门的那间玻璃房里，当时来的青年教师一位是金开诚，一位是施于力。后来，这项工作被迫搁置了十年之久。1976年10月，形势刚有好转，游国恩先生就带着金开诚立即重操旧业，对资料进行校核和编排。游国恩先生去世前，《楚辞注疏长编》第一编《离骚纂义》、第二编《天问纂义》完成在即，遗憾的是他最终还是没有来得及看到这两本著作的出版。尽管有关的资料搜集工作，包括版本异文的研究考证等准备工作已基本就绪，但原计划中拟编的《九歌》《九章》《远游》《招魂》各编以及校勘、音韵方面的专书均未能完成。**

---

* 杨忠民、段绍镒主编：《抚州人物》，方志出版社，2002年，第145页。

** 参见游国恩著、游宝谅编：《游国恩文史丛谈》。

至今，马逢皋谈到外公去世的那一天，仍有郁结在心："1978年6月23日凌晨，外公旧疾肺气肿犯了，由救护车送到医院，当时的状况就是哮喘，呼吸困难，但神智很清醒。在急诊室没有得到有效的救治，两个多小时，终导致肺源性心衰过世。

邢其毅、钱存柔夫妇

邢其毅先生一家1954年从中关园搬入燕东园，住在桥西34号楼上。院系调整前，他在老北大农化系和化学系任教授，还兼任辅仁大学化学系主任。

邢伯伯在化学系，邢伯母钱存柔在生物系，他们有两个儿子，相差四岁，大的叫邢祖侗，小的叫邢祖玠（后改玠为健）。据楼下邻居回忆，同住的还有两位老人，一位是邢先生的岳母，一位是跟随多年的老保姆。

图5-4 邢其毅先生与家人合影

我的二舅韩德刚在北大化学系任教,教物理化学。化学系德高望重的老先生很多,其中他最佩服的就是邢其毅先生。二舅和我说,邢先生在有机化学方面造诣精深,洞察力敏锐,他在1950年代初就曾指出,蛋白质和多肽化学将成为未来科学发展的一个新的前沿课题。从1958年至1965年,北大、中科院上海有机所和生化所协同攻关,最终完成了世界首个人工合成的结晶牛胰岛素,邢其毅先生就是该项研究的倡导者和学术领导者之一。

历届有机化学专业的学生都知道"邢小本"和"邢大本"——前一本是邢其毅先生在1950年代编写的教材《有机化学》,后一本是他1980年代编写的教材《基础有机化学》。教材越编越厚,像块大砖头。学生们怀抱着"邢大本",仿佛那是整个大学生活的回忆,又仿佛自己身份的证明。尽管一本教材已定乾坤,但邢其毅先生始终有些遗憾:新中国成立后他只有五年多的时间搞科研,其他的时间基本都用在教学上了。

我发现燕东园里不止一位学者发过这样的感慨:正当英年,科研能力蓄势待发,可惜错过了。

邢其毅先生1933年赴美留学,三年后即获得伊利诺伊大学研究院哲学博士学位,随后他到当时科学研究水平最高的德国去读博士后。1937年,日军全面侵华,他立即动身回国,任中研院化学研究所副研究员。全面抗战开始后,中研院被迫南迁昆明。邢其毅先生"负责图书资料和仪器的转运工作。他不顾个人安危,绕道香港地区、越南,历时半年,终于使图书资料和仪器完整无损地安全到达目的地"。战争期间,疟疾流行很盛,药物异常短缺,邢其毅"亲往云南河口地区寻找金鸡纳树,对其树皮中奎宁的含量进行分析研究"*，寻找抗疟药物，支援抗战。

在大后方，邢先生目睹国民政府的腐败和消极抗战，深感失望，决定寻找新的救国道路。1944年他冒着生命危险，从抗战大后方昆明，再度沿着滇越铁路回到上海，穿过重重封锁线到苏北，"偕同夫人钱存柔前往安徽省天长县参加革命工作"，"前往华中军医大学担任药学部、医学部的教训工作"，一面训练基本药学人才，一面积极开展药物的研究与生产。

我为邢先生这段富有传奇性的经历找到了见证人。我在一零一中学的高中同班同学宫著铭，知道我住在燕东园以后，几次问过我："你认识邢其毅先生吗？"我当时都不假思索地回答："当然认识，他们住34号，我家住40号，都在桥西。"这次我留了一个心眼，追问了一句："你也认识邢伯伯吗？"得到了一个出乎意料的回答："1944年我爹在新四军军医学校（即华中军医大学，后改为白求恩医学院）兼任院长，邢其毅从上海到医学院当有机化学的老师，他和我爹说得来，解放后也一直有联系。"

原来，宫著铭的父亲宫乃泉是中共少将级军医，曾任解放军总后勤部卫生部副部长。他医学科班出身，懂英语，长于外科，1937年担任新四军卫生处医务主任，1938年创办了南堡村前方医院和小河口后方医院，兼任南堡村医院院长，制定了一整套严格的医疗、护理制度。美国女记者史沫特莱曾到这里参观访问，她说："我看过许多军医院，特别是国民党军队医院，他们的条件

---

* 陈金萍、王亚平主编：《贵州历史人物丛书：科技经济卷》，贵州人民出版社，2004年，98—99页。

好、医生多,但工作马虎,不负责任,医院乱而脏……这里的条件差,医务人员少,病房整齐干净,医务工作有条不紊,医护水平好……这是我在中国看到最好的军医院,我要向全世界宣传,呼吁他们来支援你们。"*

1944年,宫乃泉调入新四军军部卫生部担任第一副部长,他积极筹划,建立了一所正规的军医学院,接着又筹建制药厂。宫乃泉招贤纳士,动员沦陷区上海的专家教授来教课,邢其毅先生就是应招而来的十几位学者中的一个。他把妻子和大儿子都带来了,一起参加抗日救亡工作。

宫著铭还说,他母亲也认识邢其毅夫妇。宫著铭的母亲叫刘球,1937年底参加新四军,原来是护士,因医生不够用就当了医生,后来当过白求恩医学院教务主任、野战医院院长。刘球在白求恩医学院就认识了邢其毅、钱存柔二位教授。按照宫著铭的记忆,他的父母和邢其毅夫妇都有往来,两家相处得很好,这种友谊一直延续到他们这一代。宫著铭说:"我上一零一中学初中后,邢祖佃是高中辅导员班的,比我大三岁,我们就这样联系上了。那时我母亲在中科院生物物理研究所任放射生物学研究室主任,我家从总后勤部(位于万寿路)搬到中关村,我住在中关村走读,有时也去燕东园邢家。邢祖健比我小一岁,也是一零一中学的,他小名叫毛头,我们俩有一个共同的英语老师——外语学院的黄兰苓。邢教授去世后,我妈还在时,钱教授来过我家。后来他们全家搬去了美国,就断了联系。"

---

* 陈海峰:《中国卫生保健史》,上海科学技术出版社,1993年,第53页。

我去过邢伯伯家，从34号楼的西门进（当年张东荪先生的家门口），然后往左手拐，上楼梯。那是1992年初，我在北京市政协会议上得到一个线索，准备采访清华大学教授黄万里[22]先生，他1950年代反对在三门峡上拦黄河水建坝，1990年代反对长江三峡工程上马，是有名的水利界持"异议"者。在准备资料时，我发现邢其毅先生和他是有深交的朋友，当年他们同在美国伊利诺伊大学研究院攻读博士，一个学化学，一个学水文地质。邢伯伯得知我的来意后，严肃认真地向我介绍了黄万里先生，有一段话至今我还记得："他的父亲是黄炎培[23]，老先生告诫这个儿子要学会外圆内方，但黄万里个性强，内外均有棱有角，不懂变通，决不随俗，只尊重科学，令人敬佩。"

采访完黄万里先生我才知道，1957年他写的短篇小说《花丛小语》中，有三个知识分子针砭时弊，其中直言不讳、刚直不阿的主人公甄无忌，就是以邢其毅伯伯为原型的。《花丛小语》先是刊登在清华大学校刊《新清华》上，上头看了，不悦。不久，《人民日报》在《什么话》的栏目下，转发了黄万里的《花丛小语》，随即连续发出了批判黄万里的文章，黄万里成了全国闻名的大"右派"。直至1980年2月方才摘帽平反。

在这次写作中，我和邢家老二邢祖健通过微信建立起联系。他下乡四年，1980年代中期赴美读研，在哥伦比亚大学获国际信息发展教育学博士，现定居美国。他首先说起宫著铭的父亲："是我父亲最佩服的、尊重知识也尊重人才的共产党军队高级干部。"他也说到黄万里先生："是我父亲的挚友，黄先生被划为右派后,父亲全然不顾地经常去看望他。"

说到家里住过的两位老人,邢祖健认为跟这两位老人的相处最能凸显父亲情深义厚的个性。他说,其中一位是当时住在外地的外婆。得知她身患癌症,他父亲毫不犹豫地把她接到生活条件相对较好的燕东园同住,积极为她治疗,延续了外婆十四年的生命。另一位是1952年来北大后就到他家工作的老保姆武奶奶。他父亲待她如家人,不离不弃。"文革"中武奶奶因家里历史问题受迫害,被遣送回老家,他父亲一直惦记着。情况稍有好转,立即把她接回来,一直在他家住到临终。

邢祖健还谈到了母亲:"我十年前就为我妈办了美国绿卡,她现在在加拿大,住在我侄子那边的养老院,享受全天护理,条件很好,费用也低。今年她已经105岁了(北大生命科学院证实,钱存柔教授是目前北大全校健在老人中年龄最大的),听力丧失,记忆力不好,但身体没其他大问题。抗日战争胜利七十周年的时候,她还获得了一枚国家颁发的抗战纪念勋章。"

远在异国他乡,邢祖健怀念燕东园家里的小院,他说:"那是我前半生的记忆。我从小在这里和园子里的朋友一起养狗、养鸡、养刺猬、种花、种菜,还组织家庭小图书馆、俱乐部,那是燕东园男孩们最常聚集的地方。"

在下面这张照片里可以看到34号楼前的草坪和茂密的树木,九个人推着七辆型号各异的自行车。邢祖健1986年秋天赴美留学,临行前全家祖孙三代在34号楼前留下了这张别具一格、带有时代特征的全家福。邢祖健说:"外国朋友戏称这是我家的'卡迪拉克车展'。"

图5-5 邢家在34号楼前合影
自左至右：邢祖健、叶俊（邢祖建夫人）、邢其毅、邢菲（邢祖建女儿，坐在车的前梁上）、钱存柔、邢德音（邢祖侗的女儿）、陈卓君（邢祖侗夫人）、邢越（邢祖侗儿子）、邢祖侗

唯有邢其毅先生的长孙邢越（照片中的左8）推着一辆雅马哈牌摩托车，这辆摩托车被称为邢家现代化的开始。邢越和我的儿子赵路同年，是从小的玩伴。两个小家伙六岁上下的时候，不知天高地厚，竟爬上一辆在燕东园里施工的推土机，强拉手闸，把这个庞然大物开动了起来，惊得周围人一片呼叫。

光阴似箭啊，如今这两个孩子都已经过了五十岁生日。不知他们还记得在燕东园的童年趣事吗？

34

住户名单　　　　　　　　　　1926年—1966年6月

东大地时期
- 李荣芳　燕京大学宗教学院教授
- 尚辛民
- 张东荪　燕京大学哲学系主任
- 吴绍鸿

燕东园时期
- 金岳霖　北京大学哲学系教授、中科院哲学所研究员
- 潘家洵　北京大学西语系教授、中科院外文所研究员
- 邢其毅　北京大学化学系教授
- 钱存柔　北京大学生物系教授
- 游国恩　北京大学中文系教授
- 陈辅恩

桥西36号
赵紫宸、童定珍夫妇

赵紫宸先生在燕京大学资格很老。他1926年受司徒雷登校长之聘，入职燕京大学，执掌宗教学院二十六年。他学贯中西，既教神学，又教中国古典文学。在东大地住户中，他也是老资格，前后住了十八年，守着36号小楼没有动窝。

我的父亲徐献瑜和赵紫宸先生是湖州同乡，他1939年从美国留学归来，担任燕京大学数学系代主任，一直对这位长辈非常敬重。我的母亲韩德常1938年转学入燕京大学音乐系专修钢琴，按照学业要求，她要为歌诗班（唱诗班）弹伴奏，还要为排练《弥赛亚》大合唱弹伴奏，这些活动都在宁德楼（宗教学院所在地）进行，因此她也与赵紫宸先生很熟悉。我家的墙上至今还挂着一幅镶着镜框的墨宝，正是赵紫宸先生所书：

青鸟殷勤为探看　　碧城十二玉阑干
香肌冷衬铮铮佩　　衣薄临醒玉艳寒
上尽重楼更上楼　　朱栏画阁几人游
郎君下笔惊鹦鹉　　好好题诗咏玉钩

献瑜先生德常女士吉席　　右集玉溪生句贺　　赵紫宸夫妇同拜。

1944年4月，我的父亲母亲结婚，赵紫宸先生不仅有墨宝相赠，还在西式婚礼上做了主婚人。赵紫宸先生当年是德高望重的牧师，在国际上知名度也很高，他分别在1928年、1938年及1947年代表中国参加在耶路撒冷、印度马德拉斯、加拿大惠特比举行的世界基督教宣教会议。1948年8月，在荷兰阿姆斯特丹举行的世界基督教会联合会上，赵紫宸先生当选联合会六位主席之一，当时的舆论称他为"在近二百年中国基督教历史上，一个前无古人、后无来者，拥有世界级领袖身份的杰出人物"。

赵家有一女三子：生于1912年的女儿赵萝蕤、生于1918年的大儿子赵景心、生于1919年的二儿子赵景德、生于1923年的小儿子赵景伦。老大与老二相差六岁，这段时间赵紫宸赴美留学，1917年获美国田纳西州范德堡大学社会学硕士和神学学士两个学位，学成回国后，自己的小家方才正式安顿下来。

上文已多次提及的老"燕二代"胡蕗犀阿姨，与赵家比较熟。1946年，赵家的小儿子赵景伦从西南联大回东大地，曾招呼她去36号家里看看。胡蕗犀提及一段往事："我知道赵景伦的生日是1923年12月31日，他们管他叫'洋叫花子'，我的生日是1924年阴历除夕，他们管我叫'土叫花子'。赵先生夫妇对我很关心，当时北平沦陷，燕大封校，他们搬家到城里了，但每年12月31日一定把我叫去，请我吃一顿饭，名为给景伦过生日，实际上是赵先生关照孤身一人在北平的我，也惦记我父亲究竟在什么地方。"

图5-6 赵紫宸夫妇在燕东园36号院子里

　　胡蘺犀告诉我，赵先生是老式婚姻，赵太太基本不认识字，两人在文化上差距极大，但举案齐眉，相敬如宾。赵家的家风是"温良恭俭让"。

　　赵萝蕤、赵景心在《我们的父亲赵紫宸》一文中也提到母亲："1905年父亲17岁奉父母之命和比他长两岁的小商人之女结了婚。我们亲爱的母亲没有什么文化，在这方面和父亲的差距极大，但是他们之间的感情非常深厚。"*

　　赵太太喜欢在家里养鸟，白玉鸟。而赵先生通常手握一卷苏东坡、辛弃疾、陶渊明、杜甫、李商隐等人的诗集。他喜爱书

---

* 赵萝蕤、赵景心：《我们的父亲赵紫宸》，原载于《学衡》微刊，2019年9月1日。

法，家里留有他用工楷书写的诸葛亮《前出师表》、文天祥《正气歌》以及张载的《西铭》。

赵先生毕生致力于将基督教与中国文化融会贯通，他说："我所信的基督教虽从西方传来，由英美人讲授，也还因为我自己的需要，自己的解释，不必全赖西方的思想。老实说，西方人还等待着我东方的阐解，作新颖透辟的贡献。"他还说："成功与失败取决于我们应对时代召唤的能力，这一能力反过来又依赖于我们自身灵命与知识的丰厚程度……"

赵紫宸先生是一位赤诚的爱国者，他居住在东大地36号期间，发生过两件大事。

1941年12月8日，日本宪兵闯入燕京大学，赵紫宸先生是被捕的七位教授之一。他被关进北平沙滩红楼监狱长达193天。面对日本宪兵的审问、虐待和折磨，他没有屈服，写下了《系狱记》。"紫宸兄没有被痛苦所屈服，肉体的煎熬，精神的窘迫，反而使他更坚强地站立起来……在六个多月的房狱生活中，他的信仰是更深刻，更超越，更纯化了。"*

1948年，赵紫宸先生不顾国内外反动势力散布的流言蜚语，从香港回到北平，回到东大地，与陆志韦先生、张东荪先生等人，为北平的和平解放奔走。

1949年，北平解放前夕，赵紫宸先生多次拒绝外国的邀请，不但自己不肯出走，还动员在境外的孩子们回来。长子赵景心在

---

* 徐百柯：《教授们》，收录于张立宪主编：《读库1106》，新星出版社，2011年，第180页。

燕京大学经济系读书时，是一名运动健将，曾担任校篮球、足球、网球、棒球、冰球、田径六个运动队的队长。1941年毕业后，他曾在美国檀香山担任过美军语言训练中心的汉语教师，后来到香港地区的中国航空公司工作，时任中航厦门办事处处长。赵紫宸先生给他写信说："解放军进入北京城，秩序井然，秋毫无犯"，"你是中国人，你没有选择余地"。赵景心听从了父亲的话，于1949年11月9日参加了两航起义*，第二年1月回到了北京。

次子赵景德1948年在美国芝加哥大学取得博士学位后，入职华盛顿内政部地质调查所。当时中美关系十分紧张，赵紫宸也多方设法，通过当时和中国关系良好的印度驻华大使馆，争取让他回国。

三子赵景伦当时正在哈佛大学读书，受父亲的召唤，没有读完学位就于1951年提前回国了。

此时大女儿赵萝蕤在哪里？需要回过头来讲她的故事。

16岁的赵萝蕤，围着一条长围巾，穿着一身薄棉袍，站在东大地36号阳台的门口。她身后右边墙上有根白铁皮的排雨水管道，左边还有一对玻璃窗，这些都是东大地小楼的标志物。

那时的她，在燕京大学、在东大地，都是神话一般的存在。

---

* 两航起义：1949年原"中航"（中国航空公司）总经理刘敬宜和"央航"（中央航空公司）总经理陈卓林率领2000多名员工在香港宣布起义，两公司的12架飞机先后飞抵北京、天津。

图5-7 16岁的赵萝蕤,站在东大地36号的阳台门口

她的名字是酷爱诗词的父亲精心选择的,出自李白的《古风其四十四》:"绿萝纷葳蕤,缭绕松柏枝。"萝与蕤,是香草,是藤蔓,象征繁茂而坚强的生命。

1926年赵萝蕤随父亲迁居北京。此前她一直在苏州读书,7岁就进入了被称为"名媛淑女摇篮"的景海女子师范学校。父亲担心这所美国教会主办的学校忽视国文教育,就亲自在家开课,为女儿讲《唐诗三百首》《古文观止》。六年级时,赵萝蕤能诗能文,语文成绩被评为全校第一。到北京之后,她越级跳班,轻松地考上高中三年级,父亲劝她还是先上高二。两年后她顺利进入燕京大学中文系,当时仅有16岁。学了两年,她又转系改学英国文学,1932年从燕京大学西语系毕业。

赵萝蕤追忆当年的情境:"我大学毕业时才20岁。父亲说怎么办呢，还是上学吧。清华大学就在隔壁，去试试考一考。那里有个外国文学研究所。"当时清华的外国文学研究所除了英语考试，还要再考两门外国语。结果，赵萝蕤法语及格了，德语却吃了一个零分。不过，她的英语确实过硬，考了一百分。吴宓先生说，行，德语等入学后再补吧。就这样，赵萝蕤被录取了，并且还得了一年360元的奖学金。赵萝蕤对父亲说："我不用花你的钱了。"那时小灶食堂一个月才花6元，还有24元零花钱。

1935年，赵萝蕤毕业于清华大学外国文学研究所。在校的最后一年，她应戴望舒[24]之邀，开始翻译英国诗人艾略特的长诗《荒原》。这首现代派长诗以晦涩难懂、征引渊博著称，被赵萝蕤成功翻译成中文，得到当时的读书界一片盛赞。1940年，上海《西洋文学》刊登邢光祖先生的评论文章，最后两句是："艾略特这首长诗是近代诗的'荒原'中的灵芝，而赵女士这册翻译本是我国翻译界的'荒原'上的奇葩。"*

赵萝蕤自幼学习钢琴。在燕大读书时，她主修英国文学，同时副修音乐。东大地36号的那对大玻璃窗里，经常传出一串串动人的旋律，有贝多芬的《热情奏鸣曲》，还有肖邦的《幻想即兴曲》。赵景伦记得，姐姐的毕业演奏，是在北京饭店，弹的是格里格的a小调钢琴协奏曲。下面这张照片应该是那次演出的留影。赵萝蕤毕生视西方古典音乐为自己生命的支撑，她说："它使我在无论何种境地，都能欣然地活下去。"

---

* 邢光祖：《评书:〈荒原〉》节选，收录于朱志瑜、张旭、黄立波编：《中国传统译论文献汇编》（1940—1949）第6卷，商务印书馆，2020年，第3311—3312页。

图5-8 年轻时的赵萝蕤在钢琴前

这次写作时,我在电话中采访陆志韦先生的女儿陆瑶华,曾好奇地问她:"您眼中的赵萝蕤是什么样子啊?当年为什么不追着赵姐姐,而总跟着那些男孩子玩呢?"

陆瑶华回答:"我们和她差得实在太远了。按照我妈的说法,你要有萝蕤姐姐的一半就好了。"

我心里默算了一下,认为主要还是年龄差距很大的缘故。1936年1月赵萝蕤和陈梦家结婚时,陆瑶华她们还是八九岁的小姑娘。当然也可能与赵萝蕤的性格有关,她自己说:"我是个拘谨怕羞的姑娘，严肃安分得像座山一样。"*

赵萝蕤是在东大地和陈梦家相遇相识的。1932年，新月派青年诗人陈梦家到燕京大学做短期学生。1934年9月，他考入燕京研究院，在容庚先生门下专攻古文字学。容庚先生家在东大地24号，燕京大学考古学会的会址也设在他家。陈梦家想必经常往来于此。是什么打动了赵萝蕤的芳心呢？陈梦家的老师钱穆先生在回忆录中这样形容赵萝蕤："乃燕大有名校花，追逐有人，而独赏梦家长衫落拓有中国文学家气味。"**

问及赵萝蕤："为什么？是不是喜欢他的诗？"

"不不不，我最讨厌他的诗。"

"那为了什么呢？"

"因为他长得漂亮。"***

这一对才子佳人的婚礼很简单，就办在司徒雷登校长的办公室临湖轩。两人的新婚蜜月也是借住在紧邻东大地的王家花园。不过，第二年发生"七七事变"，小夫妻就离开东大地南下了，辗转跋涉到昆明，去西南联大任教。但当时西南联大遵行清华大学的一个老规矩：夫妇不能在同校教书。于是，陈梦家在西南联大国文系教书的八年，赵萝蕤基本都是在操持家务，她说："我是老脑筋；妻子理应为丈夫做出牺牲。但我终究是个读书人。我在

---

* 赵萝蕤：《怀念叶公超老师》，收录于倪文尖编：《文人旧话》，文汇出版社，1995年，第131页。

** 钱穆：《八十忆双亲·师友杂忆》，生活·读书·新知三联书店，2005年，第207页。

*** 扬之水：《问道录》，浙江古籍出版社，2017年，第131—132页。

烧菜锅时,腿上放着一本狄更斯。"*

1944年,费正清先生给陈梦家联系到一份在芝加哥大学教古文字的教职,赵萝蕤随着丈夫来到美国。陈梦家拿出了自己一部分奖学金,鼓励她攻读博士学位。那时正是芝加哥大学英语系的黄金时期,汇聚了不少世界一流的学者。赵萝蕤选择了到英语系专修美国文学,1946年获得文学硕士学位。1947年,陈梦家先行回国,任教于清华大学,赵萝蕤则继续撰写她的博士论文。和她同一师门的巫宁坤[25]回忆那时的赵萝蕤:"萝蕤熟谙中外文学名著和文学理论,分析研究常有独到的见解,说来娓娓动听。但不论日常交往,或谈诗论文,她一向温文尔雅,文质彬彬,从来没有一点资深前辈居高临下的神气。在全体中国留学生中,她是'德高望重'的'大姐'……"**

图5-9 左起:陈梦家、赵萝蕤、赵景德,1946年摄于芝加哥大学

---

* 赵萝蕤:《我的读书生涯》,北京大学出版社,1996年,第3页。
** 巫宁坤:《一代才女赵萝蕤教授》,收录于赵萝蕤:《读书生活散札》,南京师范大学出版社,2009年,第248页。

1948年秋冬之际,赵萝蕤通过了博士论文答辩,来年6月就可在著名的洛克菲勒教堂登台接受博士学位。但此时平津局势紧张,大战在即,她担心万一南北交通受阻,不能实现学成回国的愿望,便毅然决定不顾一切,兼程回国。"1948年冬我登上了回国的航程,船上的广播还在报告北京西郊的燕京与清华已经解放。我于12月31日到达上海,两个星期后乘一架运粮食的飞机降落在天坛的一块空地上。"*

1949年1月31日,北平和平解放。城门开了,陈梦家和朋友们骑着自行车进城,用最浪漫的方式把赵萝蕤接回了清华园。

1949年9月,中国人民政治协商会议第一届全国委员会召开。赵紫宸先生作为宗教界五位代表之一,参加了这次历史性的会议。女儿也很荣光。赵萝蕤回国后,在燕京大学英语系任教授,不久抗美援朝战争爆发,燕大的美国教授纷纷回国,赵萝蕤接任了系主任职务。由于师资不足,她报请陆志韦校长电聘巫宁坤回国共事。

1951年8月中旬,巫宁坤回到北京,他说:"萝蕤亲自到前门火车站接我。别后不过两年多,我不无好奇地看到,她的衣着起了很大变化。当年在芝大,她总爱穿一身朴实无华的西服,显得落落大方,风度宜人。眼前她身上套的却是褪了色的灰布中山服,皱皱巴巴,不伦不类,猛一看人显得有些憔悴了,但风度不减当年。"赵萝蕤夫妇俩住在朗润园一幢中式平房里。室外花木扶疏,

---

* 赵萝蕤:《我的读书生涯》,第242页。

荷香扑鼻。室内一色明代家具,都是陈梦家亲手搜集的精品,客厅里还安放着赵萝蕤的斯坦威钢琴。*

可惜好景不长。1951年,赵家全家都受到了政治运动冲击,赵紫宸先生被师生们批斗,赵萝蕤一方面被要求与自己的父亲"划清界限",一方面还要为自己的资产阶级思想和"重业务,轻政治"的错误做检讨,接受批判。陈梦家也因之前与美国学术界交往过密,遭到了猛烈批判。大约从这个时候开始,赵萝蕤精神受到了强烈刺激,埋下了病根。

1950年,赵家搬出东大地,据说是经梅兰芳先生的家人介绍,赵紫宸先生以350匹布的价格,从一位姓赵的中医手中购得美术馆后街22号。

赵萝蕤并没有离开燕园,一直在北京大学西语系教书,还带着博士生。但关于她的消息很少,有些传言又令人感到忧心。1965年,我高中毕业,报考大学填志愿时,母亲建议:"填北大西语系吧,赵萝蕤在那儿呢,她可是英语水平最高的教授。"父亲却压低了声音:"听说前几年赵萝蕤得了精神分裂症,不知还能不能教书?""文革"时期,父母不知从哪儿听说,"赵萝蕤旧病复发,疯了",也曾偷偷打听过病因,好像都与她的丈夫、大名鼎鼎的考古学家陈梦家有关。

直到这次写作时,我才了解到她和陈梦家的境遇。1957年5月,在中科院考古所工作的陈梦家,在大鸣大放中直言不讳,数次就汉字改革(即汉字的拼音化和简化字)提出意见,这和当时

---

* 参见巫宁坤:《一代才女赵萝蕤教授》,第247—253页。

的主流意见显然不一致，他遭到批判，转年4月被戴上右派帽子，12月下放至洛阳白马寺植棉场劳动。赵萝蕤无法承受这一连串的变故，精神崩溃，第一次发病。1966年陈梦家再次遭到批判，8月24日，他白天受到批斗羞辱，晚上就服用了过量安眠药，虽被抢救过来，但十天以后再次走上绝路，他自缢身亡。赵萝蕤第二次精神分裂，病情加剧，被送进安定医院。

如此人间悲剧，我的父母不忍再谈赵萝蕤。

赵萝蕤的名字重新被响亮地提起，已经到了1991年。这一年，上海译文出版社出版了美国著名诗人惠特曼的《草叶集》的全译本，译者正是赵萝蕤。她伏案笔耕整整十二年，杀青之际已经79岁。《草叶集》全译本的出版震惊了国内外学术界，直到今天，它也是中国翻译史上一部里程碑式的作品。她的母校芝加哥大学在建校百年时向她颁发了"专业成就奖"。

赵萝蕤是在父亲的家中完成这部译作的。陈梦家去世后，她搬到美术馆后街22号。这是一处建于明末清初的两进四合院，宽大的院子，还有很气派的朝南的院门和照壁。赵紫宸先生在这个院子里住了二十九年，熬过了十年内乱，在金鸡破晓的1979年病逝，享年91岁。

四合院内朝西的两间小屋，属于赵萝蕤。里面一间放了一张小床、一张小书桌、两三把椅子。这是她的卧室兼书房，也是她接待国内外来访者的小天地。外面一间放着几个书架，藏书中包括她当年在美国搜集的亨利·詹姆斯的全套初版小说和艾略特签名的诗作。她的斯坦威钢琴没能逃脱被抄家横扫的命运，酷爱音乐的她，唯一的消遣是坐在小屋里倾听西方古典音乐的录音。伏在那张小书桌上，用她一笔不苟的书法，重铸惠特曼前无古人的诗篇，长达十二年。

1998年1月赵萝蕤在家中病逝，享年86岁。

赵紫宸、赵萝蕤这对父女的故事并没有结束。谁也不曾料到，他们的故居美术馆后街22号卷进了一场"拆迁还是保护"的拉锯战。赵萝蕤去世四个月后，这座四合院的墙上被刷上了大大的白字"拆"。侯仁之、吴良镛、罗哲文、郑孝燮、梁从诫、舒乙等知名专家、学者先后两次上书北京市有关部门，呼吁保护这处集建筑、人文、文物价值于一体的明清古宅。

这座四合院有三百六十多年的历史，有保存完好的落地雕花隔扇、博古架和精雕细镂的"象眼"砖雕；它是赵紫宸、赵萝蕤两位文化名人的故居，珍藏着大量的典籍、书画和文物，还有赵萝蕤丈夫、著名文物专家陈梦家收集的满堂明代家具等等。北京数家媒体的记者以及许多民间人士也为之打抱不平，纷纷加入了这场文物保护战。*

博弈结束于2000年寒冬将至的一天。推土机来了，轰鸣声中，美术馆后街22号在两个小时之内就被夷为一片平地。**

---

* 相关报道参看:《专家学者呼吁保护明清四合院》，原载于《光明日报》，2000年1月23日。

** 关于美术馆后街22号拆迁可参见华新民:《为了不能失去的故乡——一个蓝眼睛北京人的十年胡同保卫战》，法律出版社，2009年，第24—29页。

36

住户名单　　　　　　　　　　1926年—1966年6月

东大地时期 — [赵紫宸　燕京大学宗教学院院长
　　　　　　　 童定珍]

燕东园时期 [赵以炳　北京大学生物系教授
　　　　　　 黄秀玉
　　　　　　 桑灿南　北京大学心理学系教授]

桥西39号

我家住在桥西40号,准确意义上的"左邻右舍",应是左边的39号小楼,和右边的41号小楼。我家和左邻39号离得更近,两家院子只隔一道松墙,而且这道密密匝匝的松墙到了我家后院的园门前,变成三棵松树,像一道小栅栏,两家可以从树间穿来穿去,十分方便。我的母亲和当时住在39号的杨伯母(杨晦先生的夫人)经常隔着松树切磋园艺。我们也从这里窥视:住在楼上的杜连耀伯伯在院子里砌起小屋养鸡,住在楼下的樊弘伯伯在楼前松柏树下打太极拳。39号阳台东边的那一大丛白蔷薇,更是撩人,花开之际,让人好想跑上前去,闻闻花香。

我仔细研究过39号的住户,发现无论燕京时期,还是北大时期,都多有更迭,好像有时候它还承担中转房的作用,比如杨晦先生家就是先住进39号,再最终落户在37号。这次写作在翻阅燕京大学资料时,我无意中发现1930年代末期有一位燕大国文系的凌敬言先生曾住在这里,还带出一段有趣的文人轶事,因与上文的陈梦家先生有关,特此钩沉之。

凌敬言

凌敬言先生1904年生人,他毕业于东吴大学,1929年入燕京大学研究院中文部,从事戏曲和通俗文学的研究以及古典文献的辑佚、整理,1930年7月即提前毕业,获文学硕士学位,学位论文为《弹词研究》。学成后南下回到东吴大学教书。1938年经郭绍虞先生介绍,他被燕京聘为国文系讲师兼研究生导师再度北上,大约就是此时搬入东大地39号的。

凌敬言先生的专业是戏曲学,他酷爱昆曲,每年燕大国文系迎新会上,他都演唱昆曲助兴。他还主持着燕大昆曲社。"燕二代"林明的父亲林焘[26],1939年考入燕大国文系,1940年秋加入了燕大昆曲社,他的母亲杜荣,1938年考入燕京大学外文系,也参加了昆曲社。曲社很小众,师生加起来不到十个人,每周聚会一次,轮流在凌敬言和郑骞[27]两位先生家里拍曲。

林明在父亲所写的《水流云在录:龢叟自述》第9页、第10页上,发现了父亲母亲因昆曲结缘的温馨一幕:十月的一天,在东大地39号凌敬言先生家的饭厅例行曲会,突然有一位女同学,身穿紫红色呢大衣,笑眯眯地走进了客厅,她就是杜荣。这是他父母的第一次会面。从那天以后,他们就常在一起拍曲、排戏、演戏,终于相爱,在1942年圣诞节订婚。俗话说"千里姻缘一线牵",牵引他父母的红线就是昆曲和京剧,这条线把他们紧紧连在一起,从青年、中年直到老年。

传说凌敬言一生有四好:好昆曲、好豪饮、好养鸽、好藏书。养鸽这一癖好,北上燕京任教时,被某位好事的学生侦得,特意撰写了一篇文章《燕园逸话:凌敬言与鸽》,刊登在1939年《燕京新闻》六卷十二期上,文中有"其养鸽可与王世襄一比"之说。王世襄(后来被誉为京城第一大玩家)当时家住紧傍东大地的王家花园,正在燕京大学国文系读研究生。凌敬言与他应是师生关系。写东大地的故事,无法回避王家花园,它和它的主人王世襄与燕京时期的东大地有千丝万缕的联系。

王家花园与王世襄

王世襄是官二代兼富二代,他的父亲王继增在他读初中时候就给他买下了这块地,园子呈刀把形,约20多亩,南北窄东西宽,小巧玲珑、花木浓密。它紧挨着东大地南墙,与桥东27号、28号院子相接的部分,没有用虎皮墙拦住,只拉了一道铁丝网,还留了一个小门。

王家花园听起来有排场,但并非豪门深宅,更像一个大菜园子,有数间房舍,几处泥顶的花洞子,一畦畦的菜地,以及满园茂密的树木花草。直到1990年代进行古树名木普查时,在王家花园遗址上建的北大附小校园里,还有古树176棵,其中百年以上的国家二级保护植物有50余棵。

这样一个大院子颇合王世襄不肯受拘束的野性子。这位怪才从8岁起就爬墙、放鸽子,飞檐走壁的,还跟着晚清八旗子弟熬鹰猎兔,驯狗捉獾。1934年,他考入燕京大学医学预科,两年后转到国文系。玩性一直不改,上课怀里揣着蝈蝈葫芦,下课胳膊上架着鹰。有一天,他揣着蝈蝈葫芦进了课堂,讲课的是历史系教授邓之诚先生。正当邓先生讲到兴头,怀里的蝈蝈不识相地叫起来,课堂一片哗然。邓先生很不高兴,把他赶出了课堂。王世襄就住在王家花园,经常请来养虫和养鸽子的民间奇人,陪他种葫芦、养蟋蟀。晚上还跑到荒郊野地,跟人遛狗捉獾,玩到半夜跳墙回家。*

---

* 曾焱:《老头儿王世襄和他的朋友们》,原载于《三联生活周刊》,2014年第21期。

1936年，赵萝蕤和陈梦家新婚，借住在王家花园度蜜月。某日深夜，他俩被一阵嘈杂的叫门声惊醒，十分惊恐，以为是家中来了强盗，不敢作声。接着又传来一连串的疾行声、嘘气声，随之寂然。过了良久，再没动静，夫妻两人揣测是邻人路过，应该不至于危险，才敢继续睡去。直到第二天，两人才恍然大悟：这想象的"强盗"哪里是什么邻人，正是主人王世襄自己。原来，前一天夜半时分，贪玩的王世襄和同伴牵着四条狗去玉泉山捉獾，拂晓归来，见学长夫妇早已入睡，只得"托狗带獾"翻墙入院。*

陈梦家比王世襄年长三岁，两人趣味相投，一见如故。这时陈梦家已经盯上了"家具"这片无人关注的宝山，把明式家具当作学科对象，正式地、系统地研究。他带着王世襄逛鲁班馆、龙顺成等木器行，并向他倾囊相授鉴赏宝典。后来王世襄在这个领域深耕、造诣极深，他的重要著作《明式家具珍赏》中，图录有38幅是陈梦家旧藏。王世襄终生不忘陈梦家这位"启蒙老师"，在他眼里，陈梦家不仅是一等一的专家，更潇洒如云端中人："无论是行事坐卧，还是抽烟喝茶，都非常气派……每次走进古玩店，商人对他毕恭毕敬。"**在《怀念梦家》一书末尾，王世襄写道："如果天假其年，他幸逃劫难，活到今天，我相信他早已写成明代家具的皇皇巨著。这个题目轮不到我去写，就是想写也不敢

---

* 王世襄：《我与陈梦家》，收录于姜德明主编：《七月寒雪：随笔卷》（上），大众文艺出版社，2000年，第201页。

** 索马里：《陈梦家：考古学家之陨》，原载于《三联生活周刊》，2014年第21期。

写了。"*

　　王家花园与东大地还有一层关系：前文谈及的张东荪先生一家在1937年以后一直租住在王家花园。此时的王世襄因为在医预系学得一塌糊涂，已经转到了国文系，学业渐入佳境，后继续在文学研究院深造，张东荪先生的长兄张尔田教授正在此任研究生导师，对王世襄的学业多有指导。王世襄提到过："尔田教授学问极好，他教我作词。"张家在王家花园一直住到1941年底。

　　故园沧桑。1959年，北大附小从北大校园里搬迁到王家花园的遗址，占据了王家花园的全部，还占了燕东园东南角一部分。

　　2003年，王世襄先生来到北大附小，写了一副对联，"名曰花园种菜范匏还架豆，号称学子邃葵放鸽更韝鹰"**，勉励北大附小学生"玩中学，学中玩，玩出名堂，玩出文化，玩出'大雅'"。

---

*　王世襄：《怀念梦家》，收录于《王世襄集：锦灰堆》（合编本3卷），生活·读书·新知三联书店，2015年，第855页。

**　匏（páo）：葫芦的一个品种，大的分成两半就是水瓢；韝（bèi）：皮套，套在小臂上架苍鹰或武士射箭时戴用。

39

住户名单　　　　　　　　　1926年—1966年6月

东大地时期
- 张鸿钧　燕京大学社会学系教授
- 凌敬言　燕京大学国文系研究生导师

燕东园时期
- 杨　晦　北京大学中文系主任
- 姚　冬　北京大学留学生办公室
- 杜连耀　北京大学无线电系教授
- 周惠芹　北京大学校医院
- 樊　弘　北京大学经济系主任
- 张才明　北大附小、魏公村小学教师

[注释]

1　钱穆
（1895—1990）

江苏无锡人。历史学家、思想家、教育家、国学大师。1930年任燕京大学国文讲师。1931年起先后在北京大学、长沙临时大学、西南联合大学、清华大学、齐鲁大学、武汉大学、浙江大学、四川大学、云南大学等主讲文史课程。1949年在香港创办新亚书院。著述颇丰，代表作有《先秦诸子系年》《国史大纲》《中国历代政治得失》等。

2　熊十力
（1885—1968）

湖北黄冈人。思想家、哲学家。长期从事佛学和哲学研究，提出新唯识论体系，成为现代新儒学的奠基者之一。先后在武昌文华大学、北京大学、浙江大学任教。著有《新唯识论》《原儒》《体用论》《十力语要》《佛家名相通释》等。

3　拉尔夫·福勒
（Sir Ralph H. Fowler,
1889—1944）

英国数学家、物理学家、天文学家。早年入埃文斯预备学校和温切斯特公学就读。后获剑桥大学三一学院的奖学金，并且在此学习数学。对于螺旋导弹的空气动力学做出重大贡献，并于1918年获得了大英帝国勋章。1920年起任教于剑桥大学。

4　尼尔斯·玻尔
（Niels Henrik David Bohr,
1885—1962）

丹麦理论物理学家，量子力学的奠基者之一。1903年进入哥本哈根大学学习物理，后取得硕士、博士学位。1922年因"对原子结构以及从原子发射出的辐射的研究"荣获诺贝尔物理学奖。

5　保罗·狄拉克
（Paul A. M. Dirac,
1902—1984）

英国理论物理学家，量子力学的奠基者之一。曾经主持剑桥大学的卢卡斯数学教授席位。1933年，因发现了量子力学的基本方程——薛定谔方程和狄拉克方程，和薛定谔共同获得了诺贝尔物理学奖。

6　沃尔夫冈·泡利
（Wolfgang E. Pauli,
1900—1958）

奥地利理论物理学家，量子力学研究先驱者之一。1945年，因泡利不相容原理获得诺贝尔物理学奖。

7　莱昂·罗森菲尔德
（Léon Rosenfeld,
1904—1974）

比利时理论物理学家。1926年获得列日大学博士，是尼尔斯·玻尔的合作者。早期在量子电动力学方面的工作具有前沿性，创造了术语轻子。1949年获得法朗基奖。

8　吉安·卡罗·威克
（Gian Carlo Wick,
1909—1992）

意大利理论物理学家。对量子场论有重要贡献。威克转动、威克收缩、威克定理与威克乘积即以他命名。1967年获得丹尼·海涅曼数学物理奖。是美国国家科学院和意大利猞猁之眼国家科学院的成员。

9　克里斯蒂安·穆勒
（Christian Møller,
1904—1980）

丹麦物理学家、化学家。对相对论、引力理论和量子化学做出奠基性贡献。因多体微扰理论和穆勒散射为人熟知。

10	艾伦·赫里斯·威尔逊 （Alan Herries Wilson, 1906—1995）	英国物理学家、数学家、实业家。就读于剑桥大学伊曼努埃尔学院，从事量子力学研究。后从事量子力学在半导体和金属中的电传导、原子弹研发相关研究。1932年获得亚当斯奖。
11	李约瑟 （Noel Joseph Terence Montgomery Needham, 1900—1995）	英国生物化学家、科学史学家、汉学家。发表《生物化学形态学》和《胚胎学史》，被科学界誉为"化学胚胎学之父"。1942年至1946年在中国历任英国驻华大使馆科学参赞、中英科学合作馆馆长，1966年至1977年任教于英国剑桥大学，1994年当选为中国科学院外籍院士。所著《中国科学技术史》对现代中西文化交流影响深远。
12	胡适 （1891—1962）	安徽绩溪人。学者、思想家、文学家、教育家。1910年赴美国康奈尔大学留学，四年后取得文学士学位。1915年入美国哥伦比亚大学研究院，师从杜威研究哲学，1927年取得哲学博士学位。曾任北京大学校长、"中研院"院长等职。主要著作有《中国哲学史大纲》《白话文学史》等。
13	利奥波德·英费尔德 （Leopold Infeld, 1898—1968）	波兰物理学家，曾做过爱因斯坦的助手。英国剑桥大学洛克菲勒研究员和波兰科学院成员。曾与爱因斯坦合著《物理学的进化》。
14	于敏 （1926—2019）	天津宁河人。核物理学家，享有"中国氢弹之父"之称。1949年在北京大学物理系攻读研究生，1960年底开始从事核武器理论研究，在氢弹原理突破中解决了热核武器物理中一系列基础和关键性的理论问题。1999年被授予"两弹一星"功勋奖章。
15	赵忠贤 （1941— ）	辽宁新民人。超导物理学家，中国高温超导研究奠基人之一。国防科技大学、武汉大学、北京大学等校兼职教授。1964年毕业于中国科技大学，后从事低温与超导研究。1976年起从事探索高临界参数，特别是高临界温度超导体研究。
16	戴元本 （1928—2020）	祖籍湖南常德，生于江苏南京。理论物理和粒子物理学家。1952年毕业于南京大学，1961年于中国科学院数学研究所研究生毕业，后留所工作，1978年担任中国科学院理论物理研究所研究员。主要从事量子场论和粒子物理理论方面的研究。
17	洪业 （1893—1980）	福建侯官人。历史学家、教育家。1916年赴美留学，入俄亥俄卫斯理大学，获文学士学位，1919年获哥伦比亚大学文学硕士，1920年获纽约协和神学院神学士学位。1922年起担任燕京大学历史系教授、代理系主任。1924年创立哈佛燕京学社。1948年至1968年兼任哈佛大学燕京学社研究员。著有《杜甫：中国最伟大的诗人》《引得说》等。

18	林庚 （1910—2006）	祖籍福建闽侯，生于北京。现代诗人、古代文学学者、文学史家。1933年毕业于清华大学中文系，后留校任教，先后执教于北平国民学院、北平师大、厦门大学、燕京大学等。1952年院系调整后任北京大学中文系教授。参与创办《文学月刊》。出版《北平情歌》《冬眠曲及其它》等诗集，主编《中国文学简史》《诗人李白》等学术著作。
19	王瑶 （1914—1989）	山西平遥人。文学史家、教育家，中古文学研究的开拓者之一。1934年考入清华大学中国文学系，1943年起师从朱自清研究中国古典文学，毕业后留校任教。1952年因高校院系调整，改任北京大学教授。著有《中国新文学史稿》《中古文学史论》等。
20	刘大杰 （1904—1977）	湖南岳阳人。文史学家、作家、翻译家。1922年考入国立武昌师范大学中文系，1927年考入日本早稻田大学研究科文学部，专攻欧洲文学。1930年毕业后回国，曾任上海大东书局编辑，安徽大学、暨南大学等校教授。后任复旦大学教授。著有《中国文学发展史》《易卜生研究》《魏晋文人思想论》等，译有《野性的呼唤》《高加索的囚人》等。
21	闻一多 （1899—1946）	湖北浠水人。诗人、学者、作家。1921年毕业于清华学校，1922年赴美国芝加哥艺术学院学习。1925年归国后曾任教于清华大学、西南联合大学等校。著有诗歌《七子之歌》、诗集《死水》、文学研究《唐诗杂论》等。1946年7月15日，闻一多在李公朴的追悼会上发表演说，随即被云南省警备总司令部下级军官暗杀。
22	黄万里 （1911—2001）	江苏川沙（今上海浦东）人。水利工程学专家。1927年在唐山交通大学学习，1934年赴美留学，1935年获得美国康奈尔大学硕士学位，1937年获得美国伊利诺尔大学香槟分校工程博士学位。1953年被调至清华大学水利系任教。编写了重要的学术专著《洪流估算》和《工程水文学》。
23	黄炎培 （1878—1965）	江苏川沙县（今属上海）人。教育家、实业家、社会活动家。1901年入南洋公学，1905年参加同盟会。1917年赴英考察，联络教育界、实业界知名人士发起成立中华职业教育社。1945年为中国民主建国会的发起创办人之一。新中国成立后，任政务院副总理兼轻工业部部长、全国人大常委会副委员长、全国政协副主席等。
24	戴望舒 （1905—1950）	浙江杭州人。现代派象征主义诗人、翻译家。1923年考入上海大学文学系。1925年转入震旦大学学习法语。1926年与施蛰存、戴杜衡等人创办《璎珞》旬刊。1932年参加《现代》杂志编辑社，11月初赴法国留学，先后入读巴黎大学、里昂中法大学。1936年10月在上海创办《新诗》月刊，是中国近代诗坛上最重要的文学期刊之一。1946年任暨南大学教授，教西班牙文。著有《雨巷》《我用残损的手掌》等诗篇，译有《洛尔迦诗钞》《塞万提斯的未婚妻》等。

25	巫宁坤 （1920—2019）	江苏扬州人。翻译家、英美文学研究专家。1939年至1941年就读于西南联合大学外文系。1946入美国印第安纳州曼彻斯特学院，后在芝加哥大学研究院攻读英美文学博士学位。1951年起，先后任教于燕京大学、南开大学、国际关系学院等校。译作有小说《了不起的盖茨比》《白求恩传》，诗歌《不要温和地走进那个良夜》《死亡也一定不会战胜》等。
26	林焘 （1921—2006）	祖籍福建长乐，生于北京。语言学家。1944年毕业于成都燕京大学国文系，同年入该校研究院。1946年起在该校国文系任教。1952年院系调整，在北京大学中文系任教至退休。曾担任北京大学对外汉语研究中心主任，主要从事现代汉语的教学与研究工作。
27	郑骞 （1906—1991）	祖籍辽宁铁岭，生于四川灌县。中国古典诗词曲研究家。1926年毕业于崇实中学，保送入燕京大学中国文学系，师承周作人、沈尹默等。1938年担任燕京大学中国文学系讲师。1947年赴上海，任教国立暨南大学。1948年受聘于台湾大学。著有《从诗到曲》等，重新编纂《北曲新谱》《北曲套式汇录详解》等，为研究北曲曲律做出了贡献。

（陆）

毕竟是书生

沿着燕东园桥东游戏场北边的那条洋灰小路，从西往东，走到路的尽头，能依次看到路北的松柏绿篱围着四个小院，内有四栋形态各异的小楼：22号、23号、24号、25号。22号楼在第三章里已经讲过，燕京时期那里住过徐淑希先生，北大时期那里住过冯至先生和贺麟先生。本章讲讲其他三栋小楼的故事。

讲楼之前，先讲一下燕东园里的路：洋灰铺就，很有特点，中间略高，是一块块长方形的洋灰板，两边略低，由一些小洋灰板拱卫。小汽车可通行，两辆自行车也可并行骑过。类似的路，当年只在校内的临湖轩周围、南大地、东大地修过。现在燕东园桥西还有极少的几段残存。

查燕京校史，才发现原来这些路是燕京大学1945年复校后，整顿被日军破坏的设施时重新修建的。日本人留下了三辆丰田卡车，被称为1号、2号、3号卡车，这三辆卡车开到西苑飞机场附近拉的沙子，施工时用的则是新式滚筒洋灰机。至于"是不是郭胖子的人做的工"，东大地的老人们不记得了。当时在东大地外边住着郭大胖子、郭二胖子哥俩，手下有一帮人，专门承包燕园的建筑修缮、运输等杂活儿，也管搬家。我家1946年从南大地搬到东大地，就是郭胖子率人用几架大排子车拉过来的。他还记得在襁褓中的我，后来我长大了，走在路上遇到他，他说："这不是徐先生家的闺女吗？"还用手比画着："那时候你就这么一点大。"

桥东25号
马坚、马存真夫妇

上世纪五六十年代，经常有小汽车先驶进燕东园桥西，沿着洋灰板的小马路，过桥，左拐再右拐，直至最东头，在一片翠竹围着的25号院前停下，那里有一小片空地，刚好方便停车等人，然后再掉头驶出。25号住的是北大东语系主任马坚先生，他的外事活动、社会活动比一般教授学者都多，小汽车是来接送他的。

1952年院系调整时，赵占元、胡梦玉夫妇由燕东园25号搬至燕南园，北京大学阿拉伯语专业的"开山鼻祖"、穆斯林学者马坚先生搬进了这座小楼。

马坚伯伯一家是回族。家里有两个儿子：老大马志德、老二马志学，哥俩长得很像，深眼窝，高鼻梁，肤色微黑，都是挺精神的小帅哥。我和老二马志学很快成为北大幼儿园大班的同学，第二年该上小学了，但马志学是1947年1月出生的，跟前文说到的杨晦先生家的老二杨镰一样，他还要再上一年幼儿园。于是马志学和杨镰都比我低了一届，"文革"前夕马志学在北大附中念高三，成了上山下乡"老三届"中最年长的那一届。

在燕东园那拨男孩子里，马志学也是"孩子王"，他多才多艺，擅长体育运动，会打冰球、踢足球，还酷爱古典音乐，会拉小提琴。我的弟弟妹妹都记得，每晚他飞车骑过园子里的旱桥时，吹着清脆悦耳的口哨，他还是冬日冰场上潇洒帅气的球刀一哥。更令人羡慕的是他见多识广，1959年国庆十周年时他还在上小学，就上过天安门城楼、进过中南海怀仁堂看戏、到过人民大会堂参加活动，见过不少政界人物、文化名流。

当然，这些经历都是沾了父亲的光。那么马坚伯伯究竟是怎么样的一位学者呢？他是伊斯兰学翻译的名家，全球发行量最大的《古兰经》汉文译本就是他翻译的，被盛赞是最好的汉文译本。马坚伯伯精通阿拉伯语、波斯语、英语，1930年代他曾在埃及爱资哈尔大学和达尔·欧鲁姆学院（阿拉伯语言学院，1946年并入开罗大学）留学八年。归国后他曾表示，一生要做两件事：一是要在国内推广阿拉伯语，二是要译介伊斯兰文化名著，特别是要做好《古兰经》汉译本的译注工作。

这两件大事他都做到了。他创办的北京大学阿拉伯语专业，是毫无争议的全国第一，是阿拉伯语首次作为一门学科设立的专业。他编写了中国第一本《阿拉伯语汉语词典》，在国内外影响力极大。

马坚伯伯学识渊博，治学严谨，他还从阿拉伯文、英文翻译了一批阿拉伯历史、传统、宗教、语言等方面的重要著作，并撰写了大量学术研究著作与论文，主要译著有《论语》《中国神话故事》《中国格言·谚语》《伊斯兰哲学史》《阿拉伯通史》等，主要论文有《阿拉伯文在国际政治上的地位》《阿拉伯文化在世界文化史上的地位》《伊斯兰哲学对于中世纪时期欧洲经院哲学的影响》等。

1980年初，我已经从事新闻工作，成为一名记者了，在一次关于云南沙甸的采访中，我得知沙甸是马坚伯伯的老家，他在伊斯兰教友中威望极高。他曾发起组建中国伊斯兰教协会，1949年他以穆斯林杰出人士的身份，作为特邀代表，参加了中国人民政治协商会议，共商建国大计。多年来，他为民族与宗教团结默默无闻地做了许多工作。

图6-1 马坚先生在燕东园25号的书房

上面这张照片，我太眼熟了。前面说过，马坚伯伯住的25号楼和我家楼型是一样的，只是没有阁楼。在燕东园的平房楼型里，这间书房的位置原本是阳台，水泥地面，后来经过改装在南面和西面装上了玻璃窗，我家把这处阳台改装的屋子叫"玻璃屋子"，用来做我们的游戏室和学习室。马志学说，他们家称之为"玻璃书房"，是父亲的书房和工作间。"刚从城里搬来时，父亲还特意请人将厨房隔壁过道里置放的一个高大的玻璃餐具柜重新油漆,然后将其挪至书房,改为书柜使用。"我也识别出来了,马伯伯身后的书柜正是餐具柜改装的,我家现在厨房外过道上还有一模一样的餐具柜呢。而书桌前正是那排玻璃南窗,共有四对八扇,阳光洒进来,满室明亮。

马志学说:"1949年前后,父亲从北京琉璃厂、东安市场等处的书肆购置了许多中华文化方面的典籍,其中既有线装书,也有影印版,诸如《前汉书》《后汉书》《二十五史》《二十五史补编》《宋会要辑稿》《资治通鉴》《唐会要》《明会要》《元朝秘史》《诸蕃志》《雁门集》《昭明文选》《太平广记》,等等。此外,还有他多年珍藏的大量阿拉伯文、英文书籍精装本,也大多排放在这个大书柜里。"为了编《阿拉伯语汉语词典》,马坚伯伯还自费购买了许多工具书、参考资料,堆满了书房的各个角落。

马志学仔细观察过父亲的书架,他说:"父亲的阅读兴趣广泛,这与他的学术研究密切相关,比如他购置了一些中外天文学方面的书籍,就是因为他要研究伊斯兰历法。当然,一定程度上也出于他个人的阅读偏好,他在1950年代购置了很多中国古典文学方面的著作……仅中国文学史的多卷本专著就有好几种:郑振铎的《插图本中国文学史》,还有陆侃如和冯沅君合著的《中国诗史》。"

正是在这间书房里,马坚伯伯用三年时间完成了120万字的《阿拉伯语汉语词典》。当时国内阿拉伯文印刷技术十分简陋,为了校对每一个阿拉伯字母的读音符号,他手里握着放大镜,一条一条校正,视力急剧下降。25号楼的玻璃书房见证了他呕心沥血的日日夜夜。*

  这又是一张我很眼熟的照片。映入眼帘的房间，正是那间有两大扇西窗的客厅，与我家的格局一样。坐在双人沙发上织毛线的马伯母马存真，当年在北大附中教俄语，坐在单人沙发上的马伯伯和倚在身旁的马志学，父子同看报纸。而他们身后的背景，正是与客厅打通的饭厅。那时的马志学戴着红领巾，大约十一二岁吧。多么温馨的家庭照。

图6-2 马坚先生家庭照

  我们对马坚伯伯的印象是，他的公务活动多，经常看到有小汽车径直开到燕东园桥东的最深处，停在25号院子门口接送他。

  马志学说："据我所知，父亲先后为毛泽东、刘少奇、周恩来、朱德、董必武、彭德怀、陈毅等国家领导人担任过现场翻译，其中给周恩来总理担任翻译的次数最多。听父亲讲，他每次见到周总理，总理都非常客气，总是说：'对不起！马教授，又麻烦

---

* 马志学：《追忆父亲马坚》，收录于《燕园梦忆》，第49—71页。

你了!'"

马坚伯伯对周总理非常敬佩,有一件往事令他难忘。马志学回忆说:"有一次父亲完成翻译任务后,由外交部工作人员安排单独进餐、休息,没有参加后来的宴会。宴会结束之后,父亲亲眼见到周总理为此严厉批评外交部的何英司长'为什么怠慢马坚教授'。"

还有一件往事让人刻骨铭心。马坚伯伯从1954年到1978年逝世前,连续当选为第一届至第五届全国人大代表。大约在1964年,有一次全国人大召开全体大会,按照会议议程,最后表决通过一项决议,其中有号召全国人民"自力更生、发愤图强"的语句,决议草案上用的是"奋"字,马坚先生认为应该改为"愤"字。那天的大会由朱德委员长主持,他站起身问代表有没有不同意见,马坚先生举手示意,但朱老总没有看见,宣布一致通过。大会结束后到宴会厅用餐,周总理专门走到马坚先生桌前,对他说:"对不起!马教授,朱老总年纪大了,眼神不好,没有看见你在举手。"现在回想起来,总理的政治风范真是感人至深。

1974年秋天,许久未曾露面的周恩来总理,在人民大会堂宴会厅举行了盛大的国庆招待会,庆祝中华人民共和国成立二十五周年。马坚伯伯收到了周总理的国宴请柬。此时的他,身受运动的冲击和多年糖尿病的折磨,身体状况已经大不如前,走起路来步履蹒跚。马志学清楚地记得,9月30日傍晚,他陪着父亲站在燕东园西门口,苦苦等候学校派来接父亲去大会堂的车。那时的燕东园已经成了一个乱七八糟的大杂院,小汽车很难开进去了。到了晚上九十点钟,他又到燕东园西门口翘首等待归来的父亲。

他回忆说:"第二天,中央人民广播电台多次全文播发有关国宴的报道,播音员不厌其烦地念着所有参加宴会的宾客的名字。我记得当时父亲靠在那张他用了多年的藤条躺椅上,一遍又一遍地静静聆听……虽然一言不发,但我深知,他的内心一定极不平静。"

1975年1月,马坚伯伯最后一次见到周总理:周总理抱病参加了第四届全国人大会议。

1976年马坚伯伯一家搬到了燕南园,此处距离校医院较近,方便病重的马坚伯伯打针治疗。1978年8月,马坚伯伯病逝于家中。

马志学也离开了燕东园。他1968年12月到山西榆次插队,1970年初考上山西晋中文工团拉小提琴。没过多久落实统战政策,他调回北京,在北大国际关系学院资料室当资料员。他没有放弃学习,夜大本科毕业,又在职读了研究生,毕业后在北大国际关系学院任教。

马志学对燕东园的感情极深。我注意到他的网名是"燕东"。他在这个园子里渡过了二十四年光阴,其中1966年下半年至1968年底那段"逍遥"更是难忘。他出现在多张燕东园子弟的集体照中,选其中的一张:

图6-3 燕东园子弟的集体照
前排左起：王英达（桥西31号）、邢祖健（桥西34号）、陈一征（桥西42号）、
张志清（桥西32号）、徐浩（桥西40号）、杨铸（桥西37号）
后排左起：马志学（桥东25号）、徐喆文（桥西39号）、李焰（桥东24号）、
陈一超（桥西42号）、徐喆华（桥西39号）、马逢皋（桥西34号）、王英平（桥西31号）

  后排左一是马志学，唯有他两手环抱胸前，如果把这群孩子看成一支球队，马志学站的位置和姿态很像教练——他确实有"意见领袖"的风采。

  马志学一直热心地鼓励并组织燕东园子弟拿起笔来写燕东园。他和我也有过恳谈。2013年9月，我从北京大学新闻与传播学院常务副院长的岗位上退下来，11月办理了退休手续。马志学到我家来，和我商量一起为燕东园出一本书。多年不见，他气色不错，双目明亮，当时我并不知道他是个病人，二十多年前治愈的癌症又复发了。我们很快拉出来一个约稿名单，他表示他会写稿，也会动员几位发小写。很遗憾，此事刚启动，我就被北大返聘到深圳研究生院，主持筹组一个财经传媒专业硕士项目，离京南下，一走就是五年。

我听说马志学在这几年里参加了另一本书《却话燕园风雨情》的组稿编辑工作。2018年，燕东园34号住户邢其毅先生的儿子邢祖健从美国回来，几位发小在一起聚餐，马志学聊起了燕东园的老住户。"他对各家各户的状况从历史到现在都门儿清，轶事掌故，谈起来如数家珍，津津乐道，"曾住在31号的冯定先生的儿子冯宋彻说，"他原打算写一篇文章讲燕东园各家的情况，包括曾经住过谁，现在住的是谁。我还帮他查过资料。马志学要表明燕东园和燕南园一样是大师居住的风水宝地，现在被拆得面目全非，他非常痛心。"可惜，马志学这个心愿只完成了一部分。他写好了《北大燕东园（桥东）住户一瞥（1952—1966)》，收入《燕园梦忆》中。2020年11月6日，马志学因病去世，享年73岁。

在《北大燕东园（桥东）住户一瞥（1952—1966)》一文里，马志学有一段"写在前面的话"："燕东园，我一生的最爱，这里曾经是花团锦簇、谈笑有鸿儒的世外桃源，也是北大被风暴伤害最深的地方之一。面对渐行渐远的诸位燕东园父老，我给您们深鞠一躬，谨以此文作为晚辈心香一瓣献上。"*

马志学还写过一篇随笔《燕东园咏叹调》，表达了"心中永远的思念"。这是我最早读到的关于燕东园故人往事的回忆文章。

---

* 马志学：《北大燕东园（桥东）住户一瞥（1952—1966）》，收录于《燕园梦忆》，第406—418页。

这篇随笔的结尾写道:"又一个春天到了,每逢此时,当年燕东园那浓郁芬芳的丁香总是让我格外思念。"

2022年,燕东园的丁香再度盛开,花香怡人,我开始写燕东园了。我写作的动力之一,就是希望不辜负马志学的期望,留下我们燕东园子弟的共同记忆,以及我们对前辈的缅怀与致敬。

桥东23号
李宪之、张紫卿夫妇

桥东23号楼下住着李宪之先生一家。李宪之先生从1952年院系调整的时候住进来,直到2001年3月以97岁高龄终老于此。

李家低调得仿佛是一个隐身的存在。我们这一辈没有多少人知道这个家庭的具体情况,甚至对李宪之先生本人也印象模糊。我的大妹妹徐溶完全想不起他长什么模样;另一个妹妹徐浣有记忆,而且记忆的来源很有趣。我家的40号小楼紧靠旱桥,她小时候午睡睡不着,喜欢趴在自家窗台上细数过桥的人来人往——那座桥是住在桥东的人家每天进出的必经之路。她说:"过桥动静最大的还要说是23号李宪之,先生身高体阔,走路却拖拖拉拉,常趿拉着鞋一蹭一蹭,行走时身有摇晃,常为他担心会否跌倒。"

幸亏有马志学那篇《北大燕东园(桥东)住户一瞥(1952—1966)》,揭开了李宪之先生家庭生活的一角:"我家兄弟二人(马志德和马志学)小时候几乎每天都要去23号李家阳台闲坐,和他们一家大小极熟。"

原来，李先生有四个儿子：曾中、曾昆、曾明、曾同。最小的曾同也比马家老大年长两岁，搬进燕东园时已经上初一了。李先生的夫人张紫卿缠过足，是个老派的家庭妇女。她的妹妹张婉卿，也就是儿子们的小姨，一直跟着姐姐、姐夫一家。张婉卿有工作，在相邻的清华大学当售货员，认真负责，任劳任怨，1950年代一直是清华大学的劳动模范人物。马志学说："她一直单身，周末常到燕东园的姐姐家，我们兄弟二人和她也很熟。"李家老四李曾同还在清华大学校刊上写文记述过这位小姨的模范事迹。

关于李先生家的这位小姨，我曾有耳闻，还听说在李太太生病去世后，她代替了姐姐的位置。熟知李宪之先生家庭生活的马志学，也在文中证实：李先生续弦小姨子，得到了儿子们一致支持。这顺理成章的姻缘，也该算得上是一段燕东园的佳话。

这次写作中，我找到了李宪之先生一家在西南联大时期的一张合影。

图6-4 李宪之先生全家合影，1946年摄于昆明
后排左起：李曾昆、张紫卿、李宪之、李曾中
前排左起：李曾同、李曾明

1937年至1946年，李宪之先生随清华大学南迁，在西南联大教书。为了躲敌机轰炸，更为了省钱，李先生携全家在离学校20多里路的乡下租了一间土屋住。他家人口多，孩子小，全靠一个人的工资维系，经济拮据在西南联大几乎众人皆知。

据长子李曾中回忆："在日子过得十分艰难时，父亲不得不把自己从国外带回来的毛衣卖掉，补贴家用。我们全家人穿的衣服、鞋子都是母亲和姨母亲手做的，几弟兄的衣服是哥哥穿了弟弟穿，补丁加补丁。家中养了很多鸡，这样就不用去买鸡蛋了。在农民伯伯收割完水稻之后，母亲和姨母就带我们去田里拾落下的稻穗，然后到集市上换一些大米。没钱买水果，姨母就带我们去采野果子吃。"*

患难与共、勤劳善良的姨母形象，出现在字里行间。姐姐去世后，她正式进入这个家庭，确实顺理成章。

当时李宪之先生任西南联大地质地理气象学系教授。该系隶属理学院，由北京大学地质系和清华大学地学系合并而成，承清华旧制，分地质、地理和气象三组，其中地质组的教师和学生最多，地理组次之，气象组最少。气象组的课程主要由李宪之和赵九章[1]承担，当时两位先生分别为34岁和31岁，都是留德博士，先后毕业于柏林大学。他们在教学设备和教材极度匮乏的情况下，把国际最先进的气象科学与教育理念带进西南联大，传授给学生。

---

* 关于西南联合大学时期的李宪之，参见李曾中口述、吴鹏整理：《李宪之与西南联大——记忆中的父亲》，原载于"中国气象报社"，2020年11月9日。

当时办学条件的艰苦让人很难想象。没有水银气压表和风速风向仪，连最简单的温度表和雨量筒也没有，天气现象、能见度等观测靠"目力"，风速则看树枝的摇动还有"手感"：风小时，李宪之先生教学生用手指蘸水来感应风向，感到凉的位置所指的方向便是风向；风稍大时，将土屑抛向空中，以其移动的方向来确定风向。

1946年5月4日，西南联大举行结业典礼，7月31日宣布三校北返。在昆明期间，从西南联大地质地理气象学系毕业的学生共有166人，其中气象学专业学生33人，研究生1人，叶笃正[2]、谢义炳[3]、朱和周[4]、顾震潮[5]、谢光道[6]、王宪钊[7]等日后著名的气象学家，均出自西南联大这个专业。*

1952年高等院校院系调整，李宪之任系主任的清华大学气象系并入北大物理系，成为该系的气象专业，此时该专业应国家急需，招收新生100名，招生规模扩大了十倍。有赖于李宪之先生在清华大学气象系打下的坚实基础，此项教学任务得以顺利完成。气象界公认李宪之先生是中国气象高等教育事业的开拓者和奠基人之一。

在这次写作中，我查到了有关李宪之先生一份最新的历史资料：2021年商务印书馆出版了尘封近百年的《丝路风云：刘衍淮[8]西北科学考察日记（1927—1930）》，35万字与近百帧图片，再现了1109天科考路上的气象万千。李宪之是刘衍淮的同学与终生好

---

* 关于西南联合大学气象学，参见吴鹏、解明恩：《永远的"笳吹弦诵"——记抗战时期西南联大的气象教育》，原载于"中国气象报社"，2020年11月9日。

友,也是这次西北科考的同行者。从这本日记中可以找到大量的青年李宪之的求学足迹。

原来,李宪之先生的学术起点是1927年5月以气象实习生的身份加入的中国西北科学考查团。这是一个由中国学者和瑞典人、德国人、丹麦人联合组成的科考团,外方团长是瑞典探险家斯文·赫定博士,中方团长是北京大学教务长徐炳昶[9],1928年12月以后由清华大学教授兼北京大学考古学会教授袁复礼[10]任代理团长。那一年春天,北京大学的布告栏上,贴出一份招聘告示,物理系一年级生李宪之报名了。经过严格的考试,他和他的同学刘衍淮、崔鹤峰、马叶谦胜出,获得西出阳关的机会,"跟随世界上最厉害的学术队伍,进入了一所流动的大学"。

1927年5月9日,这支科考队从北京乘火车到包头后,就以骆驼为交通工具,途经内蒙古、甘肃、青海和新疆,在荒无人烟的大沙漠进行地质、天文、考古、古生物、气象和水文的多学科大型综合考察。其中气象观测作为此次西北科考最核心的项目,在科考团中相关成员最多,德国人郝德博士担任组长。

驼铃悠悠,一路西行。李宪之等北大气象实习生跟着老师,在人迹罕至的地方画地图路线,观测气象变化,伐木造舟,记录水文数据。在额济纳河的葱都尔,李宪之随赫德建立了科考团的第一个气象站,还留下了一张特别的照片:李宪之站在木梯上演示,他的师兄刘衍淮协助,新疆教育厅厅长刘文龙一旁认真聆听。正是这张老照片,记录了新疆气象科学测量的开启。三年里,他们在中国西北很多地方竖立起这样的气象百叶箱,随后又在乌鲁木齐、若羌建立了气象台。

1929年，李宪之完成了若羌气象台的全部观测任务，准备从西伯利亚经东北返回北平。这时，考查团里的地理学家斯文·赫定和气象学家郝德，共同推荐他与北大另一位实习生刘衍淮进入柏林大学（今柏林洪堡大学）学习。于是，李宪之与刘衍淮从乌鲁木齐经苏联一路西行，根据刘衍淮的西北考察日记记录，他俩于1930年4月19日抵达柏林。在德国的最高学府和世界学术中心，两位中国留学生从本科开始攻读气象、地理、海洋等学科，学业优异，四年以后，两人同时完成了德文的博士论文，获得博士学位。

刘衍淮的博士论文题目为《中国东南沿海气候与天气之研究》，李宪之的博士论文题目为《东亚寒潮侵袭的研究》——正是西北科考中在柴达木盆地遭遇的一次最强冷空气，激发了他研究寒潮的决心："1928年10月25—26日……帐篷被毁，物品'Gone with the wind'，风速仪在达到最大限值每秒33米后也被吹坏。"论文中，"他揭示了东半球的强寒潮可以穿越赤道，在其他半球产生大暴雨或者形成台风"。*

刘衍淮1934年回国，受聘于北平师范大学，1949年赴台，执教于台湾师范大学。李宪之1936年回国，受聘于清华大学，1952年后执教于北京大学。作为当年西北科考团的两名气象生，他们共同留学柏林大学攻读气象学，同获博士学位，同时执教于高等学府，后来成为海峡两岸气象学和气象教育的一代宗师。

---

* 朱玉麒：《丝绸之路研究的发轫者——中国西北科学考查团群像》，原载于《光明日报》，2018年5月21日。

在燕东园23号居住的最后时光里，李宪之先生已年逾九旬，他仍笔耕不辍，还常步行去校系图书馆，甚至自己乘公共汽车到北京图书馆查阅最新资料。直到去世前一年，96岁的他自知重病在身，仍然坚持完成了一万多字的学术论文《1998年夏季长江流域大范围持续性强烈降水发生与发展机理问题》。

23

住户名单　　　　　　　　　　　　1926年—1966年6月

东大地时期
- 李炳华　燕京大学经济系教授
- 张东荪　燕京大学哲学系教授
  吴绍鸿
- 赵承信　燕京大学社会学系主任
  林培志

燕东园时期
- 游国恩　北京大学中文系教授
  陈辅恩
- 李宪之　北京大学地球物理系教授
  张紫卿
  张婉卿（继室）　清华大学职工
- 黄　敉　北京大学物理系教授
  杨樱华　中科院计算技术研究所

桥东24号
容庚、徐度伟夫妇

在耶鲁大学神学图书馆馆藏的燕东园图片资料中,有几张是单栋小楼的照片,24号楼幸运地有两张照片入选,而且两张都是容庚先生一家在楼前的合影。

图6-5 桥东24号,容庚先生一家在楼前合影

24号楼坐北朝南,是两层楼房,东侧上下层都有阳台,楼门在西侧,有一个带坡顶的门廊,一边的廊柱上钉着一块黑色的长方形木牌,标有白色的阿拉伯数字楼号。门廊的后边有一道花砖墙和一个月亮门,走进去就是后院。前文已经讲过,燕东园每栋小楼除了有一个宽大的院子,还有一个倚在楼旁的小后院。

院子里的花木显然新栽不久，有序但未成形（也因为照片是冬季所摄，树叶尽落），只有那道半人多高的松柏墙，严严实实把院子守护起来。东大地各家的松柏院墙都是这个模样，我家1946年搬进来的时候，松柏院墙已经蹿得有一人多高了。

燕东园（东大地）1926年动工，桥东部分的各楼先开工。据此，我估计此照片大约摄于1927年前后，24号楼落成不久，容庚先生作为此楼的首家住户迁入新居。

照片中容庚先生全家共有六人，后排右一穿长袍大褂者是容庚先生，左一穿一袭棉袍的女性是他的夫人徐度伟。其余的四人应该是他们的孩子，一男三女：儿子容璞、女儿容琬、容珊和容璀。

那时34岁的容庚先生正春风得意。1925年他编著的旷世之作《金文编》出版，五位大家罗振玉[11]、王国维、马衡、沈兼士[12]、邓尔雅[13]为之校订并作序。1926年他以研究生学历毕业于北京大学国学门，留校当讲师。1927年他接受了燕京大学襄教授（副教授）的职位，1928年被破格提升为教授，并任《燕京学报》主编。他作为最早的一批住户，住进东大地这个新建的高级住宅区，也可看出燕京大学对他的赏识与器重。

容庚先生显然很满意这个住所。据《容庚北平日记》里记录，1931年3月24日"购珍珠梅等花八株，植于园中，价三元"，1932年3月25日"种梨树二，五元；葡萄一架，六元；枣树十，四元；垂杨二，一元；洋槐四，一元；珍珠梅四，二元"，*他在不

---

* 容庚著、夏和顺整理：《容庚北平日记》，中华书局，2019年，第233、257页。

断地栽花种树，精心打理24号的院子，看来有意在这里长住了。

容庚先生偏爱珍珠梅，两次购花都有珍珠梅，院子里至少种了十棵。珍珠梅是蔷薇科灌木，树姿秀丽，枝条舒展，夏日开花，花蕾白亮如珠，酷似梅花，花期很长。我家院子东边背阴处就有一丛珍珠梅，开花时一枝枝一簇簇，仿佛珍珠串起来，配上深绿的叶子，别具一番风流。不过此花没有香味，还微微有点怪味，我的父亲就不稀罕它，称它为"臭珍珠梅"。

容庚先生从1926年7月进入燕京大学，到1941年底燕京大学被迫关门，在燕京大学度过了十五年时间，其中在东大地生活起码有十三年。从《容庚北平日记》中可以爬梳出不少发生在东大地的故事。

首先，是容庚先生和他的学生们。容庚先生在燕京大学教书，讲授古文字学，带学生和指导学生是他的主项，他的学生有郑德坤、杨明照、周一良、陈梦家、王世襄等，他们经常出入东大地24号，向先生求学问道。此外，容庚先生在哈佛燕京学社也有工作，其中一项就是参与哈佛燕京学社奖学金获得者的选拔。1938年周一良赴美读博、1944年陈梦家赴美访学，都得到过这笔奖学金的资助，容庚先生当时就是他们的老师，直接参与了面试和选拔工作。*

其次，容庚先生创立了"考古学社"。1934年6月，他与徐中舒、董作宾、顾廷龙、邵子风、商承祚[14]、王辰、周一良、张荫麟、

---

* 关于容庚先生的生平事迹，主要参考了杨斌：《容庚诞辰125周年：他于燕京大学的不解之缘》，原载于《澎湃新闻》，2019年9月5日。

郑师许、孙海波、容肇祖等人发起"金石学会",三个月后召开成立大会,到会会员有35人,并将其改名为"考古学社"。这是当时考古学界最重要的学术团体之一,其主要目的就是保存国家古物,以防流失。"考古学社"的办公地点就设在东大地24号,学社的日常杂务、社刊《考古》半月刊的编辑工作等,都在容庚先生的寓所中进行。*

我从日记中还发现,毕生研究青铜器的容庚先生,在东大地期间还饶有兴致地请教研究自然科学的同事,尝试用先进仪器和科学方法来测量、分析青铜器。1929年1月18日,"交一斗一升鼎与谢玉铭博士,试验容量"**,谢玉铭先生时任燕京大学物理系教授、系主任,家就住在东大地桥西42号。1934年12月17日,"早往访曹敬盘,商试验铜器事"***,曹敬盘先生时任燕京大学化学系教授,家就住在东大地外的蒋家胡同。12月27日,容庚先生吸收了科学分析的结果,"作'铜器之起原'及'成分'二段"****。自然科学是容庚先生以往教育和经历所缺乏的,他透过求教、自学弥补了这部分,开拓了古文物研究的视野与格局。

社会上对容庚先生如何评价呢?1940年5月、1941年3月有记者采访过容庚先生,对他印象深刻:"虽然他有了这么大的声誉,但他仍是粗衣淡食,外表仍是俭朴之至。这算是所谓'锦心无华

---

* 关于"考古学社"的创立,参见刘绍唐主编:《民国人物小传》第6册,上海三联书店,2015年,第192页;容庚著、夏和顺整理:《容庚北平日记》,中华书局,2019年,第373、381页。

** 容庚著、夏和顺整理:《容庚北平日记》,第164页。

*** 容庚著、夏和顺整理:《容庚北平日记》,第393页。

**** 容庚著、夏和顺整理:《容庚北平日记》,第394页。

冠'了。"对先生的治学精神也颇为赞许:"(容庚)无论研究哪一种学术,都抱着极恳挚的态度,得而后已,是一丝也不能放松的。"*

容庚先生的自我评价又如何呢？在1940年12月25日的日记中,有这样一段话:"目光锐利,能见其大,吾不如郭沫若。非非玄想,左右逢源,吾不如唐兰[15]。咬文嚼字,细针密缕,吾不如于省吾[16]。甲骨篆籀,无体不工,吾不如商承祚。操笔疾书,文不加点,吾不如吴其昌[17]。"但又话锋一转:"若锲而不舍,所得独多,则彼五人似皆不如我也。"**既谦虚又自信,的确,锲而不舍是容庚先生治学精神的精髓。

从《容庚北平日记》中还可以看到很多生活细节:比如他时尚又热爱运动,喜欢溜冰、练八段锦、骑自行车。日记中多有在燕园未名湖滑冰的记录,还有他拍摄的冬日里人们在未名湖冰上滑行的照片。他也有浪漫的一面,京城花事繁盛,其中崇效寺牡丹、故宫太平花蜚声已久,据1932年5月8日的日记记录,他与妻子徐度伟赴崇效寺赏牡丹,并游陶然亭、中央公园。***崇效寺位于白广路崇效胡同,清代初期以枣花出名,后以丁香花著称,再后又从山东曹州移来牡丹花,尤以绿、墨牡丹闻名京师。

一个人的影响力和社会声望,可以从他的"朋友圈"略知一二。以《容庚北平日记》所记,他跟当时最具影响力的学者和

---

*　沈汉炎:《容庚与东莞17 | 迷惘与励志! 青年容庚走过的关键几步路》,原载于"东莞时间网",2021年9月6日。

**　容庚著、夏和顺整理:《容庚北平日记》,第638页。

***　容庚著、夏和顺整理:《容庚北平日记》,第263页。

艺术家多有交往，几乎汇聚了那个时代的文化光芒。中华书局2019年出版的《容庚北平日记》，也被一些历史学者、文化学者认为是研究民国知识分子的珍贵史料。

容庚先生在1941年底燕大被封校时搬出东大地，从此再也没有回来。1946年他举家南迁，先后在岭南大学中文系和中山大学中文系任教，课余仍继续从事古文字和古铜器的研究。后来，由于南方有关青铜器铭文的资料匮乏，《商周彝器通考》的改编工作遇到许多困难，他不得不中途停辍，把研究兴趣转移到书画法帖上来，放弃了古文字和古铜器的研究，这成为他晚年一大憾事。*

但有一件事坚持下来了：骑自行车。他住在东大地24号时，主要的交通工具就是自行车，不仅骑车来往上课，进城到各文物市场寻宝的时候也是用自行车驮回来的。久而久之，练出了一身硬功夫。十多年以后，在中山大学校运会上，容庚先生还获得了教职员老年组自行车比赛第一名。**

容庚先生1983年在广州病逝，终年89岁。据粗略统计，他生前身后共向社会捐赠了200多件青铜器、1200余幅书画、万册以上古籍善本，质量、数量都令人叹为观止。***

---

*　参见《广东省志》编纂委员会编：《广东省志（1979—2000）》（32人物卷），方志出版社，2014年，第74页；广州市地方志编纂委员会编：《广州市志》（卷19人物志），广州出版社，1996年，第251页。

**　邓云乡：《文化古城旧事》，第296页。

***　黄浩苑、邓瑞璇：《容庚：尽天下古文奇字之志》，原载于"新华每日电讯"，2021年10月22日。

桥东24号北
周一良、邓懿夫妇

1952年院系调整以后，桥东24号这栋二层小楼被竖着一刀切，由两户居住，一家住北边，一家住南边。历史学家周一良先生一家六口人从清华胜因院22号搬进了燕东园24号北边。

24号小楼原是周一良先生的恩师容庚先生的住宅，也是"考古学社"的办公地点，周先生在1930年代就频繁出入于此，对楼内的一切当然很熟悉。可惜，到他家住进来的时候，这个楼已南北为界分两家住了。他家住的北边虽然也是楼上楼下各有四个房间，但面积比南边小一些，而且没有阳台，阳光不足。

周家在这里一住就是四十三年，其间周一良先生经历了人生的大起大落，一家人也跟着世事浮沉，到1995年10月才告别了"背阴"的老宅，离开了燕东园。周家老少对燕东园24号的感情很复杂，从周一良先生的两枚印章可窥一二：一枚是"家住燕东园24号"，一枚是"双瘸斋"——"双瘸斋"指的就是这里。他在《钻石婚杂忆》中专有一章写住房问题，结尾说："我从39岁的青壮年在这里住到82岁的老年，这四十三年居住背阴房屋的结果，就是我们夫妇俩因长年不见阳光而缺钙，四条腿的股骨头都骨折过，还饶上一条小腿和一只手腕。"*

我家住桥西，周家住桥东，我父亲在数学系，周先生在历史

---

* 周一良：《钻石婚杂忆》，生活·读书·新知三联书店，2002年，第194页。

系，一理一文，交往不多。后来两家的走动，先是从我母亲开始的。我母亲当年在北京师范大学教育系学前教育专业任教，同事中有一位方缃阿姨，两人关系极好。而这位方缃阿姨，正是周一良先生的弟媳。原来，周一良先生出身于安徽建德周氏，周家四代名人辈出，覆盖官、产、学，其曾祖是晚清重臣周馥，祖父是清末医学家、光绪进士周学海，父亲是知名实业家、收藏家周叔弢，曾任全国政协副主席。周叔弢先生有七子三女，个个学业有成，周一良先生是他的长子。而方缃阿姨的夫君正是周叔弢先生的次子、北京外国语学院英语系教授周珏良，他在上世纪五六十年代曾为毛泽东、刘少奇、周恩来、陈毅等党和国家领导人担任翻译。二弟周珏良一家到大哥周一良先生家串门的时候，方缃阿姨偶尔会顺路来看看我母亲，于是我家和周一良先生家就不陌生了。

还有一件机缘巧合的事，1953年底，我母亲和周一良夫人邓懿同时住进海淀妇产医院待产。那时正逢知识分子思想改造运动，不能计较医疗条件了。记得我母亲为此只抱怨了一句："前几个孩子都是协和生的，海淀保健院条件可差远了。"周伯母想来也是如此。两位母亲住院几天后，12月25日周家最小的女儿呱呱坠地，而我母亲这边还没有动静，她回家过了元旦再回来，直到1月5日，我家小五妹妹徐浣才姗姗来迟。两个女孩子相隔十一天，却一个是1953年生人，一个是1954年生人。有了这么一段奇妙的缘分，她俩从小就成了好朋友。

周一良、邓懿夫妇有三子一女，大儿子周启乾，1939年生于天津；二儿子周启博，1945年生于美国波士顿，因前一年周一良先生获哈佛大学研究院博士学位而得名"博";三儿子周启锐,1947年生于天津;小女儿1953年生于北京,名叫启盈,"盈"字取其"圆满无缺"之意,有了三个儿子之后,终于有了女儿,父母的欣喜溢于言表。

我妹妹徐浣从小就和周启盈整天混在一起玩儿,她说:"周伯母叫女儿小盈,叫三哥小锐,而对二哥只呼启博。周启博是最爱和我们一起玩乐的,他人高马大,常把我们抛上抛下逗着玩,在游戏场里推我们玩秋千,抱我们上铁架。邻居李爷爷家的李焰,和我俩年龄一般大,最爱和周启博一起踢球、聊天了。"

我问她见过周家的大哥周启乾吗?她说:"只见过一两次,都是过年期间,逗留时间很短,人挺瘦,文绉绉,戴眼镜,话不多,比小盈大十多岁呢。"

我妹妹去过周启盈家很多次,那些儿时的记忆如今还在:周一良先生家的正门,是24号楼的侧东门。进院走上窄窄的三层台阶,推开单门,有个狭长过道引客入屋。门关上,则可见右边有一"内室",顶多十平方米,里面满满腾腾,入目皆书。书柜沿墙排放,书架间或其中,有高有低,里里外外,甚至高高的书柜顶上,都密密麻麻摆满了各色书籍,既有精装外文本,也有线装书函册,中西合璧,让人目不暇接;还有一摞摞厚厚的硬皮本辑,以及大小杂志,并不凌乱地堆放在仅有的房间空隙。最引人注目的是他家的"二十四史"书柜,形似硕大的中药柜橱,正面嵌有众多大小不一的抽屉,各写史书名称,每开一格,就是一代经史。我妹妹记得小时初学历史,还专门到他家看着书柜,背诵朝代顺序,疑惑为什么抽屉有大有小,难道史分轻重?

按照妹妹的叙述，这个房间不大，窗户很小，书多得挡住了光线，屋内昏暗，进屋就要开灯，但书柜、书架、书堆之间都稍留走人空隙，便于找书。史书大柜和屋门之间余地不多，勉强摆置了两把硬木扶手的软椅，让人可以相对而坐、方便面谈，一个矮小的长方形木桌（或铁桌）可以放两杯茶水。记得屋内好像还有两个小墩子，我妹妹和周启盈趴在小桌上玩过跳棋。我妹妹回忆，想来此屋只能临时招待客人，不能称作书房，只是一个"放书的房"。

那么，周家的书房在哪儿呢？我妹妹说："过道向里走几步，左手是一间大屋，据说这才是他家的书房，唯一一个有阳光的房间。"屋内有几把座椅，一个茶几，可以待客，还有若干书柜，仍属书的世界。早上阳光入室，窗明几净。临东窗一个大书桌，靠南墙还有一狭长书桌，大概分属夫妇二人，他们常年在此钻研学问，著书立说。西墙边上有一个沙发床，是夫妇午休轮睡的地方。

我不禁想起周一良先生大儿子周启乾的回忆文章。周启乾从中学到大学，绝大部分时间只身"漂泊"在外，他后来从事日本史研究，一直在天津社科院历史所当研究员。据他回忆，家住清华胜因院时，家里就在父母书斋中的大书桌旁放置一较窄小的沙发床，供他睡觉。"每当深夜醒来，总能见到父母在台灯下伏案工作的身影，至今记忆犹新。"而搬至燕东园24号以后，由于房间小，"周末我回家时，也仍然只能临时住于父母书斋中的那张小沙发床上"。*

周家没有一般燕东园人家都有的饭厅，吃饭是在书房和厨房之间的隔间，只能放一个不大的方桌，有扇北窗，冬季甚凉。不过在我妹妹的印象里，周家吃饭有规矩，细瓷精碗，似银小筷，花盘彩碟，摆放齐整，虽地方小，但阖家围坐，灯光下热气腾腾。紧挨"饭厅"的就是直通楼上三间睡房的楼梯。此楼梯非木质，而是钢筋水泥结构，夹在两墙之间，昏暗无光，又窄又陡，没有扶手，连我妹妹每次去玩耍，上楼都要手扶两壁，下楼更是小心翼翼。我妹妹说："真难为盛名在外、满腹经纶、学贯中西的教授，竟每天上下于当年为用人设计的楼梯。"周一良先生的小儿子周启锐在《家在燕东园24号北》一文中回忆，多次摔人后，学校给安了个木把杆当扶手。

而我印象中的周一良先生，基本都是走在燕东园路上迎面相逢时的样子。他文质彬彬，衣冠楚楚，春秋天系着苏格兰格子图案的围巾，兼具世家公子和洋博士的风范。我早就知道他是著名历史学家，名气与地位仅次于住在燕东园28号小楼的翦伯赞先生，但他比翦老年轻很多。他平日里学术活动忙，行政事务多，来去匆匆，虽不高调，但"春风得意"之感还是有的。不承想，1966年他也没能逃脱被抄家的厄运，夫妇两人都被关进了牛棚。1974年，周一良先生忽然"由黑转红"，被北大党委调入"梁效"写作组工作，"四人帮"倒台后，他受牵连，被隔离审查，遭到

---

* 周启乾：《点滴忆双亲》，原载于《中国文化》，2014年第1期，第159—160页。

"背靠背"的批判，于是名声一落千丈，从"红人"跌入谷底。*

那时燕东园各家都自顾不暇。别人家的境遇多为耳闻，其中周一良先生的大起大落算是当年最大的新闻。所幸，周一良先生很快就重回书斋，重操旧业了。我还记得1980年代在园子里碰到的周先生，他为人随和多了，衣着也随意多了。到1995年周家搬出"燕东园24号北"时，听说周一良先生已经恢复了学者的本业，撰写了有关魏晋南北朝史的札记和论文，并兼做敦煌写本书仪研究，翻译了新井白石自传《折焚柴记》，研究江户时代的日本史和中日文化交流史。搬到新居以后，他一直读书写作，直至晚年患上帕金森症，右手不能握管，家书都由夫人代笔，他还坚持口述笔录，留下了大量的回忆、自省与学术思考，自传体的《毕竟是书生》《郊叟曝言》《钻石婚杂忆》三本书相继出版。

我原来对周一良先生是有"刻板印象"的。在这次写作中，通过阅读材料，一个复杂的、矛盾的、多面的周先生从历史深处走来，我对他产生了新的好奇和了解的欲望。我发现青年时期的周一良先生，功底深厚、学问渊博。1944年，他在哈佛以论文《中国的密教》("Tantrism in China")取得博士学位，而后在哈佛受聘讲授日文两年。在哈佛的七年间，他不仅日、英文已达精熟，梵文阅读也可以"享受从容研讨的乐趣"，还通过了法语、德语的考试，选修了拉丁文和希腊文，七年共学了七门语言。他

---

* 可参见周一良：《毕竟是书生》，天津人民出版社，2016年，第120、244—246页；林建刚：《我的朋友胡适之》，江苏凤凰文艺出版社，2019年，第261页；屈小强、李拜天：《陈寅恪：自由独高标》，济南出版社，2020年，第155—156页。

得到过不少前辈学者的认可与期许，曾被寄予厚望。1945年，赵元任[18]在给傅斯年[19]的一封信中，曾详细谈到有关史语所招募人才之事，他举荐周一良："史语所要 New Blood，周一良是第一个要紧的人，万万不可放去。"*1945年10月，傅斯年致函胡适，为北大网罗人才，他写道："周一良先生是第一人选。"**普林斯顿大学的余英时教授说："周先生当年是大家公认的传陈寅恪先生之学的后起健者。"***这个说法在杨联陞《谈陈寅恪》一文中也被证实，他认为周一良是当时青年学者中最有希望传先生衣钵者。

于是，一个巨大的问号升腾起来，究竟是什么因素或者什么压力，使得周一良先生1950年代初有那么大的转变，离学术越来越远，与政治越靠越近，跟自己曾经追随的老师陈寅恪渐行渐远，以致最后师生断谊？

看了诸多材料，包括周一良先生本人写的《向陈先生请罪》等文，我还是感到无法简单地回答这个问题，况且回答这个问题的时机与环境可能还没有到来。不过，我在周一良先生二儿子周启博的纪念文章中，看到了难能可贵的反思精神，昭示了某种历史的觉悟。

周启博在燕东园那一代男孩子里是很出色的一位。他高大俊朗，聪明好学，1963年考入清华大学无线电系，毕业时正逢

---

* 王汎森、杜正胜主编：《傅斯年文物资料选辑》，"中研院"历史语言研究所，1995年，第198页。

** 谢泳：《逝去的年代：中国自由知识分子的命运》，福建教育出版社，2013年，第77—78页。

*** 陈来：《史家本色是书生》，原载于《读书》，1999年第6期，第138页。

"文革",被分配到黑龙江边远林区。1978年他重返母校读研究生,后来留校任助教。他虽然工科出身,但自小喜欢人文。他在回忆父亲的文章中曾写道:"1963年,我高中毕业。我原对人文有兴趣,但报考了理工科大学。父亲对我的选择不予干涉或评论。几十年后,他说我'还是上理工科好,上文科就该进监狱了'。"1980年代,周启博留学美国,定居纽约,在从事工程技术的同时,他捡起自己喜爱、并受父母耳濡目染的历史与文学,兼作文史研究。我估计他的文史研究就是从对父亲的心路历程的探究开始的。周启博说:"父亲对子女随和,不像母亲有时不严自威。但他少与子女谈心……我自己成年后很少与父亲深谈,直到年逾不惑,发现自己青少年时是在谎言包围中度过,才有意识地找父亲交流,并探索他这一代知识分子的思想变革。"

1989年,周一良夫妇去美国探亲,住在周启博家里,周一良先生开始动笔回忆他的前半生,此文后来发展成自传《毕竟是书生》。周启博读后,认为父亲漏掉了他这一代知识分子,尤其是人文知识分子,几十年坎坷的经历。到1993年,《毕竟是书生》在《史学理论研究》杂志发表,他发现父亲仍无意增补以上内容。父亲去世后,周启博写道:"丧事完毕,我即为生计奔走南京等地,闲暇时萦绕脑际的常是父亲未说完的话,还有他后半生的经历。在津浦线上,玄武湖畔,我搜索久远的记忆,写下了我能想起的代表父亲思想变化的点点滴滴。"

他纪念父亲的文章题为《万般委屈难求全——一个人文学者的悲哀》。在这篇长文的开头,周启博对父亲的一生做了总结:

父亲是一个企业世家兼文化世家的长子，家教是忠恕之道和谨言慎行。少年青年时潜心文史，所在学科前辈和同侪对他颇为看好。如果他能按自选方向走下去，学术上当有可观成就。然而，中年以后，他被社会环境压倒……把改造思想当作高于学术甚至家庭的终极目标。

周启博接着写道，每当父亲与环境冲突，父亲都认为是自己未改造好的表现。"文革"后父亲开始反思，已是暮年。学术黄金时代早已过去。父亲还能做的，是把自己的经历和教训形诸文字，使后人能以史为鉴。

全文分三大部分："尴尬群体中的一个""独立人格知易行难""皮之不存毛将焉附"，从第二部分开始，周启博进一步探索父亲这一代知识分子所经历的"思想改造运动"。这是两代人之间一次触及灵魂的对话，也是我看过的儿子为父亲呈上的最好的纪念文章：儿子帮助父亲反思了自己的一生。

图6-6 周一良、邓懿夫妇

周一良、邓懿夫妇的墓地在北京西静园北区。汉白玉的墓碑，汉白玉的墓身，墓前栽有一棵小树。碑的正文是："泰山情侣周一良邓懿之墓"。

邓懿先生于2000年比周先生早走一步。周一良先生对来探望的老朋友说，他已和邓懿一起生活了几十年，相依为命，现在，邓懿先走了，形单影只，心灵的寂寞只好是"如人饮水，冷暖自知"了。他还告诉友人，他正在写他和邓懿一起生活的回忆录。这就是那本《钻石婚杂忆》。

在书中，周一良先生忆及他和邓懿的初识：

"燕京大学国文专修科虽然有不少女生，但我当时没有什么社交。辅仁大学历史系则根本没有女学生。1932年转回燕京，全系的女生也很少。到1933年春，学生会组织去泰山旅游，才开始与邓懿（生于1914年4月17日）相识。其实我对她早有所知，她毕业于天津南开女中，原名邓婉娥。当时，燕京大学与南开中学之间有所谓保送制度，凡中学品学兼优的学生可以不经入学考试，直接升入大学。她各门功课都很好，尤其喜欢文学，颇受知于南开高中著名国文教员关健南、孟志荪两先生，作文常受表扬，贴在墙上'示众'……她非常喜欢京剧，特别是程砚秋的戏，很欣赏他的低徊婉转的唱腔。她自己也喜欢唱，但嗓音嘹亮，与梅兰芳相近。南开女中学生曾在"九一八"以后排演过爱国话剧《反正》……邓懿背向观众，念长篇台词，声音响亮，台下听得入神，寂然无声（南开女中1932年毕业生年刊载有当时剧照多幅）。她在入燕京后改名邓懿。"

1933年春天，燕京的学生们到泰山旅游，在玉皇岭过夜时，周一良的钱包和大衣被窃，次晨只好狼狈地裹着棉被向同学借钱。国文系一年级的邓懿慷慨解囊。自此，两人成了恋人。他们1937年春订婚，1938年在天津结婚。燕京的同学们认为他们定情在泰山，便称他俩为"泰山情侣"。这个浪漫的称呼，如今镌刻在他们的墓碑上，成为那个年代的学人鹣鲽情深、甘苦与共的爱情写照。*

邓懿先生在燕东园的知名度，可不是靠"夫贵妻荣"。她是我国著名的对外汉语教育家，不仅教授了第一批来华的留学生，而且是1958年出版的第一部完整的对外汉语教材《汉语教科书》的编写者。邓懿先生的这套教学方法和理论，源于她1941年随丈夫在美国哈佛留学时，得到语言大师赵元任先生的熏陶和培养。后来，由于有海外关系等原因，她被迫离开了对外汉语教育的讲台，调到西语系公共英语教研室，担任三个理科班的英语教学。这一调离，便是二十四年。1984年，在当时北大副校长朱德熙先生的过问下，70岁的邓先生才回到对外汉语教学中心。她自知在讲台的时间不多了，便与三位同事对《汉语教科书》重新修订，二易寒暑，完成了以英语讲解、适用于东西方各国的新教材《汉语初级教程》，荣获了1994年国家对外汉语教材一等奖。

---

* 郑培蒂：《毕竟皤然一书生——悼周一良、邓懿二位先生》，收录于《云捲云舒》，东方出版社，2017年。

邓懿去世时,周一良先生为夫人题写了挽联:

自古文史本不殊途,同学同事同衾同穴,相依为命,几十载悲欢难忘;

对外汉语原非显学,教师教生教书教人,鞠躬尽瘁,多少国桃李芬芳。*

桥东24号南
李汝祺、江先群夫妇

桥东24号的南半边住的是遗传学家、生物系教授李汝祺、江先群夫妇。

从父母的口中,我很早就知道这对夫妇是老燕京的人,李汝祺先生1927年即执教于燕京大学生物系,而江先群先生为司徒雷登校长做过类似生活助理的角色,在老燕京人的记忆里,她的知名度更高。

李汝祺先生自1926年留美学成归国后,始终和国际学术界保持密切的联系,我注意到,他在燕京大学执教期间,曾两度出国访学,1935年至1936年在美国加州理工学院访学,1948年至1949年在英国伦敦大学生物系访学。坚持每十年都要出国访学进修,以追踪生物学前沿成果,这是他治学的一大特点。当然,这也与

---

* 关于邓懿先生与对外汉语教材编撰及周一良先生所撰挽联,见周一良:《钻石婚杂忆》,第197—199页。

李汝祺先生毕生从事的遗传学研究有关,遗传学在20世纪是国际上最为活跃的自然科学研究领域之一,科研成果频出,知识更新换代极快。

李汝祺生于1895年,天津人。由于家庭经济原因,他10岁才入小学,但聪颖勤奋,连续跳了三次班,用五年完成了七年的学业。他1919年赴美留学,进入美国普渡大学农学系学习畜牧学。

入学第一年就发生了这样一个故事:生物化学是一门必修课,第一学期的总评结果第一名是美国学生,李汝祺屈居第二,他心中不服气。从第二学期开始,他就和第一名暗暗地较上了劲。到了期末,总评结果揭晓,拿着名单的教授推了推眼镜,再看看讲台下的学生们,宣布:"第一名,恭喜你,李汝祺。"话音一落,课堂上二百多名学生从座位上站起身来,为这名中国学生鼓掌祝贺。*

李汝祺1923年毕业后进入哥伦比亚大学动物学系研究院,在著名遗传学家摩尔根[20]的实验室继续学习。这个实验室位于哥伦比亚大学斯赫梅霍恩馆的顶层,一间小屋,宽16英尺,长23英尺,里面满满地安放了八张书桌,当时被人们称为"蝇室"。李汝祺在细胞学家、实验胚胎学家威尔逊[21]和摩尔根的指导下从事果蝇发生遗传学研究。1926年,他出色地完成了博士论文《果蝇染色体结构畸变在其发育上的效应》,成为第一个在摩尔根实验室获得博士学位的中国学生。1927年,《遗传学》创刊号的首篇文

---

* 李冬子:《李汝祺"数苍蝇"的大师》,原载于《科学家》,2015年第3期,第24页;郭建荣、杨慕学等:《北大的大师们》,中国经济出版社,2005年,第100页。

章,就是李汝祺关于黑腹果蝇发生遗传学研究的博士论文。*

生命科学家饶毅教授说:"我知道李汝祺先生,是1980年代我研究果蝇的神经发育的研究生阶段。在了解同领域的历史文献时,读到李汝祺1927年发表在《遗传学》(*Genetics*)上的论文,有关Notch基因。后来得知那是李先生的博士论文。我1991年的博士论文中引用了李汝祺1927年的文章。"**足以可见,该论文至今仍被国际遗传学界公认为发生遗传学的开拓性经典著作。

"我父亲是数苍蝇的。"李汝祺的儿子曾经这样回答别人关于父亲职业的问题。因为李汝祺自己就自谦地说:"其实我就是数苍蝇的。"***

李汝祺先生的导师摩尔根教授创建了以果蝇为实验材料的研究室,正是在对果蝇的无数次研究中,发现染色体是基因的载体,创立了基因学。1928年,摩尔根应聘加州理工学院生物部,重建了一个遗传学研究中心,继续从事遗传学及发育、分化问题的研究。1933年,摩尔根获得诺贝尔生理学或医学奖。李汝祺先生1935年至1936年赴美访学,就是到加州理工学院,进修细胞遗传学中的果蝇唾腺染色体技术。1945年,摩尔根病逝。李汝祺先生1948年至1949年再次出国进修,到了国际遗传学的另一个学术重镇——伦敦大学生物系。在这次访学期间,他得知摩尔根

---

* 可参见[美]加兰·艾伦(Garland E. Allen)著、梅兵译:《摩尔根——遗传学的冒险者》,上海科学技术出版社,2003年,第190页;潘希:《摩尔根的第一位中国博士生》,原载于《科学时报》,2011年7月6日。

** 饶毅:《纪念李汝祺先生》,2010年5月8日,见个人博客。

*** 潘希:《摩尔根的第一位中国博士生》,原载于《科学时报》,2011年7月6日。

学派在苏联受到不公正的对待，被贴上资产阶级和唯心主义的标签，受到打压。但他还是坚持于1949年夏天，在新中国成立之前回到北京，1952年院系调整后来到北京大学生物系。

新北大生物系的教学科研力量很强，仅一级教授就有三名：张景钺、陈桢、李汝祺。这三位当时都住进了燕东园，分别住在桥西38号、桥东27号、桥东24号。

正待重整旧山河之际，形势突变，国内高校开始一边倒地学苏联，遗传学被定性为资产阶级反动学说，大学、中学教材都只讲米丘林、李森科，禁止讲摩尔根。李汝祺先生处境尴尬，他深谙遗传学的真谛，但只能以"沉默是金"对峙。他宁可中断自己的遗传学教学和科研，转而讲授动物学和畜牧学的课程，也从不参与米丘林学派的所谓遗传学的教学工作。*

1957年，在北大又可以开设遗传学课了，但生物系安排米丘林遗传学和由李汝祺先生主讲的普通遗传学两门课同时上。课堂上"打擂台"还不够，课后还办了两次讨论班，所谓的讨论，其实是一边倒地批判摩尔根。据当年的学生回忆，李老先生坐在那儿听着，一言不发，也许他怕引火烧身，也许他认为实在不屑一辩，更可能是两者兼有，让这些学生觉得很扫兴。

荒唐的闹剧还在北大生物系、在李汝祺先生的眼前继续。

1958年《人民日报》头版不断报道小麦、水稻亩产10万斤，

---

* 可参见吴鹤龄、戴灼华：《李汝祺教授传》，原载于《遗传》，2008年第7期，第807—808页。

各省不断"放卫星"。据北大生物系1955级学生潘惟钧回忆,当年为了追赶"科学前沿",他们生物系全体师生曾奋战三天,把蔚秀园里14亩正在灌浆的水稻全部拔起来,硬插入一亩地里,奢望也放一个卫星,结果当然颗粒无收……

到了1959年,再度升级:《人民日报》头版报道,在"三面红旗"指引下,全国各地农民纷纷成功地进行了牛与猪、牛与羊的动物远缘杂交,以期培养出特大好的猪羊……

潘惟钧说,当年他们班的毕业论文就是动物远缘杂交,全班同学整整半年,停止一切课程,"白手起家"建起养兔场,接着用牛精液、猪精液、狗精液、海狸鼠精液、鸡鸭鹅的精液,给兔子做人工授精。结果可想而知。

我们这些燕东园子弟都略知北大生物系有过米丘林、摩尔根之争,李汝祺先生是摩尔根的嫡传弟子,学问大得很,却一度很压抑。我们也记得1958年、1959年,北大生物系到处装笼子养兔子,忙着种高产稻子。其实,那时我们也很疯狂!当时我在北大附小上五六年级,臂上戴着"三道杠",是少先队大队长,领着同学们向生物系大哥哥大姐姐们学习,找了一块地,深挖一丈,一层层铺肥,然后密密匝匝地种上小麦苗,期待放一颗"小麦亩产万斤"的卫星。在老师们的带领下,我们还用耐火砖砌起小高炉,从家里搜罗出废铜烂铁,一股脑放进炉眼里,封上炉门,点火"大炼钢铁"。这些狂热之举熄火于1959年夏天,那年我小学毕业,考上一零一中学,离开北大附小时,小麦高产田荒芜一片,小高炉废砖满地。

我的表姨夫吴鹤龄1949年考入燕京大学生物系,1953年毕业于北京大学生物系后留校教书，1957年系里安排他担任李汝祺先生的助教，从此他师从李先生学习遗传学，在他的身边工作了三十多年。他告诉我："李汝祺先生的治学态度可以用八个字概括：严谨认真，一丝不苟。他非常重视科研实验，再三强调：科研实验结果一定要能重复才能被承认，才是可信的，绝不允许靠一次实验结果就下定论，因为它可能是实验过程中受到偶然因素影响的错误结果，所以不能存在侥幸心理和不严谨、怕麻烦的凑合态度。只有先用科学事实说服自己，才能有信心坚持真理，用事实去说服别人，同时自己也不会被负面压力所动摇。"

话题回到燕东园24号楼。李汝祺先生住24号楼向阳的南半部分，最大的优势是拥有朝东的上下两层阳台。楼上的阳台摆满了各种盆花，楼下的阳台很宽敞，散放着五六把形态各异的藤椅。从这里的阳台门进去，正是李家的客厅兼饭厅。迎面西墙是壁炉，西南角有一架立式钢琴，上方挂着油画《最后的晚餐》。南窗下摆着一个三人大沙发，东边放着一对小沙发。中间铺了一块地毯。北边是一个西餐桌，四把椅子。

图6-7 李汝祺夫妇，1968年摄于24号楼阳台

李汝祺夫妇有三个儿子，老大李树江，学工科，是三机部第四设计院的技术干部；老二李树新，学医科，是郑州大学放射科的名医；老三李树民，在西安外国语学院任教。在北京工作的老大李树江夫妇和父母同住。早年家里还有一位戴眼镜、白须冉冉的谦和老者，被唤作"太公"，是江先群的父亲。长孙李焰生于1953年，和我家的小五徐浣是北大附小的同班同学。李焰的母亲蔡安丽，1952年以前家就住在燕东园桥东30号，她的父亲蔡镏生[22]先生是燕京大学化学系教授，1952年院系调整时，与唐敖庆[23]教授等人北上长春，创建了东北人民大学化学系，后任吉林大学化学系主任。

　　燕东园里的孩子们，尤其1950年代出生的，都按照李焰的辈分，称呼李汝祺夫妇为"李爷爷""李奶奶"。李爷爷中等偏高的个子，戴眼镜、中山装，冬天穿一件短款棉大衣，不苟言笑；李奶奶短小精干，表情总十分严肃。夫妇俩同在生物系工作，每天骑自行车上下班，一起走，一起回，李爷爷在前，李奶奶紧随其后。李爷爷骑的是一辆钻石牌德国车，倒轮闸，车把上装着一个铁皮带镂空眼的车筐，那时很少见。李奶奶骑的女车很普通，有的地方漆皮都脱落了。

　　1968年，李家的两辆自行车都被抄走了，李爷爷李奶奶也被关进了"牛棚"。后来形势松动了一些，老人们可以周日早上回家，晚上再回去。李爷爷交代李焰去委托商店淘了一辆二手自行车，是28式凤头英国车，不怎么起眼，但也不敢放在家里，怕又被抄走，就寄存在老保姆家，爷爷要用的时候，李焰给骑回来。

　　李家的家教很严，规矩挺多，颇有老燕京的风格。住在25号的邻居马志学家刚搬来不久，就赶上李家大喜的日子 —— 长孙李焰出生。马志学回忆说："有一天我们几个小孩在李家楼前的草地上玩耍，身穿白大褂的李汝祺夫人江先群从一楼阳台门出来，要我们离开，好像说是她的宝贝孙子正在睡觉。"住在桥西34号的游国恩先生的外孙马逢皋也说："我家有一台17寸的电视，李焰和小伙伴们常来看。无论节目多好，李焰到了和家里说好的钟点，就必须回去。有时候看上瘾了，他妈妈就来叫他，回家后还要站在屋门外边的阳台上自我反省。"

如此严格的持家之道，显然来自为司徒雷登校长做过管家的江先群先生。

江先群先生是那个时代一位不平凡的女性。她1926年从美国纽约瓦萨学院留学归来，任教于燕京大学生物系，与同样刚从美国留学回来、任教于国文系的谢冰心结为密友。两人的友谊后来发展为两家的友谊，维系了近七十年。

1962年春节，生物系大五的学生徐子成和几位同学相约去李先生家拜年。他们在燕东园24号李家的客厅坐了不一会儿，院外就驶来一辆小轿车，从车里走下一位风度优雅的老太太，他们定睛细看，原来是大名鼎鼎的作家冰心先生。她把一盆红艳艳的山茶花送给主人，解释说这是刚从云南昆明空运过来的，然后就和来拜年的学生们讲起李先生和江先生在美国求学时恋爱的故事。李先生插话说："当年我们四位清华毕业的男生娶了四位燕京大学的小姐，成了北京的一段佳话。"冰心先生立即反驳："错了，是燕京大学的四位小姐，招了清华的四个女婿。"客厅里顿时笑声四起。

1927年在李汝祺、江先群的婚礼上，谢冰心做伴娘，她还写了一篇小文，详细描写了他们的新房："我们被请去吃饭的那一晚，不过是他们搬入的一星期之后，那小小的四间房子，已经布置得十分美观妥帖了。卧室是浅红色的，浅红色的窗帘、台布、床单、地毯，配起简单的白色家具，显得柔静温暖。书房是两张大书桌子相对，中间一盏明亮的桌灯，墙边一排的书架，放着许多书，以及更多的瓶子，里面是青蛙、苍蝇，还有各色各种不知名的昆虫。这屋子里，家具是浅灰色的，窗帘等等是绿色的。外面是客厅和饭厅打通的一大间，一切都是蓝色的，色调虽然有深浅，而调和起来觉得十分悦目。"

　　1929年谢冰心与吴文藻的婚礼在燕园临湖轩举行，婚礼的一切都是江先群操办的。冰心先生后来回忆说，从此十余年两家往来无间，真是情如手足。1981年，江先群先生病危，冰心先生在前一年摔断了右腿，本已不再外出，但执意扶病去看她一次，"这就是我们的永别了"。*

　　1991年4月4日，李汝祺先生病逝，冰心先生写了一篇短文《悼念李汝祺教授》，最后一段写："1985年9月文藻也逝世了，我们两家只有儿女们有时互访。今年的4月4日李汝祺教授又弃我们而去。（关于他学术方面的成就，我是门外人，不能详细地论赞。）照理说95岁也算高龄了，但在他的老友心中，不能没有悲伤的！"

---

*　关于冰心先生与江先群先生的交往回忆及文章，见徐子成：《回忆中国遗传学一代宗师李汝祺教授》，原载于《上海化工》，2011年6月，第36卷第6期，第31页。

最后，补上一笔对李家长孙李焰的追记。这个阳光的大男孩，出生在燕东园，成长在燕东园，心地善良，待人礼貌，喜欢运动，爱踢足球。他13岁的时候，遭遇"文革"，基本辍学；16岁的时候，遭遇知识青年上山下乡，他先去了父亲所在单位的干校，然后浪迹于湖北荆州、黑龙江哈尔滨、河南新乡，最后通过落实统战政策，以照顾爷爷奶奶的名义，调回北京。他学会了开车，以此一技之长，当过司机，去日本干过劳务输出，"回来时整个人瘦了一大圈"，最后落脚到三机部当了专职司机。住在24号北半边的邻居周一良先生，很是感慨："没想到燕东园老学究后辈的第三代里，出了两个司机。"他指的就是李汝祺先生的孙子李焰和游国恩先生的外孙马逢皋。

李焰2006年11月患癌症去世，年仅53岁。

马逢皋至今提起他的发小和铁哥们李焰仍然心痛不已。他回忆起许多往事，尤其是与李家的"小人书"有关的故事。李汝祺先生有一个嗜好：收藏小人书。1950年代中期，小人书风行，四大名著以及《封神演义》《东周列国志》都有成套的画本面世。燕东园的不少孩子在回忆里都谈到"成套成套地攒小人书"。我们家也痴迷于此，父亲经常带着两个弟弟去买小人书，攒全了《三国演义》《水浒传》等。两个弟弟把水浒一百单八将的名字加绰号倒背如流，《三国演义》共60本，他们能从"桃园结义"开始一口气背到"三国归晋"，而且从中间随意抽出一本，前后情节是什么，他们都能脱口而出。我参与收集的是《红楼梦》，因有不同的版本，凑齐一套挺不容易。

马逢皋和我说，李爷爷是咱园子里收藏小人书的第一人。他可不像一般人那样攒小人书。首先，他包罗万象，除电影连环画不收之外，其他各种题材的小人书尽收囊中，比如沙士比亚的《第十二夜》《李尔王》，还有苏联的反特小人书《今天就要爆炸》，马逢皋都是从李爷爷家看到的。其次，李爷爷醉心于收集各种版本的小人书，同一个书名，有上海人民美术出版社的，有辽宁人民美术出版社的，还有不同画家创作的，他都要收集全。李爷爷最喜欢一个叫华三川的人，他画的小人书每出一本，李爷爷就买一本。我上网一查，果然有个华三川，在上海少儿出版社工作，被誉为"现当代杰出的工笔人物画家"，从1950年代开始画连环画，一共创作了100多部，《白毛女》就是他画的。

马逢皋说，李爷爷的学术书、业务书，那些精装本的外文书，都摆在几个大玻璃书柜里，放在走廊；放小人书的书柜则在李爷爷的卧室中，那是个放卡片的柜子，和小人书的尺寸刚好合适，李爷爷把成套的小人书用细带子系好，一摞摞放进去，保存多年仍和新书一样。

马逢皋和李焰的铁哥们关系就是从偷借小人书开始的。一般情况下，是李焰偷偷带出几本，交给马逢皋看。也有惊险的时候，趁李先生上班，李焰会带着马逢皋爬上楼梯，摸进二楼爷爷的卧室，偷出几本小人书。马逢皋说："看书时特别小心，不能弄出褶子，不能弄脏了。"

1966年，李家的小人书被抄走了好多，但残存部分仍然数量可观。1969年，马逢皋有一次腿摔坏了，终日在家躺着养伤。李焰为给他解闷，从家里拿出一摞摞的小人书给他看，让他足足过了瘾。

马逢皋说，运动结束以后，一直有旧书店的人想收购李家这些劫后余生的小人书。到了1980年代，他还几次亲眼见到李爷爷又到海淀新华书店去买小人书了。连环画柜台的女售货员熟络地打招呼："李老先生，给您留着呢!"

"李爷爷总是背个黄色的帆布书包去买小人书，就是大学生背的那种最大号的帆布书包。"这是李汝祺先生给马逢皋留下的最后印象。

24

住户名单　　　　　　　　　　　1926年—1966年6月

东大地时期 — [容　庚　燕京大学国文系教授
　　　　　　　徐度伟

燕东园时期 [李汝祺　北京大学生物系教授
　　　　　　 江先群　北京大学生物系资料室
　　　　　　 周一良　北京大学历史系副主任
　　　　　　 邓　懿　北京大学对外汉语教学中心

[注释]

1. **赵九章**（1907—1968）
祖籍浙江湖州，生于河南开封。气象学家、地球物理和空间物理学家，"两弹一星"功勋奖章获得者。1933年清华大学物理系毕业后，赴德国深造，攻读气象学专业，并于1938年获德国柏林大学博士学位。回国后，曾在西南联合大学任教，并主持中研院气象研究所工作。1958年参与创建中国科学技术大学，兼任地球物理系主任。

2. **叶笃正**（1916—2013）
祖籍安徽安庆，生于天津。气象学家，中国大气物理学创始人之一。1935年考入清华大学物理专业，1941年就读浙江大学史地研究所，1943年获得理学硕士学位。1945年赴美国芝加哥大学留学，1948年获博士学位。1950年回国，历任中国科学院地球物理研究所研究员、室主任，中国科学技术大学地球物理系大气物理专业主任，中国科学院大气物理研究所研究员、所长等。

3. **谢义炳**（1917—1995）
湖南新田人。气象学家。1940年毕业于清华大学。1943年毕业于浙江大学，获得硕士学位，1949年毕业于美国芝加哥大学，获博士学位。1950年回国后任清华大学气象系副教授，1952年高校院系调整后，转入北京大学物理系，后任北京大学地球物理系主任。

4. **朱和周**（1911—1968）
湖北沙市人。气象学家。1940年毕业于西南联合大学地理气象系。1948年赴美国加利福尼亚大学留学。新中国成立后，历任中国气象局气象科学研究所工程师、副所长，南京气象学院天气动力学系的第一任系主任。从事天气动力学研究和天气分析预报。

5. **顾震潮**（1920—1976）
上海人。气象学家、大气物理学家。1942年毕业于重庆中央大学地理系气象专业。1945年毕业于西南联合大学研究生院，研习理论气象。1947年至1950年入瑞典斯德哥尔摩大学气象系攻读研究生。1950年回国，后任中国科学院地球物理研究所研究员。

6. **谢光道**（1914—2000）
江西南昌人。航空气象专家。早年入读清华大学气象系。1938年毕业于国立西南联合大学。1948年赴美留学，1950年获加利福尼亚大学气象学硕士学位，同年回国后历任北京气象专科学校教务主任、空军气象专科学校训练部副校长、空军第七研究所第二所长等，长期从事航空气象研究与教学工作。

7. **王宪钊**（1916—1998）
山东福山人。气象学家。早年南开中学毕业后，考入南开大学物理系，1938年入西南联合大学地学系气象学专业。1941年毕业后曾任中国航空公司气象员，后参与组建了中南各省100多个气象站。1954年调入中国气象局，先后担任气象科研所预报处处长、中央气象台总工程师、中国气象局副总工程师等职。

8	刘衍淮 （1908—1982）	山东平阴人。气象学家，中国气象事业的开拓者、气象教育的奠基人之一。1925年考入北京大学。1927年至1930年参加西北科学考查团，担任气象观测工作。后赴德留学，进入柏林大学攻读气象、地理与海洋等学科。1934年获得博士学位。归国后曾任教于北平师范大学地理系、清华大学地学系、台湾师范大学史地系。
9	徐炳昶 （1888—1976）	河南唐河人。考古学家、历史学家。1906年考入河南公立旅京豫学堂，不久进入京师译学馆学习法文。1913年前往法国留学，进入巴黎大学学习哲学。1921年被聘为北京大学哲学系教授，讲授西洋哲学史。1926年，出任北京大学教务长。1927年，作为"中国西北科学考查团"中方团长，与瑞方团长斯文·赫定率团前往中国西北地区进行考察。主要著作有《中国古史的传说时代》《徐旭生西游日记》等。
10	袁复礼 （1893—1987）	河北徐水人。地质学家、地质教育家，中国地貌学及第四纪地质学的先驱。1913年考入清华学堂高等科。1915年被保送赴美国留学。1920年获得哥伦比亚大学硕士学位。1927年至1932年，参加西北科学考查团。1932年起出任清华大学、西南联合大学地质地理气象系教授。1946年随清华迁回北京，出任清华大学地质系教授和系主任，1952年院系调整后任北京地质学院教授。
11	罗振玉 （1866—1940）	浙江上虞人。中国近代考古学家、金石学家、古文字学家、敦煌学家、农学家、教育家。参与开拓中国的现代农学，保存内阁大库明清档案，从事甲骨文字的研究与传播，整理敦煌文卷，开展汉晋木简的考究，倡导古明器研究。书法善篆、隶、楷、行，是创以甲骨文入书者之一。编著有《殷墟书契》《敦煌石室遗书》《鸣沙石室佚书》等。
12	沈兼士 （1887—1947）	浙江吴兴（今湖州）人。语言文字学家、文献档案学家、教育学家。早年留学日本，回国先后任教于北京大学、辅仁大学、清华大学等。1929年在北京大学创办研究所国学门。1925年出任北平故宫博物院图书馆副馆长，1929年出任北平故宫博物院文献馆副馆长、馆长。
13	邓尔雅 （1884—1954）	广东东莞人。古文字学家、书画家、篆刻家、收藏家。1899年入广雅书院就读。1905年赴日学医，后改学美术。1910年回国，与潘达微等同办《时事画报》《赏奇画报》。1926年在香港组建国画研究会香港分会、艺观学会和南社书画社。擅金石书法、文字训诂、诗画，富收藏。著有《文字源流》《篆书千字文》《绿绮台琴史》等。

14	商承祚 （1902—1991）	广东番禺人。古文字学家、考古学家、金石篆刻家、书法家。1921年师承罗振玉，研习甲骨文、金文，后入北京大学研究所。1925年任东南大学讲师，1927年任中山大学教授。后在北平女子师范大学、清华大学、北京大学及金陵大学等校任教。1948年秋回到广州中山大学任教。著有《殷墟文字类编》《十二家吉金图录》《说文中之古文考》等。
15	唐兰 （1901—1979）	浙江嘉兴人。文字学家、历史学家、金石学家。民国初年卒业于商业学校，曾学医、学诗词，复就学于无锡国学专修馆。1920年代初，著《说文注》四卷，后渐致力于青铜器款识及甲骨文字研究。先后在东北大学、辅仁大学、燕京大学、北京大学等多所高校任教。1952年调入故宫博物院，担任研究员、副院长等职。著有《殷墟文字记》《中国文字学》《古文字学导论》等。
16	于省吾 （1896—1984）	辽宁海城人。古文字学家、训诂学家。1919年毕业于沈阳国立高等师范。1929年至1949年，先后任辅仁大学讲师、教授，燕京大学名誉教授，北京大学兼职教授，吉林大学教授等。历任国务院古籍整理出版规划小组顾问、中华书局《甲骨文字考释类编》主编等。
17	吴其昌 （1904—1944）	浙江海宁人。文史学家。1925年考入清华国学研究院，是清华国学研究院第一届学生。主要受学于王国维、梁启超，研究领域在甲骨文、金文、宋代学术史等方面。曾执教于南开大学、清华大学、武汉大学等校。著有《朱子著述考》《殷墟书契解诂》《宋元明清学术史》等。
18	赵元任 （1892—1982）	祖籍江苏阳湖，生于天津。学者、语言学家、音乐家，中国现代语言学先驱。1910年7月考取庚款留美官费生。1914毕业于美国康奈尔大学，主修数学，选修物理、音乐。1915年考入哈佛大学读研究所，修读哲学，并选修音乐。先后任教于康奈尔大学、哈佛大学、清华大学、耶鲁大学等校。1947年起，专任加州大学伯克利分校教授。语言学代表作有《现代吴语的研究》《中国话的文法》等，音乐方面的代表作有《教我如何不想她》《海韵》等。
19	傅斯年 （1896—1950）	祖籍江西永丰，生于山东聊城。历史学家、古典文学研究专家、教育家。1916年进入北京大学。1920年入英国爱丁堡大学，后转入伦敦大学学院攻读心理学硕士学位，1923年6月转赴柏林大学人文学院。1926年受聘于国立中山大学，任文学院院长。1928年负责创建了中研院历史语言研究所。后出任北京大学代理校长、台湾大学校长。著有《东北史纲》《性命古训辨证》等。
20	托马斯·亨特·摩尔根 （Thomas Hunt Morgan, 1866—1945）	美国生物学家、遗传学家，被誉为"现代遗传学之父"。约翰斯·霍普金斯大学博士，曾任哥伦比亚大学、加利福尼亚理工学院的实验动物学教授。在对黑腹果蝇遗传突变的研究中，首次确认了染色体是基因的载体。此后发现了遗传连锁定律。获1933年诺贝尔生理学或医学奖。

21	埃德蒙·比彻·威尔逊 （Edmund Beecher Wilson, 1856—1939）	美国细胞生物学家、动物学家、遗传学家。写就《细胞》一书是现代生物学上里程碑式的教科书之一。与内蒂·史蒂文斯为最早发现染色体与具体性状之间关系的科学家。1902年当选美国文理科学院院士，1907年发现超数染色体。
22	蔡镏生 （1902—1983）	福建泉州人。物理化学家、教育家。1924年毕业于燕京大学化学系。1932年获美国芝加哥大学博士学位。同年归国后任教燕京大学，在催化动力学，光化学研究等方面有所贡献。1948年，应邀到美国华盛顿大学担任访问学者，1949年回国。1952年院系调整，任吉林大学化学系主任，参加领导吉林大学化学系的创建工作。
23	唐敖庆 （1915—2008）	江苏宜兴人。理论化学家、教育家，中国现代理论化学的开拓者和奠基人之一。1936年考入北京大学化学系学习。1938年随校到昆明，1940年毕业于西南联合大学化学系。后赴美，于1949年获美国哥伦比亚大学博士学位。1950年回国任北京大学教授。1952年调任吉林大学，参加领导吉林大学化学系创建工作。

㈦

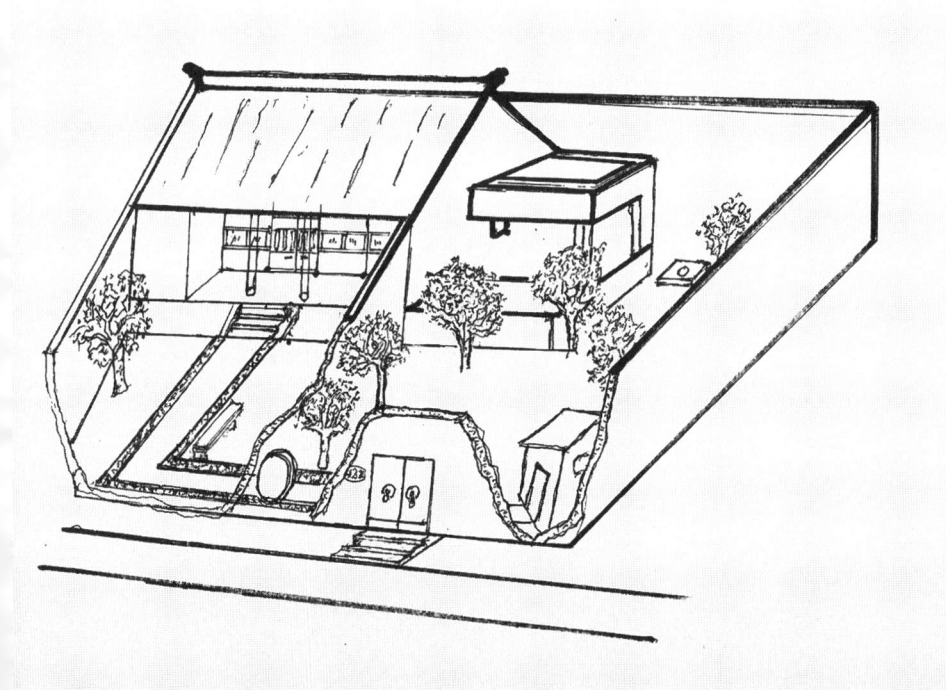

庭院深深深几许

在以上几章中，我把如今挂上"北京市历史建筑"牌匾的小楼，燕东园21—24号楼、31—37号楼、39号楼、40号楼，总计十三栋，都写过了一遍。细心的读者会发现，燕东园初建时桥东21—30号楼共十栋，桥西31—42号楼共十二栋，这样看来，还有九栋小楼没有挂牌，它们在哪里呢？

需要了解一个重要的背景：新北大正式落户西郊燕园之后，肩负建设国内（后来是国际）一流大学的重任，招生规模以及师资队伍不断扩大，校园内的教学与科研设施急需"大干快上"，校园外的教职员工宿舍区也急需扩建、新建。但北大受困于周边地理环境，土地资源有限，可开发的建设用地不多，让历届校领导捉襟见肘，头痛不已。北大为了扩大地盘，从1965年开始，燕东园经历了几次"开膛剖肚"式的改建、拆建、新建。要寻找和打捞这些小楼的故事，需要从这条脉络入手。

燕东园经历的第一次变化，是新建职工红砖平房宿舍区。

燕东园西北边原有一片长方形空地，东西方向长，南北方向窄，面积不小，长满杂树，混搭成林。穿过这片杂木林，就到了燕东园虎皮墙的北端。再下一个土坡，那里有个北门，出门走不远，向左，就是成府街，一直朝北走，就是往清华大学西校门的路了。园子里有人去成府街采购，或者到清华大学上班，或者赶31路公共汽车进城，要抄个近道，都是从燕东园这个北门出入。

我对这个北门记忆犹新。1950年代，我母亲在师范大学教育系上班，每天一大早离家，就是从这里赶31路公共汽车。傍晚，父亲经常带着我们，站在杂木林边的高坡上，迎接下班的母亲。暮色合围，只见母亲穿过31路公共汽车经过的那条马路，下坡再上坡，远远地快步向我们走来。

燕东园北墙不高。趴在墙头向下瞅，就是那条深沟土路，还有一大片果园，据说当时属于海淀公社水磨大队。趴着墙头往下看，车走人行；往远眺，是水磨村的炊烟，清华园的绿树。而在杂木林里打仗、捉迷藏、挖小虫子，是园子里男孩女孩们都玩过的游戏。

燕东园西北边还有一块空地，面积也不小，夹在两处中式住宅之间。空地的东边是高墙深院的42号乙孔家大院，西边是42号甲周先庚先生的住宅，是个小四合院，南边紧贴着36号小楼北边的院墙。据说，这两块闲置地是司徒雷登当年建东大地教授住宅区的时候征地征下来的，没有来得及用。

1965年，燕东园的这两块闲置用地被选中，校方决定在这里新建职工平房宿舍区。这一年秋冬交际的时候，工程备料开始了。

游国恩先生的外孙马逢皋回忆："那天晚上，开进来许多装满红砖的大卡车，砖都卸在桥西大草坪的东南角。那些大卡车都挂着拖斗，卸完砖倒车很费劲，我们站在一旁看热闹。"当时正是深秋时节，他记忆深刻："草地东边的两棵大杨树已经落叶了，满地都是杨树叶子，我们捡起来，兴致勃勃地玩'拔根儿'。"

转年春天，破土动工，砍伐林木，平整土地，砌砖上梁。在42号甲和42号乙之间的那块闲置地上，盖起了两排红砖平房，在那片狭长的林子地上，也盖起了两长列红砖平房，中间有一条过道，形成丁字形格局。大约在1967年前后，一批北大职工入住新宿舍了。

我对这片红砖平房宿舍有着一段特殊的感情。1970年，我大学毕业，被分派到内蒙古巴彦淖尔报社当记者，1972年初夏回北京生小孩。儿子小路落生两个月后，我就要赶回内蒙古上班，于是急着在平房区宿舍找一个保姆，把儿子托给她照顾。很快就找到了，那是平房第一排最东头的一户人家，善良朴实、无儿无女的老两口。刘师傅在北大食堂当了多年的大师傅，季奶奶操持家务，打点零工。季奶奶从我手中接过小路，一把揽进怀里，那一瞬间我就知道给未出襁褓的儿子找到了一个好人家。小路在邻里关系热络、烟火气十足的平房区，一直长到三岁半。

第二次变化，是修防空洞。

1969年至1970年，出于"备战备荒"的需要，全北京市都大修防空洞，北大也不例外。燕东园的防空洞工程简单一些，就地取材——那条将燕东园划分为桥东和桥西的深沟渠，被改建成了防空洞，上面加盖铺路。旱桥还保留着，防空洞的大铁门就在旱桥南侧的桥洞里。从此，燕东园的桥东与桥西连为一体，也平整出了更多的土地。

第三次变化，是新建北大燕东园公寓住宅区。

1980年，北大为了进一步改善教职工的住房状况，准备兴建教员公寓，这次仍然选中了燕东园北边这块地皮。方案是拆掉那几排平房宿舍和42号甲、42号乙两个中式院子，并继续向北拓展，直推到清华南路边。这次改建，填平了旱河洼地，平整出一大片土地，新建了一片拥有10栋五层楼公寓的现代住宅社区。

转眼间，燕东园变成了一个大工地。红砖墙面的31至40号公寓很快破土而出，每栋公寓都有四个单元门，除一层是两户以外，其他层都是每层三户。社区道路横平竖直，配套设施齐全，绿化也经过精心设计。这片公寓楼的东南边，建有公共车棚和两间社区用房，已经紧贴燕东园桥东21号、22号、23号小楼北边的院墙了。

我的二舅韩德刚是北大化学系教授，他1983年搬进了37号公寓。那是距离老燕东园最近的一栋公寓，从二舅家走到我们家，不过两百米。那时候我们两家来往方便极了，有时候开晚饭了，我家下面条，二舅家包饺子，两边一声招呼，二舅上我们家吃炸酱面来了，我儿子小路欢天喜地地跑到舅公家吃饺子去了。

到了1995年，北大迎来了一批批学成归来报效祖国的海外学子。为了安置好他们，燕东园公寓区继续向南拓展，拆平了桥西的38号小楼，腾出空间，见缝插针，加盖了一栋五层公寓，楼号为38号甲，名为人才楼。此时这片公寓楼的西南边界，已经与燕东园36号、37号小楼只间隔一条窄窄的小路了。

第四次变化，是北京大学附属幼儿园正式落户燕东园。

大约在1960年，孔家搬出了42号乙，"红旗托儿所"迁进了原孔家大院。那时，北大的托儿所、幼儿园有几处，由不同的单位主办。这家红旗托儿所挂在北大家属委员会名下。北大校方主管的幼儿园被称为"五院幼儿园"，1952年以前是燕京大学幼儿园。我还记得那个幼儿园，在校内西南角勺园附近的一个大院子里，一大溜儿北房，院子最西头有一大排高高的松树。我刚上幼儿园的时候，不会上公共厕所，因为在家里只坐过抽水马桶，没见过蹲坑。最初几天，下午家里人去接我，只见我两腿岔开，站在那排松树底下，老师说："尿裤子了，晒呢。"等到我从幼儿园毕业时，这里已改为北京大学幼儿园了。

我的两个弟弟也有一段趣事。老三徐澂五岁多就拉着小他一岁的弟弟徐浩，每天自己去上幼儿园，他们从家出来，穿过蒋家胡同，进东校门，过未名湖，过临湖轩，再过六院，才到幼儿园，这段路程大人也要走上二十多分钟。小哥俩早上八点多从家里出门，一路溜溜达达，到学校向老师问早安时，老师回答："早什么呀！都该吃午饭了。"

轮到我家的小五妹妹徐浣上幼儿园时，已经有一辆儿童车负责接送了。所谓儿童车，就是三轮车安了一个小车厢，车厢里有靠两边的木板当凳子，三面有窗，后边还有个对开的小门。我妹妹回忆："有个陈叔叔骑儿童车，车很小，只够接送燕东园的孩子。陈叔叔人特好，我们上下车都是他抱来抱去，调皮者如李焰要自己跳下车，就会被陈叔叔数落一顿。"李焰就是桥东24号李汝祺先生的孙子。当时妹妹的"车友"还有桥西37号杨晦先生的小儿子杨铸、桥西34号游国恩先生的外孙马逢皋、桥东24号周一良先生的小女儿周启盈，他们都还记得那辆天蓝色的儿童车和陈叔叔。

我家最小的妹妹徐涟1959年出生，正赶上"三年困难时期"的开始。等到她上幼儿园的时候，大人们个个忙得像没头苍蝇，顾不上她，就让她就近入学，去了园子里的红旗托儿所。红旗托儿所就在原孔家大院里，从我家出来跑几步就到了。但就在这短短的上下学路上，竟有一只"拦路猫"，它总蹲在路旁一个大垃圾箱上，"猫视眈眈"，我家小六每天走过这里都要胆战心惊，想方设法和它"打游击"，留下了一个童年的心理阴影。

1970年代中期，北大动工建设校医院的住院楼，五院幼儿园面临搬迁。这次，校方下了决心，把五院幼儿园和中关园幼儿园合并，正式命名为北京大学附属幼儿园，迁址到燕东园。而位于原孔家大院的那个家属委员会办的红旗托儿所，则搬家到校内的朗润园。

搬进燕东园的北大附属幼儿园，最初的地盘在桥东，以游戏场东边马路为界，向东把26号、27号两栋楼加院子圈起来，改造成了幼儿园的教室、食堂和午睡的宿舍。我的儿子当年就在家门口这个幼儿园上了一年学前班。

到1980年代中期，北大大兴土木，翻建与扩建幼儿园。这次拆了26号、27号楼，在此地基上建起漂亮的两层楼房。幼儿园继续向西扩建，先把设施老旧的游戏场改建为新的户外游戏天地，再把桥东30号楼也圈进来重新装修，改建为办公用房。后来幼儿园继续向北扩建，高高的北院墙与桥东22号、23号、24号小楼仅相隔不到十米，最终在2019年把25号小楼也收归麾下。

扩建后的幼儿园，西校门开在了离我家院门不过二十米的地方，门口挂着两块牌子，上面写着"北京大学燕东幼儿园"和"北京大学附属幼儿园"，颇有气派。

第五次变化，是北大附小选址王家花园，扩建至燕东园东南角。

1959年，北大附小从燕园中心（现北大图书馆的位置）搬迁出来，落户在紧挨燕东园南墙的王家花园。随着学生数量的增长，北大附小的校园不断扩大，但受东边蓝旗营、西边吉永庄建设用地的挤压，它只有向北扩大深入燕东园，切下了燕东园东南的一大角。

据北大附小校园变迁图*，1995年，学校大兴土木，建起第一栋教学楼，同时把燕东园28号楼装修后用于接待、召开会议和行政办公，也就是俗称的校长办公楼。2003年以后，"附小校园规划建设迅猛腾飞"；2004年拆了燕东园29号楼，建设了生态教学楼；2006年完成了对王家花园老宅的修缮，也完成了对原燕东园28号、41号、42号小楼"修旧如旧"的改造——这三栋小楼分别作为翦伯赞、何其芳、陈守一的名人故居，外部保留原貌，内部改造为办公用房。

北大附小如今的校园介绍是："占地面积24,800平方米，是一所拥有百年历史、古木繁茂、环境优雅的绿色校园，校园内拥有30余个品种的各类花木，242棵古树，其中百年以上的国家二级古树就有50多棵。春天，海棠、刺梅争奇斗艳，丁香、梨花

---

* 参见大型画册《校园变迁——北京大学附属小学校园变迁六十周年影踪》。

暗香叠送；夏天，合欢、梧桐树影婆娑，榆树、国槐郁郁葱葱；秋天，枣树、柿树硕果累累，黄栌、银杏浓淡相宜；冬天，马尾松、白皮松苍翠依旧，油松、侧柏傲立雪中。还有极为稀少的树种——柽柳等。"*回忆前文讲过的从东大地到燕东园的古木、花草和四季景致，是否觉得似曾相识？因为这里本就是东大地（燕东园）的一部分啊。

斗转星移，沧海桑田。如今，燕东园的格局已经发生了根本性的变化，它的南边、东边成为小学与幼儿园的教学区域，北边成为以公寓楼为主体的住宅区域，而夹在中间的小楼，只剩下这次被挂上"北京市历史建筑"铜牌的13栋，它们当中多数已成为机构用房，少数有散户居住，住户已很驳杂。

现在，我家的40号小楼和院子，东面与北大附属幼儿园门对门，相距仅十几米；南面与北大附小墙对墙，附小的砖墙和我家的黄杨树篱墙只有一条小马路相隔。附小墙内五层高的教学楼，遮挡了我家"玻璃屋子"的阳光，虽然光照比以前差了不少，但这独一无二的地理位置，让我家被朋友们戏称为"史上最佳学区房"。

现在可以回答本章开头提出的问题了：没有挂牌的九栋小楼情况如何？答案是：桥东26号、桥东27号、桥东29号、桥西38号，这四栋小楼已被彻底拆平，永远消失；桥东28号、桥西41号、桥西42号在北大附小的校园里，桥东30号、桥东25号在北大附属幼儿园的校园里，都已改为教学用房。

---

* 可参见张占军、李晓秋：《北京历史名校概览》，华艺出版社，2009年，第106页。

我在这次梳理中还有一个重要的发现：在1952年院系调整时，燕东园可分配的宿舍除了22栋小洋楼以外，还有两座中式住宅：42号甲、42号乙。而燕京时期的东大地并没有对它们的文字记载，据老人们口头传说，这是成府村某些大户人家的房产（蒋家胡同10号也叫孔家大院），司徒雷登当时征地没有征下来。看来，北大接手后解决了这两座中式住宅的产权问题，并分配给了从清华过来的两位教授居住。老住户们提醒我，写燕东园要把这两个院落补充进来。

这两个院子在1980年代已被拆除。我找到了这两家住户的后人，终于打开了42号甲、42号乙的院门，发现里边的天与地、人与事，竟如此缤彩纷呈。

42号甲
周先庚、郑芳夫妇

1952年院系调整，清华大学心理系并入北大哲学系心理专业。周先庚先生一家七口，从清华新林院4号搬至北大燕东园42号甲。

选址、搬家都是周先庚先生的夫人郑芳一手操办的。周家儿子周广业曾问母亲："为什么不选燕东园里那些漂亮的灰砖小洋楼？"郑芳回答："那些楼都是两家合住，会互有干扰，这里虽然房子破旧一些，但是个独立院落，住着清静。"周广业和我补充说："母亲喜欢种菜、养鸡，自然中意这个独门独户的院子。"

周广业说，"院子里的房子都是又矮又小的土屋，我在室内伸手一跳就摸到房顶。三间北房：两间是卧室，西边那间是父亲的书房兼父母的卧室，东边是卫生间。三间南房：正中是客厅兼饭厅，东边有个小储藏室，西边是卧室。三间东房：厨房、洗衣房、储藏室"。"院子中间有一棵巨大的丁香花，每年春天香气满院。还有一棵大枣树，每年秋天，结的大枣甜如蜜。"*

42号甲既然是周先庚夫人郑芳亲自挑的，搬入以后，她就尽兴地大展身手，养鸡、养兔、养猫、养鹦鹉、种花、种菜、种玉米，把小院子搞得生机盎然。小儿子周治业在一篇回忆文章中写道："妈妈喜欢动物，养猫是从来没有断过，鸡鸭一大群，大公鸡总爱追着我咬，吓得我满院子哭着跑。虎皮鹦鹉一大笼子，每天在客厅里唱个不停。三年自然灾害没有肉吃，妈妈又去搞了几只兔子养在院子里，后来那是我的主要工作，兔子繁殖很快，发展到几十只，多得数不清。"**

周伯母还有一手好厨艺，儿子们的回忆文章中充满了"妈妈的味道"。

周广业说，母亲会做整个的猪肘子、鸡蛋烧猪脑、红烧牛舌头、红烧猪头。面食做得更好，他们家厨房里有一个大的煤火灶台，里面有一个大烤箱，用来烤蛋糕、点心、饼干。他披露，母亲还有个绝招，就是把米酒土豆水放在灶上，过两天就用这土豆水和面，立即上蒸屉，这样做出来的丝糕和馒头会非常大而且

---

* 周广业：《回忆母亲郑芳》，收录于周文业、史际平、陶中源等编著《寸草心：清华名师夫人卷（下）》，山东画报出版社，2012年，第73页。

** 周治业：《妈妈》，收录于《寸草心：清华名师夫人卷（下）》，第80页。

松软香甜。小儿子周治业则念念不忘母亲做的各种各样的果酱：番茄酱、水蜜桃酱、苹果酱，还有自己家晒的黄酱，每天他和二哥周文业都背大缸出来晒。母亲还会做甜大蒜头，腌咸鸭蛋、咸鸡蛋，还做过好几次松花蛋。

这是怎样一位热爱家庭、热爱生活、要强能干又极富情趣的母亲啊！

他们的母亲郑芳，1910年出生于江苏吴江盛泽镇著名的郑氏家族，一个书香门第。由于父亲早逝，她中学、大学的学业，都得到她的叔父、清华大学算学系的创始人之一郑桐荪[1]先生资助。她1929年毕业于浙江湖州私立湖郡女中，1930年就读于燕京大学文学院外文系。她的文笔很好，作家冰心先生曾担任过她的国文老师。她的外文课成绩也很优秀，大学三年中修了十门英语课共50学分，四门法语课共16学分。1933年1月，她在叔父郑桐荪的主持下，嫁给了清华大学心理系教授周先庚，一位西装革履、留美归来的博士。他们的牵线人是周先庚的清华同班同学周培源，证婚人是校长梅贻琦，介绍人是吴有训[2]和杨武之[3]，都是如雷贯耳的名字。他们的彩色结婚证书，展示在清华校史馆的一块展板上，是清华档案馆里仅有的此类馆藏。

婚后，郑芳搬到清华新西院27号。第二年，长女立业出生，她只好从燕京大学提前一年肄业，回家做了专职太太，一心相夫教子。1935年、1936年，两个儿子伟业、宏业呱呱落地。1938年2月，全家随清华、北大、南开三校的长沙临大南迁，第四个孩子生于途中的广州，起名为广业，一周后，郑芳带孩子们住到香港九龙，周先庚赴云南蒙自和昆明西南联大工作，一年多后，他才接全家到昆明西南联大落脚。

周先庚的教学任务繁重,要为两个学校讲授六门心理学课程,家中琐事都由郑芳一人承担。除物资匮乏,还有灾难袭来,1941年,五岁的宏业不幸感染白喉病亡,大儿子伟业也得了脑炎,高烧41度,当时没有青霉素、更没有儿童的脑炎疫苗,一直得不到有效治疗,1946年离开昆明前,伟业在昆明医院去世。周广业回忆起这段还是情难自禁:"母亲含辛茹苦,精心照看一个痴呆的孩子这么多年,心中该是多么痛楚!我的两个哥哥就这样没有了!"幸好1942年妹妹明业出生,1945年弟弟文业出生,家里才又有了忙碌和欢乐。"为了保证我们这么多孩子的营养,母亲在胜因寺外的一家农户包养了一只母羊,我们几个孩子都是喝羊奶长大的。"*

图7-1 周先庚先生一家合影

---

* 周广业:《回忆母亲郑芳》,收录于《寸草心:清华名师夫人卷(下)》,第62—63页。

西南联大的教授薪资微薄,当时教授太太们都在想方设法增加家里的收入。昆明街市上一度出现过一道独特的景致,教授太太们出来摆摊,售卖各种手工编织物、刺绣品和自制的点心、蛋糕。这些郑芳都做过,后来,她又有了一个补贴家用的新来路:有一天,昆明《中央日报》的总编辑胡惠生来到周家,为副刊《新天地》向郑芳约稿。郑芳应承下来,在报纸上连续发表了几篇《乡居杂记》,反响不错,于是开始靠卖文来贴补家用。直到1946年7月,周家北上回到了清华园,郑芳的写稿卖文生涯进入了高潮。她为《北平时报》的《妇女与家庭》副刊写稿,每周6000字,报馆会按月寄稿费来。昆明《中央日报》让她主编文艺副刊,她也是每周凑足6000字,用航空快信寄到昆明,月底报社会给她寄编辑费和稿费。周先庚先生坚持将妻子发表在报刊上的每一篇文章都剪下来,精心装订成三册,一一编目。按最终统计,从1944年到1948年,郑芳共发表了300多篇文章,其中1947年一年就发表了172篇文章。

1952年搬到燕东园42号甲时,郑芳已经结束了全职太太的生活,在清华成志学校当了俄语老师。周广业非常佩服母亲,因为她只用了半年多时间,就迅速地由英语自学了俄语,周广业还记得母亲用的是一本很厚的用英文注释的俄语教材,她在厨房一边炒菜,一边手里拿着这本书熟读。1954年7月,郑芳被调到北京体育学院,筹建全国第一个体育院校的英语教研室。小儿子周治业回忆,由于体院离家较远,而且要穿越荒凉的圆明园遗址,母亲晚上骑自行车会害怕,所以平时住在学校里,星期六才回家。直到病重,郑芳才离开了心爱的讲台。她1958年因高血压辞职回家养病，1959年下半年查出患有直肠癌，1961年12月病逝，年仅51岁。

2013年，在郑芳去世五十二年以后，70万字的《郑芳文集》出版。周文业说，这是对母亲"迟到的怀念"。出版《郑芳文集》是他们父亲生前最大的愿望，在母亲病逝以后，父亲用他珍藏的母亲遗稿，编写了详细的《郑芳文集》目录。周先庚在给大女儿立业的信中说："妈妈开始写作是在昆明经济最困难和孩子刚刚病死的艰难时期，1944年左右，在复原前，她还主编了《妇女文艺》《妇女与家庭》等报纸副刊。现在三本剪报都补充整理就绪，编了目录，将来大致可分：婚姻、家庭、儿童教育、杂感等小册子出版。"*

《郑芳文集》问世时，我正负责编辑《燕大校友通讯》，组稿报道过这本书。我也因此得知，在燕东园的邻居里，曾有过这样一位会写作的周伯母，她以笔名"郁芳"在《中央日报》副刊发表的许多文章，尤其系列文章《抗战期中的教授太太们》，让我读起来颇有找到同行的感觉，还以为她是一名专业记者。

这次我又认真翻阅了《郑芳文集》，更加佩服她。她的文章内容丰富，涵盖职业女性、婚姻、恋爱、家庭、儿童、社会生活、心理问题、医药卫生等方面，而且体裁多样，无论人物速写，还是散文、小说，都驾驭得游刃有余。我喜欢她的文笔，流畅细腻，富有激情，正气凛然，言之有物。很难想象，这是一名全职

---

* 周先庚：《周先庚给大女儿立业的长信》，收录于周先庚编订：《郑芳文集》，中国科学技术出版社出版，2013年。

太太一边做家务带孩子，一边笔耕不辍完成的。

写作是需要有些天资的。她的姑父柳亚子[4]先生其实很早就有预言。还是郑芳13岁的时候，她在写给亚子姑父的信中，有这样一段文字："我近来大发游兴，什么星期日、放假日，都是我游山的佳期。我一连游了许多山……我觉得天地间的神秘，好像都聚集在这些山里似的。那时自然界的一切，都映在我的眼帘中了。那些葱青醲郁的嘉乐奇卉，纷披震荡的流水飞泉，迂垣曲折的山路，峭峻凶险的石峰，牵人肩袖的荆棘，芳香可爱的野花，都一一披露，介绍些无尽藏的美和真。"柳亚子回信："芳侄女：接到了你给我的信，感触着你思想的超旷，文笔的美妙，真使我惊喜欲狂呀！一年多不见你，不料你在文学上如此的突飞进步。古人说得好，'士别三日，刮目相待'，真真是不错的呀！我敢大胆地说，你是有文学的天才的。不然，十三岁的人，怎会有这样的作品呢？"*

《郑芳文集》让我们发现了一位被湮没的女作家、女记者。中国现代文学馆研究员王秀涛先生对此文集曾有一番评价："郑芳女士从一位家庭妇女自身真实的感受出发，亲身记载了对当时社会现象的认识，也保留了社会相当的和真实的一种状态，决不能掩盖和忽视这些作品的文学价值和社会意义。"

看了《郑芳文集》，我为她的善良、坚毅，以及一辈子成全丈夫、成全孩子的奉献精神而感动。在和病魔斗争的最后日子

---

* 阎书昌、周广业、高云鹏：《逐梦"中国牌"心理学：周先庚传》，中国科学技术出版社，2021年，第212—213页。

里，她留下遗嘱,"给全家和每个孩子都留下了作为母亲的最后嘱咐",希望孩子们"要关心照顾爸爸,住在北京的,每周末回家看看爸爸,和爸爸一同吃一顿饭,了解他的健康情况;不在北京住的,常写信问爸爸好,爸爸生病要大家互相看护照顾爸爸"。对家务事也做了周到细致的安排:"对外办事由周广业负责;全家衣服由周明业负责。从上到下,从春到冬,都由明业保管,大家帮忙",还具体叮嘱到"家中每年晒箱子,预备冬衣等集体劳动,要在春天(刮过柳花或未到柳花之前)进行。随时看见有樟脑球卖,随时买了放在箱子里,已经给虫子咬过的绝对不能和好衣服放在一起,毛衣一定要洗干净然后放箱子里","家务杂事由文业、治业分别管理,爸爸监督。春耕大家一起动手"。

她还千叮万嘱,"大家一定要团结,不能让任何小意见引起彼此之间的不和。大家要虚心接受意见,互相关心,互相帮助,让这家的集体继续前进"。她不放心最小的儿子治业(当时治业13岁)特别交代:"哥哥姐姐都有责任帮助治业,从关心他的学习、进步、交朋友、做功课、清洁卫生,一直到他的经济问题。若遇到困难(例如爸爸又结婚,后母对他态度不好,或爸爸健康成问题),治业可以请求舅舅(郑重)照顾。我在世前已有过几次写信给舅舅提到这问题,所以舅舅会照顾他像自己的儿子一样。"她还嘱咐:"三个男孩不要早结婚,一定要等大学毕业后有固定工作和收入后再结婚……找对象要注意:健康、性情、工作态度、爱劳动,等等。"*

---

* 周先庚修订:《郑芳文集》,第515—516页。

图7-2 晚年的周先庚先生在42号甲屋前留影

周先庚先生以及子女五人,没有辜负郑芳的良苦用心和伟大的爱。

夫人去世时,周先庚先生58岁。他发誓绝不续娶。在充满了夫人郑芳气息的42号甲小院里,周先庚又住了十八年,熬过了十年的动荡岁月。1980年2月,由于要为建新宿舍腾地方,小院被拆,周先庚搬到了34号楼的楼下(楼上是邢其毅先生家),一直住到1996年病逝,终年93岁,始终单身。

燕东园住户在逐渐减少,有的去世了,有的搬迁至蓝旗营等新社区,还有一些小楼由北大校方收回用作办公用房。2006年,周先庚先生去世十年后,学校教务处需要用房,在征得周先庚子女们同意后,校方将34号小楼收回。周先庚先生生前保存的大量"个人生涯资料"随之公开展现在人们眼前,包括学术档案、信件、日记、著作、文章底稿等,其中仅学术档案资料就有1500多件，其时间跨度之长、内容之丰富，十分惊人。这些资料中，除了一小部分是周先庚先生自己抄录的底稿，其他都是原始资料，如清华大学和北京大学的课程开设记录、各类调查表、各类教学科研手稿、各种会议记录，等等。参加资料整理的北大心理学系许政援教授说，周先庚的这些收藏是中国心理学史料的宝库。

图7-3 1986年，周先庚先生与广业（中）、文业（右）、治业（左）合影于燕东园34号小楼前

这些原始资料的珍贵，从下面这件事可见一斑。这次写作，我在确认1952年院系调整后的燕东园各楼住户时，竟在周先庚先生的笔记本里找到1952年9月9日的记录，里面既有分房方案，又有搬家安排。据周广业说，父亲有开会记笔记的习惯，从笔记本上看，9月8日应是全校开大会，是钱俊瑞报告的，9月9日是住宅分配，是文重报告的。

这些记录帮助我完善了北大时期燕东园各楼的住户情况统计，并解决了两个疑难问题：

1. 金岳霖先生究竟住在桥西34号楼上，还是住在桥东21号西半边？看来两个地点都对，他先住在桥西，后来住到桥东，燕东园二代对他家枣树的回忆，是在桥西34号，而对他的蟋蟀罐子的回忆，是在桥东21号。

2. 在1952年院系调整时，42号甲、42号乙的情况如何？这两座中式院落当时已成为北京大学的房产，归入燕东园的住宅分配。

周先庚先生把他"珍存史料"的习惯称为"信仰怪癖"。他还有一个习惯，每天记日记。他从"文革"开始记的日记，逐日不漏，后来前8本被抄走，保留下来的是1967年12月的第9本至1983年的第87本，共79本。

周广业说，他们把父亲的这些"个人生涯资料"分别捐给了清华与北大档案馆。2012年，周先庚先生被特批入选中国科协主持的"老科学家学术成长资料采集工程"，在已去世的科学家中，他是心理学领域唯一入选的。这些"珍存史料"，不仅有助于完成周先庚个人传记的写作，同时也是对中国现代心理学创建与发展历程的见证与回顾。

我们需要重新认识周先庚先生。他1916年考入清华学校，1925年留学美国斯坦福大学社会科学学院，1930年获博士学位，论文题目为《汉字阅读心理学》，并发明了汉字阅读的实验仪器"四门速示器"，开创了汉字心理学的研究领域。在1930年代，他主要从事工业心理学的调查与研究。他在河北定县主持年龄与学习能力关系的研究，得出一条"7至10岁被试者的识字能力曲线"，被当时的心理学界称为"周先庚曲线"。1945年，在昆明岗头村，他带领中方工作组与美国著名心理学家、主题统觉测验创始人默里[5]领导的美方工作组共同完成了中国五千名伞兵的心理测验工作，这在我国乃至世界军事心理学领域都是开创

性的工作。*

中国科学院曾在1949年至1950年对全国的自然科学专家进行调查，对当时自然科学14个学科的高级专家进行了同行推荐投票，心理学遴选出了12位心理学家对本学科同行做背靠背的匿名投票，"每人按顺序可以推荐20位心理学家。最后选出了67位心理学家，排名前11位的顺序如下：周先庚、陆志韦、陈立[6]、郭任远[7]、唐钺[8]、潘菽、孙国华[9]、汪敬熙[10]、丁瓒[11]、沈有乾[12]、曹日昌[13]"，"周先庚排名第一，这是周先生一生中获得的最高评价"。**

1952年以后，形势急转直下，政治运动迭起，心理学科成为受冲击最大的学科之一，先是接受改造，然后是接受批判，后期整个学科都被撤销。停滞了近三十年后，1977年9月，北京大学才在全国第一个恢复了心理学系。

被通知到心理学系上班的那一天，已经74岁、白发苍苍的周先庚先生，隆重地穿上一套深蓝色卡其布制服。这是他最好的衣服，1972年到北京饭店赴陈省身（陈省身是他夫人郑芳的堂妹夫）家宴时特意买的，那天是第三次穿。

晚年的周先庚先生埋头翻译心理学经典著作，不辞辛苦提携后进，指导师生重建北大心理系的学术工作。病危之际，他还念念不忘叮嘱"清华要成立心理学系"。当年他从美国留学归来，

---

* 这部分关于周先庚先生生平事迹的介绍主要参考了：《周先庚先生生平年表》，见阎书昌、周广业主编：《周先庚文集》第二卷（附录二），中国科学技术出版社，2013年，第615—626页。

** 中国科学院1949—1950年全国科学专家调查综合报告，原载于《中国科技史料》，2004年第25卷第3期，第228—249页，本文转引自阎书昌、周广业、高云鹏：《逐梦"中国牌"心理学：周先庚传》，第117页。

就是在清华大学心理系任教，后来有十年时间担任系主任。建立"中国牌"的心理学，是他心中的梦想。

周先庚、郑芳夫妇的五个子女，自小受到了良好的家庭教养。虽较早失去了母亲，但伟大的母爱对他们影响之深，在燕东园里实属少见。五个子女中有三个考上了父亲的母校清华大学：周广业毕业于清华大学化工系，后留校教书，任高级工程师、教授；周明业毕业于清华大学精密仪器系，后在甘肃光学仪器厂工作，任高级工程师；周文业毕业于清华大学自动控制系，先后在太原、北京工作，也任高级工程师。大女儿周立业毕业于唐山铁道学院，任山西太原铁路机械学校党总支书记、教务长。小儿子周治业毕业于北京建筑机械技术学校，曾任湖南长沙建筑工程机械厂厂长。现在，他们都已退休，周立业已于2018年去世。

退休后，周文业和周广业、胡康健、陶中源等几位清华子弟编写并于2012年1月出版了纪念父辈的《清华名师风采》丛书，分理科卷、工科卷、文科卷共三大本；此外，"夫人卷"另立书名《寸草心：清华名师夫人卷》，分上下两册也于2012年4月出版。

42甲

住户名单　　　　　　　　　　　1926年—1966年6月

燕东园时期 - [周先庚　北京大学哲学系心理专业教授
　　　　　　　郑　芳　北京体育学院英语教研室教师

42号乙
孔繁霱、马玉雯夫妇

桥西37号小楼院子北松墙和38号小楼院子西松墙成一直角。在这个直角空间里有一座高墙大院。两扇黑色的大门朝南开。院墙几乎有两人高，围得严严实实。院北墙外就是那片林子地。我们家的人要进出土坡下那个燕东园北门，都要从这个院子高高的东墙下走过。记忆里它叫孔家大院，我好像没有进去过。

这次写作终于揭开了它神秘的面纱：

1952年院系调整时，清华大学历史系并入北京大学历史系，孔繁霱教授一家从清华胜因院19号搬进了燕东园42号乙。孔繁霱（字云卿），这个姓氏，加上名字中那个"繁"字的辈分，以及我不认识的"霱"字，清晰地指向了中华传统文化的第一家族。果然他的祖辈属孔子世家71代孙，"滕阳户昭振分支"，按照"昭宪庆繁祥"辈分，孔繁霱是孔子世家74代孙。家里还保存了一套躲过"文革"抄家之灾的线装家谱：从第一代到祥字辈的"孔子世家谱"中滕阳户的完整家谱。

孔繁霱先生1959年病逝，终年65岁。1960年夏季孔家搬出了燕东园。这次我顺藤摸瓜，找到了孔繁霱的小儿子孔祥琮先生。他是家里的"老疙瘩"，孔繁霱的夫人马玉雯44岁时才生的他。孔家6个子女只有他是从出生到大学毕业以至到工作岗位，几十年都和父母住在一起。

孔祥琮先生今年已经87岁了。我们在电话里的交谈很顺畅，他应答敏捷、口齿清楚，很乐意回答有关42号乙的问题。

图7-4 孔繁霱、马玉雯夫妇在42号乙月亮门前的合影。门墙上攀缘植物郁郁然

他说:"燕东园的住房,是学校分配的,我记得我们家是1952年秋天搬进来的,那年我16岁,正是清华附中初二结束,暑假后要上初三的时候。"

燕东园42号乙是两个大套院,两院间由一堵带月亮圆门的墙隔开。东边是外院,院子中间在一个四五十公分高的平台上,有口直径一米多的露天水井,架着一个农家用的提水辘轳。不过孔家搬进去就没怎么用过,因为那是口基本没什么水的旱井。院里有好几棵大树,孔祥琮记得有枣树。院门在外院,大门东边还有间大约8平方米的门房。

从大门进来后,沿着甬路向西走,通过月亮门,便是内院;内院甬道两旁花槽种着许多花卉。走到甬路的一半向右转,再走几步有三四级不高的台阶,上去就是坐北朝南的五间正房的屋门。屋外是一溜儿的长条廊檐。

孔祥琮说,父亲喜欢园艺,经常修枝、除草、施肥,侍弄花草。院子里种满了向日葵、夹竹桃、节节高、夜来香、蝴蝶花、菊花、玉簪、太阳花、喇叭花。屋外甬道两侧种的全是茜草,俗称黄花菜，新鲜的或晒干的都可烹饪。那些长秆植物的秆子就用来做围墙和花架子。他还经常跟着父亲把买来的马掌、麻渣泡成水溶液做肥料，他家浇过肥的向日葵葵盘，直径长的有一尺多，瓜子还特饱满。

五间正房的格局如何？孔祥琮说：房子中间原来都有木制带玻璃隔断，这样房子内部就变成两排十间房，后排的房间面积小一些。他担心我听不明白，很快传来一张自己画的示意图如下：

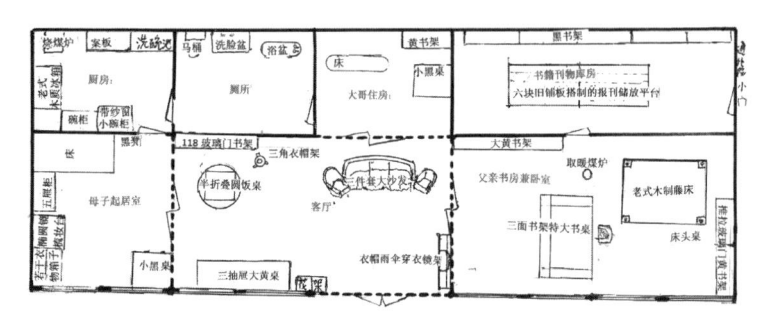

图7-5 燕东园42号乙平面图，孔祥琮 绘

他解释说：东边第一、第二间是父亲的卧室和书房，中间的两间是饭厅和客厅，西边的一间是母亲和孩子的住房。后一排分别是厨房、厕所、书库、储藏间还有一间小卧室。他们家最大的特点，除有窗户一面的墙壁外，周围到处都是书架，家里的藏书不下万册，俨然一个图书馆。连外院的门房里也堆满了书箱。

房间里有四个黄色的带玻璃门的书架，还有几个顶天立地的大书架，所有书架都是美国松制作，纹理清晰美观，里边全是线装书，像《古今图书集成》《四库全书》《四部备要》《四部丛刊》《黄帝内经》《资治通鉴》《饮冰室合集》《天工开物》，以及

"二十五史"，等等。孔祥琮说，这些线装书，都是父亲请人专门制作的蓝布包着硬纸板制成的书套，再请清华图书馆的阮德馨先生在蓝布书套上写有白色宋体书名和极简短的标注。

外文原版藏书也不少。孔繁霱先生1917年赴美留学，先后就读于康奈尔大学和芝加哥大学研究院；1922年再赴德国，就读于柏林大学研究院获硕士学位；1926年再赴法国，在巴黎大学学习法文。他在国外研究西方史学十年，英文、法文、德文、意文、希腊文、拉丁文造诣精深。1927年回国，陈寅恪先生引荐他为清华大学历史系教授。当年即开设出"西洋史学史""史学原论"等课程。

孔祥琮说，父亲黑色大书桌是特制的。中间一个大抽屉，左右各三个小些的抽屉，两侧配有两个小书架，后部配有一个长条大书架，用来摆放外文图书资料。为学生授课所写下的讲稿和各种资料，有秩序地放在书桌抽屉和固定的箱子里，随时可以查看使用。这些珍贵的资料是父亲一生课程讲授与学术研究的心血。他遵照老祖宗孔夫子的教导"述而不作"，很少公开发表文章著作，更没有利用稿件挣钱。他将治学的大量心得体会都撰写珍藏于讲稿之中。

孔繁霱先生晚年还特制了一块黑板，大号的三合板涂上墨汁，放在一个木架子上。孔祥琮说：父亲患严重的心脏病和肺结核病，学校允许他在家里给研究生授课。家里有课时，只要我在家，就要把这块黑板架好，再准备好座椅、粉笔、板擦。研究生进屋前，家里人就已经回避了。授完课，再把有关物件放归原处。就在父亲去世前一天，他还在给研究生讲授拉丁文。

学生们形容孔先生:"微黑多须的长者,穿着中国大衫……扎着腿带,提着皮包,走起路来稳静地看着前方,这便是孔云卿先生,一望而知的大学教授的孔先生,孔先生的为人,也正像他走路那般稳静。"

至于中国大衫,孔繁霱在留学回国任教前夕,电告家人准备好中式服装。一到家,他立即脱下西装,换上了全套中式服装。从此,就再也没见他穿过西装。*老照片也可见证他的着装都是长袍、对襟马褂、中山装。

孔祥琮说,父亲还订阅收藏有各种报纸杂志,他亲自动手,都按年月日装订叠放。如《人民日报》《光明日报》《北京日报》《北京广播节目报》等十几种报纸,历史、地理、考古研究、《红旗》杂志、俄语学习等几十种期刊。父亲的薪资收入相当一部分都花费在购买和订阅这些书籍报刊上。1959年父亲去世后,儿女们发现家里银行存折上仅有400元存款。

孔祥琮说,父亲平素生活节俭,他常把包烟卷的纸盒拆开展平,有些还要泡湿后再展平晾干,当白纸去写字,不少讲稿、信件、便笺就写在"烟盒白纸"上。而父亲练习书法(小篆、草书),用的都是废旧报纸。

话题转到孔繁霱先生的嗜好:烟酒不离。

孔祥琮说,父亲吸烟厉害,多到一天70支左右。每三天就要买一条烟。前门、哈大门、恒大牌是主牌,另外还吸过黄金叶、

---

* 孔祥兰:《孔繁霱先生历略》,收录于滕州市政协文史资料委员会编:《滕州文史资料》第5辑,滕州市政协文史资料委员会,1989年,第149页。

鹰、敦煌、大刀（印有二十九路军的战士用大刀抗击侵华的日本鬼子的图画片）等杂牌烟。他吸烟有一绝，一支烟（那时没有过滤嘴）抽到不足五六毫米长时，就用两根手指头的指甲掐着吸，实在无法吸了才丢掉。因此不仅手指头和指甲被熏成深烟丝色，就是嘴唇和还没刮的胡子上也被熏成深烟丝色。但他只在自己的书房兼卧室吸烟，很少在自己屋以外的地方吸。

父亲还爱喝点酒，经常会看到他的书桌下面放着茅台酒瓶，大概就是晚上看书备课时喝上一两盅，也从没见他喝醉过。他自己去买酒，从没让我们给他买过酒。这大概是父亲有意不让子女染上喝酒的嗜好吧。正因如此，我们六个子女没有一个吸烟喝酒的。

既然是孔子世家出身，家教必然严格。孔繁耆先生在家是一位无形的严父，尽管对子女态度平和，不打不骂不训，但六个子女在父亲面前，心里十分敬畏，不敢有半点顶撞。在家里从来没有大声说过话，动作举止都是轻手轻脚的。出门或回来必向父母亲报告"我走了"或"我回来了"。相互说话从没有听到过"脏字"。一家老小始终生活在一个干净清爽的语言环境中。

孔祥琮说，我们受到父亲严格的家塾教育，学习了《论语》《孟子》《大学》《中庸》等"四书五经"与唐诗三百首。他要求我们把读过的每篇文章（诗或其他古文）都背下来。背不下来，就是困得张不开眼，也得接着背。后来我们兄弟姊妹都有一定古诗文的基础，大哥大姐对古诗文的精通程度更是十分了得，大哥甚至能为无断句的古诗文标注断句。所有这些让我们终身受益。

在父亲120周年诞辰时，孔祥琮先生写了一篇纪念文章《熟悉的陌生父亲》。从题目就可看出他要重新认识父亲的努力。随着岁月的增长,他越来越感到自己熟悉父亲的生活"琐事",但不等于了解父亲这一代人的精神世界。这次为给父亲写小传,他钻入档案堆里,有了新的发现:

父亲是五四时期南开的热血青年。孔繁霱先生1912年以名列前茅的成绩考入南开学校外语专门班。在该班中,他英语水平很高,又擅长诗文。他的同窗挚友回忆说:"每逢校庆日,唱歌团唱的歌曲,都来自西洋,多数是进行曲……歌词有的用英文唱,有的用中译文唱。中译文都是孔繁霱的作品。而至今仍在使用的南开校歌,四段歌词的第一、第四段的'渤海之滨,白河之津,巍巍我南开精神',也是孔繁霱所作。"*

孔繁霱先生(第七期毕业)参与创办《竞进会》(后改名《敬业乐群会》),又与周恩来(第十期毕业)等共同创办南开校刊"敬业"(还曾使用过"星期""校风""星期校刊"等刊名),并为《敬业学报》撰写了发刊词。**他在近三年的时间里,为南开校刊写出了不下三百篇对国内外形势和问题的分析、评论等。这些校刊皆以周恩来为总经理,孔繁霱为总编辑的模式运作。在国外留学期间,他担任了南开学校留美同学会会长。

抗战时期,孔繁霱先生为照料八十多岁的父母,滞留北平,"杜门谢客,孝行亮节",决不出任日伪政权的现职,宁可失业。

---

* 黄钰生:《早期的南开中学》,收录于南开大学校长办公室编:《张伯苓纪念文集》,南开大学出版社,1986年,第55页。

** 关于《敬业学报》与《校风》,可参见廖永武:《周恩来与〈敬业学报〉》《周恩来与南开〈校风〉》,收录于薛进文主编:《周恩来与南开》,南开大学出版社,2011年,第53—64页。

抗战胜利后，时任北平市长也是他留法的同学何思源先生，亲自到家中探望，在馈赠的一袋面粉袋子上印有"坚贞不二"四字，以为表彰。

孔繁霱先生的史学观也有独到之处。1927年他从欧美回国之际，清华历史系的办系理念正处在"中外历史兼重""考据与综合兼重""历史与其它社会科学兼重"的初始时期。孔繁霱先生不仅精通中国历史，也对西洋史学有深入的研究，他开设西洋史学史和史学方法等课，"示学生以治史之正确方法"*，主张"史无目的，治史专为治史，不必有为而为。有为必失真，失真则非史"。**最后十个字，讲的道理明白如水，令人心领神会。

有论文高度评价孔繁霱先生对世界史学科的贡献：以孔繁霱先生为代表的具有新观念的史学研究者将欧美的史学观念引入中国，介绍了欧美史家多样的治史方法，设置了欧美国家史学的通识课程，在教学与研究实践中充分展现了中外史学不同思想观念所产生的现实效用的不同。这些课程的设置，不仅扩大了中国人的视野，积累了学习外国历史的经验，而且设计出了较完善的课程体系，使中国的史界普遍接受了新型的"史观"，为外国历史最终发展成为当下的一级学科"世界历史学科"，奠定了坚实的基础。***

---

* 汤勤福主编：《历史文献整理研究与史学方法论》，黄山书社，2008年，第248页。

** 关于孔繁霱先生生平及年表，可参见周文业、史际平、陶中源等编著：《清华名师风采》（文科卷），第507—521页。

*** 张洁：《20世纪初期中国的世界史学科建设初探——以孔繁霱任教清华大学10年为叙述重心》，原载于《鲁东大学学报》（哲学社会科学版），2022年第4期，第24页。

图7-6 孔繁𦻎先生去世后，孔夫人马玉雯率全家在42号乙正房廊檐前的合影

在我的记忆里，42号乙孔家大院里住着一位孔家老太太，现在想来应该就是孔祥琮的母亲了。我问起来，他说："我的母亲马玉雯出身于晚清名臣之家。我们的姥爷马金叙，军旅出身积功至总兵。1894年甲午战争中曾统帅亲兵在安东（现丹东）、析木城、海城、摩天岭等地抗击日本侵略军。1900年曾与四个儿子率部抗击八国联军，俘敌多名。1912年病故于北京孔庙。父母的婚事当时可谓门当户对。"

他说，母亲上过女子师范学校，有较高的古典文学修养。结婚后，特别是父亲出国留学以后，她就退守家庭，全力以赴相夫教子。新中国成立后，她已经五十多岁了，一直积极参加清华和北大的各种家属小组活动，在燕东园担任过家属委员、读报员，并组织过读报、裁剪、缝纫、钩针、织毛衣等学习班。家里现在还留着母亲当时裁剪的纸样,还有一架母亲使用多年的"大炮牌"缝纫机。

身为一直随父母住的"老疙瘩",母亲最为疼爱的"小弟儿",孔祥琮对母亲也有格外的依恋和感激,他说:"我从儿时到大学,甚至到工作初期,一年四季大部分的衣裤和鞋袜,都是母亲一针一线缝制的。"

"文革"开始时孔繁𦈡已经病逝七年,孔家也从燕东园42号乙搬至北大校园内的朗润园家属楼居住,但还是遭到野蛮的抄家。某一天,开来了一辆大卡车,以康生"保护古籍资料"的名义,不由分说把孔家所有的书籍资料统统抄走,装满了一大卡车,其中包括《古今图书集成》。还顺手牵羊,拿走了多个家里最好的书架。最后连个收据手续都没有,以致这批价值连城的书籍资料至今下落不明,无法查找。

母亲马玉雯就是在这次抄家后受到了惊吓,从此瘫痪在床。1971年底在从朗润园向中关村26楼搬家的时候,母亲突发心肌梗死,连楼都没上,直接送三院,最后抢救无效,撒手人寰。

孔祥琮也和我谈到了他的哥哥姐姐们:

大哥孔祥莹1916年生人,毕业于燕京大学经济系。抗战时期曾任中国远征军英语翻译官。后来在北京大学图书馆作外文图书编目,孔祥琮说:"我们家住燕东园42号乙时,大哥有单独的一间屋子,就在客厅后边,他在北大蔚秀园集体宿舍也有房子。1969年8月他下放到北大江西鲤鱼洲'五七干校'劳动,吃了不洁的食物,引发急性中毒性痢疾,因距离医院路途太远,来不及抢救不治而亡。我至今还记得他临出发时,我在家给他包衣服、捆行李,然后一直送到集体出发的北大新图书馆门前。"

大姐孔祥兰,生于1920年,中学时和大哥一起在成志学校读书,与杨振宁同班。大学时在辅仁大学社会系学习。她后来在多个学校担任高中英语教师,多次被评为先进工作者。

二姐孔祥荃,生于1928年,1948年因参加南下工作团提前毕业于北京大学医学院。后参军任职于海军医院,转业后在中科院微生物研究所,担任过《微生物学报》的副总编辑。工作成绩优秀,多次获奖。

二哥孔祥城,生于1929年,1948年因参加南下工作团,提前毕业于北京辅仁大学社会系。参军后调国防科工委参与我国第一颗原子弹与氢弹爆炸试验,转业至中国医学科学院基础医学研究所,多次立功受奖。

三姐孔祥惠,生于1931年,毕业于唐山交通大学化工系,先后在鞍山钢铁厂和宝山钢铁总厂焦化厂任工程师、厂长,是一位优秀的冶金化工专家。

至于孔祥琮本人,毕业于北京农业机械化学院,先后在内蒙古锡林浩特牧业机械化学校、北京农业机械化学院、中国农业大学从事教学工作,曾任中国农业大学农业机械化系副系主任,享受国务院颁发的政府特殊津贴。

以上孔子世家75代孙还有三位健在:95岁的孔祥荃、94岁的孔祥城、87岁的孔祥琮。*

---

* 新中国成立后首次续修谱时确定:《孔子世家谱》允许女性入谱,这次续修谱自1996年始历时十二年完成。

| 42乙 |

住户名单　　　　　　　　　1926年—1966年6月

燕东园时期　　[孔繁霱　北京大学历史系教授
　　　　　　　　马玉雯

[注释]

1. **郑桐荪**
（1887—1963）

   本名郑之蕃，江苏吴江人。数学家、教育家、诗人和文史学家。1907年肄业于震旦大学，后考取江苏省留美公费生。1910年毕业于康奈尔大学数学系，1911年毕业于耶鲁大学，同年回国后任教于马尾海军学校和上海南洋公学。1920年任教于清华大学。1925年筹建算学系，1927年担任清华大学首任数学系主任。后长期执教于清华大学。著有《四元开方释要》《墨经中的数理思想》等。他对文史诗词也颇有研究，曾作《禹贡地理新释》《宋词简评》等。

2. **吴有训**
（1897—1977）

   江西高安人。物理学家、教育家，中国近代物理学先驱。1916年考入南京高等师范学校理化部。1921年冬，考取江西官费留学生。1925年在美国芝加哥大学获博士学位并留校任助教。1926年回国，参与江西大学的筹备工作。1927年任第四中山大学（后更名国立中央大学）物理系副教授、系主任。1928年任清华大学物理系教授，后兼系主任、理学院院长。1945年10月至1948年底任中央大学校长。1949年起任交通大学教授，1950年夏任中国科学院近代物理研究所所长，同年底任中国科学院副院长。

3. **杨武之**
（1896—1973）

   安徽合肥人。数学家、数学教育家。1918年毕业于安徽省立第二中学。1923年通过安徽省公费出国留学考试，入美国斯坦福大学、芝加哥大学数学系，1926年获硕士学位，1928年获博士学位。长期任清华大学和西南联合大学数学系教授。1950年后任上海复旦大学教授。

4. **柳亚子**
（1887—1958）

   祖籍浙江慈溪，生于江苏吴江。中国近现代政治家、民主人士、诗人。早年就读于上海爱国学社，吴江自治学社等。后加入了同盟会并编辑《复报》，于1909年发起"南社"。1914年至1918年任南社主任，曾与宋庆龄、何香凝等从事抗日民主活动，还曾任孙中山总统府秘书、中国国民党中央监察委员、中国国民党革命委员会中央常务委员兼监察委员会主席。1949年中华人民共和国成立后，曾任中央人民政府委员、全国人大常委会委员、中央文史馆副馆长。

5. **亨利·默里**
（Henry Alexander Murray，1893—1988）

   美国心理学家，哈佛大学心理系教授。先后毕业于哈佛大学、哥伦比亚大学，英国剑桥大学。曾基于"需要"和"压力"发展了人格学（personology）理论。1930后任哈佛大学心理诊所主任。

6. **陈立**
（1902—2004）

   湖南平江人。教育家、工业心理学家。1928年获上海沪江大学理学士学位。1930年留学英国，1933年获伦敦大学心理学博士学位。后曾在英国剑桥大学、英国国立工业心理研究所、德国柏林大学心理研究所从事研究工作。1934年底回国，历任清华大学和中研院合聘的工业心理研究员、浙江大学心理学教授、杭州大学校长等。

7	郭任远 （1898—1970）	广东汕头人。心理学家，中国心理学奠基人之一。1918年赴美国伯克利加州大学求学。1923年回国后任教于复旦大学，1924年创办了复旦大学心理学系。1927年至1936年，先后任教于南京中央大学和浙江大学，1933年担任浙江大学校长。1936年赴美讲学，先后担任伯克利大学和罗切斯特大学教授以及华盛顿卡内基研究所研究员。1946年起定居香港。
8	唐钺 （1891—1987）	福建闽侯人。实验心理学家、心理史学家。1914年赴美留学，1920年获哈佛大学哲学博士学位。1921年回国后，历任北京大学哲学系、清华大学心理系教授，中研院心理研究所第一任所长等。新中国成立后，历任清华大学、北京大学教授。
9	孙国华 （1902—1958）	山东潍县人。心理学家。1923年毕业于清华学堂，同年赴美留学，先后在俄亥俄州立大学和芝加哥大学攻读心理学，于1928年获得博士学位。回国后，历任清华大学、北京大学、西南联合大学任心理学教授。新中国成立后，先后任清华大学心理学系主任，北京大学哲学系副主任、心理学专业主任等。
10	汪敬熙 （1893—1968）	山东济南人。生理学家、心理学家、教育学家，中国心理学主要开拓人之一。1919年毕业于北京大学后赴美留学。1923年获美国约翰·霍普金斯大学哲学博士学位。1924年回国，后历任河南省立中州大学、中山大学、北京大学心理学教授。1934年起任中研院心理研究所所长。1948年任联合国科学部主任。1953年至1968年在美国约翰·霍普金斯大学和威斯康星大学任教。
11	丁瓒 （1910—1968）	江苏南通人。心理学家，中国医学心理学开拓者之一。1931年考入中央大学心理系，毕业后到北平协和医学院当研究生，学习精神病学后任助教，并开办了中国第一批心理卫生咨询门诊。1942年到重庆，在中央卫生实验室任技师，兼任心理卫生室主任。抗日战争胜利后在南京中央卫生实验室工作。1947年获得世界卫生组织的资助，赴美在芝加哥、纽约等地的大学心理系及精神病院学习。1949年初回到北京，参与筹建中国心理学会和中国科学院心理研究所，任中国科学院心理研究所副所长。
12	沈有乾 （1900—1996）	江苏吴县人。心理学家、逻辑学家、统计学家。1913年就读于北京清华学校。1922年赴美国斯坦福大学学习心理学，先后获得学士、硕士、博士学位。1929年回国后先后在光华大学、浙江大学、暨南大学、复旦大学讲授心理学、逻辑学和统计学课程。
13	曹日昌 （1911—1969）	河北束鹿人。心理学家。1929年考入北平师范大学预科，1931年升入本科教育系学习，1932年转学至清华大学心理系。1943年考取庚款留英，1945年入英国剑桥大学，1948年获博士学位。1950年回国，参与中国科学院筹建工作。先后任中国科学院计划局副局长，办公厅副主任等。1956年任中国科学院心理研究所研究员、副所长。

捌

"划规"与"故居式"保护

接下来继续寻找和打捞没有挂牌的九栋小楼。

据大型画册《校园变迁——北京大学附属小学校园变迁六十周年影踪》的记载,有三栋燕东园小楼经历了以下变化——

1986年,大学领导决定将燕东园28号小楼划规附小,用于行政办公。1995年,在新一轮的校园建设中,28号小楼内外装修一新,用于接待、会议以及校长办公。2005年,再次改造28号小楼,2008年4月14日,正式将其命名为"翦伯赞故居",并举行了揭牌及铜像落成典礼。

2003年,大学领导决定将燕东园42号小楼划规附小,修建一新的"陈守一故居"落成。小楼一层为接待室,二层为会议室。

同一年,大学领导决定将燕东园41号小楼划规附小,修建一新的"何其芳故居"落成。这栋小楼主要用作教员办公室。

在北大幼儿园校园里,"划规"也在进行。2010年,燕东园30号小楼被划规幼儿园,作为办公用房。2018年,燕东园25号小楼被划规幼儿园,大约也是用作办公用房。

这几段文字中频繁出现的动词"划规"引起了我的注意。我去请教规划部门的朋友，据他们的回答，"规"显然是一个错字，规划里的专业名词是"划拨"，但使用对象只限于国有土地使用权，不是房子。从上下文看，专业的说法应为"划转"。因此，正确的表达应是："作为这五栋小楼产权方的北京大学，分别把它们划转给北大附小和北大幼儿园使用。"

最晚划转的桥东25号小楼，在第六章中已经讲述过。本章将追述28号、41号、42号以及30号小楼的历史、故人与往事。

桥东28号
林嘉通、戴克范夫妇

从耶鲁大学神学院图书馆馆藏资料中找到一张28号楼的照片，从照片上辨识，28号楼位于桥东游戏场的南边，拱形的正门面向游戏场，照片右边还能看到那副秋千架。这是游戏场里最高的秋千，年长一些的孩子才可以玩，一人站立或两人面对面站立，荡起秋千，"欲与天公试比高"。

照片中松柏院墙前站着的三位，左边第一位应是当时的户主，美籍教师步多马先生。他1919年至1948年在燕京大学西语系工作，曾任英语系主任。其他两位应为他的夫人和儿子。

这栋小楼后来还住过燕京大学教务长林嘉通一家。

图8-1 林嘉通、戴克范夫妇

查找《燕京大学人物志》和《燕京大学史稿》上的资料得知，林嘉通生于1908年，福建厦门鼓浪屿人。他1929年从上海沪江大学转学到北平燕京大学心理系，1931年毕业后留在本校教务处工作，1935年赴英留学，攻读数理统计，在利物浦大学获博士学位。1938年回国，任燕京大学心理系教授，后任教务长，成为司徒雷登的得力助手。*他是1941年12月8日被日军拘捕的七教授之一。1945年8月15日，日本投降，司徒雷登获得自由后马上邀集陆志韦、洪业、林嘉通、蔡一谔、侯仁之五人成立复校委员会，最重的一摊教务工作就是由林嘉通负责的。1945年10月10日，燕京复校后，林嘉通仍担任教务长，当时教务处主管两

---

* 燕京研究院编：《燕京大学人物志》第1辑，北京大学出版社，2001年，第327页。

方面工作，一是图书馆，二是注册课，后来学生多了，又从注册课分出一个招生课。

我在编辑《燕大校友通讯》时就发现，燕京大学的入学考试，无论新生入学考试，还是转学考试，都有一张智力测验的试卷，当年的清华、北大可都没有。这次我才得知，林嘉通先生1931年留校在教务处工作后，就是每年智力测验试卷的出题人，他在1935年赴英国留学前，还特意把三年的智力测验题都提前出好留下了。考题的保密工作也做得极好，付印时倍加小心，从排字到印刷都有人看管，印好的考卷密封放在自己家里，生怕漏题。"考场分北京与上海两处。上海考场是林自己带卷子去监考。考试日期定在和清华同一天。考卷分数出来后，他用统计方法把上海与北京的考分分开划好分数线。"至于录取学生，"他铁面无私，不论什么大官的孩子，也不讲情面，连他自己弟弟够了上海的分数线，不够北京的也不录取"。*

林嘉通先生的夫人戴克范毕业于燕京大学家政系，他们有一子林风，二女林晨、林霭。三个孩子的名字还是同住在东大地的陆志韦先生起的。在这个园子里还有他们的一门亲戚——张东荪先生的姐姐张荷田正是戴克范的母亲，因此林嘉通是张东荪先生的外甥女婿。还有一个跟他有着更亲血缘关系的人——著名妇产科医生林巧稚是他的姑姑。这位独身一生的姑姑，曾有一段时间和林嘉通夫妇住在一起（不是在东大地），林嘉通是她最疼爱的侄子。

---

* 张玮瑛等主编、燕京大学校友校史编写委员会编：《燕京大学史稿（1919—1952）》，第672页。

林嘉通先生在东大地28号住到1948年，那年全家南下至上海。他拒绝了傅斯年邀他到台北大学做教务长的邀请，1949年以后在上海基督教三自爱国会工作。1962年10月，他因患肝癌不幸去世，享年54岁。

至今，他的女儿林晨回忆东大地28号，仍然记得当年四岁的哥哥骑着大人的自行车带着她，在东大地那座旱桥上摔了一大跤；还记得妈妈做了许多好吃的面包招待客人，而哥哥偷拿了面包从后门溜出去分给他的小朋友吃。

翦伯赞、戴淑婉夫妇

1952年院系调整以后，28号楼是北京大学副校长、历史学家翦伯赞先生的住宅。在燕东园里，翦伯赞先生职位高，住房规格也高。他家住着28号整栋小楼，院里盖有车库，配有专车与司机。在楼的南面还加盖了一间有敞亮玻璃窗的房间，作为历史系派给他的助手杨济安等五六个人的工作间。

翦伯赞先生是老资格的共产党员，他1919年参加过五四运动，1924年赴美国加州大学留学，回国后于1926年加入了国民革命军，1937年在南京秘密加入了中国共产党。他是响当当的马克思主义史学家，被誉为"中国马克思主义历史科学的重要奠基人之一"。他主持编著的《中国史纲要》，"将历史唯物主义和辩证唯物主义贯穿于对历史进程的描述分析中"，"直到今天依然是全国高校各个历史系最重要、最基础、最常用的教材之一"，在某个意义上说，这本书，"塑造了我们的历史观"。*也就是说，我们刚开始认识自己的历史，都是通过翦伯赞的眼睛去看的。

28号楼有点神圣感，燕东园二代里很少有人进过翦伯赞先生家。我只在网上读到过周一良先生的二儿子周启博有篇文章《邻家小儿话"翦老"》，他回忆说，他有时受父亲差遣，去翦家送信取物，进过翦家楼下的大客厅，他很羡慕那新地板的平整光洁，猜想脱了鞋踩上去一定很舒服，不像自家地板，若赤足走就会有木刺扎脚。周启博印象中的翦伯赞先生，经常穿质地讲究的毛式中山装，装束和派头都像新闻照片中的高官。

我也去过翦先生家一次，为找翦伯母办什么事，已经不记得了，但印象很深的是，当时上了二楼，进了一个房间，里面布置得像毡房，地上铺满带花纹图案的厚实地毯，两面墙放着躺柜，我第一次见到有如此浓郁少数民族风情的客厅，这才想起来，翦伯赞先生是维吾尔族人，只不过他是出生于湖南桃源枫树岗翦旗营的维吾尔族人。

在这次写作中，我找到翦先生家人的一些信息。翦伯赞的第一任妻子叫李守箴，二人于1916年喜结连理，生有二子一女，可惜一场霍乱早早地夺去了她的性命。我们认识的那位瘦削文弱，头发中分、脑后梳着一个发髻的翦伯母，是翦伯赞先生的继室夫人戴淑婉女士，两人没有儿女。

---

* 俞海萍：《史学界纪念翦伯赞诞辰120周年暨〈中国史纲要〉出版55周年》，原载于《光明日报》，2018年11月19日。

图8-2 翦伯赞先生一家合影,摄于燕东园28号楼门前

在上面这张家庭合影中,二排左1是翦伯赞先生的大儿子翦斯平,1943年毕业于哈佛大学建筑桥梁专业,1946年赴莫斯科大学建筑系深造,1949年回国,参与过北京和天津的古城改造设计;二排右1是二儿子翦天聪,1944年毕业于西南联大机械系,后来在华中科技大学动力工程学院当教授,同父亲一样,他也是一位社会活动家,曾任中国农工民主党第十届、第十一届中央副主席。后排左1剪短发的姑娘是翦伯赞先生唯一的女儿翦心倩。前排为翦家的第三代,从左至右分别是翦大畏、翦宴、翦安、翦宁。

翦宴、翦安、翦宁,照片中比肩而立的三个可爱的小姑娘,是翦斯平的女儿。翦安写过一篇回忆文章《燕东园28号:永久的记忆》，揭示了28号楼里生活的一角。她写道："20世纪50年代末，为了祖国建设事业的需要，祖父先后将自己的子女——我的叔叔和姑姑送往武昌和成都工作。燕东园只有他和祖母一起生活。他的孙儿女中，虽然只有我们姊妹三人留在北京，但我们还在市区读书，只有节假日才能与他一起度过。"

翦安很怀念每年阖家团圆的除夕之夜，外地的叔叔、姑姑和他们全家都聚在燕东园28号，给两位老人拜年。翦伯赞先生用湖南桃源乡音，绘声绘色地出谜语，让孙辈们猜："年轻白胡子，年老黑胡子。有事摘帽子，无事戴帽子。"孩子们挖空心思地猜都猜不对，最后还是翦伯赞先生揭开谜底：毛笔。大家笑得前仰后合——这是祖父一辈子须臾不离的物件啊。

翦安回忆，祖父二楼的书房不能随便进去，但一楼的书房是可以的。书房里的书架高至屋顶，有一位戴着眼镜的陈先生，是中国科学院派来的文书，总是坐在书桌前用毛笔抄写资料。寒暑假期间，翦安和姐姐住在祖父家里，当她们做完功课时，祖父就在书房里教两个小孙女如何用纸条夹在书中查找资料。"那时，我和姐姐都只有10岁左右，需要登上椅子才能取到书架上的书，但是我们非常愿意去做，而且做得很好。祖父总是微笑着夸奖我们。"

翦安在祖父读过的书中发现，字里行间尽是圈圈点点。祖父告诉孙女："那是心得、批注和标记。"翦安也时常看到祖父中断用餐起身到书房写东西，家人习以为常，谁也不去打扰他。祖父终年被哮喘病所折磨，但仍彻夜不眠地查找史料。冬季，他常要住进北京医院疗养。翦安回忆："当母亲带着我们去看望他时，还看到他与范文澜[1]爷爷共同研讨学术问题。"*

祥和平静的家庭生活到1965年12月戛然而止——《红旗》杂志刊登了戚本禹的文章,公开对翦伯赞先生的历史观进行批判。1966年夏天,翦先生再以"资产阶级反动学术权威"之罪名被点名批判,随后被揪出批斗。翦安回忆:"当母亲带着妹妹到燕东园28号探望祖父母的时候,祖父很平静地对孙女说,告诉两个姐姐都下乡吧。当时母亲和妹妹都哭了。那是祖父留给我们的最后一句话。"

1966年8月24日,翦伯赞先生的家被抄,他的夫人戴淑婉垂头站在桥东游戏场边的石凳上,受到批斗。从这次抄家批斗后,燕东园全面卷入运动的旋涡。各家的保姆被撺掇造雇主的反,还勒令各家不许再用保姆。在我家里当时打工的是于阿姨,她家住槐树街,中年守寡,拉扯四个孩子。于阿姨心地善良,手脚麻利,和我们家相处很好,但这时只能辞工了,我母亲一人担负起一家人的一日三餐。到了1966年冬天,煤场断供了烧暖气的煤块,给各家烧锅炉的师傅也被赶走了,于是燕东园各家忙着自己安烟囱、装炉子,我父亲担负起管好家里楼上楼下三个蜂窝煤炉的重任,晚上封火,白天添煤。煤炉容易灭,他还琢磨出了快速点燃的小窍门。

这个时期,北大对燕东园的住户强行"掺沙子",每栋小楼都被迫腾出一半多的房屋,供各院系革委会重新调配使用。于是,园子里的每栋小楼都挤住着好几户人家。"掺沙子"最高潮

---

* 翦安:《燕东园28号:永久的记忆》,原载于《纵横》,2008年第8期。

时，我家的40号楼住进了四户人家，至于此段时期燕东园究竟住过多少户人家，已无法说清了。不过我对一些老住户被赶出燕东园还有印象。但谁也没想到，第一个被赶出去的竟是住在桥东28号的翦伯赞先生。

历史系邵循正[2]教授的女儿邵瑜写的一本书里，有一段文字详细谈及翦伯赞先生是怎样被赶出燕东园的：

大约1967年夏秋，一天下午一个自称是历史系人事干部何瑞田的丈夫叫张秀全的人，通知我们第二天必须搬到燕东园翦伯赞家去。他说他们要搬到我们家来，翦家搬到他家住的成府去，我们搬到翦家去。我母亲立刻说："我们和你家对换就行了，不用让翦家搬。"他一愣，然后说："不行。这是系革委会的决定。"

早上八点左右，我带着笤帚、掸子先去翦伯赞伯伯家打扫，母亲去雇三轮车（当时唯一能找得到的搬家工具）准备搬家。

到了翦伯伯家，看见两位老人都已穿戴整齐，翦伯伯躺在床上。只有一间房，窗户上贴满大字报纸，写着打倒翦伯赞的口号，玻璃都打碎了。房顶破了个大洞，阳光从洞里射进来。翦家已不知被抄过多少次，家里只有一张床，一张桌子，好像有两把椅子。有个壁橱，衣服可能在那里面。我不知道说什么好，告诉他们何瑞田让我们搬到这儿来。翦伯母说昨天也通知他们了，他们在等车来搬东西。他们的车还没来，我母亲先来了。翦伯伯拉着母亲的手哭着说："邵太太，你看我这个样子还能活吗？"翦伯母站在一旁掉眼泪。母亲也无话可说，只能安慰他们，要他们保重身体。

车来了，就是农村常见的那种小驴车，两个轮子。但是没有驴，翦家以前的厨师带了一个年轻人来。他们把简单的几样家具搬上车，衣服被褥也很少，一车就拉走了。翦伯母扶着翦伯伯摇摇晃晃，步履蹒跚地跟在后面。一群红小兵追前跟后地朝他们身上吐口水，扔石头。翦伯母左拦右挡，护住翦伯伯。

翦伯赞先生一家从燕东园搬到成府街一间平房。街上的孩子们动不动就把翦先生夫妇拉出来打骂、戏耍、侮辱。直到1968年10月中共召开八届十二中全会，发表"最高指示"："对资产阶级的学术权威也要给出路""不给出路的政策不是无产阶级的政策"，还特别提到"对北京大学的翦伯赞、冯友兰要给出路"。驻北京大学工人、解放军宣传队领导向翦伯赞先生传达了这个讲话，并将他和夫人从成府街换到燕南园64号居住，每月给120元的生活费，还派了一名老工人照顾他们的生活。翦伯赞先生连夜给毛泽东写信表示感谢。

只过了一个多月，"刘少奇专案组"几个人，绕开学校的"军管"当局，找到翦伯赞先生逼问有关刘少奇的所谓历史问题。一连串的逼供，导致悲剧发生了：1968年12月19日清晨，照顾翦伯赞夫妇生活的杜铨师傅，见他们一直不开房门，喊了数声，也不见任何反应，将门撞开后，发现夫妇两人各睡在一张床上，衣冠整齐，穿着崭新的衣服和鞋子，已经服用大量的安眠药自尽了。

在翦伯赞先生所穿中山装的两个下衣口袋里，各有一张二指宽的纸条，一张写着："我实在交不去（出）来，走了这条绝路。

我走这条绝路，杜师傅完全不知道。"另一张写着："毛主席万岁！毛主席万岁！毛主席万万岁！"

翦安说："就在那一年，我的父辈都去了干校，我们孙辈都去了乡下。从此燕东园的生活便成为我永久的记忆。"*

翦伯赞故居

翦安重返燕东园28号，已经是四十年以后了。2008年4月14日，这一天是她的祖父翦伯赞先生诞辰110周年纪念日，翦伯赞故居揭牌暨铜像落成典礼在这里举行。原来的"28号"门牌，被汉文、维吾尔文两种文字书写的"翦伯赞故居"牌匾代替——这栋小楼已经被改建成北大附小的校长办公楼了。

28

住户名单　　　　　　　　　　　　1926年—1966年6月

东大地时期 ⎡ 步多马（T. E. Breece）　燕京大学英语系主任
　　　　　⎢ 林嘉通　燕京大学教务长
　　　　　⎣ 戴克范　燕京大学幼儿园教师

燕东园时期 ⎡ 翦伯赞　北京大学副校长、历史系主任
　　　　　⎣ 戴淑婉

---

* 翦安：《燕东园28号：永久的记忆》，原载于《纵横》，2008年第8期。

桥西41号
何其芳、牟决鸣夫妇

燕东园桥西大草坪东边的两个角上,各有一棵参天的白杨树,树干粗壮,树冠浓密。春天杨树开花,洒满一地"毛毛虫";夏天阵风吹过,肥厚的叶子哗哗作响,好像在拍手鼓掌;深秋落叶萧萧,正是小孩子们玩"拔根儿"的好时候。

我在几篇燕东园二代的回忆文章中都发现,大家对这两棵大杨树印象深刻。其中一篇文章,张企明《我记忆中的燕东园》中写道:"那时只有几棵加拿大杨。等到了我们搬进去时,白杨已经有近十丈高了……白杨参天,绿茵匝地。"另一篇孙才先《燕东园:我们童年的乐园》里也写道:"角上有两棵高大的杨树,高高的树杈上还有喜鹊巢。"

1953年暑假的一天,我正蹲在树下阴凉处,拿个小铲子挖土,突然眼前出现了一双小皮鞋,抬头一看,一个小女孩问:"你在干什么呢?"

她圆圆的脸,笑眯眯。我说:"我要种树。"然后反问她:"你是哪家的啊?"

她伸手一指紧靠我家的41号,说:"就是这家!刚搬来的。"

我们拉拉手,彼此认识了。她叫何三雅。9月里,北大附小开学,我俩在同一个班,一起成为一年级小学生。

何三雅的父亲何其芳,既不来自老北大,也不来自清华,他们家是燕东园里唯一一家从颐和园东边的中央马列主义学院搬来的。他也不属于北大哪个系,他是受命来筹建北京大学文学研究所的。两年后，这个所归属中国科学院，改称中科院文学研究所。何伯伯原任副所长，1958年所长郑振铎因飞机失事不幸遇难后，何伯伯继任所长。

三雅的母亲叫牟决鸣，我上了二年级以后，才认识并念出了这个"牟"字，很奇怪还有这么一个姓。何伯母短发中分，肤色白皙，爱穿列宁装。三雅有一个哥哥、一个妹妹和一个弟弟。

图8-3 何其芳一家人
左起：牟决鸣、何辛卯、何京姐、
何三雅、何其芳、何凯歌

在41号院子里，一楼阳台前有一片草坪，楼房的南北两边各有一棵大杏树，枝干粗壮，树冠呈圆形，树皮灰褐，先开花，后长叶，再结果。她家院子里的杏树让我知道了杏花有变色的特点，含苞待放时，朵朵粉红，随着花瓣的伸展，色彩渐渐由浓转淡，到谢落时，一片雪白。靠近她家院子东墙还有几棵山樱桃树，也是先开花，后长叶，再结果。春天这个院子煞是好看，杏花灿如朝霞，樱桃花繁星点点。待夏天杏子和樱桃熟了的时候，院子里人气大旺，几拨男孩子、女孩子轮番进来各取所爱，打杏子、摘樱桃。

三雅说，上面这张照片就是在樱桃树前照的。那时她家刚搬进燕东园不久。

我小时候放学后常去三雅家，两人一起做作业。跨进41号后院的月亮门，上台阶穿过厨房向左拐，就到了三雅住的房间，我们坐在窗下小桌旁，摊开本子写作业。我喜欢到三雅家做作业，还有个企图心：她家的里屋有一个大书报架，上边摆满了各种期刊、报纸，像个小图书馆，我被架子上的《北京文艺》《外国文学》《民间文学》等期刊吸引，取下就看得爱不释手，三雅让我拿回家看，我总是很小心地把杂志揣在怀里，或者塞进书包，看完马上还回来。

三雅这样说过："我们的家，与其说是可以享受天伦之乐的场所，还不如说是一个大书库，我们兄弟姐妹注定了在书柜之中诞生，在书柜之中成长。我爸不无自豪地写道：'喜看图书陈四壁，早知粪土古诸侯。'但我们的感受很不一样。我们多么羡慕我们的同学、邻居家，我们觉得一个温馨的家应该是充满阳光，窗明几净。而在我们家里，从地板堆向天花板的书柜，使我们有一种拥挤、局促感，空气中总弥漫着某种令人不快的、旧书的气味。"

何其芳伯伯的藏书室名叫"无计为欢室"。他一生藏书颇丰，主要有三大类：古籍、中文平装书、外文图书，约九千多种，三万五千余册。何伯伯1977年7月因病去世，何伯母1978年就"遵照他的遗愿，将全部藏书赠给了北京广播学院（现中国传媒大学）"，学校图书馆专门辟"何其芳古籍阅览室"，按中国图书馆分类法分类，古籍图书还编有《何其芳古籍藏书目录》。*

当年很难见到何其芳伯伯，匆匆几面，他留给我的印象和园子里其他伯伯很不一样，他衣着简朴，待人随和，笑口常开，讲话语速快，走路步子快。居家的时候，何伯伯又是一副可爱的模样。我们的记忆里都有这样一个场景：晚饭时分，何伯伯穿个大背心，手里拿个大蒲扇，迈着八字脚，操着一口四川乡音，满桥西去喊疯玩的孩子们回家吃饭。但从来没听他喊过三雅。为什么？这次我向三雅提出了这个疑问，她解释说："当年一放学我就扎到桥东冯至伯伯家，和冯姚明玩去了。每天都是我家的保姆站在桥头上向桥东喊我：'大姐，回家吃饭了！'我家兄弟姐妹彼此都直呼名字，保姆看不过去，坚持称呼我'大姐'。"

说起吃饭，三雅回忆："我爸是美食家，讲究吃，也会做，所以他长得胖。每次阿姨请假，做饭的活儿就归我爸了。"何伯伯做得一手好川菜：米粉肉、麻婆豆腐、鱼香肉丝等等。做米粉肉要费些工夫，米粉都是何伯伯将家乡寄来的"阴米"（将糯米蒸熟后阴干而成）一一捣碎，上锅一蒸就是一盆。他和孩子们的谈话也主要在饭桌上。"我爸从来没有家长的权威，特别爱和我们说话，还挺幽默，我们也没大没小的，说他'贫'，是个话痨。但话题很有趣。我记得有一次他问我们，挺好的'挺'字是形容词的什么级别？非常好？很好？比较好？大家讨论了好半天。"

在三雅的记忆中，她家住燕东园的时候，父亲的工作特别

---

* 齐浣心：《何其芳与我国古籍整理出版事业》，原载于《中华读书报》，2016年3月2日。

忙："除了喊我们吃晚饭，别的时候真没工夫理我们。他好像整天都在开会、办公，不少会就在家里开。直到晚饭后，他才拥有个人的时间，当家里的人安静下来，他才能坐在台灯前全神贯注地从事自己的文艺理论研究，阅读大量书籍文献，常常要伏案工作到次日拂晓，每天最多睡四五个小时。"

一幅褐色灯芯绒的帘子，把何家的大客厅分割成两半，所里的年轻人围坐在这里，读书、讨论、写文章，何伯伯为他们一一修改。据当年一位参加讨论的年轻人曹道衡回忆，这里还开过更重要的会议：1956年上半年，文学所古代组的成员"每星期一下午，就到燕东园何其芳先生家中开讨论会。每次讨论会，游（国恩）先生、余（冠英）[3]先生和范宁、陈友琴、胡念贻等先生也都出席。会上对《诗经》中每一首诗的篇义和辞句，都进行讨论"*。

我详细翻阅了何其芳伯伯的材料，希望找出他与燕东园其他伯伯的形象和风格不同的原因。原来，他是我党"三八式"老干部，在青年时代就已经投奔延安参加革命。何其芳伯伯1935年毕业于北京大学哲学系，是一位才子，写得一手唯美派新诗，很快即以青年诗人声名鹊起，又凭散文集《画梦录》获《大公报》文艺奖。1938年8月，他与沙汀[4]、卞之琳[5]一道，穿过重重封锁线来到延安，落脚在鲁迅艺术学院教书，同年11月加入了中国共产党。1939年4月，他跟随贺龙将军过黄河到晋西北和冀中敌后接受战火的洗礼。回到延安之后，他担任鲁迅艺术学院文学系主任。1942

---

* 曹道衡：《困学纪程》，商务印书馆，2014年，第119页。

年，他参加了延安整风运动和延安文艺座谈会。1944年至1947年，他先后两次被派往重庆做思想文化和统一战线工作。*何其芳伯伯曾有一个机会留在周恩来身边工作，但他不愿意从政，还是愿意搞文学、搞创作，于是调至中央马列主义学院（现中共中央党校）任教，后奉命组建和领导中国科学院文学研究所。

我也同时查到了何伯母牟决鸣的资料，原来，她与何伯伯有共同的投奔延安参加革命的经历，只不过她进鲁迅艺术学院时是一名来自浙江的女学生。她也是1938年入党的，1939年与何伯伯相识。那时，何其芳是文学系主任，牟决鸣是文学系第三期的学员。三年后的7月，在一个周末的晚上，何其芳与牟决鸣、周立波[6]与林蓝两对新人，同时在窑洞举行婚礼，传为佳话。何伯母婚后一直跟随丈夫工作，在燕东园41号住的时候，何伯伯筹建、主持文学所，她就在文学所资料室上班，每天晨起暮归，回家还要打理家务，照顾丈夫和孩子。

1953年至1958年，何伯伯家在燕东园41号住了五年。我注意到，这可是思想文艺战线大折腾的五年：先是批判胡风文艺思想，然后批判胡适文学史观，接着批判《红楼梦》研究中的唯心主义，很快反右运动又席卷而来。何伯伯主持的文学所，在哪一项运动中不是首当其冲？何况，他自己也曾冒着政治风险提出一些与主流不同的见解。粗知了以上背景，我已经能够多少推测到，何伯伯那时承受着什么样的压力，为什么工作如此紧张与忙碌。

---

* 何其芳先生这部分经历参看了王琪玖：《简论何其芳延安时期的诗歌创作》，原载于《陕西教育学院学报》，2001年8月第17卷第3期，第50页。

我在翻查资料时，看到何伯伯1958年针对《新民歌开拓了诗歌的新道路》一文发表的不同意见，心中的敬意油然而生。就在整个文艺界一片热闹和喧嚷的环境中，何伯伯却表现出冷静与清醒。1958年，他亲自到西安调研，考察民歌创作的实际情况，"也敏锐地认识到新民歌运动中的浮夸本质"，"回到北京，何其芳立即写了《关于新诗的'百花齐放'问题》"，反思了自己对于新民歌运动的认识。没想到这篇文章发表后引起许多责难、批评，但他并没有因此改变自己的看法，而是进行了更深入的分析，1959年1月至3月又撰写了两篇长文《关于诗歌形式问题的争论》《再谈诗歌形式问题》，邀请学者参加座谈会，希望能将对诗歌格律化问题的讨论进一步推向深入*，这种实事求是、坚持真理的精神，在那个年代难能可贵。1987年，中国社科院文学研究所为纪念何其芳逝世十周年，编选了怀念文集《衷心感谢他》。

三雅说："我爸有颗赤子之心。在文学所里，大家都称呼他为其芳同志。他对专家学者、年轻研究人员、行政干部、秘书、司机，都很尊重，热情坦诚。在他去世十周年、三十周年所里为他开的纪念会上，与会者的发言令人感动，我听得心潮澎湃，热泪盈眶，以至于最后该我致辞时竟然哽咽得说不出话来。"

回忆何伯伯的往事，我和三雅还有如下一段谈话。

我问："你爸早年就是著名诗人、散文家，他后来还搞文学创作吗？"

---

* 何其芳先生这部分学术实践主要参看了贺仲明：《喑哑的夜莺：何其芳评传》，南京师范大学出版社，2004年，第212页。

三雅说:"他到文学所以后,主要是研究革命文艺理论和文学批评。我们知道他不愿意放弃文学创作,他向往的是写诗、写小说。他热爱托尔斯泰,一直想写一部像《战争与和平》那样的自传体长篇作品,而且已经写了开头,收录在《何其芳全集》里。"

我也在一篇回忆何其芳的文章里看到,1956年夏天,他跟作家陈荒煤[7]都因病住进了北京医院,何其芳先生跟对方谈起自己写长篇小说的设想,"最后,我们两个都还发了点'牢骚':为什么我们两个老是被分配到行政工作岗位上,不能搞一段时间的创作?"*其实还有一个比"没时间"更致命的隐痛,那就是,政治情结决定了他不可避免地夹缝于文学与政治之间,渐次丧失了创作的主体性。何伯伯始终没有如愿写出大部头。

1958年秋天,文学所从北大迁址到建国门外,何伯伯家也随之搬到东城区西裱褙胡同51号。三雅和我们这些小伙伴依依惜别,转学到城里上六年级了。刚分开的那两年,我和三雅还有书信来往,交流近况,互道思念之情。1965年秋天,何三雅从师大女附中高中毕业,考入北京大学西语系。

很久以后,我们都不再年轻,一次老友聚会时,三雅告诉我:"我爸当年看了你写的信,说这个女孩子将来会写情书。"我不禁哈哈大笑,心想,亲爱的何伯伯,这一点您可看错了,我这辈子什么书信都写过,就是没有写过情书。

---

* 陈荒煤:《陈荒煤文集》第2卷"散文"(上),中国电影出版社,2013年,第75页。

何其芳故居

2008年，北大附小再度扩建时，41号楼被划进校园，但没有拆除，而是按照与28号小楼同样的"名人故居"模式，保护外貌，内部经现代化改造为教师用房。只不过规格与28号小楼小有差别，只有故居碑匾，镌刻在一块石碑上，没有故人的胸像。41号楼被命名为"何其芳故居"，成为北大附小的又一处历史文化标志性建筑。

2017年，三雅重访燕东园，想回41号老家看看。北大附小西门的门卫拦住不准进去，几经说明是"何其芳先生的女儿"，才被疑疑惑惑地放行。我陪着三雅走到楼前，她上下左右打量，连连说"不认识了，和过去不一样了"。我对这栋小楼也只有陌生感，没有亲切感了。

董铁宝、梅镇安夫妇

1957年夏天，与我家院子只隔一条小马路的41号楼下，在原主人何其芳先生一家搬走之后，搬进了新邻居董铁宝、梅镇安夫妇。这家搬来就挺轰动。他们是1956年响应周恩来总理号召举家归国的那批爱国科学家之一，到北京后就在中南海怀仁堂受到了周总理的接见。

董伯伯的三个孩子都生在美国，长在美国。我们好奇地迎接着三个小"美国佬"：8岁的董昭、6岁的董迈、4岁的董恺。还记得胖乎乎的老三，张口说话中英文夹杂，无师自通地先学会了国骂，可爱之极。后来听说，董伯伯和董伯母当年从商议回国到做出决定,仅用了一天时间,没有任何犹豫和顾虑。1956年3月,全家踏上离开美国的轮船,那时中美还没有建交,回来只能通过香港中转。由于伊利诺伊离美国东海岸较近,董铁宝一家人选择了大西洋航线,"那时埃及刚刚独立不久,正在谋求从英法手中收回苏伊士运河,两岸风云密布,大战一触即发,船被困在运河中不得通行。过了很多天……船在一片枪声中终于被允许离开"。董恺至今记得,他长了一身的痱子,痛痒难熬。历时三个月、行程万里,董铁宝一家人终于在1956年6月回到祖国内地。

图8-4 董铁宝一家人
后排左起:梅镇安、董铁宝,前排左起:董昭、董恺、董迈

董伯伯进入北大数力系,和我的父亲同一个系,但不在同一个教研室。他回国正是时候:1956年初,北大数力系成立了全国高等院校第一个计算数学教研室,我父亲徐献瑜被任命为教研

室主任，自此他的学术生涯由理论数学转向他原本不大熟悉的应用数学，特别是转向应用数学中面孔陌生的计算数学。当年4月，我父亲到西郊宾馆报到，参加了周恩来总理领导的我国科学发展"十二年规划"的制订工作。他被分在计算技术和数学规划组，由华罗庚领衔，全组26名成员是：华罗庚、严养田、温启祥、闵乃大、吴新谋、苏步青、陈建功、徐献瑜、胡世华、张钰哲、孙克定、黄纬禄、关肇直、江泽涵、王湘浩、段学复、郑曾同、李国平、曾远荣、张效祥、刘锡刚、夏培肃、吴几康、周寿宪、范新弼、蒋士騛。*

周恩来总理邀请了全国600多位科学家参加"十二年规划"的制订，同时邀请了以拉扎连柯为首的18位苏联专家。会议期间，周总理注意到苏联专家中有三分之一是从事微电子、计算机、自动化和通信等新技术领域的，他立即召见了当时负责新中国电子、电信、广播事业的王诤和李强，专门询问国外的电子计算机领域发展情况。听完汇报，周总理感到发展计算机在国家的工业生产和国防方面的应用是一项非常必要和紧迫的任务，斩钉截铁地提出，"要把最紧急的事情搞一个报告"。

按照周总理的要求，规划委员会将计算机、自动化、半导体、电子学作为"紧急措施"写入规划。在华罗庚的坐镇指挥下，从4月到6月，计算技术与数学规划组经过三个月的紧张工作，完成了这次国家科学规划中的第41项"计算技术的建立"任务说明

---

* 张柏春、姚芳等著：《苏联技术向中国的转移：1949—1966》，山东教育出版社，2004年，第211页。

书。*为此成立的中科院计算所,下设三个研究室,一室和二室分别负责整机与元件的研究,三室从事计算数学与科学工程计算研究。我父亲被任命为三室计算数学室主任。于是,从1956年开始,父亲骑着一辆自行车,在北京大学和中科院两边跑,更多的时间是去计算所,家里来的客人也更多的是计算所三室的叔叔阿姨们。

董铁宝伯伯正是在这个时候住进燕东园的。董伯伯1945年赴美留学,毕业于伊利诺伊大学,获博士学位。他参与了美国第一代计算机伊利亚克机的设计、编程与使用,是当时中国国内唯一有使用计算机经历的科学家。父亲对他一见如故,得到这样一位人才简直如获至宝,很佩服他,夸他"聪明绝顶",这是我听过的父亲夸奖一个人用的形容词最高级。平时计算上遇到问题,父亲拔腿就去董伯伯家。他们常常翻找资料,一起讨论。董伯伯在回国前委托他在美国的好友、数理逻辑学家王浩[8]先生按时每期寄给他《美国计算机学会通讯》(Communications of the ACM)杂志,这些杂志对北大和中科院计算所计算数学初期的开发与应用起了重要作用。

董伯伯是性情中人,说话直率,思想单纯,一心做学问。回国不久,他对国内的政治还一头雾水,就碰上1958年至1959年教育领域"拔白旗,插红旗"。董伯伯讲的材料力学课被批判为资产阶级观点,他本人也被戴上"只专不红"的帽子,待遇由二

---

* 可参见徐祖哲:《"紧急措施":周恩来与中国计算机事业的奠基》,原载于《党的文献》,2016年第5期(总第176期),第67—72页。

级教授降为三级教授。他想不通，一度打算离开北大这个是非之地。父亲闻讯心里焦急，和计算数学教研室党支部书记吴文达（一位开明、优秀的业务干部，我们叫他吴叔叔）一起，和董伯伯促膝长谈，苦苦挽留。吴叔叔和董伯伯是两杆烟枪，不知抽了多少包中华烟，父亲每次从董家回来，都披着一身的烟味儿。最后董伯伯留下来了，他转到父亲在北大主持的计算数学教研室，并在父亲主持的中科院计算所三室当了顾问，和父亲正式成为铁杆同事。

现在回想起来，董伯伯回国后的1957年至1960年，政治运动没有一天消停过，我原来以为理工科可能受影响小一些，父亲就曾心有余悸地说过，"还是搞自然科学好，能为国家干点事，搞社会科学风险太大了"，但在这次写作中，我才发现，自然科学也未能幸免——董伯伯在最纯粹的数学研究领域也遭到了无法理喻的批判，不就是一个例证吗？

1962年至1965年有过昙花一现的宽松，就在这段时期，董伯伯、我父亲和中科院计算所三室的同事们完成了多项国家急需工程计算的数学问题，包括电力工程，天气预报，大地测量，石油开发，水坝、建筑、桥梁、飞机、机械制造，人工合成胰岛素以及"两弹一星"相关的重要计算问题。与此同时，董伯伯发挥了留美时在工程力学的抗震、抗爆领域的研究优势，为中国国防建设提出了抗核爆炸结构分析。首任工程兵司令员陈士榘将军打报告请调董伯伯参加建设两弹基地的工程项目，但被北大校方拒绝，此事成为他终生的遗憾；那时候只有国防工业才能保护住一些归国科学家，燕东园23号住的半导体专家黄敞夫妇，就被军工企业相中,"文革"前调往汉中三线地区,躲过了致命的一劫。

运动初期,董伯伯当过一段时间的逍遥派。他的小儿子董恺说:"大概是父亲一生中最放松、最惬意的两年。校内的派仗如火如荼,父亲居然能和我们这帮孩子在西草场踢上两脚球;暑期叔叔的孩子们来北京过暑假,他会带他们出去照相;焊半导体收音机也成为他的嗜好,邻里间喜欢装半导体收音机的小伙伴们,时不时地把焊好的收音机拿来请父亲调试;再穷极无聊,父亲就随手拿来我们正在看的小说,看上几章。"

进入1968年的春夏之交,全国开始"清理阶级队伍"。我的父亲被关进了"牛棚",不准回家。他还成为清理阶级队伍的重要战果:数学系挖出了一个隐藏最深的"美国特务"。父亲的主要罪状之一是当年去美国留学的时候,司徒雷登校长为他写了八封介绍信。和父亲一样被揪出来的"美国特务"还有董铁宝先生。他被指控为美国中情局间谍,所谓罪证之一,说他在留美时期参加过美国海军资助的项目等,和扣在我父亲头上的帽子一样荒诞不经。

数力系在清队中"揪"出来的人,被集中在北大28楼隔离审查。我从来不敢问父亲隔离审查时的情况,他也一直绝口不谈,彼此好像有共同的忌讳。那些对痛苦与受辱的记忆,总是想尽力遗忘,尤其不愿触及细节。1968年10月18日,董铁宝先生在白天的逼供中,被强迫跪在地上。晚上他请假走出关押的宿舍。他没有回家(也有一说,是董恺的回忆:他很有可能走过家门口,但遇上那晚有人到他家中搜查),走到中科院宿舍梅镇岳(董伯母梅镇安的哥哥)先生家。不知他具体怎么讲的,最后那从容、淡定的态度,让他的内兄相信了。他留下了自己的手表和婚戒,拿走了一条绳子,然后消失在夜色里。次日,董铁宝先生被发现在中关园二、三公寓之间自缢。

中科院计算所三室得知消息,立即派崔俊芝、王荩贤到董家看看,并取回保密资料。据崔俊芝回忆,数力系的造反派和工宣队的人正在查抄罪证,董先生家中的地板和墙的连接处已经被撬开。梅镇安先生看着三个孩子伤心欲绝地说:"我就不相信董铁宝是特务,他根本不可能像你们想象的那样隐藏得非常深,或者我也是特务。你们不必每天盯着我,我不会寻短见的;我要看到还我丈夫清白的那一天,同时我要把董铁宝的三个子女养育成人。"

董伯伯的自杀,对我们一家的冲击难以形容。我们谁也不相信董伯伯是美国特务。而董伯伯之死,在父亲心里更是成为永久的痛。晚年的父亲,每看到计算数学领域的一个进展,总会念叨一句:"如果董铁宝先生还在。"

1972年尼克松总统访华之后,大陆迎来了美籍学者回国访问团,数理逻辑学家王浩教授与流体动力学家易家训[9]教授名列其中,他俩都是董伯伯的莫逆之交。王浩教授前文已经提到,当年他在波士顿送董伯伯一家上船离美,与董伯伯有约,在他回国以后,为他邮寄《美国计算机学会通讯》杂志。王浩教授一直信守诺言,这次来华,特地把"文革"期间因邮路中断没有寄出的杂志,一期一期整理好,打包带来,准备面交董伯伯。而易家训教授与董伯伯相识于抗战期间的大西南,两人都学的土木工程专业,大学毕业后易家训在贵州修铁路,董铁宝在云南架桥梁。

1944年有一组美国工程学教授访华，回国后向美国几十个大学争取到了40多份研究生奖学金，转给国民政府教育部，教育部组织了全国统考，有42人上榜，其中就有董铁宝和易家训。

王浩与易家训到北京以后，要求见董铁宝。董伯母去见了，只说董伯伯因心脏病已经去世。两位不相信。周恩来总理在中南海紫光阁接见访问团时，他们再次询问，知道了事情的真相，全场唏嘘不已，易家训教授失声痛哭，提出要带董先生的三个孩子回美国念书，可当时，董昭、董迈都已上山下乡，一个在云南插队，一个在山西插队，董恺在北京无学无业地晃荡了一段时间，就随着董伯母去了北大鲤鱼洲"五七干校"。

经历了许多周折，直到1980年代，董昭、董迈、董恺才先后返回他们出生的地方，可惜已经错过了接受高等教育的最好年华。但他们不甘心，坚持边工作边学习，后来董恺和董迈分别获得计算机学士学位和数学学士学位。而董昭更了不起，她孑然一人投身学术，最终获得了生物学博士学位，继承了母亲的事业。

1988年董伯母也到美国与子女团聚。董恺说："我们家老太太对我父亲的事，始终是放不下的，在世时从不愿提起。后来父亲的平反会都没有去，抚恤金也没有领。提到父亲的死，她总会冷冷地说一句，人都没有了，说这些还有什么用。"

1990年代中期，董家故地重游，去了董铁宝先生当年的学校——伊利诺伊大学厄巴纳-香槟分校，遇到了当年的系主任和几个已经退休的教授。董恺说："我才知道父亲在抗震领域的贡献，一直被国外的同行铭记。伊利诺伊大学土木工程系的图书馆里，至今还保留着父亲从1949年得到博士学位到1956年回国前发表的十几篇学术论文。父亲为美国海军研究办公室撰写过多篇技术报告，内容涉及结构力学的数值积分方法（1954）、热力学的数值积分方法（1955）、高层建筑在随机地震时极限变形相对分布的统计估计（1956）等，其中有一篇论文获奖。"

董恺说："由于在结构设计方面的杰出工作，美国土木工程师协会于1958年10月授予父亲莫伊塞夫奖（Moisseiff Award），这是全球土木工程领域一个非常重要的奖项。遗憾的是，当时父亲已经回国两年了。"

1985年"南京长江大桥建桥新技术"项目获得首届国家科学技术进步特等奖。铁道部大桥工程局给北大数力系来函，寻找在这个项目中有重大贡献的董铁宝教授，欲转给他550元奖金和一幅光荣册。但董伯伯已经走了多年。南京长江大桥1968年正式建成通车，也是在那一年建桥的功臣董铁宝先生含冤离世。

图8-5 2022年秋天，40号徐家四兄妹与41号董家三姐弟在美国弗吉尼亚欢聚一堂
自左至右：徐浣、董昭、董恺、徐浩、徐澂、董迈、徐涟

41

住户名单　　　　　　　　　1926年—1966年6月

东大地时期
- 戴维斯（Walter W. Davis）　燕京大学地质地理系教授
- 黄宪昭　燕京大学新闻学系主任
- 蒋荫恩　燕京大学新闻学系主任

燕东园时期
- 李继侗　北京大学生物系教授
- 徐淑英
- 陈守一　北京大学法律系主任
- 胡　冰　海淀区人民法院院长
- 何其芳　北京大学中文系教授、中科院文学所所长
- 牟决鸣　北京大学中文系、中科院文学所资料室
- 董铁宝　北京大学数学力学系教授
- 梅镇安　北京大学生物系教授
- 岑麒祥　北京大学中文系教授

桥西42号
谢玉铭、张舜英夫妇

进燕东园（当时叫东大地）西门，直行，上一段缓缓的坡路，迎面第一家，正是桥西42号，一座两层小楼，带着一个大院子。1930年代住在这里的是燕京大学物理系主任谢玉铭教授一家。

图8-6 谢玉铭先生一家合影，摄于1937年

这张全家合影摄于1937年，取景自42号一楼客厅的一角。朝西的玻璃窗和窗下的暖气片，是燕东园小楼统一的制式。

坐在沙发上的三个人，左起第一位穿西装、打领带、戴眼镜的正是谢玉铭先生，他右手揽着笔挺站立的次子谢希仁；中间那位穿一袭碎花旗袍、烫发中分的女性是谢玉铭夫人张舜英，幼子谢希哲被抱在她的膝上；第三位身穿一袭朴素的深色旗袍、短发齐耳、圆圆脸庞的少女是长女谢希德，谢家的长子谢希文站在姐姐的身边。

张舜英是谢希德的继母，她的生母郭瑜谨在谢玉铭留学期间不幸患伤寒病逝。弟弟谢希文在一篇文章中说："后来，父亲在燕京大学任教时认识了我母亲张舜英，两人于1928年结婚……结婚前，父亲把祖母和姐姐接到北平，住在东大地（今燕东园）42号。祖母与母亲极少在孩子面前谈及往事，因此一直到我们长大懂事后才知道与长姐并非一母同胞。"谢希德比三个弟弟分别年长8岁、10岁和14岁。

谢玉铭生于1893年，福建泉州人。他4岁时父亲去世，寡母一手把他拉扯带大。那时基督教已传到闽南，外国传教士看到谢家生活贫困，便对谢玉铭的母亲说："你过来帮我们传道，不识字也没关系。"当时，传教士向老百姓普及一种"罗马拼音"，当地人俗称为"罗马字"，他们把《圣经》译成罗马字，即使是不识字的人也能很快学会其中的内容。于是谢母开始帮教会打工，自家温饱的问题解决了，儿子上学的问题也解决了。*

谢玉铭从小在教会办的学校接受教育，先后就读于养正小学（后改为培元小学）、培元中学。1913年他以优异成绩毕业，受到外籍校长安礼逊的赏识，举荐他到北平协和大学学习。在大学期间，他刻苦攻读主科物理、数学，兼修英语及其他科目，学习成绩出类拔萃，曾经两次被校方选派为代表，参加北平大学生英语辩论大赛，为学校赢得名次。1917年他以优异的成绩毕业。为

---

* 谢希仁口述、王晴璐整理：《谢玉铭、谢希德：倔强的"物理学"父女》，原载于《上海滩》，2021年第3期。

报答母校，他回到了家乡泉州的培元中学，做物理和数学课的老师。1921年燕京大学物理系主任聘请谢玉铭到燕京大学担任物理实验课程的助教，1923年，得到洛克菲勒基金会的奖学金资助，谢玉铭赴美留学，进入哥伦比亚大学研究生院攻读物理学，一年后获硕士学位，随后转芝加哥大学继续攻读物理学，在诺贝尔物理学奖获得者迈克尔逊[10]的指导下从事光干涉领域的研究，1926年获博士学位。*

图8-7 谢玉铭先生

---

* 李秉谦编著：《一百年的人文背影：中国私立大学史鉴》（第3卷"黄金十年"，1927—1937），陕西师范大学出版总社，2016年，第70页。

谢玉铭如期遵约回国后，执教于燕京大学物理系，1929年至1932年任物理系主任。就是在这段时间里谢家搬进了东大地桥西42号小楼。1932年应美国加州理工学院邀请，谢玉铭再度赴美任客座教授，并参与了氢原子的光谱实验。他1934年回国后继续主持燕大物理系，直至1937年。

谢玉铭先生是我父亲的老师。我父亲1932年春天从东吴大学转学至燕京大学，插班进入物理系四年级学习。9月本科毕业后，父亲继续念研究生，据他回忆，当时燕京大学物理系研究生的阵容特别强大，与他同时攻读的有袁家骝[11]、毕德显[12]、张文裕[13]、王承书[14]、冯秉铨[15]、陈尚义[16]等十余人，后几届还有褚圣麟[17]、卢鹤绂[18]、戴文赛[19]等，他们后来相继成为国际知名学者、国内有关学科的奠基人。

当年北大、清华、燕京物理系三足鼎立，北大资格老，成立最早；燕京与清华同时成立，但燕京大学物理系在三校中率先招收研究生，谢玉铭当了七年系主任，一共招收了几十位研究生。他精心培养，主讲物理学、光学、气体动力论、近代物理学等课程；他还注重科研实验，主持着新版物理实验。一位研究科学史的学者认为"当时中国最好的两个物理系，一是清华，另一是燕京"，还对两校做了比较，由叶企孙[20]和吴有训主持的清华物理系是"培养栋梁之才，着眼于'提高'的轨迹……稳定的庚子赔款办学经费，强大的师资、高质量的生源及填补学科空白的精心设计"，而由谢玉铭和班威廉主持的燕京物理系是"心怀苍生，着眼于'普及'的轨迹……稳定的教会办学经费，以宗教的热忧、服务大众的理想,进行有效的播种"。*燕京物理系主张:"科学如果不渗透到一个国家的全体民众中,就不可能影响其国民生活。"**

谢玉铭的次子谢希仁说:"读书改变了父亲的命运,因此他一直跟我们强调:'要好好念书,不用功念书将来就没有出息,就找不到工作,也没有人会可怜你。'在这样的教育下,姐姐谢希德从小就非常用功念书。父亲对这个念书好的长女很是喜欢。"***谢希德从小学到中学的学业成绩从来稳居第一。

谢希德11岁就读燕大附中时,遇到了学习上强劲的对手,一个男生曹天钦的成绩与她平分秋色。曹天钦的父亲曹敬盘,在燕京大学化学系任教,住在距离燕东园不远的蒋家胡同10号院。谢玉铭教物理,曹敬盘教化学,两家长辈是齐头并进的学术搭档,两家的儿女也成为要好的朋友。即便1934年谢希德转学到城里贝满女中读书,但与曹天钦的友谊始终如初。

可惜"青梅竹马"的美好日子没有持续太长。1937年抗战全面爆发,谢玉铭举家南迁。

谢玉铭南下后,1938年在迁至贵州的唐山交通大学任物理教授。1939年,应厦门大学校长萨本栋[21]聘请任教该校物理系。当

---

* 胡升华:《中国物理学初创时期的三条发展轨迹》,原载于《物理》,2015年第10期(总第44期),第688—691页。
** 胡升华:《求真与服务——燕京大学物理系的30个春秋》,原载于《自然辩证法通讯》,1998年第5期,第51页。
*** 谢希仁口述、王晴璐整理:《谢玉铭、谢希德:倔强的"物理学"父女》,原载于《上海滩》,2021年第3期。

时厦门大学已内迁福建长汀县,办学条件十分艰难,在七年时间里,他全力协助萨本栋校长把厦门大学办成享誉国内的一流大学。谢玉铭喜欢古典音乐,会弹钢琴,厦门大学的老人们回忆,课余悠扬悦耳的钢琴曲是谢先生弹奏出来的旋律,学校的大型歌舞晚会活动总少不了他的钢琴伴奏。

谢希仁说:"1942年,父亲到厦门大学担任教务长。当时国民政府教育部规定:国立大学的校长、教务长、训导长、总务长都必须加入国民党。父亲也加入了国民党,但仅仅是名义上的国民党员,不交党费,不参加组织活动。他对国民党完全没有好感。父亲不问政治,对我们四姐弟也是同样的要求:'政治方面都不要管,你们念一个博士回来,以后好好教书,就走这一条路。'"*

谢玉铭在南迁途中,曾短暂担任湖南大学物理系教授,因此谢希德在长沙读完高中。就在她拿到湖南大学录取通知书的时候,不幸患上了骨关节结核,以当时的医疗条件,她只能绑上石膏,让病菌坏死。17岁的她只好躺在病床上读书。她与疾病抗争了四年,通过四年的自学,插班入学厦门大学数理系。谢玉铭在给同乡朋友蔡咏春的一封信中谈到:"小女希德进厦大理工学院数理系,成绩为全校冠,本年谅可获得嘉庚奖学金(校中最优之奖学金,除供膳宿外,每月尚给四十元之零花费用,每年约合四千元)。"**由此可见,父亲对女儿的欣赏。

---

* 谢希仁口述、王晴璐整理:《谢玉铭、谢希德:倔强的"物理学"父女》,原载于《上海滩》,2021年第3期。

** 谢泳:《学林掌录》,浙江古籍出版社,2020年,第137页。

由于医疗条件所限，骨关节结核使谢希德的一条腿落下终身残疾。高中时期的挚友曹天钦对她愈加珍惜，南北分别的九年中，"两地书"记录下他们不断升温的爱情。1945年抗战胜利，国民政府恢复了公费留学考试，毕业于燕京大学化学系的曹天钦，获得赴英国剑桥大学留学的机会。临行之前，他来长汀看望谢希德，向她求婚，两人相约，谢希德毕业后争取赴美留学，两人拿到博士学位后会合，然后一同回国。

1946年夏天，谢希德从厦门大学毕业，又到上海沪江大学当了一年助教，赴美留学的愿望才得以实现，1947年夏天，她启程赴美国史密斯学院攻读物理学。

创建于1871年的史密斯学院，是一所优秀的私立女子学院，坐落在美国麻省的一座小城诺桑普敦。谢希德在美丽宁静的学习环境中度过了两年，她一边做助教，一边攻读研究生的课程，仍像在厦门大学读书时一样勤奋，每天"三点一线"，往返于宿舍、物理楼、餐厅。

1949年夏，谢希德以论文《关于碳氢化合物吸收光谱中氢键信息的分析》通过专家答辩，获得了硕士学位。由于史密斯学院的物理系不培养博士生，1949年秋，谢希德来到麻省理工学院，幸运地在阿利斯[22]和莫尔斯[23]两位教授的指导下做理论研究。莫尔斯教授是当代著名的物理学家，运筹学领域的开拓者，在他的建议下，谢希德选择理论物理作为主攻方向，于1951年秋以论文《高度压缩下氢原子的波函数》顺利通过答辩，获得理学博士学位。毕业后，她又应著名物理学家斯莱特[24]的邀请，在麻省理工学院的固体分子研究室任博士后研究员，从事半导体锗微波性的理论研究。*

　　1951年的春天，在英国留学的曹天钦也拿到了剑桥大学的生物化学博士学位，同时还成为该校冈维尔与凯斯学院（Gonville and Caius College）的荣誉院士，这是历史上第一个获此殊荣的中国人。按照原来的约定，曹天钦要到美国和谢希德举行婚礼，然后一起回国。然而，朝鲜半岛突然爆发了战争，美国政府发布了一项规定：凡在美国攻读理、工、农、医的中国留学生，一律不许返回中国大陆。曹天钦想了个办法，请他的老师李约瑟出面写信让谢希德到英国举行婚礼。凭着李约瑟的名气，美国终于放行。一对学术情侣在分别六年后终于重逢了，婚礼在剑桥大学南的萨克斯德大教堂举行。婚后，归国心切的一对新人立即打点行装，准备启程。

　　此时，谢希德的父亲谢玉铭已在菲律宾，任马尼拉东方大学物理科学系主任。他听说女儿女婿要一起回国，不在国外继续好好做研究，非常生气，极力反对，脾气倔强的他甚至声称要和女儿断绝关系。其实谢玉铭对这位书读得格外好的女儿非常喜爱，据谢希仁回忆："1951年，姐姐在麻省理工学院获得博士学位后，父亲非常高兴。他在信中要求姐姐戴着博士帽拍一张相片，放大后寄回去，他要挂在自己办公室里。可是，姐姐并没有按照父亲的意思去做。我后来问她：'你干嘛不照一张寄回来呢？'姐姐说：'你知道在美国放大一张照片得多少钱？非常贵！我当时没有什么

---

*　　本文关于谢希德留学经历、学术研究相关事实的梳理，主要参考了沈飞德：《敬业乐群：谢希德画传》，上海书店出版社，2005年，第23页。

钱。'"* 谢希德没有听父亲的话，她不愿伤父亲的心，还希望能说服他，但从此任她怎样去信、寄照片，都得不到回复。父亲再也不理她了。谢玉铭先生1968年退休后迁居台湾，1986年逝世于台北，父女再也没有相见。

研究中国知识分子问题的谢泳先生，对谢玉铭父女这段往事曾有点评：

> 谢玉铭1946年离开后再没有回过中国大陆，他内心对女儿谢希德的思念之情，外人已很难知晓。谢玉铭虽是理科教授，但对时代较一般文科教授似更敏感，人生阅历也更丰富，他曾力劝自己女儿认同他的选择。**

谢希德到晚年仍然为此伤感："回国后一直到他1986年在台湾去世，我没有再收到过他的信。这对我是很伤心的事，因为他非常爱我。在他的遗物中，我发现了我们的结婚照，他复印了许多。"***

---

*　　谢希仁口述、王晴璐整理：《谢玉铭、谢希德：倔强的"物理学"父女》，原载于《上海滩》，2021年第3期。

**　　谢泳：《学林掌录》，第138页。

***　沈飞德：《敬业乐群：谢希德画传》，第31页。

图8-8 谢希德、曹天钦夫妇结婚照
就是这张结婚照，被谢玉铭珍藏

1952年10月1日，谢希德、曹天钦夫妇从英国启程抵达上海。他俩后来一直在上海工作，谢希德在复旦大学，曹天钦在中国科学院生理生化研究所。1956年两人同时加入中国共产党；1980年两人同时当选中国科学院院士。

曹天钦毕生从事蛋白质和植物病毒分子生物学研究。1987年在以色列参加国际生物物理会议时，曹天钦不幸摔了一跤，加之原有的颈椎伤加重，被同事用担架抬上飞机回国救治。此后八年，谢希德不知疲倦尽心照顾因脑损伤瘫痪在床的丈夫，直至曹天钦1995年病逝。

谢希德毕生从事半导体物理和表面物理学研究。1958年她编写的《半导体物理学》出版，这部书当时在全世界都可称为权威之作，成了中国芯"破冰"的教科书，她也因此被誉为"中国半导体之母"。1991年，她当选美国文理科学院外籍院士。

谢希德1983年出任复旦大学校长，她是中国第一位女性大学校长。她在复旦大学开设了当时在国际上刚刚诞生的表面物理学相关课程，还设立了复旦大学美国研究中心。为了给国家培养更多储备人才，她频繁地为学生出国留学写推荐信，据说她在当校长期间，每年要送出去100多位学生。2000年谢希德病逝，享年79岁。

在搜寻谢玉铭、谢希德父女有关史料时，我被杨振宁[25]先生1987年3月20日在《物理》杂志发表的一篇文章惊住了。文章标题叫《一个真的故事》，讲的是一个享誉世界、与诺贝尔奖擦肩而过的中国物理学家。文中说：

> 1986年3月，我在纽约买到一本新书，名叫"Second Creation"(《第二次创生》)，是两位研究物理学史的作家写的……特别使我发生兴趣的是书中对这方面早年实验发展的讨论。原来在三十年代就有好几个实验组已经在研究氢原子光谱，与后来Lamb在1946—1947年的工作是在同一方向。其中一组是加州理工学院的W. V. Houston和Y. M. Hsieh。他们做了当时极准确的实验，于1933年9月写成了长文投到"物理评论"(Physical Review)，经五个月以后发表。《第二次创生》对此文极为推崇，说文中作了一个"从现在看来是惊人的提议"：他们的实验结果与当时理论结果不符合……他

们的实验结果从今天看来是正确的……不幸的是与他们先后同时有几个别的实验组得出了和他们不同的结果，产生了混乱的辩论，没有引起当时理论物理学界的广泛注意。

杨振宁发现，上世纪50年代，美国物理学家兰姆通过微波共振法的途径，获得与豪斯顿[26]和Y. M. Hsieh在1930年代的研究成果相同的"发现"，并因此获得了1955年诺贝尔物理学奖；几年以后，日本物理学家朝永振一郎，自创了第三种对量子电动力学的研究，通过实验处理，也获得了与豪斯顿和Y. M. Hsieh以及兰姆相似的科研成果，因此获得了1965年诺贝尔物理学奖。这个Y. M. Hsieh是谁呢？杨振宁想到也许就是复旦大学校长谢希德的父亲谢玉铭教授。很凑巧，几天后，谢希德自美国西岸打电话来讨论学术交流的事情，杨振宁趁机问她谢玉铭教授是否曾于1930年代初在加州理工学院访问，并曾与豪斯顿合作。她说："是的。你为什么要问？"杨振宁兴奋地告诉了她书中的故事，再问她："你知道不知道你父亲那时的工作很好，比兰姆的有名的工作早了十几年，而且兰姆的结果证明你父亲的实验是正确的？"谢希德回答："我从来不知道，当时他只告诉我，在从事很重要的实验。"*

这真是莫大的遗憾：中国卓越的物理学家谢玉铭先生曾与诺贝尔奖擦肩而过。

话题还是回到东大地桥西42号。1990年代末，古稀之年的谢

---

* 杨振宁：《一个真的故事》，原载于《物理》，1987年第3期，第146页。

希德与幼时的玩伴徐元约（住在22号的徐淑希先生之子）曾到燕东园旧地重游，可惜那时她家的小楼和院子已经被划进北大附小的校园了，找不回昔日的模样。也是在1990年代，谢希德生病住院，幼时玩伴赵景伦（住在36号楼的赵紫宸先生之子）前来探病，两人交谈甚欢，"谈的都是东大地的旧事"。

随着三位老人的去世，那些东大地的旧事再也无法追寻。

图8-9 谢希德在东大地42号院子花丛前留影

陈守一故居

燕东园桥西42号楼下在北大时期住着法律系主任陈守一教授。

陈守一教授是一位著名的"红色"法学家。他1927年参加中国共产党，后因组织被破坏，失去联系，1938年参加抗日民族统一战线工作，1939年重新入党。新中国成立以后，他曾任司法部第五司司长，1954年后任北京大学法律系主任、中国法学会副会长等职，1995年逝世。

当北大附小向西再度扩建，这栋小楼也以"陈守一故居"的名义重新改建了。走进北大附小西校门，向左一转头，一眼就能看到它。

图8-10 陈守一教授故居，位于现北大附小西校门

42

住户名单　　　　　　　　　　　1926年—1966年6月

东大地时期
- 谢玉铭　燕京大学物理学系主任
- 张舜英　育英中学数学老师
- 孙瑞芹　燕京大学新闻学系、西语系教授
- 林昌善　燕京大学生物系教授
- 吴采菱　燕京大学校医院

燕东园时期
- 林昌善　北京大学生物系教授
- 吴采菱　北京大学校医院
- 罗念生　北京大学西语系教授、中科院外文所研究员
- 樊　弘　北京大学经济系主任
- 张才明　北大附小、魏公村小学教师
- 陈守一　北京大学法律系主任
- 胡　冰　海淀区人民法院院长

桥东30号

在那张1925年7月18日绘制的燕东园规划设计平面图上，每一栋小楼都标着住户的名字，足见司徒雷登校长的本意是为外籍教师建造的住宅，其中面积最大的30号楼，还标明是专为女校教师建的宿舍。后来可能考虑到东大地毕竟地处校外，外籍女教师还是住在校内的南大地更安全一些，最终是有五个孩子的西语系教授米德搬进30号楼。入住不久，他以园会秘书的身份，张罗购置儿童活动器具，修建起东大地桥东那个让几代孩子受益的游乐场。米德先生喜欢摄影，1933年在燕大兼课的顾颉刚邀请胡适到燕大演讲时，米德为胡适拍摄的照片，就刊登在校刊上。[*]这次从耶鲁大学神学院图书馆馆藏找到的燕东园图片资料中，收入本书的好几张都是米德先生的大作。而这两幅站在自家30号小楼上拍摄的照片，更是出自米德先生之手。

图8-11是站在30号小楼二层向西眺望，拍摄的桥西部分景致。照片左侧正是那座在燕京时期被称为"三马路四灯球"的旱桥，四根不到两米的棱形锥柱，各顶一盏圆形玻璃路灯。左边那座两层小楼应该是桥西41号。右边入镜的是院子的一角，虎皮院墙下边就是那道深沟。这个院子应该正是我的40号家，虽然看不到小楼，但院子里的柳树、枫树都可辨认。当然，那时候我家还没有搬进来，至于我连个影子还没有呢。

---

[*] 刘宁：《燕东园小楼的近现代学人》，原载于《澎湃新闻》，2020年2月6日。

图8-11 站在30号小楼二层向西眺望，桥西的部分景致

图8-12 站在30号小楼二层向东眺望，桥东的部分景致

图8-12是站在30号二层向东眺望，拍摄的桥东部分景致。

正中间应该是建设中的儿童游戏场，最远处那栋一层小楼是25号，相邻的二层小楼是24号，当时容庚先生应该已经住进去了。再过来露出一半的是23号，它的一层阳台很清晰。这张照片以30号楼的某扇窗户为前景，我曾试图找到这扇窗户的位置，可惜未遂。照片中可以看到卷轴式的窗帘，这是燕东园小楼的一个特点，卷轴窗帘一面深绿，一面浅棕，我从小就喜欢上了这个色彩搭配。

马思聪、王慕理夫妇

桥东30号楼与我家只一沟之隔，我们趴在墙头上向对面张望，这个楼西面的楼门以及楼前的草坪、花木和一条小径，尽在眼前。1946年秋天我家搬来时，30号东半部分住的是燕京大学化学系主任蔡镏生教授一家。1949年夏天，它的西半部分窗口突然飘出小提琴和钢琴的美妙旋律。消息不胫而走，原来著名小提琴家、作曲家马思聪先生和他的夫人钢琴家王慕理女士，还有两个女儿马碧雪、马瑞雪，儿子马如龙，搬进了东大地。

东大地里有钢琴的人家很多。从海外归来的燕京教授们，大多具有较高的西方古典音乐修养，并惠及子女教育。我家搬进东大地以后，燕京音乐系毕业的母亲，很快就被好几家请去教孩子们弹钢琴。燕京音乐系主任、母亲的老师范天祥先生1947年12月在一则日记中写道："最近，我们与德常和她的家人一同吃晚饭，她已经结婚了，还有一个很可爱的小女儿（指的是我），她的丈夫是我们数学系的系主任，她有超过20名钢琴学生。"

住在桥东27号的燕大校长陆志韦先生爱音乐是出了名的,他的几个孩子自幼都学过钢琴,其中二儿子陆卓明琴技最高,并且承继了父亲对古典音乐的鉴赏能力。燕京大学对音乐教育始终高度重视,外界称它为一个充满了乐声与歌声的校园。这就不难理解陆志韦先生为什么盛情邀请马思聪先生到燕京大学任教了。1949年4月,马思聪先生与一批爱国人士,从香港回到北平,被聘为燕京大学音乐教授。虽然在燕京大学任教职的时间不长,但对音乐系的贡献却很大,除了在创作理论课上传授先进的教学方法,"他又以寓教于乐的办法激发学生视唱练耳课的积极性",此外,"他还多次在贝公楼礼堂举行小提琴独奏会,吸引了燕京、清华师生来欣赏"。*

新世界已在眼前。据年谱记载,1950年年初,马思聪先生搬出东大地,举家迁往天津,也是在这一年,那首脍炙人口的《中国少年先锋队队歌》诞生了。**东大地21号与30号同在桥东,林家的前院与马家的后院只隔一条小马路。住在21号的林朱,林启武先生的大女儿,当时12岁左右,被马思聪伯伯几次叫到家里试唱这首歌曲。直到耄耋之年,她仍然脱口就唱出:"我们新中国的儿童,我们新少年的先锋。"

由郭沫若作词、马思聪作曲的这首歌曲,被定为中国少年儿童队队歌,1953年"中国少年儿童队"更名为"中国少年先锋队",

---

* 张玮瑛等主编、燕京大学校友校史编写委员会编:《燕京大学史稿(1919—1952)》,第183页。

** 参看"马思聪年生年谱",收录于《马思聪全集》编委会编:《马思聪全集》(第7卷),中国音乐学院出版社,2007年,第413页。

于是这首歌同步更名为"中国少年先锋队队歌",嘹亮高亢的旋律,响彻上个世纪五六十年代。

我从九岁起,胸前飘着红领巾,就是唱着这首队歌长大的。

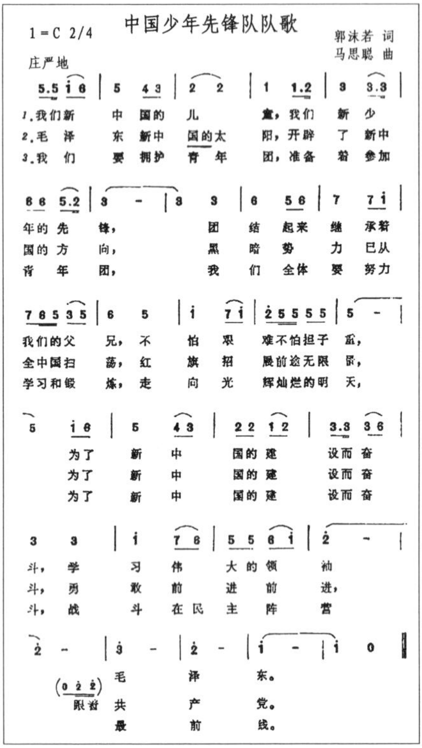

图8-13 中国少年先锋队队歌

1966年夏天,受运动冲击,马思聪遭遇批斗,后经香港出走,赴美定居,直到1987年去世。1978年10月27日共青团十届一中全会通过了《关于中国少年先锋队队歌的决定》,电影《英雄小八路》的主题歌《我们是共产主义接班人》(周郁辉作词、寄明作曲）确定为新的少先队队歌。如今大概只有六十五岁以上的人，还知道曾经有过两个中国少年先锋队队歌的故事。

1971年7月，中美关系破冰，美国国家安全事务助理基辛格向马思聪转达中国一位领导人的话："我平生有两件事深感遗憾，其中之一就是马思聪50多岁背井离乡去美国，我很难过。"

曾昭抡、俞大纲夫妇

图8-14 曾昭抡、俞大纲夫妇

这对夫妇搬进燕东园的时候，曾昭抡先生已任高教部副部长，俞大纲先生在北大西语系教书。很遗憾没有看到过几次曾伯伯的尊容，只见他每天在院子门口从黑色的小汽车里上下。都知道他是中国国防化学的奠基人之一，早年留学美国获麻省理工学院博士学位，1948年当选中研院院士，1955年当选中国科学院学部委员（即院士）。1950年代初他的社会工作忙碌，但到1957年戛然而止，他突然成了全国重点批判和讨伐的"六大右派教授"之一。

翻阅历史资料，方知事出有因，原来1956年在民盟帮助共产党整风的一次会上，曾昭抡、费孝通、钱伟长、黄药眠、陶大镛、吴景超，六人出言不逊，一起被戴上"右派分子"的帽子。

退回燕东园30号，曾家更深居简出了。1958年曾昭抡先生独自离京，应邀去武汉大学执教，1961年患癌症从武汉回京在家养病三年，都悄无声息。当我看到如下文字，感慨不已："在北京治疗癌症的三年时间里，他看了数百篇科技文献，撰写了100多万字的著作，自学了日语，还培养了一位青年助手编写讲义，接替他开的课程。这期间，他除了用通信方式继续带研究生外，还坚持每年回学校两次，每次3个月左右，指导教学和科研工作。"*他的学生刘道玉，1980年代成为武汉大学校长。

费孝通先生曾这样评价曾昭抡："他的生活里边有个东西，比其他东西都重要，那就是'匹夫不可夺志'的'志'。知识分子心里总要有个着落，有个寄托。曾昭抡把一生的精力放在化学里边，没有这样的人在那里拼命，一个学科是不可能出来的。"**

当时还有一对夫妻罗大冈、齐香住在30号楼里，与曾昭抡、俞大絪夫妇为邻。两人都是法国留学归来，在北大西语系教授法语和法国文学，罗大冈先生还是著名的翻译家，他对罗曼·罗兰

---

* 宋立志主编：《名校精英：麻省理工大学》，远方出版社，2005年，第28页。

** 杜涌涛主编：《民国旧士：过去的那些人》，福建教育出版社，2009年，第251页。

的研究代表着当时中国学界的最高水平。

住在桥东25号马坚先生的二儿子马志学留下了一段珍贵的文字回忆：

> 1966年初春，那是一个值得记住的岁月。"文革"风暴即将来临，一切善良的人们丝毫没有料到几个月后美好的生活被突然践踏。记得初春的清早，我每天都要在燕东园桥东草地活动锻炼一下，每次都会看到如下情景：曾昭抡、俞大絪夫妇绕着草地散步，罗大冈则坚持多年养成的晨跑，绕着草地慢跑，他的跑姿别具一格：两臂像火车头车轮上的连杆一样，前后摆动，头戴一顶法国贝雷帽。住在27号的朱光潜先生，照例跑着从一楼大门出来，沿着草地的南侧跑向桥西。朱先生的跑步很奇特，两脚擦着地面，发出"擦擦"的声音，更有意思的是，每次和罗先生迎面时，罗先生总是朝向朱先生高举右臂算是打招呼了，而朱先生则举右手还礼，天天如此。*

1966年8月23日，清华大学红卫兵请清华附中红卫兵出面，派大卡车运送了12所中学的红卫兵到清华园里"破四旧"，他们把当时北京中学红卫兵那套"打砸抢抄抓"带进了大学校园，拆毁了清华大学二道门的汉白玉牌楼，还闯入宿舍区抄家打人。晚

---

* 马志学：《北大燕东园（桥东）住户一瞥（1952—1966）》，收录于《燕园梦忆》，第406—418页。

上，一部分中学红卫兵离开清华园以后，顺路拐到邻近的燕东园，又是一通抄家。此举提醒了北大红卫兵，第二天他们（无法查到是哪一路人马）就杀到燕东园"造反有理"来了。

我妹妹徐溶那天在家，她回忆："桥上刷了特别大字号的标语，墨汁淋漓：'庙小神灵大，池浅王八多。'学生们闯进不少人家，进门二话不说就查抄。到咱家还好，他们直接敲门进来，四处打量，说：你家占房多，不合理要腾出来。有什么'封资修'的东西你自己清理。那些抄出东西来的人家，接着就揪出人来斗。桥东21号龚人放家，抄出一把日本军刀，还抄出镜框后边的衬纸有反动内容，就把龚伯母曹贺批斗了。还有几家抄出东西，也被批斗了。园子里口号声乱响，桥东游戏场边上有一块大石头凳子，成了批斗台。"

妹妹说，红卫兵走后，我父亲马上叫她帮助清理东西，即所谓"自己抄家"。她记得父亲先把墙上挂的一张王雪涛的写意花鸟摘下来剪了，说这是大右派画的画。又打开墙上挂的镜框背后，检查衬纸有无问题。我妹妹说："还真有两个镜框的衬纸用的是解放前旧杂志，赶紧销毁。"父亲清理了自己的照片和文件，拣出来一些烧了，又把那个"金钥匙"让我妹妹埋在院子东墙的一棵槐树底下。他还嘱咐妹妹把我放在壁炉架子上的那些书赶紧都卖了，说："那净是苏修的书。"我那时候迷恋俄罗斯文学，攒了一大堆苏联小说和俄罗斯文学名著。

就是在这一天，30号俞大纲先生的家被抄，书房中收藏的书籍文物被毁，满地狼藉。据说这不是第一次了，她背负着"大右派"曾昭抡的老婆、"伪国防部长"俞大维的妹妹两项罪名，只要造反派闯进燕东园抄家,她家都不能幸免。

第二天园子里在惊魂未定的氛围中,传出俞大絪先生服药自尽的消息。一年多以后,她的丈夫曾昭抡先生在武汉也不堪折磨病逝。燕东园30号不久就搬进新的住户,时间抹去了一切,人们很快就忘却了这里曾经住过的这对夫妻。

我后来才知道这对夫妻的不凡身世,两人均为名门之后,俞大絪的母亲是曾国藩的孙女,而曾昭抡的父亲是曾国藩二弟的孙子。两人是血缘较近的表兄妹,夫妻二人深知近亲结婚最好不要孩子,因此他们终身未育。

我也是后来才知道,那本国内最流行的英文教材《许国璋英语》,一、二年级部分的编写者是许国璋教授,三、四年级部分编写者是俞大絪先生。俞大絪先生早年曾三度出国学习进修,1934年以优异的成绩考取庚款留学英国牛津大学,1936年获文学硕士;1936—1937年赴法在巴黎大学进修,1946—1947年赴美在哈佛大学进修,她先后任教于重庆大学、中央大学、中山大学、燕京大学,院系调整后任北京大学西语系教授。她的学生、北大袁明教授曾经深情地回忆:"俞先生上课,有一个小备课笔记本,但基本不看,因为讲的内容她已烂熟于心。介绍一篇狄更斯的《双城记》,她用一口纯正的牛津英语连续讲上三节课,语调平和,不急不缓,恍若是将胸中无尽的珍藏,一丝丝地吐哺给我们。她们的温情与爱心、专业与敬业,已经深深化入我们心里,是心中永远的光亮。"*

在这次写作时，我以越洋电话采访了俞大纲先生的侄子俞启平，他是我在一零一中学的初中同学，定居美国从医多年了。他回忆了姑姑：

"我七姑（按俞家大排行）非常要强，在女孩子里是最聪明的，她和姑父曾昭抡都是著名的学者，也被称为爱国民主人士。姑夫被打成右派以后，她思想上承受了很大的压力，更加勤奋工作，在英语文学研究和教学改革上做出了突出成绩，深得校领导的欣赏，还在人民大会堂做过报告。那时她很热心地帮助教研组的同事，包括出身好的助教和党员干部和她关系都很好，有的还是她家的常客。

"'文革'开始后，急风暴雨突然扑来，她是聪明人，知道她和姑夫不会有好结果的。于是分别给我父亲和六姑写了一封信，大意是：我可能要到外地去工作，暂时不能给你们写信了，你们不要着急，等我回北京以后会和你们联系。给我父亲的信是用明信片写的，姑父被打成右派以后，他们兄妹之间通信都用明信片。所以，我姑姑是有思想准备的。

"她去世时我不在北京，后来听姑姑的好朋友说：俞先生非常沮丧和气愤，绝对想不到的是和她关系最好的助教、学生突然翻脸，贴大字报揭发她。姑姑可以忍受批斗，但受不了动武的凌辱。8月25日一早，长期在姑姑家工作的保姆黄彩珍，发现姑姑服

---

* 参看了袁明在北京大学兰园书院成立仪式上的致辞，原载于"北京大学燕京学堂"，2021年10月25日。

安眠药自尽，立刻派女儿进城告诉我表姐。那天抄家的时候，他们不但动手殴打辱骂姑姑，而且粗言呵斥，勒令保姆必须走。姑姑那晚拿了二百元给保姆，叫她第二天回老家。但没有保姆照顾，姑姑是不能生活自理的。这可能也是她生无所望的原因之一。"

俞启平讲到姑姑和姑父的后事：

"姑姑身后很惨。她的一位私人关系很亲密的同事后来告诉我，前一天上午教研组开会，她俩在厕所里碰见了，还说了几句悄悄话：俞先生问了她母亲的情况，她劝俞先生要想得开坚持住，姑姑也点头示意了。可是等到第二天开会，一个头头进来说：俞大絪已经畏罪自杀。就这样被拉去火化了，连骨灰都没有留。远在武汉大学的姑父知道姑姑去世了，不知道这么惨，还一再叮嘱：你们要把骨灰保存好。

"一年后的12月8日，身心受到严重摧残的姑父曾昭抡在武汉医学院第一附属医院病逝，我那时正在武汉，和北京赶来的表哥去料理后事。姑父去世当天，我们去办公室找相关的人报告，里面乱哄哄的，等了很久才有一个人出来对我们说，他们没有办法……后事怎么处理要向中央汇报，现在管不了。我们只好租了辆三轮摩托车把姑父送到火葬场火化，带着骨灰盒回到珞珈山姑父住的小楼，多年照顾他的保姆做了一桌菜，并把骨灰盒放在桌上，和我们一起吃了最后的一顿晚饭。傍晚太阳落山后，有七八个姑父生前的同事助教闻讯赶来，向姑父鞠躬告别，有两个人还失声痛哭跪下磕头，十分感人。"

我记得2008年左右，俞启平回国探亲，来到过燕东园30号，那时这栋楼还没有被幼儿园圈进去，他在姑姑家楼门口留了影，还提起当年在门前的草地上，他们一家和姑姑、姑父曾有欢乐的合影，登在报纸上给台湾做统战。他说："现在手头没有他们的照片了。姑姑家经过运动后，北大除还了几万块钱和几件破家具外，所有家产全无。姑父曾昭抡去世时，他的住所封了，武大只允许我拿了几件衣服和两本书。"

2018年，俞启平疫情前最后一次回国探亲，他又重回燕东园30号，但这时此楼已圈在北大附属幼儿园的院墙里，修缮一新，楼顶铺上红色坡面瓦，只能透过铁栅栏看到西边的门窗。

30

住户名单　　　　　　　　　　　　1926年—1966年6月

东大地时期	米德（Lawrence M. Mead）	燕京大学西语系教授
	蔡镏生	燕京大学化学系主任
	马思聪	燕京大学音乐系特聘教授
	王慕理	

燕东园时期	曾昭抡	高教部副部长、北京大学教务长
	俞大䌹	北京大学西语系教授
	罗大冈	北京大学西语系教授
	齐　香	北京大学西语系副教授

[注释]

1	范文澜 （1893—1969）	浙江绍兴人。历史学家。马克思主义史学开拓者之一。1913年入北京大学文预科，1917年毕业于北京大学文科。此后二十年间先后任北京大学、北京师范大学、河南大学等教授。1940年到延安，任中共中央马列学院历史研究室主任；1950年起任中国科学院副院长、中国近代史研究所所长。
2	邵循正 （1909—1972）	福建福州人。历史学家。1926年考入清华大学政治系，毕业后入清华研究院，专攻中国近代史、蒙古史。1934年赴法国巴黎法兰西学院进修，1936年归国后先后在清华大学、西南联合大学、北京大学讲授中国近代史、元史及波斯文，并先后任清华大学历史系主任、北京大学历史系教授、中国近代史教研室主任。
3	余冠英 （1906—1995）	江苏扬州人。古典文学专家。1926年考入清华大学历史系，后转入中文系，1931年毕业留校，先后任教于清华大学、西南联合大学。1952年任中国科学院文学研究所研究员，后任中国社科院文学所副所长。
4	沙汀 （1904—1992）	四川安县人。现代作家。1926年毕业于四川省立第一师范学校。1932年加入左翼作家联盟，1938年奔赴延安，任鲁迅艺术学院文学系代主任。1949年以后，先后任中国作家协会创作委员会副主任，中国社会科学院文学研究所所长、中国作家协会副主席。
5	卞之琳 （1910—2000）	江苏海门人。诗人、文艺评论家、翻译家。1933年毕业于北京大学英文系，曾任教于鲁迅艺术文学院、西南联合大学、南开大学。1947年赴英国牛津大学进修，1949年至1952年任北京大学西语系教授，后任中国社会科学院文学研究所研究员。
6	周立波 （1908—1979）	湖南益阳人。作家、编译家。1929年考入上海劳动大学，1934年参加左翼作家联盟。1939年以后，在延安鲁迅艺术文学院、《解放日报》《中原日报》《人民文学》等工作。曾任湖南省文联主席。小说代表作《暴风骤雨》《山乡巨变》等。
7	陈荒煤 （1913—1996）	上海人。作家、文艺评论家。1938年到延安鲁迅艺术学院戏剧系、文学系任教。新中国成立后，担任中国社会科学院文学研究所副所长、《文艺报》副主编、中国作协副主席和书记处书记等职。
8	王浩 （1921—1995）	山东济南人。美籍华裔哲学家、数理逻辑学家、计算机专家。1943年毕业于西南联合大学数学系，后考入清华大学哲学研究所研究生。1946年赴美留学，1948年获哈佛大学理学博士学位。后任哈佛大学、洛克菲勒大学教授，清华大学荣誉教授。

9	易家训 （1918—1997）	贵州贵阳人。流体力学家，美国国家工程院院士。1941年毕业于国立中央大学水利系，后入四川灌县国家水力实验所、贵阳桥梁公司工作。1945年赴美国爱荷华大学学习流体力学，1948年获博士学位。后任教于威斯康星大学、加拿大英属哥伦比亚大学、法国南锡大学等。长任美国密歇根大学教授。
10	阿尔伯特·迈克尔逊 （Albert Abraham Michelson，1852—1931）	波兰裔美籍物理学家。因迈克耳孙—莫雷实验获1907年诺贝尔物理学奖。1892年起任芝加哥大学第一位物理系主任。
11	袁家骝 （1912—2003）	河南安阳人。袁世凯之孙。美籍华裔高能物理学家。1930年入燕京大学物理系，于1934年获硕士学位。1936年赴美国加州大学伯克利分校研究院，后受聘于加州理工学院，1940年获该校博士学位。后就职于美国布鲁克海芬国家实验室，任物理学家、高级物理学家。
12	毕德显 （1908—1992）	山东平阴人。电子学家，中国雷达工程专业创始人之一。1934年本科毕业于燕京大学物理系。1939年任职于清华大学无线电研究所。1940年赴美国斯坦福大学电机系，后转入加州理工大学物理系，1944年获博士学位。1947年回国，任教于国立中央大学物理系。1949年以后，曾任通信兵工程学院副院长、南京通信工程学院副院长。
13	张文裕 （1910—1992）	福建惠安人。高能物理学家，宇宙线研究和高能实验物理创始人之一。1931年、1933年先后获燕京大学物理学士、硕士学位。1934年赴英国剑桥大学留学。1938年获博士学位，后任教于四川大学、西南联合大学、美国普林斯顿大学、普渡大学。1956年归国，曾任中国科学院高能物理研究所所长。
14	王承书 （1912—1994）	祖籍湖北武昌，生于上海。核物理学家。1934年毕业于燕京大学物理系。1941赴美留学，1944年获美国密歇根大学博士学位。1956年归国后任中国科学院近代物理研究所研究员，兼北京大学教授，1978年任核工部科学技术局总工程师。
15	冯秉铨 （1910—1980）	河北安新人。电子学家、教育家。1930年本科毕业于清华大学物理系，1932年入燕京大学进修，获物理学硕士学位。1943年获哈佛大学科学博士学位，1946年回国，任岭南大学电机系、物理系教授，1952年历任华南工学院教授、教务长、副院长。
16	陈尚义 （1910—1997）	美籍华裔物理学家。于1932、1934年获燕京大学物理学士、硕士学位。后赴美国加州理工大学攻读博士学位。1939年归国后任教于燕京大学，1949年起任教于美国俄勒冈大学，1963年入美国物理学协会。

17	褚圣麟 （1905—2002）	浙江杭州人。物理学家、教育家。1927年本科毕业于之江大学物理系，1931年获燕京大学物理学硕士学位。后赴美国芝加哥大学，并于1935年获物理学博士学位。回国后任教于岭南大学、燕京大学。1952年院系调整后，出任北京大学物理系主任近三十年。
18	卢鹤绂 （1914—1997）	祖籍山东掖县，生于辽宁沈阳。核物理学家。1936年毕业于燕京大学。后赴美留学，于1941年获明尼苏达大学博士学位。归国后任复旦大学教授，中国科学院上海原子核研究所副所长。
19	戴文赛 （1911—1979）	福建龙溪人。天文学家。1933年毕业于福建协和大学数理系。1937年赴英国剑桥大学学习天体物理，1940年获博士学位。1941年回国，历任中研院天文研究所研究员、燕京大学教授、北京大学教授、南京大学教授。1954年后任南京大学天文学副系主任、系主任。
20	叶企孙 （1898—1977）	上海人。物理学家、教育家。中国近代物理学的奠基人之一。1918年毕业于清华学校，后赴美国芝加哥大学学习物理，1920年获学士学位。1923年获哈佛大学博士学位。1924年归国，先后任国立东南大学、清华大学物理系教授、系主任。1945年任西南联合大学理学院院长。1952年以后执教于北京大学物理系。
21	萨本栋 （1902—1949）	福建福州人。电机工程学家、教育家。1921年毕业于清华学校，1922年赴美国留学，1924年毕业于斯坦福大学机械系，1927年获麻省伍斯特理工学院博士学位。1928年回国，任清华大学物理系教授。1937年至1945年任第一任国立厦门大学校长。
22	威廉·阿利斯 （William Allis， 1901—1999）	美国理论物理学家。1934年起任教于麻省理工学院物理系，后任美国文理科学院副主席，美国物理学会气态电子学峰会（American Physical Society's Gaseous Electronics Conference）创始人兼会长。
23	菲利普·莫尔斯 （Philip M. Morse， 1903—1985）	美国物理学家，被誉为运筹学之父。1929年获美国普林斯顿大学物理学博士学位。1931年起任教于麻省理工学院。出任美国物理联合会（American Physical Society）、美国声学协会（Acoustical Society of America）会长，运筹学研究所（Institute for Operations Research）创始人之一。
24	约翰·斯莱特 （John Clarke Slater， 1900—1976）	美国物理学家。1923年获哈佛大学博士学位。先后任哈佛大学物理系教授、麻省理工学院物理系主任。美国文理科学院、美国国家科学院成员。1970年获美国国家科学奖章。

25	杨振宁 （1922— ）	安徽合肥人。理论物理学家。1938年至1944年就读于西南联合大学物理系，先后获学士、硕士学位。1948年获美国芝加哥大学物理系哲学博士学位。1957年因与李政道共同提出弱相互作用中宇称不守恒原理而获1957年诺贝尔物理学奖。1965年当选美国国家科学院院士。2016年底放弃外国国籍，成为中国公民，正式转为中国科学院院士，出任清华大学高等研究中心荣誉主任。
26	威廉·豪斯顿 （William Vermillion Houston, 1900—1968）	美国物理学家。对光谱学、量子力学和固态物理学做出了贡献。1946年任美国莱斯大学第二任校长。

（玖）

最后的挽歌

对燕东园这二十二栋近百年的洋式小楼，究竟是保留、保护还是拆平、新建？

这个问题，从1966年以来，像一把达摩克利斯之剑，一直高悬着。一度传说全拆，一度传说改为他用，又一度传说要保护。我们这些老住户，始终心情忐忑，亲眼所见的是小楼一年比一年衰败。

我的父亲把以下两件事视为不祥之兆。

一件事是园子里那座标志性的旱桥被炸平了。大约是2000年初，父亲所住的卧室窗外传来几声巨响，然后是砸碎水泥的嘈杂声。我们出门一看，原来几个工人正在紧张施工拆掉那座水泥桥。我家离小桥最近，院子就在桥西坡面脚下。我们从小到大，不知在这座小桥上留下多少张合影。

图9-1 我和父母弟妹1972年春天在桥上的留影

上面这张照片是我和父母弟妹1972年春天在桥上的留影。这是最佳的取景位置：前排从左至右分别是老二徐溶、老大徐泓、母亲韩德常、父亲徐献瑜、小六徐涟，倚着旱桥北边的栏杆，后排老四徐浩坐在桥栏杆上。背景就是我们家40号小楼。

这座小桥在北大附小扩建时，已经被拆了一半，又强挺了好长一段时间。这次它彻底变成一堆破败不堪的建筑垃圾，几辆车就运走了。我父亲伏在窗口，再也看不到那"三马路四灯球"的旱桥。从炸桥的第一声响起，他就喃喃自语："这是折我的寿啊！"

另一件事是桥西大草坪东边两角的那两棵高大的白杨树，在拆桥以后也被大钢锯锯倒了。先是北边那棵树说是长虫了，内中腐朽，不锯不行。双树缺一后，独挺在南边的那棵没多久也被锯倒了，只留下一个大树墩。随着修路修地下管道，不知什么时候，树墩也被挖得干干净净。

比炸桥、锯树更大的动静，发生在1970年代中期到1990年代末。在这二十年里，为给迁进燕东园的北大附小、北大附属幼儿园和新建的31至40公寓腾地方，桥东26号、桥东27号、桥东29号、桥西38号被先后拆平，永远地从燕东园里抹去了。

四座小楼消失了，曾经住在那些楼里的学人，发生在那些楼里的往事，不该被时光湮没。我想尽自己的力量打捞之。留下文字，便为历史留下了一段线索。

桥东27号（东大地时期）
陆志韦、刘文端夫妇

东大地桥东27号是一座两层砖木结构小楼，据曾经住过35号楼的美国史专家陈芳芝回忆，这座小楼是典型的南洋风格。每层有200平方米左右，处处不讲对称，南窗大，东西窗小。小楼南面一层东部有一个阳台，阳台顶部嵌有花岗石小饰件，这个设计源于欧洲古典建筑檐口下的装饰图案。整个小楼东部呈曲尺形，小楼西北部还凸出一个小侧楼，在南洋称为"班阁楼"，它与整栋别墅实际是连着的，现在新加坡还能看到这样的房子。*

陆志韦先生是东大地资格最老的住户，前后住了近二十年。20世纪30年代，他住在桥西37号；20世纪40年代，他就住在桥东27号这栋小楼里。

我只记得他家的大阳台，还有阳台前的大草坪，可能是东大

---

*　刘宁：《燕东园小楼的近现代学人》，原载于《澎湃新闻》，2020年2月6日。

地诸家院子面积最大的草坪。陆伯母请园子里的孩子们到她家吃冰激凌，就设席在阳台与草坪上。冰激凌从一个圆木桶里用装在桶面上的手柄摇出来。然后，陆伯母举着一个冰激凌勺，挖出一球一球的，放在我们各自的小碗中。手摇冰激凌很时兴，我还去东大地、南大地其他人家吃过，但记忆中味道好、请客场面大的还是陆伯伯、陆伯母家。

陆志韦住桥西37号时，与36号宗教学家赵紫宸为邻。两家关系非常好。当时园中各家院子之间以松墙相隔，陆、赵两家的松墙间留出一个小口相通，可以更方便地往来。赵紫宸先生的小儿子赵景伦85岁高龄时，写下了对东大地的回忆文章，多处谈到陆志韦一家人："陆太太刘文端，陆先生叫她Mary。五个孩子：卓如（Daniel，绰号'大牛'），卓明（陆太太叫他'萌萌'：明明的变音），卓元（陆太太叫他'馁馁'：元元的变音），瑶海和瑶华。卓明琴弹得不错，曾在姊妹楼表演，弹德彪西的《月光》，我给他鼓掌，听众为之侧目。"*

陆先生是心理学家，常拿一套一套的问题来测验这些邻居孩子，奖赏是邮票。他是集邮大家，总会把重套的邮票作为奖品，送给接受测验的孩子们。

陆志韦先生喜欢集邮，也被燕京的学生们知晓。我在编辑《燕大校友通讯》时，就注意到好几篇来稿都提到："陆校长和学生的关系十分融洽……还会托学生搜集一些晋察冀、陕甘宁边

---

* 赵景伦：《怀念燕东园（东大地）之二》，原载于燕京大学北京校友会主办的《燕大校友通讯》第71期，第102页。

区发行的邮票,当收到这些平时不易见到的邮票时,会如获至宝,十分高兴。"*

燕京校友回忆这些先生们说过:那些老学究都是牌王。这句话说十人有九人是准的。打牌包括麻将、桥牌,还有扑克。花样翻新,比如麻将,一条龙、门前清,玩的都是新章。

而桥牌基本在陆志韦先生家开打。1945级哲学系学生陈熙橡在《忆燕园诸老》一文中说:"每个礼拜总得有一两晚在陆家打桥牌,牌手有梅贻宝先生,梅太太,金城银行的汪经理,林启武先生,廖泰初先生和外文系的吴兴华。"**

当发现梅贻宝、倪逢吉夫妇是到陆家打桥牌的常客时,我很惊喜,因为他们俩是我母亲五姑父梅贻琦先生的弟弟和弟媳,母亲称呼他们为"梅老叔""倪姑姑"。1942年10月,燕京大学在成都复校,梅贻宝任代理校长,抗战胜利后,梅贻宝于1946年秋回北平,任燕大文学院院长。他家住校内朗润园20号。看来每个礼拜母亲的"梅老叔""倪姑姑"都要为打牌校内校外走几个来回。

陈熙橡在回忆文章里还披露了燕大教职员桥牌队八人四组的阵容:梅氏夫妇一对,林启武、廖泰初一对,汪经理、吴兴华一对,他和陆校长一对。他说:"我们常与清华和北大的教职员队三角比赛。记得有一次进城到北大钱思亮先生家里去比赛,大伙儿坐学校那辆黑色大房车,临起程时,陆先生对我说,'我带

---

* 刘宁:《燕东园小楼的近现代学人》,原载于《澎湃新闻》,2020年2月6日。
** 陈熙橡:《忆燕园诸老》,收录于陈明章《学府纪闻:私立燕京大学》,第158页。

有好东西,今天一定赢'。什么东西呢?他未说。到比赛展开后,他拿出一罐新开的'加力'烟来,真是战意为之一隆,结果当然胜利。"*

那么,这位写下《忆燕园诸老》的陈熙橡何许人也?

1940年燕京大学秋季学期开学,一年级学生按照校规不分系科先上通识课,课程之一是国文作文课,几百个大一学生做同一个题目,题目是《自述》。老师们看完卷子,把好的送给陆志韦先生评阅。陆先生选出两篇,评说:"李中以肉胜,陈熙橡以骨胜。"**

"以肉胜"的李中,是经济系的新生,后来改名为"李慎之",上世纪90年代曾担任中国社会科学院副院长兼美国所所长。他一生以毕业于燕京大学为荣。他说:"我的母校燕京大学的校训是'因真理得自由以服务'(Freedom through Truth for Service),我以为是世界上最好的校训。""以骨胜"的就是陈熙橡,他是哲学系的新生。抗战胜利后,他再度考进燕大,投张东荪先生门下读研究生,兼做助教,前文已有记述。

研究燕京大学,除司徒雷登先生之外,陆志韦先生是无法绕过的一位历史性人物,如果算上1951年毛泽东亲自任命,他曾三度担任燕京大学校长,只不过前两次是私立燕大,第三次是短命的国立燕大,一年以后,燕京大学就永远消逝了。

---

* 陈熙橡:《忆燕园诸老》,收录于陈明章《学府纪闻:私立燕京大学》,第158页。

** 陈熙橡:《忆燕园诸老》,收录于陈明章《学府纪闻:私立燕京大学》,第157—158页。

作为燕大的校长,陆志韦先生对学生运动总是支持的。赵景伦的文章写道:"太平洋战争爆发,他跟我父亲赵紫宸一道,坐过日本人的牢。1947年'反饥饿,反内战,反迫害'运动,学生上街游行,他为学生们的安全操心。当时我是经济系助教,也参加了学生队伍。陆先生派林启武老师跟随学生上街,生怕出事。国民党特务到燕京抓人,他想方设法保护学生。"*

1948年11月底,平津战役开始。国民党军队节节败退。12月13日,北平西郊已炮声隆隆。燕京大学宣布停课,提前放寒假。东大地地处校外,位于燕园与清华园之间的成府一带,虽有虎皮墙围住,但终究四周民居散落,胡同与道路交叉,安全度很低,因此一些人家开始各处寻找避难场所。我父亲就把母亲和我还有不满半岁的妹妹,送到城里六姑邝家,他一个人和大师傅张贵留守。

父亲讲过那几天的情景,他说:"形势不明,确实有些紧张。桥下的大沟里夜间有人流车队过往的声音,不知是哪一路的队伍。白天常常有炮声枪声。一打炮,张贵害怕,就喊:'徐先生,钻桌子底下去!'等炮声完全停了,他才从饭桌底下钻出来。"我们好奇地问父亲:"那你干什么呢?"父亲说:"下围棋。或者陆志韦先生过来,我和他对弈,或者我自己打谱。"

到了12月15日,北平郊区战火蔓延,枪炮声更加杂乱紧急。清华园内的国民党军队及炮兵于凌晨悄然撤去。下午,解放军一

---

* 赵景伦:《怀念燕东园(东大地)之二》,原载于燕京大学北京校友会主办的《燕大校友通讯》第71期,102页。

部开进成府、海淀一带。12月16日清晨,燕大西校门内张贴出以13兵团政治部主任刘道生署名的安民布告,特别写明为了保持正常的教学工作,任何军人不得进入校园。*

当天下午,陆志韦先生召开全校教职工会议,告诉大家:"我们已经解放了。"并说:"这是个伟大的变革,是比中国历史上任何一次改朝换代或是革命都要伟大的变革。"**燕大历史系学生夏自强,当时已加入中共地下党,他回忆:"北平西郊处于战争前沿。为了保护好学校,地下党组织和校行政一起,组织师生开展护校活动,我常看到陆志韦先生在指挥部的身影……12月16日清晨,燕园解放了,他和师生一起欢欣鼓舞。1949年2月3日的解放军入城式以及10月1日的开国大典,燕大师生都是从清晨三四点钟起床,到清华园火车站乘车进城,进行宣传和庆祝活动。我也看到他冒着严寒在车站欢送燕京的队伍。"***

这次写书我找到了陆卓明先生的一些文字。他是陆志韦的第二个儿子,生于1924年。1927年随父亲迁至北平,住进东大地(37号)。他就读于燕大附小、燕大附中。1941年燕大被迫关门,他一家迁至成府槐树街9号,陆卓明转入辅仁中学,1944年考入辅仁大学经济系。1946年转至燕京大学经济系。1948年毕业留校任经济系助教。****燕京后期他一直住在东大地27号家中,在

---

*　　陈远:《燕京大学1919—1952》,浙江人民出版社,2013年,第204页。

**　　陈远:《燕京大学1919—1952》,第204页。

***　　夏自强著、郑必俊编:《一生的燕园》,北京大学出版社,2015年,第86页。

****　　参见王曙光:《遥远的绝响——怀念经济地理学家陆卓明先生》,收录于吴志攀主编:《燕园风骨:陆卓明先生纪念文集》,北京大学出版社,2011年。

父母亲身边。

据陆卓明回忆，1948年春天，胡适夫妇和一位美国老者来到他家："父亲当然知道胡适的来意，未等他开口，就吩咐我带领胡伯伯去游燕园。胡先生忙说，'燕园早游够了，你带他（指美国老人）去吧'。我带美国人在校园里慢慢走了一圈，回到燕东园时，胡适夫妇已在我家院门外告别。胡先生说，'这次回来（从南京官场回来）只有四天，特地来看看你，明天就走，不知以后何时再见'。他的语气并不高兴，父亲也板着脸。母亲调和说，'你们一见面就吵，分别还要吵！'他们走后，父亲叹口气说：'他也劝我走啊！'"*

尽管明确表示了不走的态度，但今后怎样走革命之路，燕园怎样迎接解放，陆卓明先生说，"父亲心中并不清楚。他晚间从储藏室架上拿出叶剑英送给他的崭新的平装书《新民主主义论》和《论联合政府》读着，想着。两本书说的大原则谁都看得懂，但是具体到燕大该怎么办，仍想不出个头绪。他自言自语地像是在问我，我自然更不懂"**。

这两本赠书，还是抗战胜利后军调部在北平时，中共代表叶剑英送给陆志韦先生的毛泽东著作，陆卓明说，赠品中还有一条延安生产的毛毯。***

其实，陆志韦先生与中共领导人早有接触。以下这段故事有

---

*　　陈远：《燕京大学1919—1952》，第201页。
**　　陈远：《燕京大学1919—1952》，第202页。
***　　张玮瑛等主编、燕京大学校友会校史编写委员会编：《燕京大学史稿（1919—1952）》，第8页。

两个说法,一个来自陆志韦子女的回忆:

>三十年代中期的一个夏日,美国教员包贵思邀我们一家去吃晚饭。我在那里第一次见到了行踪不定的斯诺。饭前,斯诺忽然要孩子们去北屋看望一位"因病而不能到院子里来和大家一起吃饭的妈妈,但是不可以多说话"。我们遵嘱只和这位衣着俭朴、面容憔悴的妈妈说了几句上学的事情。我们不知道她是谁,只是猜想她是在农村教书回校治病的燕大毕业生。直到1943年,我们已被日寇赶出燕园而住在校外的时候,先父才偶然对我说:"那次见到的妈妈就是共产党领袖周恩来的夫人邓颖超,日本人不恨燕京才怪呢!"*

另一个说法来自《中国私立大学史鉴》上的记载:

>邓颖超这时因患肺病化名在西山疗养,出院后由斯诺介绍到燕大美国教员包贵思家休息,再去天津转赴解放区。此事陆志韦是完全清楚、默许的。他曾让孩子们代表他去看望。**

这两种说法,被发生于北平解放后的一件事情都证实了:

---

* 陆卓明:《忆燕园、忆先父》,原载于《雄哉!壮哉!燕京大学》1945—1951级校友纪念册,1994年,第240页。
** 李秉谦编著:《一百年的人文背影:中国私立大学史鉴》(第5卷"绝响",1945—1953),陕西师范大学出版总社,2016年,第32页。

1949年六七月间，邓颖超专程来燕园拜望陆志韦夫妇，感谢他们的"无私之心和热情"。

图9-2 邓颖超来燕园拜望陆志韦夫妇
前排左三刘文端、左四邓颖超、左五陆志韦

陆志韦先生经常照片中的这身打扮：一袭中式长衫，一副近视眼镜，简朴平易，儒雅谦和。校友回忆："他在校内老骑一辆旧自行车。不论冬夏，在未名湖旁，常看一个穿着长衫骑自行车的人，那就是陆志韦先生。"

1949年3月25日，毛泽东在西郊机场举行阅兵式，下午接见了民主人士代表，据说有二十多位，其中包括陆志韦先生，在新华社所发的新闻图片中，他站在朱老总的左边。虽然在以后数十年里，媒体在使用这张照片时，有时把陆志韦先生裁去，有时在图片说明中没有他的名字，但谁也不能否认：当时毛泽东与中共曾给了他这样的礼遇。

1949年9月21日至30日，陆志韦先生作为特邀代表，出席了第一届中国人民政治协商会议。

据陆卓明回忆，父亲和文化教育部门的一些领导人也有往来。1949年初，西郊刚解放，周扬、张宗麟等人就来到东大地27

号,那份清华大学、北京大学暂时管理办法就是在陆家草拟的。这之后,钱俊瑞、张宗麟又一次走进燕东园27号,这次是来说服陆志韦先生继续争取美国托事部的拨款。

陆卓明回忆:"在我家谈这个问题时,父亲说:'用美国的钱,不但我不同意,我的儿子也不赞成。'张宗麟同志就把我叫去说:'现在刚解放,人民政府还没有钱。你们每次到教育部听政治经济学讲座,教育部都请你们吃饭。其实教育部自己每天只吃两顿饭,尽量省下钱来办教育。你年轻,不懂事。'"*

1951年2月12日,教育部接管了燕京大学。2月20日,中央人民政府委员会召开第十一次会议,通过任命陆志韦为燕京大学校长。接着毛泽东签发了任命书。此后,毛泽东还为燕京大学题写了校名。

但仅仅过了一年,1952年5月28日,教育部调整燕京大学领导班子,在由10人组成的新校务委员会里,陆志韦的名字没有了。

这一年全国高等院校院系调整全面展开。包括燕京大学在内的十多个教会大学全部撤销。燕京大学被一分为八:机械系、土木系、化工系调整到清华大学,教育系调整到北京师范大学,民族系调整到中央民族学院,劳动系到中央劳动干校,政治系调整到中央政法干校,经济系调整到中央财经学院,音乐系调整到中央音乐学院,其余各系调整到北京大学。

新的北京大学校址就在原燕京大学校址。湖光塔影,换了人间。

---

* 陈远:《燕京大学 1919—1952》,第206页。

被视为带有消极被动情绪、自我检查态度轻描淡写的陆志韦先生，一纸调令，被打发去了中国科学院语言研究所，当研究员。

熟悉陆先生的人都知道，他平日有一个书生气的特点，就是认为自己做对了的事，不愿对别人说，也不管别人就这件事怎么评价自己，采取不宣扬也不申诉的做法。在这次运动中，他严格地苛责了自己，没有请任何人替他辩白作证，包括过去被他掩护过的学生（进步学生、中共地下党员等）。

他对儿子陆卓明说："我有自己也不懂得的错误，连累了燕京人。你也是子承父债。"陆卓明1950年2月加入新民主主义青年团。在"三反"运动以后，以"出身文化买办，丧失立场，包庇父亲陆志韦"被劝退离团。

这一年夏天还未过完，陆志韦先生全家就在声声催促下搬出了燕东园。

从此，身后一片缄默。再不见陆伯伯来找父亲下棋，我也没有再去他家吃过冰激凌了。

桥东27号（燕东园时期）
陈桢先生

据住在桥东25号马坚教授的儿子马志学回忆，他家刚搬来燕东园时，27号楼住着两家，楼上是一户蒙古族人家，主人是否为北大东语系教师，他一直没搞清楚，只记得他们家有两个小孩，哥哥叫巴祖高，弟弟叫巴豆。没过多久，他们就搬走了。1952年朱光潜先生一家四口搬到27号楼上。*

楼下住的是陈桢先生家。只知道他原来是清华大学生物系主任，院系调整来到北大，不幸于1957年11月病逝，享年63岁。

陈桢这个名字对我非常陌生，出于好奇心我翻查了一些资料，才发现陈桢先生原来在生物学界，尤其遗传学界大名鼎鼎。他早年留学美国，师从国际遗传学大师摩尔根，是摩尔根实验室里第一个中国留学生。回国后他先后在东南大学、北京师范大学、南京中央大学、清华大学、西南联大任教，1948年当选中研院院士，1955年被聘为中国科学院学部委员（即院士）。

他的研究主要涉及三个领域：金鱼的变异、演化和遗传；动物的社会行为；生物学史。其中对金鱼做了长达三十年的研究，在国际上第一个用金鱼证实基因的多效性和不完全显性遗传，被称为"金鱼博士"。他在一篇论文中指出，"按照松井佳一的研究，日本的金鱼最初是由中国传去的，传到日本的最早记载是公元1502年或1620年"，"按照Boulenger，金鱼由中国传入英国的时期是17世纪末叶……"，世界各地的金鱼都是在不同历史时期由中国传去的。**陈桢先生还研究过蚂蚁，在实验室和家中都养了许多蚂蚁，不分日夜地连续观察，终于揭示了蚂蚁筑巢行为中的一些规律。

陈桢先生在燕东园只住了四年，园子里的住户对他的记忆模

---

* 马志学：《北大燕东园（桥东）住户一瞥（1952—1966）》，收录于《燕园梦忆》，第406—419页。

** 陈桢：《金鱼家化史与品种形成的因素》，收录于刘景春、陈桢等著：《中国金鱼文化》，生活·读书·新知三联书店，2008年，第32页。

糊,甚至缺失。马志学不记得这家的大人了,只记得陈家有一辆很惹眼的摩托车,还有一个小姑娘好像姓张。我妹妹徐溶补充说:"那个小姑娘叫张宛如,和我是北大附小同学,我们和洪元硕(住26号)、樊平(住39号)、舒铁玲(门房)是一个学习小组,轮流在各家做作业温习功课,轮到张宛如,就在27号楼下她家的客厅。听张宛如说过:'我公公学问可大了,他是学部委员'。"

陈家搬走了,原来住在桥西的历史系杨人楩教授夫妇搬来这里,一直住到1970年代。

杨人楩、张蓉初夫妇

杨人楩、张蓉初夫妇二人都在北大历史系任教。我对他们不熟悉,可能一是因为他们住在桥东,我家住在桥西,交集很少;二是因为他们夫妇没有子女,缺少中间的媒介,我们这一辈对他们就生疏了,只有路上相遇,恭恭敬敬地低头称呼:"杨伯伯杨伯母好!"以致这次写作时,才发现我把杨人楩先生的名字都读错了,"楩"字不念pian第一声,而念第二声。

求助于樊弘先生儿子樊平的回忆:"我还记得,有次在路上遇见,他对我说:樊平我认识你爸,意思是和我爸相熟。他们还真是很熟,同是'九三'学社的发起人,并肩参加反蒋民主运动,又在北平和平解放之后,同时退出了'九三'学社。"*

查阅有关资料,原来杨人楩先生一直是个热心国事的知识分

---

* 参看了《燕东园里的先生们》一文,原载于北大校友网"北大旧闻"栏目。

子,属于1940年代储安平[1]等自由主义知识分子群体重要的一员,发表过不少有影响力的文章。1945年抗战胜利,面临战后如何建设新中国的问题,以大学教授为主的知识分子成立了九三学社,杨人楩先生是发起人之一。但到1949年九三学社应邀参加新政协时,他还是选择舍弃了政协委员的待遇,退出了九三学社。至于另一个发起人樊弘教授确实也退出了,但他是因为加入了共产党而退出的。

周一良先生(住24号)的儿子周启博回忆:"1950年代杨人楩先生常来与父亲闲谈,烟抽得凶,喜爱京剧。1980年代当我读到他四十多年前发表的那些论述民主自由主义的文章时,不禁肃然起敬,但他已去世多年,我无从当面向他致敬。"

马坚先生(住25号)的儿子马志学回忆:"我曾在北大亚非所工作,所长陆庭恩教授是杨人楩1950年代后期的弟子。他曾经和我聊起杨,对他的学问功底赞赏不已。"

再次翻查历史资料,发现杨人楩先生毕生讲授与研究世界史,在1930年初即撰写出备受青睐的《高中外国史》(上、下卷)教材,提出"用文化史的眼光看世界"的卓见。1934年杨人楩先生考上中英庚子赔款第二届世界史留学名额,入牛津大学奥里尔学院攻读,师从著名的法国革命史专家汤普森[2]教授。回国后,他辗转于武汉大学、四川大学、北京大学教授世界史,桃李满天下。1950年代他积极倡议筹办世界史杂志,建立世界史研究所,组织世界史学会。但1957年政治运动铺天盖地而来,杨人楩先生这一系列有见地的建议没有得到支持,反而遭到严厉的批判。他灰心地对学生们说:"现在没有条件研究世界史,你们最多就是搞

点中外关系史。"*

1958年后,他毅然搁置了从事多年的世界史研究,改行做非洲史研究。经过一番筚路蓝缕的耕耘,很快又在非洲史这片处女地上撒下种子。

樊平在他的回忆文章中说:"杨伯伯是燕东园里最不像教授的教授,他剃的是个平头,头发朝天上茬着,平易近人,一点儿教授的'架子'都没有。"

这个形象可与1950年代北大学生口中的杨人楩完全不同:"而系里杨先生最具有资产阶级知识分子的神气。他上课往往还穿着西装,神采飞扬,讲到得意处时,脱去上衣,只穿着西装背心,把两个大拇指插在背心口袋中,更显得意气风发"。他们还说:"(杨先生)生性耿直,有话就说,爱提意见。"**

杨人楩先生在燕东园里度过了最后寂寞的岁月。他长期不承担教学任务,历史系的学生甚至不知有这位名震一时的教授。

他的一个老学生周清澍1961年从内蒙古来京,到燕东园去看望他,发现他已显苍老:"他(杨先生)一时认不出我来,审视了好一会才用湖南话惊说:'原来是周清澍呀!'他的普通话本来说得不错,这次他说话全用湖南乡音。"

1969年北大把教员们下放到江西鲤鱼洲"五七干校"劳动,杨伯母张蓉初被下放了,杨先生却留在了北京。系里一位老师还记得:"那时杨先生年老力衰(他患肺气肿哮喘),行走已不方便,

---

*   马克垚:《追忆杨人楩先生》,收录于《学史余瀋》,商务印书馆,2020年,第63页。

** 马克垚:《追忆杨人楩先生》,收录于《学史余瀋》,第62、63页。

坐了三轮车到我家，为的是替张先生从我们这里花一元两角钱买一个装行李的袋子。"*

1973年9月杨人楩先生因哮喘病发作不幸辞世。他没有能够完成自己的夙愿："编写一部由中国人自己撰写的《世界通史》"，虽然为此他生前付出了巨大的努力、积累了丰富的材料，"做了大量卡片和厚达盈尺的笔记"。**

打破寂寞的时刻推迟到十年以后。一直在北大历史系执教的郑家馨教授记录了这样的一幕："1984年北大历史系举办杨人楩先生逝世10周年学术纪念会座谈会。笔者看到杨先生相交几十年的老朋友扶杖而来。有陈翰笙[3]、周谷城[4]、吕叔湘、王铁崖[5]、杨宪益[6]等，还有以前的学生胡钟达、厉以宁等。87岁高龄的朱光潜老先生已走不动了，由他女婿用自行车推着来的……老先生们即席发言，情深意切，感人肺腑。我明白了，杨先生无论对他的朋友或是对他的学生都是推心置腹，待人以诚，讲义气，重友情。他赢得了终身的朋友，也使他的几代学生永远感念他。"***

杨先生去世后，杨伯母拿出他们夫妇毕生的存款在历史系设置了"杨人楩奖学金"。

---

* 马克垚：《追忆杨人楩先生》，收录于《学史余瀋》，第64页。
** 莫志斌主编：《湘籍近现代文化名人（史学家卷）》，湖南师范大学出版社，2010年，第325页。
*** 郑家馨：《我国法国革命史和非洲史研究的开拓者杨人楩》，原载于《世界历史》，1994年第6期，第78页。

图9-3 杨人楩、张蓉初夫妇

我对杨伯伯的印象不深,对杨伯母却始终没有忘记,她通身一派书卷气,在燕东园众多伯母里,别有一种秀外慧中的知性美。

她1980年代被评为教授,在非洲史研究方面继续了杨先生不少未竟的事业。

朱光潜、奚今吾夫妇

朱光潜先生瘦瘦小小,个头不高,但名气很大。他是北大最早一批的一级教授,中国社会科学院学部委员。他学问渊博,精通英、法、德、俄四国外语,自1925年赴英国法国留学,用八年时间读了四所大学,最终走上了研究美学的道路,是我国现代美学学科的开拓者和奠基人。

他在学术上的分量,也可从一件轶事看出:1949年北平解放前夕,国民政府派专机接"知名人士"去台湾,名单上胡适居首,朱光潜列名第三。 当时袁翰青教授受中共地下党的重托,挽留他不要离开北平，朱光潜毅然决定留下。*

图9-4 朱光潜先生一家合影

这张全家福拍摄的时间，大约是在他家刚搬进燕东园的时候。

前排左1是朱伯母奚今吾，她比朱先生小十岁，个子比朱先生高。左2是朱光潜先生，当年55岁，儒雅斯文，炯炯双目，透着对人世间洞若观火般的智慧。后排左1是小女儿朱世乐，左2是大女儿朱世嘉。

朱家在燕东园住了十年，留给我的最深印象是朱家的小女儿朱世乐，她从小得了小儿麻痹病，留有残疾，驼背，常年穿着铁背心，从照片上能看出她的两肩跟常人不太一样。不过，她学习很好，考上了录取分数最高的一零一中学，除体育免修外，每年

---

* 具体过程和相关史实可参看袁翰青：《1948年底挽留名教授为新中国服务》，收录于袁翰青、齐世荣等撰稿，陶凤娟编集：《仓孝和同志纪念文集》，首都师范大学高教研究室，第78页。

几乎各科成绩都拔尖。她1942年生人,比我们这帮女孩子大几岁,好像没有什么朋友,总是独来独往。我们默默地注视她,追随着她身高不过一米三的奇特背影,感到神秘又敬佩。

我第一次踏进朱光潜先生家的大门,已经是1986年了。不在燕东园,而在燕南园。为了给新建的幼儿园腾地方,早在1970年代中期,27号楼被征用,住户就都搬出去了。朱家辗转了几处,最后落脚在燕南园66号。我那次登门拜访,是为了完成采访任务,朱光潜先生已于1986年3月6日病逝,我所在的中国新闻社准备向海外发出纪念他的报道。

一圈采访下来,最后要拜访的是朱伯母奚今吾和朱世嘉大姐,我们是在朱家的客厅见面的。燕南园小楼与燕东园小楼出自同一个设计的图纸,坐了一会儿,恍然间我好像就在燕东园朱家。

当年的稿件全文如下:

1986年3月14日中新社北京电:
春蚕到死丝方尽 —— 记朱光潜先生
中国新闻社记者徐泓

中国著名美学家朱光潜生前曾说:"只要我还在世一日,就要做一天事,春蚕到死丝方尽,但愿我吐的丝凑上旁人吐的丝,能替人间增加哪怕一丝丝的温暖,使春意更浓也好!"直到走完自己八十九年生命旅程的最后一刻,他始终是这样做的。

1984年春天,朱光潜完成了他最后一部翻译巨著——意大利哲学家维柯的《新科学》,体重只剩35公斤,夏天他就病倒了。友谊医院的大夫们为他会诊后做了结论:"朱先生患的是疲劳综合症,他实在太累了!"

翻开朱光潜先生近五六年出版的书目,很难想象这是一位耄耋老人所完成的:他校阅了近四百万字的译著和论著,其中有黑格尔的三卷四册《美学》、柏拉图的《文艺对话集》、莱辛的《拉奥孔》、《歌德谈话录》、《西方美学史》以及五卷《朱光潜美学文集》;还出版了80岁以后的新著《美学拾穗集》和《谈美书简》。

工程最浩繁的还是翻译维柯的《新科学》,这本18世纪中叶第一部社会科学著作,在中国内地还鲜为人知。朱光潜说:"我的时间不多了。中国的美学研究还很落后,一个重要因素就是资料不足。我多翻译一些,可以为后人研究提供方便。"他从此开始了争分夺秒的伏案笔耕,每天从早上8点到下午5点,除了吃中饭,他不离书桌不下楼。历经三个寒暑,47万字的译著终于全部脱稿,可惜朱光潜等不及看到出版的新书了。

做学问的这种忘我感与痴迷劲,贯穿了朱光潜坎坷的一生。从青年时代起他就倾心于美学研究。尽管对美的探索与追求,给他更多带来的是寂寞、责难、批判、冲击甚至极不公平的待遇,他并不后悔。打倒"四人帮"以后,他所执教的北京大学西语系落实知识分子政策,问他有什么要求。这位当时还蜗居斗室的一级教授,闭口不提被占的住宅,被抄的稿费，远离膝下的子女，只有一句话："马上还给我黑格尔《美学》译稿！"

朱光潜在学术界以毫无顾忌敢于直言著称。相当长的一段时间内，在内地社会科学研究很难搞，总要与政治气候"对口径"。即使在这种情况下，朱光潜也依然故我，不随风倒。从20世纪50年代他开始研究马克思主义，他读的是原著，一字一句念下来，掩卷深思，他感到这个主义有道理，就真心实意接受了它，但他并不迷信。最近几年，他把马克思著作中文译本与原版反复对照，多次指出中国权威性的译文不少提法有错误。直到去世前，他还计划翻译马克思《1844年经济学哲学手稿》，这本书中的美学观点，国内外都有争议，他渴望探求到真谛。

虎年春节过后，朱光潜病体有所好转。每天早晨他遵守医嘱，认真执笔练大字，然后忙着在书架上查找书籍，他对大夫说："我要写一篇大文章！"

3月2日，早春少有的好天气，朱光潜到院中散步，他一生最爱的运动之一就是散步。谁料第二天他就因脑溢血猝然昏迷，3月6日凌晨安详而去。

春蚕到死丝方尽。毕生研究美学的朱光潜，他的心灵与精神已化为永恒的美。

这篇报道发出后，被港澳以及海外多家华文报纸采用，香港《大公报》、美国《美洲华侨报》、法国《欧洲时报》以头条的位置、加框的处理，为一代美学宗师朱光潜先生送行。

27

住户名单　　　　　　　　　　1926年—1966年6月

东大地时期
- 李炳华　燕京大学经济系教授
- 戴乐仁（J. B. Tayler）　燕京大学经济系主任
- 窦维廉（William H. Adolph）　燕京大学化学系主任
- 陆志韦　燕京大学校长
  刘文端

燕东园时期
- 陈　桢　北京大学生物系教授、中科院动物所所长
- 杨人楩　北京大学历史系教授
  张蓉初　北京大学历史系讲师
- 朱光潜　北京大学西语系教授
  奚今吾

桥东26号

桥东26号小楼，院门正对着游戏场。院子里有一棵硕大的银杏树，院外石板路旁枫树成林。每到金风送爽，院内银杏满树金黄，院外枫树火红如炬，煞是好看。而一年四季从这个院门走出来的两位先生，更是一道风景线：他们衣冠楚楚，风度翩翩，被称为燕园里的"洋派教授"。

一位是住在楼上的西语系吴达元教授，他的学生们描述："头发梳得整齐而光亮，偏左的一条发缝笔直而一丝不乱。他戴一副金丝眼镜，平日总是穿西装，而且特别严整、配套，内有马甲，领带打得极有功力，皮鞋锃亮……在那时，外国的一切，对于青年学生来说是可望而不可即的，但他们从吴达元身上却似乎看到了巴黎，似乎闻到了法兰西的气息……"*

一位是住在楼下的哲学系洪谦教授。他身材瘦高，面孔清癯，也戴一副金丝边眼镜，彬彬有礼，手中经常握着一支烟斗。走路笔挺端直，提着一根文明杖。父亲母亲告诉我们说："这才是真正的绅士风度。"

吴达元、陈穗翘夫妇

吴达元伯伯生于1905年，早年就读于清华大学外语系。1930

---

* 柳鸣九自述、刘玉杰整理：《先贤之德润无声·吴达元》，原载于《中国社会科学报》，2022年6月1日，总第2418期。

年赴法国留学，研究法国文学。1934年回国后，在西南联大、清华大学任教。1952年院系调整后到北京大学西语系任教授兼系副主任，一辈子站讲台，教法语，讲法国文学，影响了几代学生。

西南联大时的学生许渊冲先生回忆："吴先生上课时说：欧洲文学，古代的要算希腊最好，近代的要算法国最丰富；他最喜欢读卢梭《忏悔录》，认为卢梭牵着两个少女的马涉水过河那一段，是最幸福的生活，是最美丽的描写。……吴先生还教过浪漫诗人和中英诗比较两门课。他依照英国浪漫主义诗人拜伦的《哈罗德公子游记》写了一篇中文长诗；他赞赏雪莱的名言：爱情好像灯光，同时照两个人，光辉并不会减弱；他说济慈一行诗里有声有色，有香有味，感染力强。"*

许渊冲先生后来去巴黎大学留学，回国后终身从事英法文翻译，93岁高龄获得国际翻译界最高奖项之一的"北极光"杰出文学翻译奖。他晚年时仍然念念不忘吴达元先生最初的启蒙。

清华大学时的学生陈乐民先生回忆："吴先生给我留下的印象，就是本本分分地、一心一意地'教书'，一堂课上完，满满当当。吴先生在当时的清华园里不属于最有名气的，但讲课很'抓人'，学生的思想不可能'开小差'。……吴达元先生是专门研究莫里哀的，每讲到莫里哀的喜剧即眉飞色舞。他也很喜欢雨果，在讲到雨果时，他特意从图书馆借来了十几本雨果的长诗'La Tristesse d' Olympio'（《欧兰庇奥的哀愁》），人手一册；连续讲了好几堂，既讲文法修辞之严谨和美感，又讲那首诗所

---

* 许渊冲：《绮年琐忆》，海天出版社，2018年，第16页。

蕴含的意义。他讲时中、英、法文轮用，或联想，或对比，我当时听得十分入迷，有一种陶醉的感觉……

"吴达元先生是位典型的教书先生，是位非常称职的'教书匠'。他著述不多，写过'欧洲文学史'和'法国文学史'，是作为大学用的教科书而写的。他的全部工作就是潜心教书，这是他'知名度'不算高的原因。"*

陈乐民先生大学毕业后，长期驻外，1988年就任中国社会科学院欧洲所所长，是研究国际问题的著名专家。他说自己对欧洲，特别是对法国文化的启蒙知识，很大程度得之于吴达元先生。他还记得，当时在清华念书的时候，经常去新林院吴先生的家，每次去，吴师母便准备些广东小吃招待，每人获一小碗"鱼生粥"或"皮蛋粥"。

北京大学时的学生柳鸣九回忆，他是1953年考入北大西语系法国语言文学专业的，他们那一届学生很幸运，院系调整后全国在西方语言与文史方面最优秀的学者云集北大，每门课的讲授者几乎都是名师大家。比如法语专业一年级，为给学生打好基础，法语语法课由吴达元亲授，他的专著《法语语法》是国内高校的权威教科书，学法语的学生人手一册。柳鸣九描述吴先生的课堂："他的课条理清晰，讲述精当，循序渐进，层层深入，他把枯燥烦琐的语法规则讲得叫人听起来兴味盎然。每堂课的主要内容凝练鲜明，给人深刻而突出的印象。而一待讲授告一段

---

*　陈乐民：《在中西之间：自述与回忆》，生活·读书·新知三联书店，2014年，第29—30页。

落,吴先生又带领同学们进行练习,将所学的内容'趁热打铁',还经常把一个个学生叫起来,进行强化训练,最后再简要做出总结。"

柳鸣九还讲了一个颇有画面感的细节:"他(吴先生)不用捋起袖子看手表,更不用一上讲堂就把表摘下来放在桌子上。他话音一落,下课铃就响了。每堂课的时间,他都掌握得如此精确,几乎分秒不差。"*

吴达元先生在翻译方面也有重要的贡献,他是法国戏剧家博马舍《费加罗的婚礼》的译者,这部作品被誉为"法国大革命序曲"。1962年他帮助北京青年艺术剧院演出了《费加罗的婚礼》,周恩来总理亲自观看了该剧的彩排。**据说当时燕东园我们这一帮孩子里看过此剧的,只有吴伯伯家楼下邻居洪谦先生的小儿子洪元硕。

吴达元夫妇有子女二人,老大是女儿,叫吴庆宝,老二是儿子,叫吴庆安。两人都比我的年龄大不少,我对他们完全没有印象。前几年在一部关于西南联大的纪录片里,第一次见到吴庆宝出镜,已经年迈的她,回忆当年的西南联大两眼发光:"那时候上小学,每天上学路上要经过西南联大的一片试验田,我们趁麦子还没熟的时候,把麦穗弄下来,烤着吃,吃得一脸黑黢黢的。"

---

* 柳鸣九自述、刘玉杰整理:《先贤之德润无声·吴达元》,原载于《中国社会科学报》,总第2418期。

** 吴庆宝编写:《外国语言与文学家:吴达元》,收录于清华校友总会编:《清华大学校友文稿资料选编》第17辑,清华大学出版社,第40页。

后来我才知道她1950年代中期上的北大数学力学系（正是在我父亲任教的那个系），毕业后分配到北太平庄的解放军测绘学院。住在25号小楼的马坚教授的儿子马志学说："我第一次看到她戴着近视眼镜穿一身军服进出26号，还觉得挺新鲜。"

吴庆安与楼下邻居洪家大儿子洪元颐同年，他俩还是一零一中学的同班同学。1959年高中毕业，当时国家号召发展工业，洪元颐就进了北京矿业学院；国家提倡学师范，吴庆安就进了北京师范学院。他后来当了一辈子中学老师，退休前一直是人大附中赫赫有名的模范教师。

洪谦、何玉贞夫妇

洪谦夫妇有两个儿子，老大洪元颐，1941年生于重庆，老二洪元硕，1948年生于广东，小名崽崽。1951年，洪谦先生从武汉大学应聘至燕京大学哲学系任教，一家四口人住进燕东园桥西31号。

1952年一批外籍教师搬家回国，空出一些小楼。洪谦伯伯的大儿子洪元颐说："我父亲不喜欢住31号，他把这些空出的小楼走了一圈，看中了26号，他说那个院子里果树多，环境好，就要求换到桥东26号。开始我们一家住，不久院系调整，吴达元伯伯一家搬进来，就是两家住了。"

洪元颐回忆当年26号院子里的果树如数家珍：三棵杏树，两棵白果树，还有海棠树、樱桃树。一到果子熟了的时候，园子里的小孩都跑来摘果子。他说："你是女孩子，大概不会记得，那时男孩子们可成群结队的。我一看都是我或者我弟弟的同学，就不好说什么了。"至今他还记得母亲带着他们哥俩在宽大的院子里种过草莓，种过麦子。

图9-5 手握烟斗的洪谦伯伯，在26号楼前留影

说起洪谦伯伯，总有一些传奇性。他的一生被称为有两个"唯一"。

第一个"唯一"——他是维也纳学派唯一的中国成员。

翻阅与学习了许多资料，我试图用自己的语言解释一下什么是"维也纳学派"。这个学派亦称"维也纳小组"，发源于整整一百年前，是20世纪20年代奥地利首都维也纳的一个学术团体，它凝聚了当时欧洲大陆物理学、数学、哲学等多个学科的思想精英。这个学派的创始人石里克[7]，他的主要观点被称为逻辑实证主义。"在石里克之前，哲学与自然科学之间的联系极少，相对论和量子论的巨大进展对于当代哲学竟没有产生影响，石里克改变了这种情况。"*他们将最前沿的自然科学理论扩展到对哲学的反思中,形成了一个国际性哲学运动的出发点,引导了实证主义与经验主义的再生与革新。

洪谦先生1927年赴德国留学,那一年他18岁,正逢欧洲大陆自然科学蓬勃发展,尤其物理学达到了一个崭新的样态。他兴奋地投身其中,只用一年时间就获得了柏林大学的入学资格,修习天文物理。一次偶然的机会,洪谦遇到了生命中的贵人。他在科学哲学家赖欣巴哈讲座上的一次发言,引起维也纳学派创始人石里克的注意。他把这位年轻的中国留学生带到维也纳,收至自己的门下。

洪谦先生在对自己恩师的回忆中,谈到过一个动人的细节:老师家中为他设有一专用的书桌。从1930年开始,洪谦应邀参加石里克小组即所谓"维也纳学派"的周四讨论会,成为维也纳学派唯一来自中国的成员。1934年洪谦在导师的指导下完成了毕业论文《现代物理学中的因果性问题》,在这篇论文中,他援引当时量子物理学最前沿的成果,反驳了传统哲学中对于因果观念的看法。据说,这篇论文"得到测不准关系的提出者海森堡的高度赞扬",诺贝尔物理学奖获得者玻尔参加了他的答辩。洪谦获得维也纳大学哲学博士学位。1937年洪谦回到自己的祖国。多年来,不管他走到哪里,导师石里克的画像始终挂在他的卧室墙上,即

---

* 洪啸吟:《我所知道的著名哲学家洪谦教授》,原载于《外国哲学》第36辑,2019年1月,第19页。这部分关于洪谦先生的生平经历参看了"洪谦先生学术年表",载洪谦:《论逻辑经验主义》,商务印书馆,2017年12月,第398页。

便十年内乱也没有取下。*

1930年代后期,纳粹主义在德国奥地利兴起,维也纳学派的一些成员受到迫害,相继流亡到美国、英国等国。维也纳学派解体了,逻辑实证主义的中心由欧洲大陆转移到美国,继续对西方思想界产生重大影响。到1970年代末,中国大陆重新开放门户时,洪谦先生惊讶地发现他已是西方哲学界声势浩大的分析哲学和科学哲学中资格最老的元老之一。当年有幸亲身参加"维也纳哲学小组"讨论的成员,只剩英国的艾耶尔[8]、美国的蒯因[9]及中国的洪谦等寥寥几人。而要"论资排辈"的话,洪谦还在艾耶尔之上。**

洪谦先生重新回到国际哲学界的视野。1980年代初,"英国研究维特根斯坦的知名学者麦金纳斯,以及原属分析哲学后自立门户的美国哲学家罗蒂等人访问北京时,在洪先生面前恭敬而执弟子之礼"。1984年维也纳大学为洪谦先生取得博士学位五十周年举行了隆重的学术纪念会,并授予荣誉博士称号。此后年逾古稀的洪谦先生重新握笔,在国际学术刊物上发表文章,访问维也纳大学、牛津大学、东京大学,参加维特根斯坦、石里克与纽拉特哲学讨论会。在生命的最后岁月里,他获得牛津大学和中国社会科学院的支持,出任中英暑期哲学学院的名誉院长。***

---

* 洪啸吟:《我所知道的著名哲学家洪谦教授》,原载于《外国哲学》第36辑,第19页。

** 关于洪谦先生及其学术实践,参见甘阳:《将错就错》代序《记念洪谦先生于北大外哲所》,生活·读书·新知三联书店,2019年。

*** 赵星宇、韩林合:《洪谦:暗随流水到天涯》,原载于《光明日报》,2022年4月18日。

1992年洪谦先生逝世，英国《泰晤士报》《卫报》《独立报》均发表了长篇讣告，称他是"世界上最后一位彻底的逻辑经验主义者"。

第二个"唯一"——引原清华大学新雅书院院长甘阳的话："在1949年以后的中国大陆思想学术重镇中，没有接受'思想改造'的，洪谦或许是唯一的一人。"*

洪谦先生捍卫自己的基本哲学立场，保持独立的人格，在学术界是出了名的。北京大学陈启伟教授评价洪谦先生：他从不戴面具，从不挂脸谱。他从不因迫于某种压力或为迎合某种需要而违心地说话，违心地著文。**

1940年代，洪谦先生回国不久，开始"两手抓"，一边系统介绍"原汁原味"的维也纳学派科学观、哲学观和世界观，一边发扬分析哲学的批判精神，相继批判了传统的形而上学、康德的先天论、现象论和精神科学派、马赫的实证论哲学等，还和冯友兰进行了一次逻辑论和新理学的公开交锋，这是中国当代哲学史上一次有趣的辩论。

而到了上个世纪五六十年代，时局发生了很大的变化，对知识分子"洗澡、洗脑"的思想改造运动一波接一波，洪谦先生的不少观点成为批判的靶子。但1957年春天，他仍然在《人民日报》发表了《应该重视西方哲学史的研究》和《不要害怕唯心主义》两篇文章。据说，收到来自高层的口信，不允许他以自己的名字

---

* 甘阳：《将错就错》代序《记念洪谦先生于北大外哲所》，2019年。

** 陈启伟：《西方哲学研究：陈启伟三十年哲学文存》，商务印书馆，2015年，第941页。

发表有关维也纳学派哲学的文章，从此他停笔封口了，成为一座学术的孤岛：孤独求败观四海，拔剑四顾心茫然。

甘阳在分析洪谦先生的"顽固"时说："洪先生的内在支持力并不来自某种独特的政治立场，而来自他的基本学术立场，确切地说，是来自于他早已形成的对英国经验论哲学传统及维也纳科学哲学精神的坚定信念。他之所以没有接受马克思主义，是因为马克思主义不能说服他放弃自己的这一基本哲学立场。"*

其实洪谦先生早在德奥留学期间，就与中共旅德支部的共产党人有往来，为《洪流》杂志写过不少文章。新中国成立前后，他的政界重量级朋友们也曾向他发出过各种邀约。但洪谦先生只愿做一个大学教授，潜心做学问。他没有加入任何党派。他的特立独行，未曾被政治浪潮所左右和吓退，反而成就了"一介书生胆气豪"的佳话。

在这次写作中，我搜寻到关于北京大学外国哲学研究所的一些往事，意外地发现：这个所竟是毛泽东提议建立并点名让洪谦先生担任所长的。洪谦先生学术立场的"顽固"，不仅四十年来一以贯之，而且是公开的、坦诚的。1965年，毛泽东提议建立一个专门研究西方现代思想的机构，派胡乔木亲自登门拜访洪先生转达毛泽东本人邀请他出任所长。这才有了中国大陆1949年以后第一个专门研究现代西方哲学的学术重镇——北京大学外国哲学研究所。

这个所的全盛时期是在改革开放的1980年代。据甘阳回忆：

---

* 甘阳：《将错就错》代序《记念洪谦先生于北大外哲所》，2019年。

"当时所内的学术气氛是极其自由而又热烈的,我们可以阅读现代西方的任何著作,可以毫无顾忌地讨论任何问题,从未有过任何意识形态的干扰。该所的学风也与外界颇有不同,例如,就中国大陆整体而言,'文革'后最早引入并引起讨论的西方现代哲学很可理解地首先是新马克思主义,特别是法兰克福学派、阿尔都塞的结构马克思主义,以及意大利的葛兰西(其《狱中笔记》中译本成为大陆这方面的最早译作之一,似早在1980年前)等。但在北大外哲所,则迥异其趣。这里的主流,同样很可理解地,一是与洪先生有渊源的分析哲学与科学哲学,一是与熊先生有渊源的现象学和诠释学。"*

洪谦先生对待哲学的各个流派都毫无芥蒂,就学术论学术,尊重差异、兼容并包。他对其他学者的学生也视如己出,所以在他身后,不仅分析哲学、逻辑学的研究者怀念他,从事古典哲学、现象学以及新马克思主义等领域的后学也怀念他。

这段时间洪谦先生是快乐的。经常有学生去他家里聊天,不过这时燕东园26号小楼已被征用拆建,洪家搬到了北大二公寓。据北大哲学系85级的汤贺伟回忆,"洪先生家不大,也较凉快,午后的阳光因树叶遮挡照进来的不多,书桌的周围布满了中外文书籍,斑驳光影中让我有些炫目",哲学系77级本科的王炜回忆,先生坐在藤椅上,他从不摆架子,可敬可爱,有时像顽童般天真,讲到有趣之事,他会哈哈大笑,笑得前仰后合。

甘阳讲起发生在这间书房里一件让他难忘的往事:"那是一天

---

* 甘阳:《将错就错》代序《记念洪谦先生于北大外哲所》,2019年。

傍晚在洪先生家里聊天,一直聊得很高兴,不知怎么聊到了恩格斯的《自然辩证法》,我脱口而出以极其不屑一顾的轻侮口气将此书贬入'狗屁不通'一类。未料先生竟勃然变色,尽管他没有提高声音,但有几句话的语气却是非常重的:'这不好,这很不好,年轻人不能这样,学术是学术!'"甘阳说:"在我与洪先生的几年交往中,这是唯一一次先生对我给以颜色。"

事后深思,甘阳对洪谦先生有了更深一层的认知:"他是这样一种非常纯粹型的学者:一方面,他之所以一直不接受马克思主义,是因为马克思主义哲学无法使他信服自己的哲学信念和方法是错的;但另一方面,他对马克思主义的态度又是非常严肃的,从不出以轻侮、谩骂之心,因为他同样是从学术的角度力图客观地了解它、认识它……我对先生最感佩、最心折的正是这一点……先生几十年来的态度真正是一以贯之,始终严肃不二的。"*

洪谦先生是非常西方化的,他对自己的学生从不会建议你应该学什么,不应该学什么。在他看来,这些都是纯粹个人选择的事。对自己的两个儿子也同样。

大儿子洪元颐一零一中学毕业考大学时,别人都收到一份录取通知书,他却收到一张粉红色的纸,要他到高考委员会谈话。洪谦先生陪着儿子到了指定地点,见到了周培源先生(当时的高考委员会主任),周先生说:"您怎么也来了?"原来当时国家建设需要培养一批理工科学生,八大学院建成不久正在招生,周培

---

* 甘阳:《将错就错》代序《记念洪谦先生于北大外哲所》,2019年。

源先生亲自上阵挑学生。洪元颐说："我妈嘱咐过：一不上矿院，二不进地质。但周伯伯告诉我这都是国家建设需要发展的重要专业。正好矿业学院院长进来了，周伯伯让我和他谈，他和我父亲聊天去了。后来我决定上矿业学院了，整个过程父亲没有说过一句话。"

洪元颐在北京矿业学院学的自动化专业，毕业后下放到河南，十年以后回京，几乎在京城各大设计院都工作过，业内人士都在使用他所撰写的《中国电气工程大典：建筑电气工程》。洪元颐先后担任了1990年北京亚运会、2008年北京奥运会体育场馆电气工程总负责人。在北京奥运会的建设中，他敢于拍板，协调各方，实现了与国际标准接轨的体育场馆电气工程升级换代。这是他职业生涯的高光时刻。

至于洪家的老二洪元硕，在读北大附中时，被北京足球队看上、要他当专业球员。洪谦先生是不大愿意的，甚至明确表示了不同意，但最后还是听从了儿子的选择。他告诫："踢球一定要踢出名堂来，否则就不要去！"后来洪元硕以"小快灵"的踢法成为足坛名将，洪谦先生自嘲地说："他比我的名气大。"

洪家两兄弟都有运动天赋，洪元颐在中学时，夺过北京市跳高第三名、三项全能第二名。他也喜爱踢足球，踢的是右前卫。不过他说："崽崽踢足球不是跟我学的，是跟着北大足球队的三个队员学的，那三人都是化学系的，是我母亲的学生。他们蹬着一辆三轮板车上球场，车上拉着一个大竹筐，里边放着足球，还坐着崽崽。"

洪元硕是我们燕东园二代的骄傲。在中国足球运动员里他的家庭背景是独一无二的。他当过北京足球队队长，也入选过国家队。1988年40岁退役，在北京体育学院进修两年后正式走上教练岗位，扎根青训。1992年底北京国安队成立，高峰、曹限东、邓乐军、周宁、杨晨、陶伟、黄博文等国安名将在青少年时期均受教于洪元硕。2009年9月62岁的洪元硕临危受命，接过国安队教鞭，披挂上阵，率队赢得职业联赛以来首个冠军，引发"久旱盼雨"的北京球迷满城狂欢。洪元硕被国脚们、球迷们奉为"洪老爷子"。

2015年8月1日，洪元硕因患癌症去世，享年67岁。著名足球评论员张路说，洪指导把一生都献给了足球事业，他是最纯粹的足球人。和他的父亲洪谦先生一样，父子两人毕生事业都得到了"最纯粹"的评价。

2020年秋天我去徽州旅游，意外地与洪谦先生有一次超越时空的相遇。当地的民间文物保护专家向我极力推荐歙县南乡三阳坑，那是一个典型的徽州村庄，粉墙黛瓦，山清水秀，他们说这是大哲学家洪谦先生的祖居，家乡的人都以洪谦先生自豪。怪不得洪谦先生说话时略带一点三阳的乡音。而且一直有传说，1962年他听说家乡安徽闹饥荒，拍案而起，慷慨激昂地要找上头理论。

在洪谦先生的祖居，我听到了关于他青少年时代遇到康有为、梁启超两位贵人的故事。他原名洪宝瑜，字瘦石，生于1909年，兄弟五人，他排行老二。他十四五岁写过一篇关于王阳明的文章登在报纸上，被康有为看中。康有为把这位少年推荐给梁启超，同时建议他改名为洪谦，以防他有孤傲的倾向，让他时时自警之。而梁启超将洪谦收为关门弟子，并送他去日本留学。他曾赠予洪谦一手书条幅：

> 故人造我庐，遗我双松树。
> 微尚讬荣木，贞心写豪素。
> 其下为直干，离立复盘互；
> 其上枝柯交，天半起苍雾。
> 由来养大材，首在植根固。
> 亦恃骨鲠友，相倚相夹辅。
> 不然匪风会，独立能无惧？
> 秋气日棱棱，群卉迭新故。
> 空山白云多，大壑沧波注。
> 耦影保岁寒，庶谢斤斧慕。

梁启超的条幅收录在洪谦所著的《维也纳学派哲学》一书中。*

洪谦先生的著作不多，留下的都是最硬核、最学术的部分。译著却很多，他主持翻译了《逻辑经验主义》《古希腊罗马哲学》《十六—十八世纪西欧各国哲学》《十八世纪法国哲学》《十八世纪末—十九世纪初德国哲学》等一系列西方哲学史上的经典作品。他希望后学者能够借此受到完整的科学、逻辑学和哲学史的滋养。

---

* 洪谦：《维也纳学派哲学》，北京出版社，2022年，第4页。

26

住户名单　　　　　　　　　1926年—1966年6月

东大地时期　-　吴路义（Louis E. Woolferz）　燕京大学西语系教授

燕东园时期
- 吴达元　北京大学西语系教授
- 陈穗翘　北京大学西语系资料室
- 洪　谦　北京大学哲学系教授
- 何玉贞　北京大学化学系教师

桥东29号楼

在我的印象里，燕东园几乎没有全职太太，各家的伯母们，天天都早出晚归地去上班。我的母亲也是如此。1952年以后，她在北京大学幼儿园当音乐老师。1954年1月，我家第五个孩子徐浣出生了。母亲休完产假，不再去北大幼儿园上班。她有燕京大学音乐系的学位，主修过钢琴，当时很需要这样的专业人才，有几个单位想调她去工作。听母亲说，一个是进文艺圈，到北京电影制片厂乐团；一个是进教育圈，北京师范大学音乐系需要教员。母亲选择了后者，她说："家里孩子多，大学里的工作更稳定一些，还有寒暑假。"

1952年院系调整，燕京大学教育系并入了北师大，还有一所与燕京、北大、清华齐名的辅仁大学，也大部分并入北师大。母亲到北师大上班的时候，北太平庄的新校址刚落成，原来在和平门外新华街的旧北师大，以及在涛贝勒府南院的辅仁大学，正在分批陆续迁入。母亲入职的音乐系，当时还在城里辅仁旧址，有汉白玉的大拱门，教学楼屋顶铺着绿琉璃瓦。她主教钢琴和乐理。两年以后，母亲才转到北师大新校区上班。

无论到涛贝勒府南院，还是到北太平庄新校区，母亲上班的路程都很远，且出家门只有一条公共汽车线路可乘。这条被两行杨树夹着的马路，当年跑着颐和园——平安里的31路公共汽车，在清华西门有一站，然后向南再向东驶去，沿线经过八大学院。母亲天天赶车，售票员都认识她，有时她忘记带月票了，或者偶尔月票过期还没有换，售票员从来不为难她，还亲亲热热地打招呼。母亲告诉我，车友们中一些年轻的妈妈，抱着孩子每天风雨无阻地赶车，她看着这些襁褓中的孩子如何一天天长大，有一天竟可以牵着大人的手自己上下车了。

1956年，母亲又面临一次职业的选择。那时高校院系还在调整，北京师范大学音乐系、美术系被通知与东北师大音乐系、华东师大音乐系合并成立北京艺术师范学院。母亲可以去这所新的学院，也可以留在北师大，那就要去一个新的系科了。当时北师大教育系有一个学前教育专业需要教音乐的老师，于是母亲欣然投奔那里。

上个世纪五六十年代北师大教育系学前教育专业很有名气，它是新中国成立以后，高校第一个创建的专业，有数位幼儿教育的名师坐镇。母亲到这个新单位报道之后，发现其中资格最老的一位名师骆涵素先生，竟然是我们家的邻居，就住在燕东园桥东29号。

提供一个坐标系：燕东园的那座旱桥，桥西两角，北边那个院子是我们家40号，南边是41号；桥东两角，北边那个院子是30号，南边就是29号。因此我家和29号仅一桥之隔，是斜对过的近邻。

29号住着两家。著名经济学家赵迺抟先生住楼上，另一位著名经济学家周炳琳先生住楼下。

图9-6 周炳琳先生(右)和
赵迺抟先生(左)在29号楼前合影

一张珍贵的照片。冬日的暖阳下,赵先生长须髯髯,一袭棉袍;周先生笑容温煦,神态安详。

赵迺抟、骆涵素夫妇

这是在燕东园里很少见的一对老人,一年四季都身着老派的中式服装。

记忆里的赵公公,布衣长袍,连鞋子的式样也是软软的布面老头鞋;赵婆婆身材娇小,一袭旗袍,喜欢系一条方丝巾。

这次写作翻查资料时,发现赵公公1940年代末在北大经济系教书时，就是这样的打扮：他当时刚50岁，常年一袭长袍，缕缕银髯飘拂在胸前，气度不凡，雍容儒雅，显出典型的学者风范。他亲自讲授经济系一年级的主课《经济学》。第一堂课在讲课前，先在黑板上写下苏轼的《题西林壁》，意思是让大家学习经济学要抱着客观的态度。他一口吴侬软语，娓娓而谈，十分动听。他教学认真严格，规定本系同学《经济学》期终考试成绩，必须达到七十分才算及格，否则不能升级。*

《中国经济学家人物研究》一书提出了"中国20世纪最早的十五位经济学家名单"，赵迺抟先生榜上有名。"最早"指的是"19世纪末即1900年以前出生、并活跃于20世纪30年代以前的那一代人"。名单按照出生年月排列，赵迺抟先生名列第十一位。文章指出，"他们的共同特点是都有留学的经历，是经济学界的第一批'海归'"**。

赵迺抟先生生于1897年，杭州人。他中学时考入了杭府中学，校长是著名教育家、钱学森的父亲钱家治[10]。1915年他中学毕业，顺利考入北京大学预科。1918年赵迺抟以优异的成绩预科毕业，取得了免试升入本科的资格，他选择了法科经济门。就在此时，家中突遭经济变故，需要他回到杭州教书挣钱。离京前，赵迺抟向中学时的老校长钱家治先生（他已调至北京的教育部任职）辞行，钱先生听了很惋惜，提出要帮他找工作，助他勤工俭学。果然，赵迺抟返杭的第二天，就接到了钱家治的电报，说已

---

* 《北大红楼旧址饱经沧桑，抗战时被日占为宪兵本部》，原载于"中国新闻网"，2013年11月，转引自《北京晚报》。

** 白卫星编著：《中国经济学家人物研究》，山西经济出版社，2021年，第8页。

为他找到晚间教学的家庭教师职务，劝他回京升学。赵迺抟立即回京上学，读书期间兼任了几项工作：一是去前清名相翁同龢[11]的后人家里做家庭教师，利用晚间给翁同龢的几个曾孙辅导功课；二是给在京读中学的钱学森辅导中文和英文；三是被蔡元培兼任馆长的国史馆聘任为编辑。得到贵人相助，赵迺抟课内勤学不倦，终于1922年夏天顺利毕业，冬天又以复试第一名的成绩被录取为留美官费生。

1923年赵迺抟赴美国哥伦比亚大学政治科学院攻读经济理论，1924年获文学硕士学位，1929年获博士学位。他师从著名经济学家赛里格曼[12]，他的博士论文选择了英国制度经济学派创始人之一的理查德·琼斯进行研究。他收集到琼斯的16种经济学著作、关于琼斯的74种书籍、52篇论文以及大量书信，高质量完成了《理查德·琼斯：一位早期英国的制度经济学家》博士论文。现在被全世界经济学界普遍采用的"制度经济学"这个术语，就是在他的博士论文中率先概括和使用的。*

再说骆涵素先生，她生于1898年，浙江诸暨人。从小被叔父带到杭州就读于叔父任教的小学。16岁因成绩优异被保送师范。20岁师范毕业后留附小任教。早在1915年，赵迺抟的父亲与骆涵素的叔父相识，便为一对小儿女定下了终身。1918年赵迺抟先生离开杭州北上之前与骆涵素订了婚。骆涵素这时已在杭州师范附小教书了，但她执意追随未婚夫，第二年考取了浙江省官费

---

* 高增德、丁东编：《世纪学人自述》（第一卷），北京十月文艺出版社，2000年，第178—184页。

保送上北京女高师的三个名额之一，也进京读书了。1923年赵迺抟赴美留学前与骆涵素完婚。这时的骆涵素已从北京女高师化学系毕业，留在女附中教书。她再次下决心追随夫君，当1925年国家首次招收女子官费留学生时，骆涵素先生以第一名的成绩被录取，于1926年进入哥伦比亚大学师范学院攻读营养学，1929年获自然科学硕士学位，是我国为数极少的第一代营养学家。她晚年的时候对孙女赵谊平说："我的两次追随，就是为了配得上自己的夫君！"

夫妻二人又留美一年，在此期间喜得长子，为了表达"双双折桂凯旋"的心情，取名为"凯华"。赵迺抟先生的博士论文于1930年在纽约出版，年底他便携妻、子回国，同船还带回来了一大箱珍贵的书籍。

赵迺抟先生回国后即被聘为北京大学经济系研究教授，之后相继在长沙临时大学、西南联大经济系任教授、系主任，抗日战争胜利后继续担任北京大学经济系主任直到1952年他主动告辞，而任职北大经济系教授直到去世。回望他的一生，在北京大学经济系执教五十五年，担任了十八年系主任。骆涵素先生抗战胜利后，1946年担任了北京师范大学家政系主任，1952年转任保育系主任，保育系并入教育系之后，她继续从教，主讲学前儿童营养学、学校卫生学等，并建立了全国第一个学校卫生教研组。

1952年10月，赵迺抟、骆涵素夫妇从东四十条的北大宿舍搬到燕东园29号。掐指算算，园子里没有几位1900年以前生人。两人不仅年长，而且拥有1920年代夫妻双双游学西方的经历，西学功底深厚，但他们从不显山露水，如此低调、敦厚、谦和、淡泊，在众人眼里就是一对慈眉善目、平凡普通的老人。

图9-7 赵家祖孙在29号院子里留影，自左至右：骆涵素膝上小女孩为赵力红，赵迺抟膝上小女孩为赵谊平

他们有四个儿子：生于1930年的赵凯华，生于1931年的赵壮华，生于1932年的赵匡华，生于1935年的赵稷华。1959年在北大教书的老大和老三各自的女儿赵谊平、赵力红相继出生。

赵谊平说："我爷爷奶奶没生女儿，就认了十几个好友的女儿作干女儿，我和堂妹是孙辈里的老大老二，他们自然稀罕得不得了。我们平时上幼儿园全托，周末和寒暑假时，基本上就住在燕东园29号。"爷爷教她们写大字，训练她们对对子。她记得爷爷有一个特殊的奖励方法：每次小孙女能够乖乖地写完几篇大字（描红模子），爷爷就给她们讲几回《西游记》。

29号的院子很大，树很多。赵谊平记得院子东边，靠近28号翦伯赞先生家的那片草地上，长着好几棵高高的树冠很大的树，说不上都是什么树,但可以肯定没有一棵树是重样的。南面的草坪上有一棵龙爪槐,一棵梨树。西南角上的一棵白皮松给两个小姑娘带来很多快乐,她们带着小伙伴爬树分别坐在不同的树杈上,说说笑笑。在松柏围墙里,在遍地花草间,爷爷看着她们尽情玩耍。

赵谊平说:"爷爷喜欢种花,满院子里都有他种的花花草草,房间里也摆着他精心侍弄的盆花。"是啊,我们都记得赵公公家养着一盆硕大的昙花,有一年夜间"昙花一现"的时候,赵公公赵婆婆殷勤地招呼我的父母举着手电筒去围观盛景。我妹妹徐浣和赵公公交往较多,在她的印象中:"赵公公在自家园内整花弄草,灰色长袍斜扎,露出宽宽的布衣裤脚,加上他那特有的抵胸白须,花白银发,灰白相间的寿眉,是个神仙形象的乐呵呵老人。"

我问赵谊平:"奶奶也喜欢种花吗?"

她回答:"夫唱妇随,我奶奶是贤妻良母的典范。她为了让爷爷暂离书堆——舒缓大脑并强健腿力,每年都陪着爷爷一起按着各种花期时令去中山公园、颐和园等各大公园看花。"

骆涵素先生1964年6月退休,获北京师范大学荣誉证书。退下来之后,她全力辅佐赵迺抟先生辑集整理中国经济思想史的资料,在生活上细心照顾他,在精神上鼓励支持他,成为赵迺抟先生的得力助手。

赵迺抟先生早年间就是一位研究欧美经济思想史的大家。1949年之前他在北大、西南联大的讲台上,一直主讲经济学原理和经济思想史课程。集二十年研究和授课的结晶之作《欧美经济学史》于1948年作为正中书局的"大学用书"正式出版。1949年该书局迁至台北,继续发行了十余版,在台湾和海外是经济学学生必读书之一。(有多家大陆出版社曾来商谈出版,皆因没有版权作罢。直到正中书局倒闭,此书终于2021年在大陆出版)。

1949年初北平解放以后,赵迺抟先生努力跟上新时代的步伐,在北大停开了"经济学概论",新开了"政治经济学"和"价格概论"。他还接受同学们的建议,积极延聘王学文、薛暮桥、郭大力、狄超白、千家驹等经济学家来校讲授新中国经济建设迫切需要的各门课程。1949年夏天他主动请辞了系主任一职,专任教授。1952年,他开始了学术转型,从研究欧美经济学史转向研究中国经济思想史,着手编辑一部中国经济史文献方面的学术专著。

这是一个浩大的研究计划。赵迺抟先生所要辑集整理的史料包括历代经济和经世思想两大类,他打算首先将分散在经史子集中的、有关经世思想这部分的大量资料统统整理出来。

进行这项工作的第一步,必须博览古籍,最广泛地搜集史料。在浩瀚的文献海洋中,他发掘湮没、钩沉抉奇。仅《四库全书总目提要》他就读过好几遍。为寻找一本书或查阅史料,他经常到北京图书馆借书,国子监、隆福寺旧书摊的摊主们都和他成了老熟人。讲一个寻书十年的故事:赵迺抟原只知道《大学衍义》,后来,他从《明史》上看到明代邱濬著有《大学衍义补》一书,为原书补充了财政、经济方面的内容,这正是他辑集整理中国经济思想史料所需要的。为了找到这本书,他跑遍了旧书店,整整留心了十年,直到20世纪60年代后期,才在新出版的《明经世文编》中找到这本书。

赵迺抟先生在《资本论》中看到，马克思谈到货币问题时曾举例引用了中国清代王茂荫关于货币的论述，这也是马克思在《资本论》全书中唯一提到的中国人。于是他广泛查阅清代史料，终于寻觅到《王茂荫奏稿》，充实了文献的内容。*这次写作中我有一个有趣的发现：王茂荫的曾外孙就是住在燕东园26号的洪谦先生，我很好奇，赵迺抟先生当时是否知道呢？

赵谊平在爷爷遗存有几本记录生活账目的日记中，看到每天的开篇都是这样的。

> 晨七时在院中读后汉书。
> 晨在院中披阅列传数页。
> 上午做卡片摘录二页，下午菊花换盆。
> 清晨在院中做卡片二页，午后做二页。
> 上午披阅梁书本纪二页。
> 晨七时余在院中长板上做卡片摘录。

赵迺抟以惊人毅力涉猎了大量古籍，所查阅过的书籍许多都是几十卷到百余卷，这些书多为缩印本，阅读起来很耗眼力，他不得已用放大镜一行一行读。孙女赵谊平说："如今翻开书页，还可看到爷爷在上面的圈圈点点、眉批小注。"她还谈到爷爷的卡

---

* 参见唐旬：《淘金者——〈披沙录〉作者赵迺抟》，原载于《人物》，1981年第2期，总第6期，第179页。

片,"全部史料抄在大小不同的卡片上,大的有十六开本那样大,小的只有书页的一半,一捆一捆理得整整齐齐。那卡片上一律是蝇头小楷,一笔不苟;行列整齐、标点分明,几乎找不到一处涂改的地方"。

1962年,赵洓抟先生患甲状腺肿瘤住院,未等病愈即出院。1963年底他又因肝炎再次住院,病情稍有好转,就要求夫人送书送卡片,许多史料的卡片是在病床上整理抄写出来的。

1966年9月4日,赵洓抟惨遭抄家,全部手稿卡片被抄,资料亦遭没收,部分文献书籍被毁,早年从事教学工作时写的讲义全部被抄走。

孙女赵谊平回忆:"抄家那天我和堂妹并不知道,我们下午从北大附小放学后,来到爷爷奶奶家。按过门铃不久奶奶下楼开了门,但是反常地堵在那里不让我们进去,还给了我们一些钢镚儿,让我们去成府街买零食吃。我看奶奶神色不对以为爷爷生病了,就嗖的一下从奶奶腋下钻了进去。刚要上楼梯就傻了,满眼全是厚厚的碎纸,根本看不见楼梯。我踩着碎纸艰难攀爬,地上还有摔碎的瓷器,撕毁的字画……上到二楼后一下惊呆了,只见爷爷坐在书桌前欲哭无泪,凌乱的白髯瑟瑟地颤抖着。听到奶奶喊我下楼,我才回过神来,从楼梯扶手上滑了下去。看着堂妹在花园里无忧无虑地玩儿,奶奶轻声说:'刚才看见的不要跟妹妹说,最近先不要来了。'"

第二天老两口一起,默默地把散乱、撕毁的书籍一一整理好,又偷偷开始辑集史料的工作。

1980年代初,时任中共中央书记处书记、兼任中国社科院副院长的邓力群（他曾是北大经济系的学生）来北大看望赵迺抟先生，得知恩师正在编撰《披沙录》，说"这是一笔宝贵的财富"。力荐中国社会科学出版社出版。但北大不愿意花落别家，赶紧派人来约稿，于是《披沙录》（一）、《披沙录》（二）分别于1980年、1986年由北京大学出版社出版。

《披沙录》（一）本卷分上下两集。上集为《中国历代经世学者人名录》，辑录各种史书，包括《食货志》、《十通》、七种《明经世文献》、十四种清《经世文编》之中的经世学者籍贯、生平及著作。下集为《中国经济思想文献要籍简介》，扼要介绍了经书、子书、专集、史志、政书、类书、经世文编、诏令、责议、会典、言行表、实录、笔记、经济专题著述以及近代人有关经济思想史的论著。*

《披沙录》（二）上卷为《春秋战国时期诸子的经世思想》，下卷为《汉代诸子的经世思想》。

《光明日报》对赵迺抟先生的这部旷世巨著发出评论："中国经济思想史的科学著作很少，要在这方面有所成就，只能从系统地收集有关的资料开始；否则，研究工作只能建立在沙滩上。作为这一项事业的拓荒者赵迺抟教授，用他的心血铸造了一块基石……"**

赵迺抟先生桃李满天下。他在北京大学、西南联大教过的学生，有许多已经成为著名的学者、经济学家以及身居要职的领

---

* 参见赵迺抟编：《披沙录》（一），北京大学出版社，1980年；中外名人研究中心、中国文化资源开发中心编：《中国名著大辞典》，黄山出版社，1994年，第478页。

** 可参见高增德、丁东编：《世纪学人自述》（第一卷），第196页。

导。1981年5月27日，在钱学森、邓力群、陈振汉、厉以宁等的倡议下，北京大学经济系举办了"赵迺抟教授从事学术活动五十六周年（在北大任教五十周年）"庆祝会，许多老学生、老朋友、老同事纷至沓来，济济一堂。会上温馨的一幕：钱学森先生深情地回忆了1919年当他还是一个中学生的时候，赵迺抟先生为他辅导英文和古文，骆涵素师母为他辅导化学和物理。

1986年11月赵迺抟先生不幸摔倒，再未醒来。12月17日晨因多脏器衰竭去世，享年89岁。根据他生前的遗愿，家属将他的中外藏书一万余卷捐献给北京大学图书馆。将《披沙录》的稿费捐献给了经济系，设立为经济学奖学金。

骆涵素先生于1997年2月20日在燕东园29号家里睡梦中去世。享年99岁。

周炳琳、魏璧夫妇

29号楼下住着的也是一对老人，他们深居简出，难得一见其踪影。又因男主人周炳琳先生1963年离世，女主人魏璧几年后因抑郁症自杀，于是园子里住户对他们的记忆停留在1970年之前。在这次写作中，我才发现这对夫妇不凡的经历，他们从五四运动开始就积极参与了中国民主主义革命的历史进程。周炳琳先生走了一条漫漫风雨中的书生参政之路。

图9-8 上世纪50年代中期，北京大学经济系师生合影，前排自左至右：张友仁、熊正文、陈振汉、陈岱孙、赵迺抟、周炳琳、严仁赓

周炳琳1892年生人，比赵迺抟大五岁，他应该是当时燕东园里最年长的人了。他和赵迺抟先生同在北大经济系教书，两人是多年的挚友。赵谊平说："我们称呼他周公公。他和爷爷的关系非常好。"

她对周公公的记忆，出自一个不满5岁小女孩的视角："有时候我在院子里浇水玩，采指甲草的花，吹蒲公英的绒球，会看到周公公，他坐在楼前草坪的一把藤椅上，远远地看着我，当我跑近了，和他目光对视时，他会笑一笑。等我跑远了，他又继续抬起头，久久地凝视着前方。"

周炳琳先生是老北大人，1913年考入北京大学预科，1916年升入法科经济门，正逢那个觉醒年代。在蔡元培校长的支持下，以陈独秀、李大钊、胡适等为代表的北大教授，使北京大学成为新文化运动的主要阵地。青年周炳琳满腔热血投身其中。1919年1月，他与邓中夏、许德珩[13]等进步学生发起成立的《国民》杂志正式创刊，他们轮流担任主编，刊物的影响不断扩大，很快成为传播新文化运动的先声。同年3月，他与邓中夏、许德珩等又发起成立了"北京大学平民教育讲演团"。同年5月4日，作为那场著名学生运动的组织者之一，周炳琳带头冲进赵家楼，"当日火起之后，警察开始抓人，冲入曹宅的学生们纷纷越墙跑走。……周炳琳身穿灰色长袍，身上越墙所沾灰土未被发现，加以态度沉着，得以安全返校"*。周炳琳被称为五四运动的"健将"。

同一年7月，在李大钊的支持和指导下，周炳琳积极参与了少年中国学会的发起和成立。他在少年中国学会表现活跃，协助李大钊编辑会刊《少年中国》，并参与创办《少年世界》月刊。少年中国学会英才辈出，在民国政坛上大放异彩，深刻影响了中国近代历史。第一次国共合作前后，少年中国学会成员发生分流，大部分会员成为国民党左派或共产党的骨干力量。1920年，周炳琳参加了北京大学马克思学说研究会，并成为其中的积极分子。**

1920年7月，少年中国学会北京会员召开第一次年会，李大

---

* 张友仁：《周炳琳教授的一生》，收录于熊诗平、徐边主编：《经济学家之路》（第四辑），上海财经大学出版社，2004年，第80页。

** 张友仁：《周炳琳教授的一生》，收录于熊诗平、徐边主编：《经济学家之路》（第四辑），第81页。

钊、邓中夏等参加。颇有戏剧性的一幕,会议的主要内容是欢送周炳琳、康白情等会员出国留学。那时周炳琳已从北京大学毕业,经蔡元培校长选拔,得到穆藕初奖学金的资助,他与段锡朋、罗家伦、康白情、汪敬熙五人获得赴美留学的机会。当时有人把这五人出国深造与清末考察宪政的"五大臣"相比拟,称为学界的"五大臣出洋"。*

周炳琳先生在美国哥伦比亚大学主修社会科学理论,获硕士学位。后又留学英国伦敦大学政治经济学院、法国巴黎索邦大学和德国柏林大学等著名学府,研究经济学、政治学和法学。1925年周炳琳学成归国,经过一番欧风美雨,他最终并未沿着年轻时的道路成为一名社会主义革命者,而是怀抱民主政治的理想,走上另外一条书生救国之路。

1925年回国不久,经李大钊先生介绍,周炳琳加入了国民党。他开始尝试"由参加政府而寻求新中国的希望",他担任了国民党中央党部干事,加入了武汉国民政府外交部条约委员会,参与了收回汉口租界的斗争。1928年春,又应邀为《中央日报》撰写社论,出任国民党浙江省党务指导委员会委员兼组织部长,并作为浙江省六名代表之一出席了国民党第三次全国代表大会。然而,当他看到国民政府内部屡起党争,毅然放弃了继续从政的想法,返回学校任教。**

周炳琳先生1931年6月被聘为北京大学法学院院长,以后在

---

* 郭建荣、杨慕学编著:《北大的学子们》,中国经济出版社,2006年,第28页。

** 郭建荣、杨慕学编著:《北大的学子们》,第28页。

西南联大时期，在1946年迁回北平以后，他一直主持着北大法学院的院务，直至1949年3月年他主动请辞。全面抗战八年，用马叙伦的话说，"周先生任参政员兼北大教授，他的表现十足站在民主方面了"。"在昆明，每年的'五四'，周先生都要讲演、写文章……他是当时的学生代表，也是赵家楼的前哨尖兵，他抱着满腔的热忱与理想，参加了这个洪流，他希望苍老的中国经过它的洗礼，能够由黑暗过渡到黎明。"事实上，"五四以后的中国，政治上更趋专制和独裁，人民生活更是加深了痛苦……但是，周先生始终没有悲观，他更没有消极，他始终是站在现实的政治生活中"。*

1938年，周炳琳先生作为"各界信望人士"被选为国民参政员，参加国民参政会。1939年他担任了国民参政会副秘书长。同年2月，他与钱端升[14]、黄炎培等人联名提出了"请确立民主法治制度以奠定建国基础案"。他还参与了宪法起草委员会以及"五五宪章修正案"等立法工作。**

在国民参政会上，周炳琳先生多次批评蒋介石的内外政策，指出国民党统治区的"政治混乱"，国民党的统治必然失败。他慷慨陈词，针砭时弊，言辞犀利，八面出锋。他主张："只有民主政治才能抗战，也只有民主政治才能建国。民主政治须全盘的，

---

* 麦扬：《访问周炳琳》，载《五四特刊》，北京大学文艺社暨新诗社1947年版；转引自孙家红：《觉醒年代一书生：为周炳琳先生立传》，原载于《社会科学论坛》，2021年5月，第234页。

** 孙家红：《觉醒年代一书生：为周炳琳先生立传》，原载于《社会科学论坛》，第230页。

彻底的……"*

1945年10月，周炳琳和张奚若共同起草，与朱自清、李继侗、吴之椿、陈序经、陈岱孙、汤用彤、闻一多、钱端升十位教授联名致电蒋介石和毛泽东，提出对国是的主张，要求立即召开政治会议，成立联合政府。**

抗战后期和抗战胜利以后，国民党政权贪污腐化愈演愈烈，周炳琳先生无比失望，开始减少乃至断绝与南京政府的一切往来。1946年11月国民党当局不顾舆论反对，召开"伪国民大会"，周炳琳先生被推举为"新任国大代表"，但他公开表示不会出席此会。***

在周炳琳先生与国民政府渐行渐远时，与中国共产党的关系越走越近。北大经济系张友仁教授是周炳琳先生的外甥，他揭示了一段鲜为人知的关系：原来他的舅妈，也就是周炳琳夫人魏璧女士，与许德珩夫人劳君展女士是湖南长沙周南女校的同学，两人还都是湖南新民学会的初始会员，和毛泽东相熟。1920年12月魏、劳二人毕业后，一同赴法国勤工俭学，毛泽东曾于上海半淞园为她们钱行，随后又长期保持通信联系。

据张友仁教授的研究：1935年底，周炳琳、许德珩、魏璧、劳君展在北平得悉毛泽东经过二万五千里长征已经到达陕北，曾

---

* 孙家红：《觉醒年代一书生：为周炳琳先生立传》，原载于《社会科学论坛》，第229页。

** 张友仁：《周炳琳教授的一生》，收录于熊诗平、徐边主编：《经济学家之路》（第四辑），第101页。

*** 孙家红：《觉醒年代一书生：为周炳琳先生立传》，原载于《社会科学论坛》，第230页。

在一起商量共同出资，购买一批物资，送往陕北，对毛泽东他们胜利到达陕北表示亲切的慰问。

毛泽东收到礼物后，于1936年11月2日写信表示感谢。原信如下：

各位教授先生们：

收到惠赠各物（火腿、时表等），衷心感谢，不胜荣幸！我们与你们之间，精神上完全是一致的。我们的敌人只有一个，就是日本帝国主义，我们正准备一切迅速地进到团结全国出兵抗日，我们与你们见面之期已不远了。为驱逐日本帝国主义而奋斗，为中华民主共和国而奋斗，这是全国人民的旗帜，也就是我们与你们共同的旗帜！谨致民族革命的敬礼！

毛泽东
十一月二号*

1949年1月15日，北平市律师公会、农会、工会、商会、电车工会和妇女界等团体筹组成立"华北人民和平促进会"。何思源、周炳琳、康同璧、陆志韦、何基鸿、贺麟、张申府、张东荪、郑天挺、赵凤喈等作为社会贤达代表应邀参加。1月16日，"华北人民和平促进会"推举何思源、周炳琳、张东荪等十一名代表前往

---

* 毛泽东：《致许德珩等（一九三六年十一月二日）》，载《毛泽东书信选集》，人民出版社，1983年，第84页；转引自孙家红：《觉醒年代一书生：为周炳琳先生立传》，原载于《社会科学论坛》，第226—227页。

香山，访晤中共领导人叶剑英，寻求和平解决北平的问题。

1949年3月，北京饭店。毛泽东宴请为北平和平解放做出重要贡献的民主人士，他站在门厅与客人们一一握手，与周炳琳握手时风趣地说："你就是当年的'五大臣'呀！"

一个新世界就在眼前。周炳琳先生始料未及，历史竟是这样向他拉开帷幕：

1951年秋天，开始了对知识分子的思想改造运动。周炳琳先生被内定为北京大学的重点批判对象之一，据亲历者张友仁教授回忆，周先生因几次检讨难以通过，向校长马寅初表示拒绝再作检讨，并"愿承担一切后果"。周炳琳先生第四次检讨最终还是过了关。*

北京大学继续给周炳琳先生安排了教学任务。据北大档案馆藏档案，1954年"北大经济系新开课程"中有他新开的"外国经济史"课程，作为政治经济学的专业课，总计136学时，他的职称仍是教授。同年经济系"教材建设计划"中，也由他来主要负责"外国经济史"和"政治经济学"教材的编订工作。**

周炳琳先生加入了中国国民党革命委员会，任民革中央委员。当选为第二届、第三届全国政协委员。

张友仁教授回忆说：周先生的晚年是在思想矛盾中度过的。

---

* 张友仁：《周炳琳教授的一生》，第116页；孙家红：《觉醒年代一书生：为周炳琳先生立传》，原载于《社会科学论坛》，第239页。

** 孙家红：《觉醒年代一书生：为周炳琳先生立传》，原载于《社会科学论坛》，第240—241页。

1954年前后批判胡适思想,他表示看不出有什么问题,自己思想"混乱到了极点"。1957年反右运动开始,他表示无法理解,沉默不语,拒绝再作任何检查。

1963年10月24日,久病侵寻,周炳琳先生逝世于北京医院,享年71岁。

厉以宁与29号楼

著名经济学家厉以宁先生与燕东园29号小楼有一段不解之缘,他从1950年代还是大学二年级学生时起,就经常出入这栋小楼,楼下周家楼上赵家,熟门熟路。

厉以宁是先认识赵迺抟先生的。那时北大经济系还没有从城内原校址迁到西郊新校址。在沙滩区有一座法学院大楼,经济系、法律系、政治系三个系都在这里办公。楼内还有一个法学院图书阅览室,厉以宁是常客,没有课时,他就到那里去借书、阅读。当时赵迺抟先生刚从广西参加土改回来,也常去图书馆,他很奇怪,这里在座的素来都是教师,为什么这个20岁出头的学生这么勤快,老在这里读书?赵先生问厉以宁是几年级的,厉回答,他是刚入学的,一年级下学期的学生。那天他刚好读的是一本英文的西欧经济史,他一边读一边把书内的资料摘录在笔记本上。赵迺抟先生看了很感兴趣,说:"周炳琳教授是研究西欧经济史的,以后我请他指点指点你。"*他还说:"我家里书很多,有些书

---

* 厉以宁:《回忆周炳琳老师》,原载于《百年潮》,2010年第8期,第56—57页。

这里没有,你可以到我家里去看看。"

这个邀请在老北大迁到西郊燕园以后实现了。1952年冬季的一天,厉以宁来到燕东园29号小楼,进门,上楼梯,来到赵迺抟先生的书房。赵先生告诉他:"我已经向周先生提到你了,说有一个学生对西欧经济史很感兴趣,周先生说让他来找我吧。今天周先生在家,你去他家看看他,他会指教你的。"于是厉以宁下楼就到了周炳琳先生家。果然周先生和师母魏璧先生都在。周先生问厉以宁对什么问题感兴趣,厉回答说他一直想研究西欧从封建社会向资本主义社会的过渡问题。周先生很高兴:"现在的大学生对经济史感兴趣的人不多了。"*

从1952年冬天到1955年夏天,厉以宁每次到燕东园29号都是先到赵先生家,再到周先生家。两位先生家藏书颇丰,有些英文书是北大图书馆没有的。厉以宁常在他们家中借阅,向他们请教。他后来多次表示,这些书籍对他打下经济学和经济史的基础是非常有用的:"我常想,在大学学习阶段如果能比较扎实地打好基础,对今后的成长的影响,时间过去越久,越能有较深的体会。"**

厉以宁在大学毕业前夕曾写下一首诗:

---

* 厉以宁:《回忆周炳琳老师》,原载于《百年潮》,第57页。
** 厉以宁:《回忆周炳琳老师》,原载于《百年潮》,第57页。

减字木兰花
——陪赵迺抟老师、骆涵素师母游香山

繁花浅草,
蜂蝶随人香径小。
云淡风清,
春色依然岭上明。

山高几许,
手插柳条逢喜雨。
幼树新姿,
共盼迎来飞絮时。

他作的小注:"1955年初夏,已临我大学毕业前夕。周末,我陪赵迺抟老师、骆涵素师母游香山。自带面包、茶叶蛋、香肠、饮料,在草坪上席地而坐,尽欢而返。同游者还有马雍、张盛健、赵辉杰、傅正元同学。"*

厉以宁大学毕业后,因受某些问题牵累,虽然留校,但没有当上教员,只当了一名资料员,编制在北京大学经济系经济学史教研室。所幸分配给他的工作是作为周炳琳教授的助手,协助整

---

* 厉以宁:《沉沙无意却成洲,只计耕耘莫问收——难忘的大学生时期》,原载于《北大人》(秋季刊),2012年第3期,第21页。

理、收集外国经济史的资料。

厉以宁来到燕东园29号,这次他先到周先生家。周先生很高兴,给了他两个建议:第一,翻译一些苏联学者论述西欧经济史的资料,第二,把北大图书馆内所藏的两种最重要的经济史杂志《经济史杂志》(Journal of Economic History)和《经济史评论》(Economic History Review)历年刊载的经济史论文一一编写内容摘要。周先生说:"如果没有经济史的基础,经济理论是学不好的;如果没有对西方经济史的深刻研究,工业化一定会走弯路。"

厉以宁说:"这两句话影响了我一辈子的学习和研究。"*

从周先生家出来,厉以宁来到赵先生家。赵先生也很高兴:"你没有当教员,当了资料员,心里要想开些,不要计较名分,只要有真才实学,名分算个什么?"还说:"周先生为人正直,他很器重你,你继续努力,做学问吧!"**

厉以宁说:他们两老对我的培养、扶植,使我终生难忘。***

在这次写作时,我找到了厉以宁先生的一篇文章《回忆周炳琳老师》,此文写于2010年,这时的厉以宁已经是著名经济学家了,他连续担任过三届全国人大常委、三届全国政协常委,他提出的股份制改革理论、中国经济发展的非均衡理论以及对"双重

---

* 厉以宁:《沉沙无意却成洲,只计耕耘莫问收——难忘的大学生时期》,原载于《北大人》(秋季刊),第13页。
** 厉以宁:《回忆周炳琳老师》,原载于《百年潮》,第57页。
*** 厉以宁:《回忆周炳琳老师》,原载于《百年潮》,第57页。

转型"进行的理论探讨，都对中国经济的改革与发展产生了重要的深远的影响。但在这篇回忆老师的文章中，我读到完全不同的文风，一段段质朴、平实、深情的文字，怀旧中饱含着感恩与敬意。

有一些师生交往的叙述，令人印象深刻。

厉以宁回忆，他在翻译苏联学者波梁斯基所著《外国经济史（封建主义时代）》一书时的工作情况："我每译完一章，就整理出来，誊清交给周老师审阅。周老师仔细阅读，哪些译名需要斟酌，他都标上记号，同我商量。尤其是有关法兰克王国封建土地关系的术语译名，他都再三推敲。周老师的法语很好，但他依然十分谦虚，总是说'供你参考'。对于法国波旁王朝的社会性经济变更，他提了不少看法，这些都是他自己多年研究的心得。我记得当时他的一句插话：'现在对法国大革命中群众行为的评价似乎过头了。'虽然只是简短的一句，却令人深思。可惜那时我还年轻，对周老师这句话的理解还不深。"*

这本书于1957年初译完，交给了三联书店，1958年出版了。稿费归学校，厉以宁分得了约20%的劳务费。他结婚、安家和把家里老人由武汉接到北京来住，全靠这笔劳务费。以后是三年经济困难时期，食品供应紧张。厉以宁和妻子两地分居，已有了一个女儿厉放，租了海淀苏公家庙四号院三间简陋的平房居住，三间小房子加起来不过二十多平方米，上有外祖母、母亲，还有弟弟在北京一零一中学读书，他的生活相当艰难。"周老

---

* 厉以宁：《回忆周炳琳老师》，原载于《百年潮》，第57页。

师、赵老师两老都从北大步行到我简陋的家中来探望我。他们看到我家如此清苦而仍埋头读书和翻译,不断对我勉励和安慰。此情此景,至今我仍铭记于心。"*

从这时开始,厉以宁到燕东园29号找两位老先生请教时,谈话内容已经不限于经济史和经济学说史了,他们开始对现实的经济状况畅谈自己的看法。"周老师认为我人品可靠,所以在谈话中没有什么顾忌,直抒自己的观点。"**

1962年,周炳琳先生患上重病,住进了北京医院。厉以宁闻知匆匆赶到医院。那时周先生还能下床走动,师生二人在病房走廊的靠椅上交谈了很久。厉以宁在文中写道:"周老师清瘦多了。"周炳琳先生把话题转到厉以宁的工作上来,得知他还在研究外国经济史,还在和马雍同学着手翻译罗斯托夫采夫[15]的《罗马帝国社会经济史》,周先生笑了,他说:"这可是一部世界名著啊,罗斯托夫采夫另一部世界名著是《希腊化世界社会经济史》,译完这本再译那一本吧,你们都才30岁出头,大有可为啊。"***

1963年周炳琳先生病逝。厉以宁在追悼会上痛哭失声。师母魏璧先生握住他的手,一边流泪一边叮嘱:"周先生把研究工作的希望寄托在你的身上,你要多多努力啊!"****

1977年,厉以宁结束了二十二年资料室青灯黄卷式的生活,正式登上北大讲台,很快成为当时最受学生欢迎的老师。他从资

---

* 厉以宁:《回忆周炳琳老师》,原载于《百年潮》,第58页。
** 厉以宁:《回忆周炳琳老师》,原载于《百年潮》,第58页。
*** 厉以宁:《回忆周炳琳老师》,原载于《百年潮》,第58—59页。
**** 厉以宁:《回忆周炳琳老师》,原载于《百年潮》,第59页。

本论、经济史、经济思想史讲到统计学、会计学，前后讲过的课多达二十余门。他的课经济学系学生要听，其他专业的学生也常常来"蹭"，500人的大教室，连过道、走廊上也挤满了人，以至旁听的学生需提前领号，凭号入场。厉以宁的讲课生涯一直持续到2016年，他86岁的时候。*

他始终没有忘记恩师周炳琳先生。1993年，周先生逝世30周年，厉以宁写了一首七绝表达对先生的怀念和崇敬。

七绝
——纪念周炳琳老师逝世三十周年 一九九三年

旧事模糊淡淡痕，
只知冬冷未知春。
先生不顾潮流议，
夜半邀谈深闭门。

在周炳琳先生离去四十七年以后，80岁高龄的厉以宁提笔写下这篇《回忆周炳琳老师》。他说：

"可以告慰周老师的是，我们的外国经济史专著《资本主义的起源：比较经济史研究》《罗马—拜占庭经济史》已经出版；《工业化和制度调整：西欧经济史研究》即将出版；《希腊古代经济史》上下两卷：上卷《希腊城邦制度》、下卷《希腊化时期》，

---

* 参见陆正明：《厉以宁：无悔今生不自愁》，原载于《文汇报》，2019年9月2日。

正在整理过程中。此外,我的外国经济史论文集《西方经济史的探讨》也出版在即。尊敬的周老师,弟子从未忘记过您的嘱咐,尽我所能,在外国经济史研究中做出成绩。"*

图9-9 厉以宁在赵迺抟先生书房中请教

非常遗憾,没有找到厉以宁和周炳琳先生的合影。以他在赵迺抟先生书房中请教的照片,来还原当年发生在29号小楼的难忘的师生情吧。

厉以宁说:"赵迺抟先生给我最大的影响是在经济学领域内了解到制度经济学的产生和发展过程。渐渐地,我懂得制度经济学的意义。制度经济学在经济学说史上是以异端的面貌出现的,但制度经济学的传播无法限制,它独树一帜,形成对正统经济理

---

* 厉以宁:《回忆周炳琳老师》,原载于《百年潮》,第59页。

论的挑战。赵迺抟先生的教导，使我以后一直对制度经济学感兴趣。"*

赵谊平听爷爷这样说厉以宁："他是我的关门弟子，走读学生。"

尾声

2005年，北大附小扩建，要盖一座教学主楼。29号小楼被圈进去，不久就拆平了。2016年，赵谊平、赵力红那个年级的北大附小同学举行返校聚会，当同学们三五成群地在校园里参观，寻找当年的教室、操场时，赵谊平、赵力红姐俩彼此会意，躲开喧闹找到教学主楼，这栋楼正好坐落在她们原来的家29号小楼的位置上。姐妹两人绕着这栋五层楼走了一圈，赵谊平说："就想踏一踏29号的土地，那种感受别人是不可能体会的。"她们意外地发现，在围墙中还保留了一段原来29号北院的花砖墙，赵力红情不自禁，趴在姐姐的肩上哭了。

---

* 厉以宁：《沉沙无意却成洲，只计耕耘莫问收——难忘的大学生时期》，原载于《北大人》（秋季刊），第13页。

29

住户名单　　　　　　　　　　　　1926年—1966年6月

东大地时期　－　王克私（Philipe de Vargas）　燕京大学历史系教授

燕东园时期　⎡　赵迺抟　北京大学经济系教授
　　　　　　⎣　骆涵素　北京师范大学教育系教授
　　　　　　⎡　周炳琳　北京大学经济系教授
　　　　　　⎣　魏　璧　北京大学西语系教员

桥西38号
张景钺、崔之兰夫妇

1952年深秋的一天，14岁的张企明第一次走进燕东园桥西38号。新家的温暖和宽敞扑面而来：一进门，只见过道左边的小锅炉已经炉火熊熊地烧起了暖气。这是一栋两层楼的小洋房，楼下有客厅、饭厅、卧室、书房、阳光房、厨房、浴室、下房及储藏室。楼上是阁楼，有两间卧室和盥洗室。比在中老胡同的家大了不止一倍。

图9-10　1968年张景钺先生一家在燕东园38号楼前合影　后排站立者自左至右：崔之兰、张企明、李嘉陵（张企明的新婚妻子）、章锦芳（多年的保姆），中间坐者是张景钺

根据他对房间格局的描述，尤其是对阁楼的描述，你可能会很快联想到第二章所讲的我们家40号楼，林家21号楼还有那栋35号

楼。是的，38号楼和这几栋小楼的楼型一模一样，属于燕东园里带顶楼（大阁楼）的一层小楼之一。从下图背景的那座小楼，可以清晰地辨认出来。

楼型相同，院子可不同。38号位于桥西的尽北头，院子的东西方向空地很大，张企明记得：小楼东侧的一片竹林有100多竿竹子，靠近东边的围墙有杏树、枣树、槐树、椿树，还有一颗半朽的大柳树。院子中间有数株山樱桃，背阴处栽着玉簪花。院门朝西开，沿着甬道两边种着开黄花的萱草。他印象最深的是："从饭厅的西窗望出去，空气澄澈，沃野平畴，西山似乎就在眼前。"*

张企明生于1938年，园子里和他年龄相仿的那一代，都是我们的大哥哥大姐姐了。他们在1960年代相继上大学、参加工作，在燕东园里并不常见。留在我们少年的记忆中：张企明在未名湖上打冰球。我弟弟徐浩还记得他在38号院子外边，对着孔家大院高高的院墙练习打网球。

张企明是张景钺、崔之兰夫妇的独子。他的父母在燕东园里颇受敬重。两人同在北大生物系教书。张景钺先生是植物形态学家，一级教授。崔之兰先生是动物形态学家，二级教授。我粗略地统计了一下，燕东园里夫妇双双列入1956年9月高教部下发的一二级教授名单的，只有这一对，两人都是生物学家，同在一个系里，比肩而立，珠联璧合，令后人景仰。

---

* 张企明：《我记忆中的燕东园》，引自《财新》，2016年9月30日。

图9-11 张景钺、崔之兰夫妇和儿子张企明的合影

在本次写作中,我对崔之兰先生产生了浓厚的兴趣。搜寻以往的记忆,她只给我留下了一个严肃孤傲的背影,还有关于她研究"蝌蚪"(我们当年称为蛤蟆骨朵儿)的传说。这次我看了张企明写的《记忆中的燕东园》,又从史料中查到在第十八届中国科协年会女科学家高层论坛上,提出"女生物学家崔之兰,实验核物理学家何泽慧[16],天文学家叶淑(叔)华[17],材料科学家谢希德,和荣获诺贝尔奖的女药学家屠呦呦[18]等,都是我国科技女性的杰出代表"。崔之兰先生名列榜单第一位。我感到自己对她的了解太少了。在这次对燕东园的书写中,要好好打捞这位尊敬的女性长辈。

她从何处来?

崔之兰先生的老家在安徽黄山脚下的太平县。自她祖父那一辈就迁到芜湖,经营油糖纸张杂货,属于殷实之家。崔之兰于1902年12月出生,在芜湖读完小学中学。她17岁的时候,父亲去世,这时家庭经济状况已经衰落,仅靠少量房地产维持生计。家境的变迁，使她的母亲将希望寄托在女儿身上，一直勉励女儿发愤读书，做一个自立于社会的女性。

1919年夏天，崔之兰毕业于芜湖第二女子师范学校，乘轮船来到南京，1921年考取了东南大学农学院生物系。1926年毕业后留校任教，随中国著名生物学家陈桢教授做助教，带普通生物学的实验课。1927年秋，崔之兰应聘到南京中国科学社生物研究所，师从著名生物学家秉志[19]，开始了她毕生从事的动物组织学和胚胎学的研究。*

此处需要对崔之兰先生的两位导师作简要的介绍：第一位陈桢教授，1919年赴美留学，先在康奈尔大学进修，后师从国际遗传学大师摩尔根，是摩尔根实验室里第一个中国留学生（前文已经提到他，1952年至1956年陈桢教授就居住在燕东园27号）。他回国后任教的第一个高校就是东南大学。第二位秉志教授，资格比陈桢教授更老，他1909年赴美国康乃尔大学生物系学习，1913年获理学学士学位。1918年获哲学博士学位。毕业后，到费城韦斯特解剖学和生物研究所，随著名神经学家唐纳森从事脊椎动物神经学研究。1920年秉志回国。1921年在南京高等师范创建中国第一个生物系。也是在这一年南京高师改名为国立东南大学（1921—1927年，1928年再次改名为国立中央大学至1949年）。在从事教学工作的同时，秉志积极筹建"中国科学社生物研究所"，1922年8月18日，中国第一个生物研究所在南京成立，秉志

---

* 中国科学技术协会编：《中国科学技术专家传略：理学编》（生物学卷2），中国科学技术出版社，2001年，第123—124页。

任所长。*经过以上爬梳，大致廓清了生物学教育在中国的发展脉络，也可以得出这样一个判断：崔之兰先生就读于中国第一个生物系，师从两位名师，她的治学起点是很高的。

崔之兰先生在生物系上学时，有一个闺蜜，与她同班的张景茀。

图9-12 崔之兰和张景茀合影

照片中左边坐者为张景茀，右边立者为崔之兰。1920年代的民国女大学生，身着旗袍，头剪齐眉短发，眉目之间带着一缕温

---

*　李佩主编：《学在康大，志在中华——康奈尔大学的中国校友》，社会科学文献出版社，1999年，第3—4页。

婉和聪慧。

张景苻比崔之兰年长一岁,她的哥哥正是张景钺先生,张企明称她为四姑。张企明说:"我的老家在江苏武进,就是现在的常州。远祖张惠言是清嘉庆进士,翰林院编修,常州词派创始人,又是经学家,治《周易》,祖父张长佑,原来也住在武进的老家中,好诗文,善断案,先在湖北鄂遂做知县……后来在安徽当涂做了知府,这个大家庭也就在那里生了根。"*

张景钺先生出生于1895年。当涂距离芜湖不算远,为了能够上一个好一点的学校,张景钺中学时搬到了芜湖,后来毕业于芜湖圣雅各中学。他从小身体比较弱,上中学期间由于念书非常用功,从来不愿意落在人后,繁重的功课加上远离家人的照顾,使他患上了严重的胃病,不得不休学回家养病,一直到21岁(1916年)才考入清华学堂,1920年毕业后赴美留学,先入美国得克萨斯农学院,后来转入芝加哥大学植物系,师从国际著名植物学家张伯伦[20]攻读研究生课程,1925年获哲学博士学位。当年张景钺先生即回国,应聘南京东南大学生物学系教授,第二年兼生物学系主任,他开设了植物形态学、植物解剖学等多门课程。张景苻、崔之兰这时正在系里读书。

天作地和,成就了两对姻缘。张企明说:"四姑是我父母婚姻的牵线人。而四姑与四姑父雷海宗[21]的婚姻,我父亲是牵线人。"雷海宗是位学贯中西的历史学家,他在芝加哥大学留学时,和张景钺私交极好。于是,张景钺、崔之兰1928年在南京订婚,

---

* 张企明:《我记忆中的燕东园》,引自《财新》,2016年9月30日。

雷海宗、张景弗1930年在北平结婚。

张企明说:"母亲于1929年考取了安徽省半官费赴德留学的资格,到德国柏林大学(即现在的洪堡大学)哲学科动物系,攻读博士学位。"崔之兰先生决定去欧洲留学时已经27岁,而且已定有婚约,但为了继续深造,她独自一人远赴海外。留学期间她十分勤奋,每天在动物系听课,到医学院解剖生物学系做实验,在自己的住处读书,寒暑假所有实验室都不开放,她就到柏林图书馆学习。历经五年寒窗苦读,1934年完成学位论文《青蛙鼻腺的组织学观察》,顺利取得了哲学博士学位。

1934年崔之兰先生学成归国途中,回到老家看望年迈的母亲。老人家高兴极了,买来了大挂的响鞭,亲友们送来了对联,在当时落后闭塞的芜湖出了一个女博士,这是光宗耀祖的大事。老人家含辛茹苦一心把女儿培养成才,终于在晚年圆梦,她幸福的心情是可以想见的。崔之兰先生终身不忘母恩,她多次说过:自己那种自尊自信、不甘平庸的性格都是受母亲的影响。

崔之兰先生回到北京即与张景钺先生举行了婚礼。婚礼的地点在清华大学工字厅。这时崔之兰已应聘为北京大学生物系讲师。而张景钺先生担任北京大学生物系主任已有两年。在未婚妻赴德留学后,张景钺也再度出国进修深造,1931年到英国利兹大学,在著名的植物解剖学家普利斯特利[22]指导下从事植物解剖学研究工作。同年,又赴瑞士巴塞尔大学,在植物学教授薛卜(Otto Schoepp)指导下进行研究,学术视野与学术造诣进一步开阔与提升。1932年回国后即被聘为北京大学生物系教授,系主任。*

1937年夏天,张景钺、崔之兰去山东威海海滨度假。正在此时,爆发了卢沟桥事变,日本侵略军发动了全面侵华战争。夫妇两人逃难,由威海到上海再到长沙,最后长途跋涉到了昆明,落脚在西南联大,张景钺到生物系任教。但西南联大有一个规定:夫妻二人不能在同一所大学教书。有伯乐之称的云南大学校长熊庆来[23]先生慧眼识珠,遂聘崔之兰先生为云南大学生物系教授,很快又兼任系主任。

崔之兰先生获得了独当一面、发挥才能的好机会。当时云南大学师资极其缺乏,她一人承担了多门课程的讲授,包括动物学、比较解剖学、组织学、胚胎学等。与此同时,崔之兰先生坚持她的博士论文研究方向,在科研条件极其简陋的环境下,继续进行实验研究,她以昆明当地的黑斑蛙和多疣狭口蛙为材料,对无尾两栖类的发育进行了精细的观察和描述,并反复做了实验。1946年,她在英国显微科学季刊上连续发表了五篇有关两栖类胚胎发育的论文。这些成果推动了中国动物胚胎学研究逐步走向成熟,也奠定了崔之兰先生在中国动物形态学开拓者的地位。**

张企明说:"我母亲研究两栖类胚胎发育的重大科研成果,还有我父亲一生中最重要的论著《植物系统学》,都是在抗日战争大后方生活十分艰苦的条件下完成的。"回忆当时的情景:白

---

* 参见《张景钺:中国植物形态学和植物系统学的开拓者》,原载于"清华校友总会",2009年4月3日。转引自中国科学技术协会编:《中国科学技术专家传略:理学编》(生物学卷2)。

** 中国科学技术协会主编:《中国科学技术专家传略:理学编》(生物学卷2),第124—125页。

天防空警报不断。西南联大的北大宿舍在昆明郊区岗头村，张景钺、崔之兰先生与其他两家五口人挤住在一小栋土草平房里。生活虽苦，但精神状态甚佳，不仅学术创造力迸发，艺术才华也在绽放。《梅贻琦日记》里有这样一段文字提到崔之兰先生："晚于广播中听昆曲数段，为云飞君之《刺虎》，罗莘田之《弹词》，崔之兰之《游园》，张充和之《扫花》。"*还有文章补充说："她（崔之兰先生）是联大为数不多的女教授之一……崔先生几乎每次都唱《西楼记》。女教授，举止自然很端重，但是唱起曲子来却很'嗲'。崔先生的丈夫张先生也是教授，每次都陪崔先生一起来。张先生不唱，只是端坐着听，听得很入神。"**

抗日战争胜利后，1946年张景钺先生再去美国加州大学伯克利分校做访问学者，1947年回国先抵上海，然后北上至北京大学任生物系主任，并兼任理学院院长。而崔之兰先生一直留在昆明，为云南大学生物学系继续教授动物学和人体解剖学课程。1947年秋天她接到了清华大学的聘书，仍然坚持教完了一个学年，到1948年春节以后才返回北平。

张企明回忆："父亲带着我在三月底离开上海，乘招商局的锡麟号轮船赴天津。1947年3月20日起锚，一直是阴天，还有风浪，我是既晕飞机又晕船，好容易第三天入海河，在海河上又缓慢地走了多半天，可以站在甲板上透透气。早春的寒风伴着铅灰色的

---

* 　梅贻琦：《梅贻琦日记》，商务印书馆，2019年，第50页。
** 　汪曾祺：《晚翠园曲会》，收录于《细思往事：汪曾祺自述》，华中科技大学出版社，2020年，第95页。

低云，四野萧然，一直到了太阳快落山了才到码头。"*

我注意到在张企明的记忆里更多的时光是和父亲在一起，听父亲讲故事，父亲循循善诱地为他讲解数学题等。他说："父亲的慈蔼祥和的性格是与生俱来的，从不疾言厉色……"

而母亲呢？在崔之兰先生去世二十三年以后，1994年夏天张企明因公赴德，当他踏上母亲六十多年前往返奔走的柏林大学故道时百感交集。"母亲常说：'一旦下决心做一件事，无论多不容易，一定要做到底。'"她沉毅自信的气质，她真挚、爽朗、一往无前的性格，她为科学献身的精神，让她的儿子永远铭记在心。

1948年春天崔之兰先生到清华任教，清华在城外，北大在城里，她每周都要城里城外来回跑。她的课照例受到学生们的欢迎。1948级清华校友翁铭庆回忆："比较解剖学是生物系的一门重头课，崔先生和蔼耐心，讲得很详细，同学们私下都亲切地称她'崔老太'。崔先生留学德国，对某些名词愿用德文，我们在答题时也随之应用。"他还讲到一个小花絮："胚胎学，（是）崔之兰先生讲授，当时没有视频，崔先生设法用手绢折叠，形象地讲解胚胎心脏如何形成。"**

1952年院系调整，崔之兰先生从清华来到北大。她把丰富的教学经验以及一丝不苟的教学态度带到北大的课堂。每个星期日上午，她都会到系里的工作室准备下周的课，写好讲课大纲，设

---

* 张企明：《我记忆中的燕东园》，引自《财新》，2016年9月30。
** 翁铭庆：《我的清华三年》，原载于《清华校友通讯》，2020年春季号，总第81期，第61—62页。

计好配合讲课所用挂图悬挂的位置和顺序。从任教云南大学直到她的晚年，崔先生为培养青年教师倾注了满腔心血，她的指导细致又严格，从讲授内容、教学方法、教学用词、板书乃至衣着都要过问。她的助教直到多年以后还记得，崔先生说：在讲课时要面对学生，"不能给学生后脑勺看"，上课用的指示杆（教鞭）"不能像拿鸡毛掸子似的"。

在这次写作中，我的一位同学提供了她的母亲2003年写的一份"纪念崔之兰教授百年诞辰草稿提纲"。她的母亲正是北大生物系王平教授，从1952年开始师从崔先生，在她的指导下工作了十五年。这份草稿提纲最终没有成文，"纪念崔之兰教授百年诞辰"的活动因为突如其来的疫情夭折。

在这份草稿提纲上，我读出了认识崔之兰先生献身生物科学的几条重要线索。

第一，以"蝌蚪尾"为实验材料的高见。

我试用自己的语言做一些解读：崔之兰先生长期研究的是两栖类胚胎发育，她选择的实验材料是"蝌蚪尾"，以此探讨动物组织的发生、分化、生长、萎缩、再生和重建等形态建成的一些基本规律。这一实验材料的选择有独到之处：蝌蚪尾具有动物机体的四种基本组织，结构清晰；北方狭口蛙（kaloula borealis）蝌蚪的发生到变态完成只有21天，尾在其间经历了组织发生、分化和萎缩、退化的全过程；北方狭口蛙在雨季繁殖，正值学校放暑假，对教师做科研实验来说是一个理想的动物模型。崔之兰先生带领助手、学生，几十年如一日，持之以恒地观察、实验，做了大量的基础性研究工作，不断有所发现。除1940年代中期在国际期刊上发表的论文以外，在1950年代、1960年代继续发表了一系列有国际影响力的论文。

第二，最后的科研论文——留给我们的"最后一课"。

在这篇草稿提纲中透露出崔之兰先生1969—1970年已身患重病（癌症晚期）。病中她将自己1963年做的工作整理成《蛙类的早期胚胎发育，特别着重于原肠背壁形成中的某些问题》一书的初稿。王平教授称它为"先生最后的科研论文""留给我们的最后一课"。崔先生标出了论文的重点：原肠顶的探讨、比较观察，北方狭口蛙、中华蟾蜍和青蛙，并在临终前一天留下遗嘱："有一项工作，希望能安排人完成。"她遵照崔先生临终前的嘱托，把此书初稿整理成文，在崔之兰先生去世十年后，发表于《北京大学学报》。

王平教授在这篇草稿提纲的第一段，回忆了她和崔之兰先生的最后一面。1966年6月，王平教授和崔先生被隔离开。直到1969年10月她被下放去江西鲤鱼洲"五七干校"前，在生物楼一层西头的卫生间和崔先生不期而遇："惊喜而紧张难得的几分钟，互致问候，保重，再见。她无助、无奈、惜别的神情使我难忘。1970年我得到一个月的探亲假，到北京的次日在生物楼前遇到周广田，他第一句话就是：'你来晚了，崔先生一周前去世了'。"

张企明说："临终时母亲自叹'出师未捷身先死……'，及至身后之萧索，我在给世交的信中如实地写下了'苦海舟沉，壮志泯灭'。"

回到燕东园38号楼，张企明回忆起当年父母读书写作的温馨情景:"姑父雷海宗在院系调整以后,从清华大学发配到南开大学,他在清华的那张大书桌因为放不进在南开大学的小宿舍,一直就留在我们家中,父亲和母亲把它置于书房的中间,下班以后,吃完晚饭,俩人相对而坐,读书写作一直到深夜,从1952年到父母去世为止,几乎天天如此。"*

张景钺先生因患帕金森氏症久病在床,1975年病逝于燕东园家中。这位老人1948年获选中研院院士,1955年获选中国科学院学部委员(即院士)。自1952年以后,他一直担任北京大学生物系主任。

我向张企明索求一张他们家在燕东园38号的照片。他表示遗憾:"父亲非常喜欢摄影,我们家的7大本相册多半都是父亲拍的。但是后半生的照片几乎找不到。"

再说说张企明。他从小就爱拆机器,在好奇心驱动下,砸坏、拆坏了不少滚珠轴承、汽车扫雨器、里程表,甚至还有手表、相机。好奇心培养了他的自学能力,他后来的职业与这个爱好还是契合的。他1961年毕业于北京钢铁学院冶金机械专业,分配到北京第二通用机械厂(1971年该厂改名为北京重型机器厂),历任技术员、工程师、高级工程师、副总设计师。他主持过十多个大中型工业炉燃烧系统的设计与研制工作。1998年调入冶金设备院之后,将自己多年的技术成果转化为产品,成功地推向了国内和国际市场。

---

* 张企明:《我记忆中的燕东园》,引自《财新》,2016年9月30。

张企明很感慨:"自顾平生,与父辈相比,差距太大,徒增惭愧。过河之卒,亦当奋力向前。"

1995年,为给扩建后边的公寓楼腾出地方,张企明一家搬出住了四十三年的燕东园38号。这栋小楼迅速被拆,不久,新的五层"人才公寓"在此地面上落成。

38

住户名单　　　　　　　　　　　1926年—1966年6月

东大地时期
- 许仕廉　燕京大学社会学系教授
- 廖泰初　燕京大学教育系主任

燕东园时期
- 张景钺　北京大学生物系主任
- 崔之兰　北京大学生物系教授
- 王伏雄　北京大学生物系教授、中科院植物所研究员

[注释]

1　储安平
（1909—1966）

江苏宜兴人。著名报人、学者。1928年入光华大学政治社会系，毕业后任《中央日报》编辑。1936年入英国伦敦大学经济学院政治系。1938年回国后，历任重庆《中央日报》撰述编辑、《力报》主笔、《中国晨报》主笔。1944年在重庆创办《客观》周刊，1946年在上海创办《观察》周刊。1957年任《光明日报》总编辑。

2　詹姆斯·汤普森
（James Matthew Thompson, 1878—1956）

英国历史学家。毕业于牛津大学，攻读历史与神学。后任教于牛津大学莫德林学院，教授现代史。1920年代成为研究法国历史的领军人物，以法国革命史见长。

3　陈翰笙
（1897—2004）

原名陈枢，江苏无锡人。农村经济学家、社会学家、历史学家。1921年获美国芝加哥大学硕士学位，1924年获德国柏林大学历史学博士学位。1928年回国，任教于北京大学历史系。1929年至1934年任中研院社会科学研究所副所长；1939年在香港创办英文半月刊《远东通讯》；1942年至1944年任广西桂林师范学院西文系主任；1944年任职于印度德里大学；1946年再赴美国，任教于华盛顿州立大学；1950年回国，历任外交部国际关系研究所副所长、中国科学院世界历史研究所名誉所长等。

4　周谷城
（1898—1996）

湖南益阳人。历史学家、教育家、社会活动家。1917年考入北京高等师范学校英语部，1922年曾任教湖南自修大学和船山学社，教心理学。1942年受聘于迁地重庆的复旦大学，任历史学教授，1946年出任史地系主任。1952年院系调整，任复旦大学教务长、历史系教授。代表作有《中国通史》《世界通史》等。

5　王铁崖
（1913—2003）

福建福州人。国际法学家、教育家。1929年考入上海复旦大学西语系，后改入政治系学习。1931年转入清华大学政治系，毕业入清华大学研究院，攻读国际法。1937年赴英国伦敦政治经济学院继续攻读国际法学。1939年回国，曾任教于武汉大学、中央大学、北京大学等校。长期从事国际法和国家关系的教学和研究工作，1979年在北大创立全国第一个国际法专业。

6　杨宪益
（1915—2009）

安徽泗县人。翻译家、外国文学研究专家、诗人。1934年毕业于天津英国教会学堂新学书院，后赴英国牛津大学莫顿学院学习英国文学。1940年回国，曾任重庆中央大学英文系副教授、贵阳师范学院英语系主任、成都光华大学教授。1943年起任国立编译馆编纂，翻译有《资治通鉴》《离骚》等。1953年调外文出版社工作。1963年后与夫人戴乃迭女士共同翻译出版了《红楼梦》《儒林外史》《鲁迅选集》及许多外国文学作品，被公认为译作之经典。

7	摩里兹·石里克 （Moritz Schlick, 1882—1936）	德国哲学家、物理学家。维也纳学派和逻辑实证主义创始人。生于柏林，就读于海德堡大学与柏林大学。1922年任维也纳大学哲学教授。
8	阿尔弗雷德·朱尔斯·艾耶尔 （Alfred Jules Ayer, 1910—1989）	英国哲学家，牛津大学逻辑学教授。生于伦敦，1932年到维也纳大学进修，1952年成为英国科学院院士。
9	威拉德·范奥曼·蒯因 （Willard Van Orman Quine, 1908—2000），	美国哲学家、逻辑学家，哈佛大学哲学教授。生于俄亥俄州，1926年入欧柏林大学，1930年获数学与哲学学士。1932获哈佛大学哲学博士学位。20世纪最有影响的美国哲学家之一。
10	钱家治 （1882—1969）	字均夫，浙江杭州人。1902年考取赴日公费留学生，入东京高等师范学校史地科，学习教育、地理和历史。1908年底回国，任浙江两级师范学堂史地科主任教员。1913年担任浙江省第一中学校长，后在南京国民政府教育部任职多年，曾任浙江省教育厅厅长；1956年被任命为中央文史馆馆员。
11	翁同龢 （1830—1904）	江苏常熟人。晚清政治家、书法家、收藏家。1856年状元及第。此后历仕咸丰、同治、光绪三朝，并曾充当同治帝和光绪帝的师傅，两入军机处，参与内政外交的决策。在甲午战争中他主战，甲午战败后，他主张变法图强，被视为"帝党"的代表、晚清清流派中"后清流"的领袖。
12	艾德温·赛里格曼 （Edwin R. A. Seligman, 1861—1939）	美国经济学家。于1879年获哥伦比亚大学学士学位后留学欧洲，1885年获博士学位。终身任教于哥伦比亚大学，在租税收入和公共财政方面取得开创性成就。
13	许德珩 （1890—1990）	江西九江人。社会学家、教育家、政治活动家。1915年考入北京大学，五四运动中起草《五四宣言》，是学生领袖之一。1920年赴法勤工俭学。1927年回国，先后任教于武汉中央政治学校、黄埔军校等。1931年任教于北京大学。1946年5月参与创办并当选九三学社理事长。新中国成立后，历任水产部部长、全国政协副主席、全国人大常委会副委员长等职。
14	钱端升 （1900—1990）	上海人。法学家、政治学家、教育家。17岁考入清华学校，19岁被选送美国留学，1924年获美国哈佛大学博士学位。回国后，相继在清华大学、中央大学、北京大学、西南联合大学等校任教。1949年任北京大学法学院院长，1952年受命筹建北京政法学院并任首任院长。
15	米哈伊尔·罗斯托夫采夫 （Михаил Иванович Ростовцев, 1870—1952）	俄裔美籍历史学家，美国历史学会会长，俄罗斯科学院院士。先后在基辅大学、圣彼得堡大学学习古代历史与语言，1925年起任教于耶鲁大学历史系。以古罗马和古希腊历史见长。

16	何泽慧 （1914—2011）	江苏苏州人。核物理学家。1932年考入清华大学物理系。1936年毕业赴欧洲留学，1940年受德国柏林工业大学技术物理系工程博士学位。1943年她到海德堡威廉皇家学院核物理研究所，在玻特教授指导下从事原子核物理研究。1946年春天，在法国巴黎与钱三强结婚，在约里奥·居里夫妇领导的法兰西学院原子核化学实验室和居里实验室工作，合作发现了铀核裂变的新方式——三分裂和四分裂现象。1948年夏，同钱三强回到祖国，参加北平研究院原子学研究所的组建。新中国成立后，相继担任中科院近代物理研究所研究员、中科院原子能研究所副所长、中科院高能物理研究所副所长等。
17	叶叔华 （1927— ）	广东顺德人。天文学家。1949年毕业于中山大学数学天文系。1951年进入上海徐家汇观象台工作；1958年受命负责建立中国世界时综合系统；1978年至1993年担任中国科学院上海天文台研究员、台长。1988年至1994年连任两届国际天文学联合会副主席；1996年当选为"亚太空间地球动力学"国际合作计划主席。
18	屠呦呦 （1930— ）	浙江宁波人。药学家。1951年考入北京大学医学院药学系生药专业。1955年毕业于北京医学院后接受中医培训两年半，1958年到中国中医研究院工作，现为中国中医科学院首席科学家、青蒿素研究开发中心主任。她因多年从事中药和中西药结合研究，创制新型抗疟药青蒿素和双氢青蒿素，2015年10月获得诺贝尔生理学或医学奖。
19	秉志 （1886—1965）	河南开封人。动物学家，中国近现代生物学的奠基人之一。1913年、1918年分别获得美国康奈尔大学理学学士和哲学博士学位。1920年回国，1921年在南京高师创办中国第一个生物系，1922年8月创建中国第一个生物研究所。1934年创建中国动物学会并任首任理事长。历任南京高等师范、东南大学、厦门大学、中央大学、复旦大学教授。
20	查理斯·张伯伦 （Charles Joseph Chamberlain, 1863—1943）	美国植物学家。毕业于美国欧柏林大学，获芝加哥大学博士学位后长期留校任教。以率先将动物学技术用于植物研究而闻名。
21	雷海宗 （1902—1962）	河北永清人。历史学家、教育家。1922年毕业于清华大学，公费留学美国，在芝加哥大学攻读历史和哲学。1927年获哲学博士学位后回国，先后执教于南京中央大学、武汉大学、清华大学和西南联大，担任教授、系主任等职。1952年全国院系调整，雷海宗调任南开大学历史系世界史教研室主任。代表性著作为《世界上古史讲义》《西洋文化史纲要》等。
22	约瑟夫·普利斯特利 （Joseph Hubert Priestley, 1883—1944）	英国植物学家。毕业于伦敦大学，英国协会成员，于1932年担任植物学部主席。研究包括光合作用的过程和产物等。

23　熊庆来
　　（1893—1969）　云南弥勒人。数学家、教育家，中国函数论的开拓者之一。1911年考入云南英法文专修科，学习法语。1915年至1920年，先后就读于法国格勒诺布洛大学、巴黎大学、蒙柏里耶大学、马赛大学，取得高等普通数学、高等数学分析、力学、天文学、普通物理学证书、蒙柏里耶大学理科硕士学位。1932年至1934年再次赴欧访学，1933年获得法国国家理科博士学位。从1921年开始，先后创建了东南大学数学系、清华大学算学系，任教授、系主任。1937年任云南大学校长。1957年后任中国科学院数学所研究员、函数论研究室主任。

（拾）

渐行渐远的背影

本书对燕东园诸栋小楼、故人、往事的追忆和记述,是从桥西40号小楼我家开始的,在收笔结束时,还是回到这里吧。

冥冥之中似有天意。在耶鲁大学神学院图书馆的馆藏资料中,有关燕京大学东大地宿舍区的照片里,竟有这样一张照片,它注明是"40号建设工地"。

图10-1 燕京大学东大地宿舍区"40号建设工地",耶鲁大学神学院图书馆藏

我和大妹妹徐溶研究了很久，首先确定了这张照片拍摄者的位置，他应该是站在那座旱桥北边的桥栏前，镜头向西拍摄的。前文说过，40号小楼坐落在桥西，紧靠旱桥脚下路北那个院子，照片最下边那道虎皮墙正是院子的东墙，墙下就是旱桥所横跨过的那条深深的沟渠土路。院子里整齐地排放着一垛垛砖，一堆堆砂土。小楼的地基格局已经破土而出，砌出大约有五六层砖那么高，大致可以判断出卧室、客厅、饭厅甚至后院的位置。

照片中左角和右角那两栋基本成形的小楼，吸引了我们的目光。从左边的两层楼和月亮门、右边的一层楼和大阳台，我俩不约而同地指认出这分别是37号和38号楼。听说37号楼是最早建成的，陆志韦先生第一个住进东大地，此话有了老照片为证。

据老"燕二代"胡蕗犀阿姨回忆，38号楼第一个住进来的是许仕廉先生。他早年留学美国，获爱荷华大学哲学博士学位，1924年回国后，任国立武昌师范大学教授，同年任燕京大学社会学系教授，1926年任燕京大学社会学系主任，1927年创办《社会学界》年刊。1928年主持创建了清河实验区，1930年参与筹建中国社会学社。他应该是紧随陆志韦先生搬进东大地的。[*]1931年他赴美访学，抗日战争前夕在美定居。翻查许仕廉先生在东大地居住时期的一些论文著作，发现他关于人口问题的研究颇有见地，在1930年出版的《中国人口问题》中许仕廉先生就指出，"人口是社会与国家的原料，是文化与财富的生产者，所以要研究各

---

[*] 以上关于许仕廉先生的生平经历参考了：《许仕廉：燕京大学社会工作专业的规划者》，收录于彭秀良：《中国社会工作名家小传》，中国社会出版社，2020年，第3—8页。

种社会问题、经济问题、政治问题、教育文化问题，必须从人口入手"*。

40号楼第一个住进来的是谁呢？胡蘆犀阿姨说，也是一位留美归来的社会学者，他叫杨开道，与许仕廉是湖南湘潭的同乡和中学的同窗。他1927年获密歇根大学农村社会学博士学位，应许仕廉之邀，以副教授身份执教燕京大学社会学系，讲授农村社会学。以后他参与了许仕廉的清河实验区，参与筹建了中国社会学社。在许仕廉1931年赴美后，杨开道实际上执掌了燕京社会学系，并与乡村建设派代表人物梁漱溟和平民教育促进会的晏阳初发起全国性学术联合，携燕大师生进行了大量的农村社会调查，发表了一系列研究中国乡约制度的文章。**这段时间虽然他需要经常往返于山东济宁社会试验区，但家一直安在东大地40号。

在梳理杨开道的资料时，意外地有两个发现。第一，曾有人考证说，杨开道与革命先烈杨开慧是本家，他俩是远房的堂兄妹。第二，杨开道有四个女儿，其中1930年出生的二女儿名叫杨小燕。1949年杨小燕孤身赴美求学，以后在美定居，她从1968年开始学习桥牌，1971年获得美国女子桥牌冠军，以后又五次荣获桥牌世界冠军，被誉为"世界桥牌皇后"。

1981年杨小燕应邀到上海参加国际桥牌友好邀请赛，赛后回到自己的出生地北京。以后她多次回国，还受邀与邓小平先生打

---

* 孙本文：《当代中国社会学》，商务印书馆，2011年，第102页。
** 以上关于杨开道先生的生平经历参考了：《推动乡约再造实践的杨开道》，收录于彭秀良：《中国社会工作名家小传》，第16—22页。

过桥牌。她说:"邓先生打牌思路清晰、牌风稳健,显示出充沛的精力和过人的智慧,而且他的牌品极好……"*

胡蕗犀阿姨说:"我和李婉莹(住东大地桥西34号李荣芳的女儿)听说了此事,私下议论说,这不就是当年杨开道先生家的老二吗。"

胡蕗犀阿姨告诉我还有一家人住过40号。她说:"1980年代吧,有一天我突然接到一个电话,说希望我带她去看看燕东园40号的房子。她来到我家,自称叫袁玫。我和女儿带她从燕东园西门走到40号门口,那时你家的院门朝南,我进院发现家里主人不在,便擅自让她进院子里来了。袁玫说,她小时候曾住在这儿,她来看看,并给房子拍了两张照片以作纪念。"胡蕗犀阿姨说,这位访客应该是燕大经济系教授袁贤能先生的后人。

我赶紧钻入故纸堆翻查,果然有这么一个人。据《燕京大学人物志》的记载,袁贤能大学毕业后自费到美国留学。1922年至1929年在美国俄勒冈大学、纽约大学学习,获经济学博士学位。学成回国先后在上海复旦大学、天津南开大学教书,1937年到燕京大学经济系任教授,主讲经济学原理和国际贸易等课程,直到1941年冬天燕大被迫关门。他家有五个小孩,二男三女。小儿子袁相南曾回忆说:"在燕京大学的时候,教职员待遇是非常好的,当时家里比较宽敞(就是)现在的燕东园40号。我还听我哥哥说,陆志韦家的孩子非常淘气。别家的孩子都规规矩矩的,陆家

---

* 杨小燕:《我的中国往事:世界桥牌皇后自述》,文化艺术出版社,2010年,第231页。

非常西方化，孩子又闹又跑的，跟别家孩子打架了，就给那家门口挂一个蛇，早晨起来，一看吓一跳。"

1952年院系调整后，袁贤能先生就教于北京对外经济贸易学院（即后来的中国对外经贸大学），做了大量教学和研究工作，身后留下近百万字的《袁贤能著述文集》。

还有一位廖泰初先生先后住过东大地38号和40号。他生于1910年，和我父亲同年。1932年两人同时在燕京大学研究院攻读硕士学位，我父亲修物理学，廖泰初师从吴文藻先生攻读教育学，1936年他留校教书，1937年教育系指定他筹建北平三旗和冉村两个试验区以推动乡村教育。这一时期他曾在许仕廉之后，住过38号小楼。1941年12月珍珠港事件，北平燕大封校，他入川在成都燕大分校继续进行教育实验。1946年燕京大学在北平复校，廖泰初出任教育系主任。1947年初校方派他赴美进修。据此推测，这次廖泰初先生大约在东大地40号住了一年左右。1946年深秋，他家前脚搬走，我家后脚就搬进来了。

图10-2 我们全家在燕东园40号楼院子里留影，摄于1968年，自左至右：徐溶、徐浣、徐浩、徐献瑜、徐澂、韩德常、徐泓、站在父母身前的是小六徐涟

梳理完40号楼此前住户的历史，下面该讲我家的故事了。

这次写作，我在对燕东园二代的访谈中，以及他们的回忆文章里，搜集了他们对40号我们家的印象，集中在两点：一是徐伯伯个子很高，美丽的徐伯母教音乐，40号经常有琴声；二是徐家教子有方，四个孩子上了一零一中学。

看来我们家的故事要涉及一个新的话题，从一零一中学开始了。

当年燕东园里的孩子们小学基本都在北大附小上，到了考中学时周围有几所学校可以选择，一个是在北边的清华附中，一个是在南边黄庄的一零四中（后改为北大附中），一个是在西边的十九中。还有一个就是北大西校门外，向北走五百米开外的一零一中学。

这是一所著名的中学。与北京城里城外众多中学不同，它有红色基因，原来是一所中共干部子弟的寄宿学校。1946年3月在革命老区张家口成立。1949年随军进城，1952年经周恩来总理批准，新校园建在圆明园遗址。1955年以后一零一中学向社会开放，参与生源竞争，以全市很高的录取分数线，吸引了周边北大、清华、人大、农大以及"八大院校"的知识分子子女，逐渐形成外界所称的"高干子女"加"高知子女"的生源结构。因为录取分数线高，在燕东园里也有这个共识：考上一零一中学意味着学习成绩优秀。那时候各楼家长们还是很看重学习成绩的。我粗略统计了一下，有近20位燕东园二代先后毕业于一零一中学，在前面几章提及过他们的名字。

我是1959年秋天考进一零一中学初中部的，1962年获金质奖章保送一零一中学高中部。1965年我读高三的时候，大妹妹徐溶在读高一，大弟弟徐瀓在读初二，二弟弟徐浩在读初一。这就是众人口中"徐家四个孩子全上一零一中学"印象的来由。

我在一零一中学度过了六年时光，正是身心发育思想塑形的时候。也正是这六年，我一步步走出世外桃源般的燕东园，告别了无忧无虑、生活优渥的少年时代。现在回想起来，一零一中学带给我的人生成长是很全面的，它对我的一生有重大的影响。

我1959年进入一零一中学读书时，已经是周总理视察并发表有关"干部子弟不能成为八旗子弟"讲话后的几年，学校里不完全是干部子弟了，但来自干部家庭的同学依然占很大一部分，他们中很多都毕业于育英、育才小学，还有八一学校。从上世纪50年代一零一中学的招生变迁可以看出：最早的一批学生主要是军队干部子弟，后来，中央各部委陆续成立了，开始招收文职干部子女，我当时的同学里就有一些部长、驻外大使以及西苑中直机关的孩子。再后来，知识分子家庭的孩子考进来的多了。

这所学校与北京其他中学有许多不同之处，比如它特别重视劳动教育，有大量的劳动课，以及专职的劳动课老师。这种劳动生产实践可不是纸上谈兵，而是真刀真枪，发扬南泥湾精神，自己开荒种地，校园周围有桃园、葡萄园，有各种各样的菜地，种出来的菜就进入了学校大食堂。学校还经常组织同学参加社会公益劳动。那会儿我们手上都有茧子，没茧子会被人看不起；我右肩膀上直到现在都有一块硬肉，就是那时抬大筐压出来的。体育也很受重视，一零一中学的体育是有名的好，北京中学生运动会田径各项记录被我们包揽了一多半。日常的体育锻炼也抓得紧，我还记得，我们体育课练长跑的跑道就是绕着圆明园的福海，一圈跑下来两千多米。劳动与体育打掉了我的娇气。

一零一中学的"革命传统教育"在全北京市的中学里更是首屈一指的，对提高学生政治思想觉悟抓得很紧。初中时，要求你努力加入共青团；到了高中快毕业时，就要争取加入共产党。什么是好学生？除了学习好，思想好是有硬指标的。一零一中学的学生普遍关心国家大事，关心时事政治。那几年国际形势变化非常大，比如反对修正主义，比如抗美援越。我高二的时候，同班同学张胜就投笔从戎到越南前线去了。他是张爱萍上将的儿子。

虽然干部子弟很多，但大家普遍比较低调。刘少奇的儿子初中就和我在同一年级，张鼎丞的儿子初中和我同班。高中同学里也有好几位将门子女。但当时很少有人知道,同学们之间对家庭背景也从不打听,更不会攀比。王一知校长是老革命出身,对这一点管得非常严,到了学校,不管你父母的职位有多高,大家一律平等。学校离城里很远,但周六日不允许家长用小汽车接送孩子。举行家长会时,也没有见到过车水马龙的场景。据说有一年开家长会,罗青长(当时任中调部部长)骑着一辆除了车铃不响哪儿都响的旧自行车就来了。

在心态上,干部子弟自然与我们不大一样。但这种心态不是像现在"我爸是李刚"的那种特权的炫耀,而是一种比较单纯的责任感、使命感,为这个国家操心,为父辈打下来的江山操心。比如我们班有几个军干子弟,在读了《毛泽东的青少年时代》这本书以后,深受影响,按照书中所说的"天将降大任于是人也,必先苦其心志,劳其筋骨,饿其体肤",长期坚持冷水浴,在雪地里露营过夜,假期还一起长途行军。他们的理想和目标非常清晰,现在一定要刻苦学习本领,准备接父兄革命前辈的班。高中毕业上大学的道路也是明确的:读理工科,进哈军工,掌握国防尖端科学技术,"反帝反修"。

进入1964年,随着政治环境的变化,开始大讲阶级斗争,中学里也山雨欲来风满楼。一种危机感在干部子弟中产生,我记得那会儿他们听"九评"(九评苏共中央的公开信)听得特别认真,觉得修正主义就要来了。班里原来和谐的同学关系开始出现一些裂痕,非干部子弟出身的学生感觉到压力,学习越好,压力越大。

"唯成分论"是当时最好使的武器。也正是在那个时候,我才知道身边很多同学的家庭情况，父母是做什么的。知识分子家庭出身显然属于资产阶级。我记得一天下午，我所在的团小组对我进行了一次批评、帮助，准确地说是进行了一次"思想批判"。我被批评为"白专"典型，有人言辞激烈，给我扣上一顶"阶级异己分子"的帽子，其中主要的证据是发现我母亲的七姑父是卫立煌，我的社会关系复杂。这是我生平第一次遭受运动式的批判，至今不愿回忆当时自尊心陷落、心理失重、大丢面子的狼狈与绝望。

在我们这个年级的其他几个班里，也都发生了类似情况，一些学习成绩优异的非干部子弟，主要是知识分子子女，成为"批判"的对象。后来，矛头还一度指向学校领导，因为我们这些被批判的，都是老师们欣赏的、学校领导重视的好学生，按照"革命"的逻辑、阶级斗争的理论，学校显然执行了资产阶级教育路线。

这股"左"的思潮，据说在北京城里其他一些中学闹得更欢，到1964年底、1965年初，被北京市委制止了并开始纠偏。在北京的中学里，一零一中学是纠正较快的。我是事后很久才知道这些内幕的。当时虽然被批得灰头土脸，但还是按照同学们的意见努力改造自己，比如我原来走读，高三下学期我住校了，为了多参加集体活动，也表示和资产阶级家庭划清界限；我当时担任校学生会学习部长，不顾自己要准备高考，全力以赴帮助高一一班提高学习成绩，那是一零一中学招收的第一个贫下中农子弟班，我努力和他们打成一片，以培养自己的无产阶级感情。

这种"左"的思潮一直到我们报高考志愿时还有影响。我的第一志愿想报中国人民大学新闻系,听到有同学私下议论:枪杆子,笔杆子,革命要靠两杆子。像她这样家庭出身、社会关系的人不能学新闻,哪能让她掌握笔杆子?在我犹豫不决的时候,学校领导和老师们鼓励我报新闻系。感到欣慰的是:我以当年人大录取的最高分考取了新闻系。但是,当年我的同班同学中就有三四位落榜,不是考试成绩差(其中一位男同学学习成绩优异),而是政审没有过关。这时已是1965年的夏天,阶级斗争这根弦已经绷紧了。

1966年夏天,北京的红卫兵运动首先从中学兴起,一零一中学也冲在了前面。这一点儿也不奇怪,现在回想起来,我在高三所经历的那场风波其实就是一次预演。这回轻车熟路,"老子英雄儿好汉,老子反动儿混蛋",一边批斗学校执行资产阶级教育路线,一边把矛头指向非干部家庭出身的广大同学。据我的弟弟妹妹说,一零一中学红卫兵们把桌椅板凳搭起来拦在校门口,只留出一个小洞,所谓"黑五类"、家庭出身不好的同学,只能从这个洞爬进爬出。我的两个弟弟从此不去学校,当了逍遥派。

"停课闹革命""全国大串联"狂热、混乱的局面,延续到1968年。运动的矛头轮回到"红卫兵"自己,"知识青年上山下乡"一声令下,把"老三届"(1966年在中学里从初一到高三的学生),不分家庭出身,什么红的、黑的,一锅端了。于是"老三届"一哄而散,仿佛弃子一般,离校、离家、离开北京,奔赴祖国的天南地北,接受贫下中农再教育去了。

图10-3 1968年7月,徐澂赴黑龙江兵团前全家在照相馆的合影

1968年7月中旬,我家第一个走的是大弟弟徐澂,去的是黑龙江虎林县,生产建设兵团四师。大妹妹徐溶为他缝被子,再为自己缝被子,没隔几天,7月27日她也走了,去的是内蒙古东乌珠穆沁旗,牧区插队。到12月17日,二弟弟徐浩也走了,去的是山西绛县农村插队。转年1969年8月24日,小五妹妹徐浣也走了,去的是黑龙江北安二龙山,生产建设兵团一师。走的时候她才15岁。

她回忆说:"那年8月到10月,几乎隔几天就有一辆专列,把十五六岁的我们送到'北大荒'。动员、报名、填表、撤户口,领棉衣裤、军大衣等,前后十天左右,办理得极快。记得我把户口销了后,妈妈惆怅若失:'就这么走了?太快了。'"

当年不满10岁的小妹妹徐涟说:"五个月内送走了三位哥姐,我第一次见到妈妈坐在灯前缝衣服时落泪,以后送走五姐,妈妈的头发白了许多。"

我们家还在继续走人,这次轮到父亲了。1969年第四季度,说是要战备疏散,北京大学被要求在一周内搬到江西鲤鱼洲,有2000多人下放江西"五七干校",父亲也在下放之列。当时不少人以为回不来了,拖家带口地去了鲤鱼洲。在师大教书的母亲,当即表示跟着父亲一起走,两人开始考虑如何处理家里的一切。幸亏系里一位工宣队的干部到家里来,丢下一句话:"又不是不回来了!"父母才舒了一口气。于是父亲在1970年初孤身一人去了江西。

1970年7月,轮到我走了。在一片"4600部队快支左"(当时大学毕业生工资每月46元,第二年转正56元)的呼声中,各高校军管会主持69、70届毕业生分配,清空了"文革"滞留的全部大学生。我被分配到内蒙古巴彦淖尔报社。母亲买了一个新的皮革箱子给我,到北京站为我送行。火车开动了,母亲跟着跑了好几步,站住了,还不停地挥手。

在这个火车站的月台上,母亲已经送走了6位亲人。

一个月以后,母亲也走了,她跟着北京师范大学下放到山西临汾"五七干校"。家里只剩下上小学三年级的小妹妹徐涟,她说:

"妈妈走前本想送我到北大的'收容所'和留校的孩子在一起,但去了六院,看到大小孩子混在一起,拍三角捡烟头的,就把我又带回家了。当时买了二斤大鸭梨,到家削好皮递给我一个整梨,我惊喜地问:'全是我一个人的?'妈妈含泪说:'全是你的,以后我们家就不用分梨了……'

"妈妈走前留给我一打信封和邮票,以及每位家人的地址,记得我一个人在家就背地址……当时最幸福的事情就是看到信箱里有信……

"记得三哥寄来的在兵团的第一张照片,戴着长毛的棉帽子,帅呆了。我跟妈妈说这比《智取威虎山》的杨子荣好看!……后来三哥离家两年(?)后第一次回家,我在清华园站接他,他见到我的第一句话是:'都长这么高了!',我的第一句话是,'给我你的帽子戴戴……'

"五姐寄回家的照片更是英姿飒爽,还扛着枪!第一封信讲述了她一生中第一次发工资的钱是如何使用的,最后还剩下两分钱,她放在信里寄回家并说明是给妹妹小六儿的!哇!我感动到泪奔……

"二姐的照片更让我震惊!蒙古袍!完全是个少数民族,羡慕呀!可当二姐第一次回家,才知道那袍子的味道能熏得我摔跟头啊……她长长的头发里满是虱子,妈妈可费尽力气帮她清理……"

1971年4月,我突然高烧不退,在巴盟医院住院查不清病名,批准我回北京看病。当我深夜进了燕东园,敲开40号门的时候,小六欢欣雀跃。我们两人躺在一张床上,她声情并茂地给我讲电影,那情景至今刻在脑海里,她也没有忘记:"大姐的到来太令我兴奋了!记得大姐回家的当天晚上,我刚看完电影《看不见的战线》:'许一先生你拿的是什么书?''歌曲集。''什么歌曲集?''阿丽拉!'我几乎不想漏掉每句台词地给大姐讲电影,结果第二天大姐又高烧40度了,我这才意识到大姐是生病回家的。"

母亲闻讯非常着急,几次请假想回北京照顾我,一直不被批准。在山西插队的弟弟徐浩自告奋勇,立马就扒煤车赶回北京了。他一回来,家里吃饭问题迎刃而解:他蒸的大馒头暄暄的,切的水萝卜丝细细的。我们三个躲进小楼成一统,我整天捏着鼻子喝中药,小六高高兴兴去上学,口中念叨着:"东风吹,战鼓擂,现在世界上究竟谁怕谁?"浩子把我照顾好,就骑上父亲的旧自行车,全北京城里城外地转悠。他嫌家里的厕所用的人多,早上骑车到十几里外的清河去"方便"。

到夏天,我的病好了,回内蒙巴盟了,浩子回山西了。小六又脖子上挂着一把钥匙,手里拿着一个饭碗,一本红宝书,白天上学,晚上看家。

这段时间,我们全家8口人,分在八个地方。各自经历着运动与劳动的磨炼。

1970年春天,父亲下干校不久,大妹妹徐溶回家探亲。母亲不放心父亲,嘱托她去江西鲤鱼洲看看。徐溶穿着一件染黑了的军棉袄,足蹬一双马靴上路了。她在南昌下火车以后,找到去北大"五七干校"的船,在鲤鱼洲码头上岸,已是傍晚时分。她买了一根扁担,把换下的棉衣,沿途为父亲买的土特产小吃,两头一搭,上肩一挑,就按着路人指的"数学系"方向走去。她说:

"全是土埂路,到了一个地头,看到有个高个子,我认得是丁石孙,就向他打听:'徐献瑜在吗?'丁石孙一指,我发现爸就站在稻田里,离我不远。又黑又瘦,胡子茬都是白的,我没有认出来。爸见我就说:'你怎么来了?快回家吧!'等收工了,大家都挑着筐回去，我也给一个女老师搭把手。宿舍建在一片平地上，大得像仓库，中间用稻草帘子隔着，一边男生宿舍，一边女生宿舍，一排排都是上下铺。我被安排在女生宿舍一个角上。我和爸一起吃晚饭，红米饭、咸菜。我把路上买的小吃：豆腐干、小排骨什么的拿出来，爸还招呼了系里的两个同事一起吃，我记得其中一个是胡祖炽伯伯。饭后，马上就出去学习了。爸又叮嘱我：'明天回去。'

"第二天，曚曚亮，大家都起床干活去了。我为了争取和爸多说说话，就跟着他们下地了。稻田边有个粪池子，要用脚搅粪，爸第一个下去了，我就跟着下去了。一边干活，我一边给爸讲家里的情况，爸听着，听完只说：'你回去吧！'

"干了一天的活儿，爸看没有人说什么，放心一些，改口说：'既然来了，就多待几天。'转天，我又跟着爸下地干活了，因为只有这个时候可以和爸说说话。晚饭后爸都要上学习班，就是学习文件、接受审查、交代问题。

"这一天，军宣队工宣队找我，对我说：'你的表现很好，我们都很感动，探亲的来了还没有下地干活的。'他们主动说起爸的情况：'你父亲是清队挖出来的最大的特务，但他自己没有交代。'我记得他们说了三个问题，要我做爸的工作，第一是爸在美国参加了一个什么组织；第二是司徒雷登给他写的八封信；第三是被日本人抓起来过，经查敌伪档案，当时抓他的原因他是美国特务。

"第四天，工宣队给了爸半天假，爸送我上码头。后来爸说：'码头旁边有个小铺子，你走以后，我去吃了面条，买了饼干。

你带来的小吃,我晚上躲在被子里吃了好几天。'"

1971年春节,父亲从鲤鱼洲回家探亲,他的左手吊着绷带。原来在一次夜间拉练演习时,他跨一个沟渠时不慎跌倒,左手腕骨折。草草包扎,每天的生活艰难地自理。趁探亲假回北京,赶紧正骨就医。十几天假很快过去,我和爸是同一天离开北京的,我乘火车向北回内蒙,爸乘火车向南回江西。他的手腕还打着石膏,最终也没有接好,落下残疾,从此不能提重物。

父亲回鲤鱼洲后,不再下地干活了,改为养鸡。我后来看到父亲的一个横格本,是养鸡时的日记,翻一翻,满纸鸡事,再无其他。

图10-4 母亲在山西临汾师大"五七干校"养猪

这时在山西临汾师大"五七干校"的母亲,被分配去养猪。母亲的境遇,没有听她提起。只听她的同事说过:"韩老师闹痔疮,买了几个苹果润润肠,就受到批判,说是资产阶级作风。"

但母亲从来不说，不诉苦，不抱怨，心中口里只有父亲和我们。

1971年9月，局势松动下来。到年底，父亲第一个回来了。当时说他因工摔伤被准回京。小妹妹徐涟高兴极了："我就傻傻地在家等，却想不到爸爸伤势很重，无法拿行李，直到爸爸自己艰难地蹭到家，我才恍然大悟，责怪自己真不懂事。"

徐涟对父亲回家以后，父女俩到五道口餐厅吃的第一顿饭记忆深刻："干烧黄鱼和鱼香茄子，爸爸四两米饭我三两，不到一分钟两人的饭碗全光！'服务员同志，请再各加一份米饭！'又吃完了！爸爸说：'再加二两饭，我们分一下把菜盘里剩下的清干净！'哇！真是太香了！好像今天还能回忆出那久违了的味道。就这样两人吃了一斤六两饭！把服务员同志们看呆了呀！收盘子的过来笑着问：'您吃饱了吗？'估计他们以为我俩是刚从监狱里出来的。"

后来中央机关以及各大学的"五七干校"陆续撤销了，大批人员返回北京。母亲也回来了。于是我们家又有个家的模样了。

接着就是知识青年返城潮。其实有背景、有门路的早已开始脱离农村，可怜书生气十足的大学教授们，自己还没从"坦白交代"中缓过神来，哪有什么办法帮助子女回城？后来陆续下来一些政策，家里下乡上山子女少的回城落户好办了，但我们家有四个知青，仍然是一道难题。于是从1974年开始，直到1978年底，我家整整用了四年时间，才完成了真正意义上的阖家团聚。

兄弟姐妹中第一个返城的是大妹妹徐溶：她1974年2月4日从内蒙牧区回到北京。北京市到兵团或插队的北京知青中招一批中学老师，她被推荐选中了。那时她所在的大队，只剩下她一个人还坚守在草原的蒙古包里。徐溶回来时，正赶上小六徐涟初中毕业，如果家里有子女，小六就可能要下乡上山。为了保住妹妹，徐溶要求分配到海淀区山后的温泉中学，远在乡下。幸好那一年恢复了高中。小六得以继续在北大附中读高中。

第二个返城的是二弟徐浩，他1976年底以工农兵学员的身份，上了河北水利水电学院。1979年底毕业。1980年初去北京市计算中心工作，没有户口地飘了几年。

第三个返城的是小五妹妹徐浣，1978年7月"病退"从兵团回到北京，但没有落户口，为了方便三哥徐澂以"困退"（家中父母身边无子女）办回北京，她直到哥哥在北京落户之后，才在1979年初上了北京户口。

最后一个返城的是大弟弟徐澂。他说："我是1968年7月走的，1978年7月回来的。整整十年。"

我1977年也从内蒙巴彦淖尔报社调到国家建委城建局，为了配合弟妹们回城落户的政策博弈，我把户口落在了外祖母高珍的户口本上。

1978年开始，我家又马不停蹄地开始了新的努力：从老二到小五，四个弟妹因下乡上山耽误了学业也耽误了婚事。他们都是晚婚，老二徐溶34岁结婚，老三徐澂、老四徐浩都是33岁结婚，小五徐浣在四个人中是第一个结婚的，也已经27岁了。接着就是赴美工作或者求学。1983年、1984年、1985年、1988年四个弟妹相继走了，如果再加上1981年第一个赴美的五妹夫程嘉树、1986年赴美的弟媳崔晓辉、1987年赴美的弟媳徐晓雯，我家几乎一年走一个。小妹妹徐涟是1990年最后一个走的，她已在国内获得硕士学位,这也是我们兄弟姐妹六人中在国内获得的最高学历。大弟弟徐澂是后来到美国读书,40岁获得计算机科学硕士学位的。至此,我的弟弟妹妹们实现了赴美留学、工作、定居的"洋插队"。

我们一家以上境遇,可以视为燕东园多户人家的缩影。

图10-5 父亲和母亲的晚年合影

父亲母亲在燕东园40号度过了他们的晚年。

母亲1975年退休。记得那天北京师范大学教育系用专车把母亲送回家,她的胸前戴着大红花,手里拿着鲜艳的花束,脸上的笑容却有些茫然。

第二天早上,她按照往常的时间起床吃早饭,然后拿起手提包准备出门,突然停住脚步,恍然大悟:"我不用赶车去上班了。"

退休以后，母亲想做的事情很多。多年来被耽误的家事，现在总算有了一个可以弥补的机会。还有她自己的一些愿望想实现，比如出去旅游，其中包括一个最简单易行的旅游计划：母亲一直希望用她的公共汽车通用月票，把北京市每一条线路都从头坐到底。不必再像以往匆匆上班赶车只跑一条线，而是悠闲地逛遍全城，把心仪的地方都看一看。

但是思来想去，她还是把编一本幼儿音乐教材放在了第一位。1964年母亲和她的同事李晋瑗合作出版过一本《幼儿歌曲选集》。现在已经间隔了十一年。她说："不能这么长时间没有教材，况且我也60岁了，再不做就做不动了。"

她俩重整旗鼓，翻资料、列曲目、分门类、改编修订。那段时间，李晋瑗经常来家里，母亲也常常俯身在钢琴前，叮叮咚咚反复弹奏。原来这次的教材她俩为精选的99首幼儿歌曲乐曲，全部配上了五线谱和简谱的钢琴伴奏。母亲说："幼儿园音乐教育离不开钢琴，有了两种伴奏的曲谱，可以方便更多的老师使用。"

这本精心创编的《幼儿音乐》于1982年正式出版，很快成为当时全国幼儿园抢手的音乐教材，一直沿用到本世纪初。

母亲是从1950年代中期开始研究幼儿音乐，创作幼儿歌曲的。那时母亲从北京师范大学音乐系转到教育系学前教育教研室，如整个共和国处于阳光明媚的青春期，那时的学前儿童教学与科研生气勃勃。母亲给学生们上钢琴课、乐理课，讲授幼儿音乐教育课。她还积极加入了系里大力倡导的"多下园去"的教学实践。那时师大教育系学前组的老师们，纷纷到北京市十几个公立幼儿园去，直接指导与培训幼儿园老师。

任教不久，母亲就发现儿童歌曲匮乏，尤其学龄前的幼儿歌曲更很少被音乐人关注。这激起她的创作欲望，母亲笔下流淌出一串串自然、清新、活泼的旋律，形成了富有幼儿情趣、独特的音乐语言：《摇啊摇》《小小鸭子》《小老鼠吃米》《堆雪人》《粗心的小画家》等等，一经创作出来即不胫而走。

情由心生。我以为这与母亲的天性有关，她对音乐、对孩子、对世间万物有一种纯真的爱。纯真的人，自然童心未泯。母亲还醉心于创作儿童音乐游戏，她擅长通过不同的音调、音色还有节拍变化，生动快乐地开发着孩子们的智力：《我来藏你来找》《小兔和狐狸》《老鹰捉小鸡》，还有律动舞蹈《走和跑》《进行曲》《娃娃》等等。1956年至1963年间母亲的事业和声望达到巅峰，当时北京市各大幼儿园几乎没有不知道"韩老师"的。

父亲1986年7月退休。刚退下，就和母亲一起开始了期盼已久的赴美探亲游：旧金山、洛杉矶、罗切斯特、费城、华盛顿、纽约，从西到东，历时近70天。

这次旅行父母见到了已经在美留学或工作的老二徐溶夫妇、老四徐浩夫妇、小五徐浣夫妇，小五全程驾车陪同，父母住在徐浣位于罗切斯特的家中将近一个月，享受着美国的安静生活。

8月中旬，小五徐浣陪着父母坐飞机到了父亲当年留学的圣路易斯华盛顿大学，完成了他五十年后重返母校的夙愿："数学系主任特为爸爸开了一个招待会，校园里贴出了海报，非常隆重。开始我们以为只有四五十个人呢，实际到会有一百多人，房间挤得满满腾腾的。数学系的老师们、院长们都来了，西服革履的，有的还带着家属，还有学生们也来了，当时大陆留学生还不多，全校总共只有二三十人。很多都是台湾来的，我的一个台湾朋友说：'这可是中国人的一大幸事！我们没有想到第一个在这里拿到博士学位的中国人回来了。'那天晚上，我原来担心爸爸多年不用英文，应付这样的场合会有些紧张，没想到他非常镇定，英文发音正确，流利自如，人家都说：Surprise！这么多年还能记住这样清楚的英文！在华盛顿大学，爸去看了他当年的宿舍，居然还指出了哪个门、哪个窗户是他当年的房间。陪他的数学系主任都觉得太棒了，太神奇了。"

1986年夏天，父亲五十年后重返母校，旋即成为一段佳话。学校的杂志和当地的报纸都采访了他。

图10-6 1986年夏天，父亲重返母校圣路易市华盛顿大学，学校杂志和当地报纸都采访了他

父母于1986年9月中旬回到北京。我和大弟弟徐澂到首都机场接站，看到两位老人穿着风衣，拖着行李箱，从接站口走出

来，虽然脸上带着长途飞行的些许倦容，但回家的快乐却洋溢在一举一动中。

这是母亲第一次出国探亲，也是最后一次。

1990年7月14日晚上，我住在魏公村宿舍的家里，第二天上午，北大将隆重举行徐献瑜教授八十寿辰庆祝活动，我在美国的两个弟弟、在深圳工作的小妹妹都赶回来为父亲过生日。当天夜里10点多钟，突然小五徐浣夫妇急着敲门冲进来，声音都变了，说："妈妈晕倒了，送医院了。"说完拉着我就冲下楼，上了他们停在外边的车。

车一路疾驶向北医三院。小五告诉我："妈妈在客厅和小六聊得高兴，后来起身到卧室，说想看看明天开会准备穿的衣服。她打开衣橱的大门，爸坐在书桌前看东西呢，只听脑后扑通一声，妈已经倒在地上了。"

弟妹们都知道我心脏不好，快到医院的时候，小五才小心翼翼地告诉我："妈可能不行了。"

一路小跑进了急诊室，一眼见到躺在诊疗台上的母亲，医生已经散开了。我扑过去，腿一软，一下子跪倒在地上，摔得两膝血肉模糊。

妈妈没有了。心中绞痛。大脑一片空白。

以下都是机械反应：给主持明天会议的吴文达叔叔打电话，告诉他我母亲猝死，噩耗还没有告诉父亲。明天的会照开，只是请时间控制得短一些。给家里打电话，让在家的弟弟妹妹陪好爸爸，说我在医院盯着急救妈妈。

第二天，趁爸爸去开会，我和小五回到家里，给妈妈拿好装裹的衣服，再到医院太平间为妈妈最后清洗换装。唯一欣慰的是：妈妈面容安详，全身皮肤光洁，完全不像一位75岁的老人。

回到家里，父亲已经从会场归来，满屋子摆着为他祝寿的花篮和花束。他站起身，声音嘶哑颤抖地问："妈妈是不是已经没有了？"

父亲去北医三院太平间和母亲做最后的告别：他俯身在母亲的额头上深深吻了一下，说："再见！"

母亲的告别仪式上，反复播放着她生前喜爱的贝多芬第14号钢琴奏鸣曲《月光》的第一乐章。告别的行列人们手执的讣告中有这样一段评价：

> 韩德常同志对幼儿音乐教育有很深的造诣，长期坚持理论与实践结合的方向，从事幼儿音乐的研究与创作，前后创作了近百首幼儿歌曲与乐曲，受到几代幼儿的喜爱，在全国传唱至今。

父亲高寿，活到了一百岁。家里福星高照，我们做儿女的都沾到了他的福气。

母亲去世后，在父亲独自生活的二十年里，他的平和、淡定、从容、达观，深深地感动和教育着我们。

有长寿的秘诀吗？父亲的生活非常规律，按时起居，饮食适度。白天在书桌前读书、写字、下围棋，晚上坐在沙发上看电视。我们劝他多做一些运动，他一本正经地反问："是爱动的猴子活得长，还是不动的乌龟活得久？"

不过，他有自己编制的健身操，早晨躺在床上、坐在沙发上,搓手、搓脸、搓耳、叩齿等等,不少套路。我曾请教"徐氏"操内容,他秘而不宣,只说:"因人而宜,贵在坚持。"

勤动脑,人不老。父亲不止一次地说过:"脑力活动更重要。什么时候我糊涂了,不能思考问题了,就说明我对这个社会没有用处了,废物一个,对你们也是负担和累赘,那我就走了。"

过了90岁,父亲决定做一件事情,向自己的脑力挑战。1956年父亲在苏联科学院计算中心访问考察的时候,曾用两个月的时间,完成了苏方交给他一个题目:冶金行业所急需的虚阶虚变量函数表的计算机编程。父亲所编的程序经箭牌(стрела)计算机演试,结果与美国的函数表毫无差别。当时不能把这个成果带回国,父亲后来也不再提起。直到晚年,他才和我们讲了这段经历,并决心凭记忆以及当时的一些记录,把这个程序的编制过程与算法写出来。

他伏案笔耕,字迹清秀,写在方格的老式稿纸上。我们劝他,不要太累了;还经常给他泼冷水:"计算机技术更新的速度太快,五十年前的编程早就过时了。"但父亲不为所动,天天按时工作,对我们唯一的要求是供应这种老式稿纸不能断顿儿。

后来,杨芙清教授知道了此事,感动地说:"这个程序应该是中国第一个完整完成的计算程序。"

在这个工程完成以后,父亲兴犹未尽,他觉得自己还可以写,再留下一点儿有意义的东西。于是95岁那一年,他又开始为中学生写关于数学的科普文章系列,他说:"现在的教育不得法,要从培养孩子们的兴趣入手。"一年里他写出了一本小书,题目是《由"鹤立鸡群"引出的一个数学问题》。97岁时在"人过五十"网上开了博客，连载此书。

　　围棋，是父亲终生的爱好。在98岁以前，他几乎每天都要摆棋，没有对手，就自己打谱。在美国定居的二弟徐浩回国探亲，是父亲最快乐的时光，因为这个儿子会下围棋。父子俩黑白博弈，杀得性起。随着年龄越来越大，父亲棋力逐渐下降，他又不肯服输，有时候一天对阵六七盘，下到最后脸都红了，我们赶紧暗示弟弟："快点让子呀!"

　　2010年7月16日。父亲过一百岁生日。

图10-7　2010年7月16日，父亲过一百岁生日

　　他的学生杨芙清院士几十年如一日，第一个到家里来，送上花篮和寿桃，还亲自为父亲照相留念。父亲生前最后的这张照片，就是杨芙清院士拍摄的。

　　父亲过完100岁生日，第三天就因肺炎发烧住进医院。9月5日出院，回家仅仅住了十五天，肺炎再度发作，又被急救车送回医院。

协和医院的大夫们几次提醒我们，要做好准备。但看到父亲一次又一次度过险关，心电图、血压、呼吸、血氧的指标，显示着顽强的生命力，我们都祈祷奇迹的出现。

2010年10月15日，父亲告病危。我们兄弟姐妹六人日夜守护在父亲的身边。

10月20日上午，父亲招呼我们摇起病床，拉过小桌板，他要笔和纸。在这之前，由于不断地吸痰，父亲的嗓子哑了，想说话说不出来，我们曾经几次试着让他写。父亲努力过，颤抖着、吃力地划，有时候是中文，有时候是英文，有时候是数字，有时候是图形，都搅在一起，我们看不懂，也猜不明白。

这次，父亲拿起笔来，慢慢写，显然比过去有力气。纸上出现了他的签名，从上至下，竖写的：徐献瑜。我们屏住呼吸，等待下文。父亲从左至右，横写的：再见。

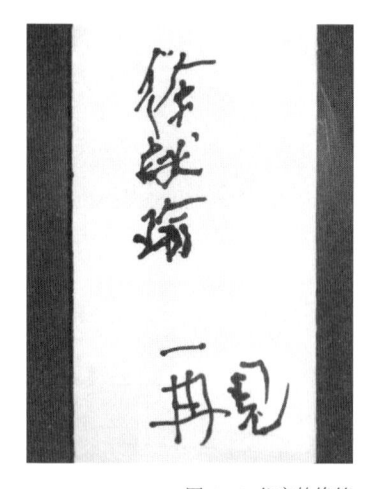

图10-8 父亲的绝笔

一笔一画，笔锋有力。父亲向我们最后地告别了：从容，潇洒，刚毅。

父亲2010年10月23日凌晨病逝。享年100岁。

举行遗体告别仪式的第二天，2010年10月30日，"中青在线"刊登特稿，题目是《再见，"徐献瑜"一代》。

父亲这一代，主要指的是出生于清末民国初年，20世纪三四十年代留学欧美，立志以科学救国、科学报国的这个知识分子群体。

这一代人几乎有着共同的经历：国难的时候回来了，国运转折的时候留下了，历次政治运动经受了，改革开放以后再尽力了。

父亲母亲都走了。

燕东园40号院子里，主卧室的南窗下，母亲留下的一大畦"叶落花挺"年年开放，依然茂盛繁殖。主花畦每年几十株花挺亭亭玉立，淡紫色花朵晕染成片，蔚然成景。分根出去无数，给亲友邻居栽种，我们自家院子里也开辟出第二畦、第三畦。

这是母亲命名的一种奇怪的花。它在我家扎根好多年了。春天，它破土长出一丛丛浓绿的叶子。夏天一到，叶子突然悉数脱落，花畦里光秃秃的，渺无踪影。7月底8月初，突然拱出一个个尖尖的小芽，然后窜成一个个花挺，开出一朵朵紫堇色极雅致的花，形似玉簪。花开时，没有一株绿叶相扶。这种花的怪异常常引得过往行人驻足，并屡屡发问："这是什么花呀。"

父亲后来告诉我们："1952年燕京音乐系主任范天祥回美国时，妈妈从他家住的燕南园院子里刨回来的。但长了好多年，只有叶，不开花。有一年不知怎么回事，突然钻出挺来了，开花了。从此年年有花。"

每年父亲母亲都把发现第一个鼓出的花苞视为乐趣。他们经常在晚饭后站在花畦旁，弯着腰仔细地数着冒出了几个花挺。花有大年、小年之分，有的年份竟能冒出二十几株。小年也有十个左右。父亲母亲会为这些花挺命名："这是你的，这是我的，这是泓泓、溶溶、澂澂、浩浩、五儿、小六。"如果还有，那就属于孙辈了。

母亲去世后，每年冒挺儿的时候，父亲照例站在花畦前，认真地一个一个分配着，这时孙辈都有份了："这是小路的，徐徐的，小熊，铁蛋的，小虎的……"我们家孙辈外孙辈一水儿的男孩，连第四代，父亲母亲的两个曾孙一个曾外孙也都是男孩子。

父亲曾为叶落花挺赋诗一首：

早春绿芽破冻土，旋见茁长成绿圃，入夏黄枯。
秋雨花茎争挺立，一片淡霞花朵朵，一年一度。

父亲走后，我们在南窗前种下两株玉兰树，一株白玉兰，一株紫玉兰。

大约在十岁以后，我发现父母有一个小秘密，每年4月初的某一天，他们会一起消失一些时辰。面对我们的疑惑，他们只说"去逛颐和园了"，但从不解释为什么不带我们一起逛。后来我知道了，父母是1944年4月结婚的，他们每年以"逛颐和园"来度过这个结婚纪念日。再后来我知道了,"逛颐和园"的具体内容是到玉澜堂附近看玉兰花。

颐和园里有两棵古老的玉兰树,一紫一白,相传是清朝乾隆皇帝在修建清漪园(颐和园的前身)时种植的。穿过玉澜堂,紫玉兰在乐寿堂的殿后,白玉兰在长廊东门邀月门南侧。它们的花期在每年的3月底4月初,繁花怒放的最佳期与父亲母亲的结婚纪念日相合。去颐和园赏玉兰,这是多么浪漫的纪念仪式。

如今,我家院子里也有了一紫一白两棵玉兰,它们越长越挺秀。仿佛父亲母亲没有离开,以满树的花朵、以一地的浓荫,护佑着我们。

40

住户名单　　　　　　　　　　　　1926年—1966年6月

东大地时期	杨开道	燕京大学社会学系教授
	袁贤能	燕京大学经济系教授
	廖泰初	燕京大学教育系主任
	徐献瑜	燕京大学数学系主任
	韩德常	燕京大学幼儿园老师

燕东园时期	徐献瑜	北京大学数学力学系教授
	韩德常	北京师范大学教育系讲师

后 记

建筑是历史记忆的一种符号。

当故人逝去,历史缄默,还有建筑在说话。

我想做一种非虚构写作的尝试,让挂上"历史建筑"标志牌的燕东园22栋小楼开口说话,讲述近一百年间在这个园子里,在这些小楼中住过的人,发生的故事。

这是一本关于建筑、故人与往事的回忆录。出自我们燕东园二代独特的视角,私人的记忆。以此缅怀我们长辈们波澜壮阔的学术人生,悲欣交集的精神求索。还有我们也曾经受益的,那一代读书人的家风、教养与品格的魅力。

为此我深深感谢所有参与这本书写作的人:

燕京大学东大地时期的"燕二代",他们都是九十岁以上的老人了,硕果仅存。六年前我有幸采访到赵景伦先生(赵紫宸之子),留下了他"回忆东大地之一、之二"的文字。他已于2017年去世。2021年底我联系上陆瑶华先生(陆志韦之女),她已经92岁了,退休在烟台大学。她热心地帮我辨认了若干张老照片,还提供了一份东大地最早的住户名单。半年以后她病逝了。

我最要感谢的是胡蘆犀先生（胡经甫之女），她今年已99岁高龄（1924年生人），耳朵全聋，但头脑清楚眼睛好，简直是一本老燕京的活字典。我不知向她提出过多少问题，她有问必答，把回忆或者翻资料查找出答案称为"完成作业"，她不让我叫她阿姨，她曾做过我父亲的助教，她说我们两人是平辈。因此每次"作业"的抬头都是一笔娟秀的小字："徐泓师妹"。在不到一年的时间里，她陆续完成了25页纸的作业，有好几千字。她的女儿黄英用手机拍照传给我。我嘱咐黄英，一定要把妈妈的这些精心写作的纸片保留好。

我要深深地感谢在微信上、电话里接受过我采访的所有燕东园子弟，他们的积极支持与鼓励，他们提供的回忆与老照片，尤其许多时代历史的细节、家庭生活的场景，以及他们反复对稿件的精心修改与指正，使本书最终成型、内容充盈、图文生辉。

他们是：周广业（周先庚之子）、洪元颐（洪谦之子）、张企明（张景钺之子）、张饴慈（张东荪之孙）、孔祥琮（孔繁霱之子）、冯姚平（冯至之女）。他们的年龄都在80岁以上了。

还有和我年纪相仿的（75岁以上的）：他们是：何三雅（何其芳之女）、冯姚明（冯至之女）、林盈（林启武之女）、高苏（高名凯之女）、俞启平（俞大纲之侄）、林晨（林嘉通之女）。

还有比我年龄小的，不过最小的今年也已经65岁了。他们是：马逢皋（游国恩之外孙）、杨铸（杨晦之子）、董恺（董铁宝之子）、赵谊平（赵迺抟之孙女）、李星（李赋宁之子）、冯宋彻（冯定之子）、邢祖健（邢其毅之子）、周启锐（周一良之子）、谢冲（谢玉铭之孙）、段蕾（段学复之女）、王英平（王子昌之子）。

一些燕东园子弟所写的回忆文字，不仅给了我极大的借鉴与参考，而且有些直接被引入本书的叙述之中。他们是陆卓明（陆志韦之子）、马志学（马坚之子）、孙才先（孙承谔之子）、翦安（翦伯赞之孙女）、段大亮（段学复之子）、李之清（周珊凤之女）、周启博（周一良之子）、樊平（樊弘之子）、邵瑜（邵循正之女）。谨此表示最深的谢意。

难度最大的燕东园住户名单（1926—1966.6）是由胡蕗犀、陆瑶华、马志学、周文业各自提供的名单综合而成的。我只是增加了各家女主人的名字。常言道：每个成功的男人背后都站着一个伟大的女人。我在写作中努力寻找因各种原因被遮蔽的她们，由此也发现了不少我们前辈动人的爱情故事。但还是很遗憾，住户名单不可避免存在着空白、遗漏与错误，期待补正。

感谢为这本书编辑、出版付出努力的，单读编辑部主编吴琦，编辑罗丹妮、节晓宇、赵芳、高斯瑾，还有上海文艺出版社的大力支持。

特别感谢篇章页插画的作者，其中九幅钢笔速写出自章新新先生之手，一幅平面图出自孔祥琮先生之手。

最后感谢我的妹妹弟弟：徐溶、徐澂、徐浩、徐浣、徐漣。他们全程参与了我的写作，不断提供素材、校正谬误，投入了感情与心血。

徐泓

2023年7月24日

图书在版编目（CIP）数据

燕东园左邻右舍 / 徐泓著. -- 上海：上海文艺出版社，2024(2024.5重印)
(单读书系)
ISBN 978-7-5321-8853-6
Ⅰ.①燕… Ⅱ.①徐… Ⅲ.①回忆录－中国－当代
Ⅳ.①I251
中国国家版本馆CIP数据核字(2023)第178174号

发 行 人：毕　胜
责任编辑：肖海鸥
特约编辑：节晓宇　高斯瑾　赵　芳　罗丹妮
封面设计：李政坷
内文插画：章新新
内文制作：李俊红　李政坷

书　　名：燕东园左邻右舍
作　　者：徐　泓
出　　版：上海世纪出版集团　上海文艺出版社
地　　址：上海市闵行区号景路159弄A座2楼 201101
发　　行：上海文艺出版社发行中心
　　　　　上海市闵行区号景路159弄A座2楼206室 201101 www.ewen.co
印　　刷：苏州市越洋印刷有限公司
开　　本：1240×890　1/32
印　　张：16.5
插　　页：6
字　　数：336,000
印　　次：2024年1月第1版 2024年5月第3次印刷
Ｉ Ｓ Ｂ Ｎ：978-7-5321-8853-6/I.6979
定　　价：98.00元
告 读 者：如发现本书有质量问题请与印刷厂质量科联系　T:0512-68180628